U0910606

当代诗人自选诗

《星星》历届年度诗歌奖获奖者书系

梁　平　龚学敏　主编

诗想的踪迹

张德明——著

四川文艺出版社

|总序|

星星与诗歌的荣光

梁 平

《星星》作为新中国第一本诗刊，1957年1月1日创刊以来，时年即将进入一个花甲。在近60年的岁月里，《星星》见证了新中国新诗的发展和当代中国诗人的成长，以璀璨的光芒照耀了汉语诗歌崎岖而漫长的征程。

历史不会重演，但也不该忘记。就在创刊号出来之后，一首爱情诗《吻》招来非议，报纸上将这首诗定论为曾经在国统区流行的“桃花美人窝”的下流货色。过了几天，批判升级，矛头直指《星星》上刊发的流沙河的散文诗《草木篇》，火药味越来越浓。终于，随着反右运动的开展，《草木篇》受到大批判的浪潮从四川涌向了全国。在这场声势浩大的反右运动中，《星星》诗刊编辑部全军覆没，4个编辑——白航、石天河、白峡、流沙河全被划为右派，并且株连到四川文联、四川大学和成都、自贡、峨眉等地的一大批作家和诗人。1960年11月，《星星》被迫停刊。

1979年9月，当初蒙冤受难的《星星》诗刊和4名编辑全部改正。同年10月，《星星》复刊。臧克家先生为此专门写了《重现星光》一诗表达他的祝贺与祝福。在复刊词中，几乎所有的读者都记住了这几句话："天上有三颗星星，一颗是青春，一颗是爱情，一颗就是诗歌。"这朴素的表达里，依然深深地彰显着《星星》人在历经磨难后始终坚守的那一份诗歌的初心与情怀，那是一种永恒的温暖。

时间进入20世纪80年代，那是汉语新诗最为辉煌的时期。《星星》诗刊是这段诗歌辉煌史的推动者、缔造者和见证者。1986年12月，在成都举办为期7天的"星星诗歌节"，评选出10位"我最喜欢的中青年诗人"，北岛、顾城、舒婷等人当选。狂热的观众把会场的门窗都挤破了，许多未能挤进会场的观众，仍然站在外面的寒风中倾听。观众簇拥着，推搡着，向诗人们"围追堵截"，索取签名。有一次舒婷就被围堵得离不开会场，最后由警察开道，才得以顺利突围。毫不夸张地说，那时候优秀诗人们所受到的热捧程度丝毫不亚于今天的任何当红明星。据当年的亲历者叶延滨介绍，在那次诗歌节上叶文福最受欢迎，文工团出身的他一出场就模仿马雅可夫斯基的戏剧化动作，甩掉大衣，举起话筒，以极富煽动性的话语进行演讲和朗诵，赢得阵阵欢呼。热情的观众在后来把他堵住了，弄得他一身的眼泪、口红和鼻涕……那是一段风起云涌的诗歌岁月，《星星》也因为这段特别的历史而增添别样的荣光。

成都市布后街2号、成都市红星路二段85号，这两个地址已经默记在中国诗人的心底。直到现在，依然有无数怀揣诗歌梦想的年轻人来到《星星》诗刊编辑部，朝圣他们心中的精神殿堂。很多时候，整个编辑部的上午时光，都会被来访的读者和作者所占据。曾担任《星星》副主编的陈犀先生在弥留之际只留下一句话："告诉写诗的朋友，我再也不能给他们写信了！"另一位默默无闻的《星星》诗刊编辑曾参明，尚未年老，就被尊称为"曾婆婆"，这其中的寓意不言自明。她热忱地接待访客，慷慨地帮助作者，细致地为读者回信，详细地归纳所有来稿者的档案，以一位编辑的职业操守和良知，仿佛春风化雨，润物无声地温暖着每一个《星星》的读者和作者。

进入21世纪以后，《星星》诗刊与都江堰、杜甫草堂、武侯祠一道被提名为成都的文化标志。2002年8月，《星星》推出下半月刊，着力于推介青年诗人和网络诗歌。2007年1月，《星星》下半月刊改为诗歌理论刊，成为全国首家诗歌理论期刊。2013年，《星星》又推出了下旬刊散文诗刊。由此，《星星》诗刊集诗歌原创、诗歌理论、散文诗于一体，相互补充，相得益彰，成为全国种类最齐全、类型最丰富的诗歌舰队。2003年、2005年，《星星》诗刊蝉联第二届、第三届由中宣部、国家新闻出版总署、国家科技部颁发的国家期刊奖。陕西一位读者在给《星星》编辑部的一封信中写道："直到现在，无论你走到任何一个城市，只要一提起《星星》，你都可以找到自己的朋友。"

2007年始，《星星》诗刊开设了年度诗歌奖，这是令中国诗坛瞩目、中国诗人期待的一个奖项。2007年，获奖诗人：叶文福、卢卫平、郁颜。2008年，获奖诗人：韩作荣、林雪、茱萸。2009年，获奖诗人：路也、人邻、易翔。2010年，获奖诗人、诗评家：大解、张清华、聂权。2011年，获奖诗人、诗评家：阳飏、罗振亚、谢小青。2012年，获奖诗人、诗评家：朵渔、霍俊明、余幼幼。2013年，获奖诗人、诗评家：华万里、陈超、徐钺。2014年，获奖诗人、诗评家：王小妮、张德明、戴潍娜。2015年，获奖诗人：臧棣、程川、周庆荣。这些名字中有诗坛宿将，有诗歌评论家，也有一批年轻的80后、90后诗人，他们都无愧是中国诗坛的佼佼者。

感谢四川文艺出版社在诗集、诗歌评论集出版极其困难的环境下，策划陆续将每年获奖诗人、诗歌评论家作品，作为“《星星》历届年度诗歌奖获奖者书系”整体结集出版，这对于中国诗坛无疑是一件功德无量的举措。这套书系即将付梓，我也离开了《星星》主编的岗位，但是长相厮守15年，初心不改，离不开诗歌。我期待这套书系受到广大读者的青睐，也期待《星星》与成都文理学院共同打造的这个品牌传承薪火，让诗歌的星星之火，在祖国大地上燎原。

2016年6月14日于成都

目录

当代诗学沉思录

一、朦胧诗，一个时代的文化标记

当中国新诗在21世纪不断前行的时候，每当人们取得一些收获，或者遭遇一定挫折，都会自觉不自觉地回望过去，并把思索的目光投注在20世纪70年代末和80年代初有关朦胧诗的这段特定历史中。站在文学史的角度，我们可以认识到，朦胧诗的酝酿、出现、生长、挫折与成功，称得上是新时期以来中国诗坛最引人注目的事件之一。回首中国新诗近百年来的曲折发展历程，不能不承认，朦胧诗已经构成了一个时代的文化标记，它自身所具有的历史意义，所携带的诗学启示，将永远阐说不尽。

朦胧诗的历史功绩，首先表现为对新诗进行若干诗学领地和话语空间的重新开启与敞亮。1949年以来的中国新诗史是一段充满了曲折、坎坷甚至痛苦、辛酸的不平凡历史，接二连三的思想斗争与整风运动，使新诗一直肩扛着沉重的政治负荷，“古典加民歌”的形式规约，标语加口号的红卫兵激情，直接导致了诗歌话语空间的极度萎缩与诗性诗意的严重匮失。十年浩劫结束后，以北岛、舒婷、顾城、江河、杨炼等为代表的朦胧诗人的大量涌现，以及《回答》《致橡树》《神女峰》《一代人》《弧线》《星星变奏曲》《诺日朗》等优秀诗歌的葱茏问世，一下子将中国新诗中锁闭已久的诗学领地和长期遮蔽的话语空间悄然开启与敞亮。这些诗学领地和话语空间是“五四”新文学运动以来历经许多诗人学者的艰苦卓绝努力而垦拓出来，但在长期“左”倾思想影响下又被封锁关闭了的，其中包含着自我意识、主体个性、现代情绪、反省心理、叛逆特质、象征隐喻、意象叠陈等。正因为这些话语空间的开启与敞亮，20世纪80年代的中国新诗一改此前在人们心中形成的美学上的单调、浅薄、贫俗，诗意上只有空洞的激情、缺少含蓄蕴藉等不好的印象，呈现出了多姿多彩的艺术形式和繁复丰厚的审美意蕴，从而使中国新诗的发展前景显得一片光明。从某种意义上说，朦胧诗以独具个性的艺术创造维护了新诗的美学形象，进而挽救了当时颓势尽现的中国新诗，甚至可以说，没有朦胧诗，就没有今天新诗创作的多元、繁荣与兴盛。

自然，朦胧诗创作现象并非一夜之间突然出现的，它是一批青年诗人在突破政治封锁的冒险行动中长期坚持、不断求索的结果。因此，朦胧诗的出现与成功，也凸显了民间坚守在新诗发展中的伟大意义。诗歌作为一种独特的艺术形式，它与时代政治之间并不是密切亲和的，总有一定的距离和分歧，有些时候，整个时代的文化背景和政治气候可能并不利于诗歌的生存与发展，这就需要有一批诗人站出来，抵抗时代的裹挟与政治的倾覆，默默服从真理的要求，坚守艺术的阵地。朦胧诗人正是这类诗人中的佼佼者，他们用自己的坚持换来了中国新诗的新生。据有关资料显示，在朦胧诗人中，多多的诗歌创作始于1972年，芒克、江河、舒婷始于1971年，北岛是1970年，而食指（郭路生）显然更早，他的诗歌代表作《鱼儿三部曲》《命运》写于1967年，《这是四点零八分的北京》《相信未来》写于1968年，《热爱生命》写于1969年。作为“文化大革命”诗歌的第一人，食指无疑扮演了中国新诗“火种传递”者的重要角色。现在看来，不管是食指、多多，还是北岛、舒婷，他们的早期诗作中都多少存在着稚嫩和粗拙的地方，然而，抛开作品不谈，仅就他们拓开政治坚冰大胆前行的诗艺探索和置个人生命安危于不顾的民间坚守这些行为本身，对于中国新诗的存在与发展来说，其价值就是不可低估的。

今天再读朦胧诗的时候，我们都会觉得它其实很好理解，丝毫不晦涩朦胧，不免对“朦胧诗”这一命名本身心生疑惑。不过，今天在我们读来明白易懂的朦胧诗，并非意味着在当时人们看来就不晦涩难懂。20世纪下半叶的很长一段时间，由于“左倾”思想的严重干扰，中国诗坛提供给人们的是千篇一律“古典加民歌”、“口号加标语”的平庸单调的诗歌作品，在这样的作品熏染下成长起来的新诗读者，其审美能力的低下、艺术判断力的沦丧是可想而知的。在当时，读不懂北岛、舒婷、顾城的诗歌，可以说是再正常不过的情况。所以，从某种程度上说，朦胧诗的出现，是对当时读者审美鉴赏能力的极大挑战。同时，朦胧诗的出现，也是对诗人、批评家诗学观念的一次挑战。在当时，围绕“懂与不懂”的问题，诗人、诗歌评论家们展开了激烈的论争与辩驳：一些诗人认为朦胧诗的出现意味着青年人不健康思想的抬头，它们是反现实的“古怪诗”，是诗歌创作的一股不正之风；另一些人则主张采取宽容、理解的态度来对待中国诗坛的这些新生事物。谢冕即是其中的典型代表，他在1980年5月7日《光明日报》上发表题为“在新的崛起面前”的文章，文中指出，不能以“懂与不懂”作为诗歌的判断标准，“我们一时不习惯的东西，未必就是坏东西；我们读得不很懂的诗，未必就是坏诗。”谢冕的这番话，体现出的是一种新的审美判断和诗学理念，它所具有的宽容性、包涵性、开放性与提升性等内涵，其积极的诗学意义已经为历史证明。回过头来仔细检视当初的争执辩驳，我们必须认识到，对于朦胧诗，不管是臧克家、艾青等人的批评责难，还是谢冕、孙绍振、徐敬亚等人的推举包容，都体现为诗歌范围内不同观念的交锋，这种交锋是诗坛面临美学观念大调整时出现的必然动荡与波折，通过交锋，人们达到了辨伪存真、更新思想的目的。朦胧诗则适时地充当了达至这种辨伪存真、更新思想目的的可贵介质。此外，朦胧诗的出现，也是对中国新诗的承受能力、包容能力、适应能力的一次严峻考验。在单一化、颂歌型的诗歌样式占据主流、独尊地位的时候，新的诗歌形态的出现，必然会对原有格局形成巨大的冲击，这种冲击，也是对当时异常孱弱疲沓的中国新诗本身的一次挑战，必将引发诗坛的“地震”。凭借文学自身拥有的审美规律性，也凭借政治、历史和文化的诸多助力，中国新诗终于承受住了朦胧诗带来的这次挑战和考验，朦胧诗的艺术价值也最终得到了人们的认可。朦胧诗从最初受到质疑到最后得到历史的承认，意味着新诗读者审美能力的现实提升，意味着诗人与理论家诗学观念的及时更新，也意味着新诗的承受能力、包容能力和适应能力已经经受住了强大的考验，中国诗歌的历史从此翻开了新的一页。我们一方面为朦胧诗人不俗的艺术创造、突出的文学成就而啧啧称奇，另一方面也为朦胧诗人在瞬间辉煌之后就迅疾消失的状况而扼腕叹息。从20世纪80年代中期起，朦胧诗人要么转向经营其他文学样式，要么流寓海外远走他乡，中国诗歌界再也不见他们曼妙的群体舞蹈与精彩的诗性言说。朦胧诗人从中国诗坛集体“退场”的情形，不禁会使我们生发出许多诗学上的疑问与困惑。在论及朦胧诗人的沉寂现象时，程光炜指出，这些诗人的沉寂，不是出于诗艺探求的困境，而是“非诗因素的干扰”。程光炜的这段话是耐人寻味的。何谓“非诗因素的干扰”？是指朦胧诗的成功借重了“非诗”因素（比如政治）的力量，一旦时过境迁，退场便成了他们理智的选择？还是说诗人们的诗作本身也充满了“非诗”因素（再比如政治）的杂质，这些杂质阻挠他们继续前进的脚步？由此进一步引申开去，中国新诗究竟应该与政治、经济和文化之间保持怎样的关系，我们又如何看待百年新诗与社会政治之间纠缠不清的丝缕联系？从20世纪20年代的象征诗派开始，80多年来，人们不断在提起“纯诗”创作的诗学理想，然而，在中国这个自近现代以来一直充满了灾难与坎坷的国度里，真的会有远离具体的历史语境与文化氛围的“纯诗”生存的土壤吗？与此同时，朦胧诗人在20世纪80年代前后短暂爆发就迅速退场的事实，也将引发我们关于中国现代诗人艺术寿命的理性思考。综观近百年来的中国新诗史，我们不难发现，现代诗人的创作寿命几乎都是相当短暂的，郭沫若、闻一多、李金发、卞之琳、何其芳、废名、臧克家等，短暂的创作高峰过去之后，就是持续的平庸低迷和机械的自我复制，明智者索性放弃自己的艺术追求，停止自己写作的脚步。造成这种现象的原因何在呢？是因为现代汉语提供的诗性表达空间有限，现代汉诗的审美规范尚未建立，还是因为现代文化的不甚成熟，抑或诗人走向诗坛时自身的艺术准备并不充分？这是值得我们今天的诗人和诗论家们深入反思的问题。

朦胧诗是新时期文学的重大收获，它拓展了中国新诗的话语空间，打开了人们的审美视界，并以其反叛陈规、崇尚创新、追求自由、张扬个性、理性审视历史和充满忧患意识的诗学精神永远启迪着后来者。朦胧诗的历史地位和文化价值，从某种程度上来说是可以同“五四”时期的新文学运动相提并论的。

二、“归来派”，新诗神灵的守护者

这是一个不同寻常的日子，1978年4月30日，艾青的短诗《红旗》在上海的《文汇报》上公开发表，这预示着在中国诗坛消失了长达21年的老诗人重新出现在新诗创作的历史舞台，一面沉降许久的“红旗”终于再度飘扬在中国诗歌的领空。紧随其后，绿原、牛汉、蔡其矫、彭燕郊、曾卓、郑敏、辛笛、杜运燮、公刘、邵燕祥、流沙河、赵恺、梁南……一大批曾经在中国新诗的天幕上闪烁过光芒的诗人们，在政治的倾轧下沉默二十余年后，也相继用诗歌的形式唱出了自己久违的心声。这群在沉寂几十年后又重回诗坛的诗人被文学史称之为“归来”诗人群。“归来派”诗与朦胧诗构成了新时期诗歌中两道最为亮丽的文学景观。

重回诗坛的“归来”诗人们，在20世纪70年代末80年代初的历史时段里，为中国新诗提供了不少优秀的作品，这其中包括艾青的《鱼化石》《光的赞歌》，牛汉的《华南虎》《悼念一棵枫树》，蔡其矫的《祈求》，绿原的《重读〈圣经〉》，曾卓的《悬崖边的树》，流沙河的《故园九吟》等。不过，我们说这些“归来派”诗歌优秀，是相对于20世纪50、60年代中国诗坛的荒芜、贫瘠而言的。对照50、60年代美学品质低下、诗性缺失的政治抒情诗而言，“归来”诗人提供的这些诗歌作品不仅可以说优秀，而且还称得上是杰出的。因此，当这些作品问世时，不少诗人、诗评家对它们进行高度评价和过多赞誉就可想而知了。

然而，当我们把这些诗歌放置在近百年的新诗历史中进行客观、理性的考量时，不难发现，说它们如何如何优秀，已经有着溢美之嫌，更不谈说它们杰出了。从表现形式上看，“归来”诗人的诗作在意象的连缀中往往要夹杂理念的“硬块”，从而破坏了情绪表达的流畅性与整一性，降低了诗歌的美学素质。与此同时，因为受到长期的极左思想影响和颂歌型诗学规范的制约，“归来”诗人的一些诗歌，也明显深烙着政治抒情诗的印痕。以艾青为例，他复出之后创作的诗歌作品，无论是《在浪尖上》《光的赞歌》，还是《鱼化石》《盆景》，在艺术水准上都远远比不上在30、40年代所创作的《大堰河——我的保姆》《乞丐》《雪落在中国的土地上》等，而且其中反映出的二元对立思维与斗争哲学，使诗歌呈现着简单化、平面化与政治化的迹象。这也难怪，对于“归来”诗人来说，多年的写作中断已经导致了诗艺的荒疏，长期的政治运动与阶级斗争也使他们的思想、情感都出现了退化与僵硬，诗歌创作水平较之其鼎盛时期出现大幅度滑坡自然在情理之中。

如果说上述谈论的主要是影响“归来”诗人创作水平的客观因素的话，那么从主观上来看，“归来派”诗歌大都是在非常态的心境下创作而成的，这种非常态的心境也在某种程度上限制了诗歌境界的升华。“文化大革命”结束之后，随着政治环境的宽松，诗人们重获了书写的权利和表达的自由，他们郁积已久的万般心思此时恰如开闸的江水，奔涌而来，汩汩不断，他们急于要在这新的生存境遇里“清理残存的噩梦”，“抚摸创伤的记忆”(王光明语)，匆匆记录历史的感怀与人世的喟叹。“归来派”诗歌正是在这种非常态的写作心境下生成的文学作品。“归来”诗人非常态的写作心境与诗歌创作的某些艺术精神是相违背的，鲁迅先生曾经指出：“我以为感情正烈的时候，不宜作诗，否则锋芒太露，能将‘诗美’杀掉。”感情激烈之时，诗人们无法对纷至沓来的审美物象进行细致地咀嚼、审视、分析与筛选，不可能恰如其分地选择审美效能最强的意象来组构诗篇，从而达不到使诗歌丰满蕴藉、多义含混、张力无限的美学目标。“归来派”诗歌中出现了不少理念的“硬块”和干涩直露的哲理表白，恐怕与这种非常态的创作心境有着直接的关系。

由于主观与客观诸多因素的影响，“归来派”诗歌并没有达到人们所期望的艺术高度，尽管如此，但我认为，“归来”诗人仍然为我们提供了许多宝贵的精神财富，给了我们许多有益的诗学启示。

首先，“归来诗人”以二十多年默默地诗性坚守与不屈的命运抗争，维护了新诗的艺术生命，捍卫了中国诗人的尊严与荣誉，他们可以称得上是中国新诗神灵的忠实守护者。自1957年反右斗争开始，政治的旋风就将一大批的中国诗人吹上了曲折坎坷的生命之路，“归来”诗人们几乎都成了接连不断的政治运动和思想批判的牺牲品，从肉体到精神都受到了极大的摧残。在艾青从诗坛消失的二十一年里，他年迈的脚步不得不蹒跚于从黑龙江的北大荒到新疆的古尔班通古特荒原那漫长而崎岖的路途。而牛汉、曾卓、绿原等“七月派”诗人，因为受到“胡风集团”冤案的牵连，不仅受到了长期下放劳改的苦役，而且也被剥夺了写作的权利，失去了自由思考与生活的人生权利。但是，繁重的体力劳动和如山的精神迫害并没有摧垮他们的意志，他们在漫漫的长夜里默默地忍受痛苦的折磨，用心灵守候着中国新诗的神灵。“黑暗凝固得像花岗岩 / 然而人间也有多少勇士 / 用头颅去撞开地狱的铁门”（艾青《光的赞歌》），“归来诗人”们正是以“勇士”般的顽强和坚毅，“撞开地狱的铁门”，用二十多年不懈的抗争与痴情的守候所积攒起来的满怀诗情和更为沉厚的歌声，来迎接新时期的曙光。在那个非常的时期，中国新诗微燃的艺术火种，多少次被极左思想的寒风吹得摇颤欲灭，正因为有这些诗人的默默守护，它才得以延续下来，形成今天蓬勃的燃烧之势。

其次，“归来诗人”用回归后的创作实践，弘扬了新文学“说真话”的艺术精神。在关于真理标准问题的讨论中，中国作家都懂得了“说真话”对于文学的重要性，“说真话”也就成了新时期文学的基本美学特征。其实，“说真话”不只是新时期以来中国文学的美学品格，而是整个新文学的一种可贵的艺术精神。鲁迅先生曾经指出："只有真的声音，才能感动中国的人和世界的人。"近百年来，中国现代作家都是以真诚、真挚作为一个艺术工作者从事艺术创作的起码道德和基本素质的。然而在那个"假""大""空"盛行的年代里，真诚与真挚却被无端放逐了，它们直到新时期到来后，才重新回到中国文学的艺术天地之中。艾青在新时期第一个提出诗人要"说真话"的深刻命题，流沙河把"说真话、露真相、交真心"作为自我人格的追求，公刘也说："诗必须对人民诚实，这也谈不上是哲学，谈不上是美学，而只不过是革命者最起码的为人之道。""说真话"的自觉追求，使"归来派"诗歌充满了情真意切的感人魅力，激发起人们对那个黑暗年代的最深沉、最理性的追忆与反思。

在今天消费时代的文化语境里，商业化的浪潮扑打着社会生活的每个角落，诗性的空间正在变得日益狭窄，如何在这个并不利于诗歌生长的环境里焕发新诗的艺术生命，再创中国新诗的辉煌，同时不让商业社会中随处可见的虚假、奸诈与铜臭气息沾染纯洁的诗神呢？也许我们能在"归来"诗人那里找到一些答案。

三、第三代诗歌运动的得与失

发生在20世纪80年代中期的第三代诗歌运动，应该算是当代中国诗坛极为重要的文学事件，它对中国新诗创作与发展所带来的影响，我们至今都能从许多地方感受到。因此，尽管这场运动已经过去20多个年头了，然而我们还是有必要来回眸这段历史，重新思考其中的诗学命题，通过理性的审视而获知这场运动的得与失，或许这样能为当代诗歌的理论建构与创作实践提供一些有益的启示。

毋庸置疑，第三代诗歌运动是一次富有前卫性与探索性的现代主义诗歌运动。在20世纪中国现代主义诗歌艺术探险的系列之中，第三代诗人前进的步伐大大超过了20年代的象征诗派、30年代的“现代”诗派、40年代的九叶诗人和70年代末80年代初的朦胧诗派，可以说，这个诗派是现代主义诗艺探险中走得最远的一拨。他们反叛传统的姿态最独异，超越前辈的心愿也最昭然。自然，留下的隐患也最多。

在第三代诗歌运动中，先锋诗人们所发现的不少诗学问题是具有历史穿透力和现实针对性的，所坚持的一些理论主张也不乏可取之处。首先是对诗歌本体意识的突出与强调。以韩东、于坚等为代表的“他们”诗派，受到西方现象学哲学和文论思想的启发，极力主张诗歌创作要“回到诗歌本身”，这一理性的呼吁是不乏历史效力的。的确，很长时间以来，中国新诗一直游离于本体之外，与一些非审美的范畴纠葛既久，过往甚密。政治的强大压力，启蒙的过重担负，常常令中国诗人们急于要用诗歌的形式，为时代、为社会、为民众、为现实而疾呼，无暇顾及文学自身的审美吁求。在这种情形下，20世纪中国新诗充满了“迎着风狂和雨暴”的血的泼溅、火的呐喊，匮乏直接追求唯美之形式、呈示生命之本能的梦般呢喃。“他们”诗派提出的“回到诗歌本身”这一口号，犹如黄钟大吕，给中国诗坛带来了诗歌本体回归与审美自觉的雷鸣强音。与“他们”诗派相应和，“非非”诗派提出的回到“前文化”状态的诗学理想，也是为了抖落新诗身上堆积过多的文化尘埃，尽可能敞开中国新诗的纯然诗性空间，这其实是“回到诗歌本身”的另一种理论表述。

其次，第三代诗歌运动把中国新诗的书写问题推进到语言学的层面上。从某种程度上说，第三代诗人的审美自觉是一种语言的自觉，无论是“非非”诗派提出的“诗从语言开始”，还是“他们”诗派坚持的“诗到语言为止”，都是把语言作为新诗创生的第一要诀，语言的审美构造成了新诗存在与发展的最大合法性。为了体现他们对语言在诗歌中具有本体意义这一诗学观点的坚守，第三代诗歌做了许多创作上的实验与努力。“他们”诗派把发自生命原初冲动的语感作为新诗显示活力的要因，并不无极端地从事纯口语的写作尝试；“非非”诗人甚至倡导，要启用“用以呈现世界的‘尚未被文化部分’和‘永不被文化部分’的语言要素”，来凸显新诗的本然意义，并不遗余力地进行超语义的“语晕”实验，企图营构不含杂色的、单纯透明的纯语言状态下的新诗文本。第三代诗人在语言层面上这些不无激进和偏颇的理论与实践，其积极意义是突出的，它质疑并颠覆了“文以载道”的思想传统，促使人们在诗歌与语言的关系上进行重新思考，从而带来了诗学观念中的“语言学”革命。

第三代诗歌运动中提出的一些较为先锋和前沿的理论观点，以及诗人们在这些观念指导下进行的许多创作尝试，在历史发生的当天，的确有着不凡的意义。它揭开了新诗从时代走向个人的历史序幕，给中国新诗带来了一次重大的思维调整和审美转向，即从以社会生活大事件为底色的朦胧诗美学转向以日常生活为诗蕴的“第三代”诗歌美学，引发了90年代以来个人化写作的潮流。不过，由于存在某些认识上的误区，第三代诗歌运动也给当今的诗歌发展留下了隐患。第三代诗人主张不用意象、隐喻与象征来构成隐曲的意义链条，从而建筑供人们想象与沉思的话语空间，而是希望用语言（口语）平面地、直接地呈示意义，这种创作策略，相对此前以意象、隐喻见长的朦胧诗来说，不啻一种深刻的诗学革命，为中国新诗的发展注入了许多新鲜血液。但是，作为新诗构造中的基本元素，意象、隐喻与象征的美学意义和存在必要性是不言而喻的，如果要一味地摒弃它们，另造一种所谓的“口语”美学，就可能不断消抹新诗的诗性，这无异于把新诗引向慢性自杀的歧途。同时，第三代诗歌运动在语言上的审美自觉，体现了诗人们清醒的本体意识，这是值得肯定的。不过，第三代诗人夸大了语言的作用，他们认为只借助语言，放弃一切意象或隐喻就可以让诗歌表达回到前文化时代，回到人类文化未形成前的原生状态，回到诗意直观显形的纯净情境，这显然是一种具有鲜明乌托邦色彩的虚幻设计。从语言学的角度来看，语言本身就是与文化不可分割的，语言是具有社会性与人文性的，毋宁说语言就是文化的一个有机组成部分。所以，想通过文化的语言而返回“前文化”时代，终究是无法实现的。

当我们今天再度回首并冷静地看这段历史时，不难发现，第三代诗人以极富先锋性的理论言说和创作实践，在中国新诗的艺术长河之中激起了许多问题的浪花，诸如如何回归新诗本体，如何重构新诗的语言美学等，这些问题对于提升新诗的审美品质、开辟诗歌创作新天地而言，其趋势是具有显在的意义和价值的。令人遗憾的是，问题虽然提出来了，但由于种种原因，解决这些问题的答案却一直未能找到，第三代诗人的艺术实践最后成了不知所终的文化苦旅。先锋的文学行动如果没有及时转化为正常的写作逻辑，没有被艺术学意义上的审美规范所整合和改编，它的流弊是可以想见的。第三代诗人做梦都没有料到，在20世纪90年代末期，随着互联网的出现与迅速普及，诗人的创作与“发表”变得如此自由与简单。想怎么写就怎么写，没人干涉你，想“发表”吗？也挺容易，打开网络，找一些文学论坛，将写好的分行文字先“复制”后“粘贴”再“发表”，几分钟就搞定。相对第三代诗歌运动而言，网络开辟的如此宽松的书写空间和如此便利的“发表”通道，不仅没有将其诗歌中的优点承传与发扬，反而进一步放大了他们的不足与缺点。你不是强调“到语言为止”、“从隐喻后退”吗？那我就以“口水”为美，来一场轰轰烈烈的语言垃圾运动。你不是称赏弗洛伊德式的性本能宣泄吗？我就干脆放弃上半身思考，直接面对下半身。于是，诗歌中的语言标准和审美判断开始变得模糊甚至沦失，伦理的底线也一再地下调。面对网络时代诗歌创作的审美亏欠，第三代诗歌运动应该支付一定的款额。

四、当代“大诗”写作：从海子到梁平

不知是时间的巧合还是历史的有意安排：在20世纪80年代中

后期，也就是一个世纪接近尾声的时候，诗人海子以充满探索精神和恢宏气势的笔触，为中国诗坛奉献出卷帙浩繁的长篇史诗《河流》《传说》《但是水、水》《太阳·七部书》等；到了2003年，正值新世纪的开端之期，诗人梁平站在历史审视与现代反思的思维视点上，连续为我们提供了《重庆书》与《三星堆之门》两部史诗性著作。两个世纪的一尾一头，中国新诗在现代史诗的创作上取得了丰硕的成果。因为有这些篇幅较长、内涵丰富、时空跨度大的史诗性作品的存在，当代诗歌的历史浸润厚度与审美蕴藏深度被提升到一个新的层次。

苛求地说，上述这些作品还不能算严格意义上的史诗。严格意义上的史诗，应该是先民对人类童年时期的一种历史记忆、文化想象与审美表达，它深印着早期人类有关创世神话与英雄崇拜的鲜明胎记，是一种关于人类创生、民族起源的诗性塑写，一般属于集体性创造的、叙事性极强的精神产品。《太阳·七部书》《传说》《重庆书》《三星堆之门》等，都与这些基本特征存在着明显区别，因此不能算作真正意义上的史诗，顶多只能称之为现代史诗。也许是基于这一原因，海子放弃了“史诗”这个习用的术语，而把他创作的那些长篇诗作命名为“大诗”，其中的“大”，既有“结构宏大”之意蕴，又有“精神伟大”之内涵，后者指的是这类诗歌所追求的诗学理想、价值高标，前者则是指这类诗歌的构造形式、现实样态。尽管海子和梁平的这些诗歌并不能算作严格意义上的史诗，然而，对于史诗著述稀罕的中国文学，尤其是对于缺乏史诗意识的近百年中国新诗来说，这些作品的出现，其积极的诗学意义是不容低估的。它们以穿越古今的深邃洞察力，演绎出当代诗人丰厚的历史感怀与敏锐的现实透视，给中国新诗注入了新的现代性质素，从而具有了史诗性品格和独特审美价值。

新时期以来的“大诗”（现代史诗）创作并非自海子始，在海子之前，现代史诗创作就作为寻根文学的一支先头部队出现在中国新诗的历史舞台上。江河在20纪80年代初以“太阳和他的反光”为总题，对盘古、女娲、夸父、后羿、吴刚等神话人物进行了反思与重述，在缅怀远古中探视现代人的生存意义；杨炼写于1982—1984年间的组诗《诺日朗》《敦煌》等，将目光聚焦在文化古迹上，通过对它们的诗化演绎来见证历史的风云变幻。不过，江河、杨炼的这些组诗虽然有着明确的历史意识，但在篇幅的长度和思考的深度上，远没有达到海子所言的“大诗”之标准，只能看作以历史事物为表现题材的系列抒情诗。海子继承了江河、杨炼等诗人的历史意识，同时极大地扩延了史诗文本的篇幅长度，并大量输入了强烈的主体意识和现代经验，从而将现代史诗创作推向了一个高峰。

海子一直崇尚伟大的创造性人格和伟大的一次性诗歌行动，他的“大诗”写作正是在这种心理驱动下所做出的现实反应。他曾说道：“这一世纪和下一世纪的交替，在中国，必有一次伟大的诗歌行动和一首伟大的诗篇，这是我，一个中国当代诗人的梦想和愿望。”在这种梦想和愿望的牵引下，海子用饱含激情的语言，接连写出了《河流》《但是水、水》等长诗，这是写“她”，写人类之母；又在1986—1988年间写出了长篇诗剧《太阳·七部书》，这是写“他”，写人类之父。在突破重叙事轻抒情的传统史诗规范的基础上，海子大量采用了浓烈的抒情笔法，构建出一个成体系的、“海子式”的新型“创世”神话。在“海子式”的创世神话里，有一个只有他自己才能解码的意象群体，这里边的“豹子”“狮子”“骆驼”“马”“玫瑰”“羔羊”“鹰”“王”等，都是海子私自创设的、具有特定含义的意象原码，它们所携带的文化意味是全新的，这些携带全新文化意味的意象整体出场，使海子的“大诗”充满了神性的光芒和新奇的旨趣，对我们现成的审美惯性和思维定式形成强大的冲击。从这个意义上来说，海子的“大诗”为中国新诗尤其是现代史诗的创作敞开了新的书写空间，也创造了新的美学原则与艺术高度。自然，这类“大诗”也为现代史诗的写作设置了迷障，增加了难度。正像评论家罗振亚指出的那样，“海子在长诗里，没有承继人类积淀的语言系统，而让文化、语言、经验返归原初的混沌状态，给他们重新命名或编码；并且其新编系统由纯粹的个人化方式完成，个人创世神话里的幻象象喻和已有的神话世界也不一致”，这种情形使得海子的长诗在敞开现代诗歌新的表达空间的同时，也悄然掩蔽了他诗歌世界的理解之路，从而把大量的读者挡拒在诗门之外。无法走进海子的诗歌世界，也就意味着难以去学习他，追慕他，并超越他，沿着他的方向继续前行。这也许是海子长诗留给后来者的最大遗憾。

从海子到梁平的“大诗”写作，中间隔着20世纪90年代。在海子谢世后的这十多年间，现代史诗的创作一度出现了疲软穷匮的局面，其间除了欧阳江河的《悬棺》等少数诗作具有一定的史诗意味外，其他的长诗在历史意义的承载上都乏善可陈。从数量上说，90年代的长篇诗作也并不算少，但因为缺乏历史的宏阔视野与现实的理性穿透，许多长诗还只是停留在对表层生活的陈述与吟叹上，并不具备史诗性作品的深刻度、震撼性与冲击力。梁平的出现是中国新诗的一大幸事，尤其对于现代史诗创作来说意义更为突出，《重庆书》与《三星堆之门》这沾有“地气”的“巴蜀二重奏”在新世纪的降生，可以说是对20世纪80年代开创的史诗写作传统的一种接续与延传。经过“中年变法”后的梁平，在史诗创作上显然汲取了海子“大诗”中葱郁的生命气息与浓烈的现代情绪，以及不重叙事技巧而重精神内涵的表达策略，同时摒弃了海子浪漫化、激情化的青春书写方式，他使新时期以来的史诗创作由躁动的青春期走向沉稳理性的中年期。梁平认为，一个诗人应该有自己的家园意识，“一个真正优秀的诗人，还应该有标志性的长诗为自己的家园做出指认”。不过，梁平意识中的家园显然不是窄狭的、封闭的，而是多层次的、开放的。在他的两部现代史诗里，诗人都是以某个特定的地域为观照对象和思维起点，来展开诗思，抒情写意，但他并没有将思维拘囿在有限的区域视野和狭隘的地域观念上，而是以民族命运的思考与生命本体的关注为终极目标，在荡气回肠的历史追忆和发人深省的现代感怀中，完成了对历史与现实、地域与国度、个人与民族的双重书写和烛照。梁平创作的这些“大诗”，其诗学意义在于，它开启了现代史诗创作的新模式，即将地域性的历史、现实思考与超地域的民族生息、国家命运与生命本体的关注联系起来，为中国现代史诗创作垦拓出新的表达疆域与阐释空间。

五、网络时代的诗学危机

在网络时代悄悄到来的时候，中国新诗遭遇到空前的危机。

中国新诗遭遇的第一个危机，来自于对自由的误解与滥用。随着互联网技术的迅速发展与网络纤维的四处蔓延，无限开放的网络空间将使越来越多的文学青年纷纷走上“诗坛”，他们通过网络诗歌论坛来阅读当代诗歌作品，发表自己的分行文字，并参与一些诗学论争，新创作在网络通道中一时间呈现出异常火爆和兴奋的态势，诗作数量与日俱增。新诗创作在网络上的繁荣与走高，使很多对这种一度萎靡萧条的文学品种失却信心的人顿时感到心头一震，眼前一亮，一些诗人和诗论家甚至乐观地认为，网络诗歌创作的繁盛景象，不觉使人们想到了新诗的乳名——自由诗。要感谢网络，它的民主与自由特质赋予了当下诗歌创作更加开放的视野与天地，并使人们的欲望倾泻得到充分的实现。

在我看来，这里对自由诗中“自由”一词的认识是存在偏误的。回首中国新诗的草创之期，我们不难发现，作为新诗缔造者之一的胡适先生之所以要把白话诗定位为自由诗，并倡导“有什么题目，做什么诗；诗该怎么做，就怎么做”，是因为当时的诗坛充斥着只重合乎格律规范、不重抒发真情实感的陈词滥调，古板的格律在一定程度上限制了人们内心世界的真实袒露，胡适的主张不过是为了把中国诗歌从无病呻吟的颓靡状态之中解救出来。然而，我们今天所处的文化语境同胡适当初的相比已经有了很大差别，中国新诗作为一种新文学的形式已经走过了许多年的发展历程，许多的诗学规则正逐步建立和完善。许多年来，中国新诗创作缺少的主要不是“自由”，恰好是对自由的约束与限制。因为在“自由”上的规约不够，中国新诗的形式问题至今都是一个悬而未决的问题。另一方面，从创作角度而言，自由诗的“自由”应被看作一种艺术精神，一种不拘陈规与格套、尽情驰骋联想与想象的创造性境界，而不能看作是一种随心所欲、信马由缰的创作原则。自由并不等于放任，更不该是放纵。对于每一个诗人来说，在精神境界上可以是自由的、灵活的，但在创作过程中应该是谨慎的、严格的，文学创作上任何的嬉玩与放任都是对艺术的一种亵渎。然而互联网作为一种电子媒介，一种讯息工具，它只会在一个虚拟的社区里，为人们尽情营造开放、自由、民主、多元、大众的氛围与场域，“仿真”“刺激”“好玩”“过瘾”“释放”等构成了其全部的存在哲学，它全然不会顾及新诗形式建设上的要求，不会顾及艺术创作的审美规范。在中国，新诗因为对“自由”的理解和把握失当而造成的一直缺乏形式定规的今天，网络将继续放大它的这一缺陷。

中国新诗遭遇到的第二个危机，来自于语言的狂欢与污染。因为没有一定的制约和束缚，网络诗歌书写陷入了想写什么就写什么、想怎么写就怎么写的无序状态，在随意性、不负责的书写心态下生成的许多网络诗歌产品，成了语言垃圾的聚集处，废话套话的容留所。君不见，在网络诗歌文本里，口水漫天飞，色语遍地走，政治玩笑、社会娱乐、历史调侃、文化非礼……形形色色的语词与乌烟瘴气的色调充满了网络诗歌的字里行间。种种情形令人难以启齿、不堪入目。

的确，近百年来，中国新文学一直在追求言文一致的创作理想，网络诗歌在某种程度上确乎达到了口语与文学的高度合一，仿佛是切合新文学的审美精神的，然而，文学创作终究是一种语言艺术，尤其对于诗歌创作而言，对语言的思想容涵与艺术内涉更是看重，并非所有的口头话语都能纳入诗歌的语言之中，也并非所有的社会内容都适合诗歌来表现。近年来，一些学者清醒地认识到，现代汉语面临着危机，他们极力地呼吁，要想办法拯救这种世界上最美的语言。怎么拯救呢？提高文学创作中的审美含量，将现代汉语的诗性美尽可能显现出来，无疑是拯救汉语的重要途径。但是，网络的存在却为诗美的创作凭空制造了难度，网络语言的无节制倾泻与肆意狂欢阻止了审美语言的葱茏问世。青年学者洪治纲把网络交流认定为当代汉语的一大污染源，作为网络交流之一的网络诗歌在狂欢之后，也不幸成为这类污染源的一种表现形态，这不能不说是一件相当令人哀痛的事情。语言的狂欢与污染，对中国新诗美学品质的存留与升华构成了极大的威胁。

中国新诗遭遇的第三个危机，来自于伦理的越界与败落。自二十世纪初期诞生以来，歌唱真、善、美，贬抑假、恶、丑，一直是中国新诗基本的价值立场与伦理准则，诗人艾青曾经说过，“我们的诗神是驾着纯金的三轮马车，在生活的旷野上驰骋的。那三个轮子，闪烁着同等的光芒，以同样庄严的隆隆声震响着的，就是真、善、美。”正因为此，对真理的咏赞、正义的吟唱、生命的关切、良知的呼唤以及对美的探求，成为中国现代诗人始终坚守的诗学阵地和表达不尽的文学主题。然而，随着互联网时代的到来，中国诗人一直坚守的价值立场和伦理准则受到了严峻的挑战。如今的网络诗歌界，再也没有什么生命担当的重责与欲说还休的禁地。在网络策划的这场假面舞会里，诗歌创作成了无所不能的话语表演，身体叙事、欲望狂欢、下半身挑逗，一浪高过一浪地扑打过来，不断刺激我们的眼球和荷尔蒙。在这里，思想被放逐，正义被嘲戏，伟大被调侃，丑陋在扮酷。同时，诗人们千方百计地寻找着出名的捷径，他们不是希望努力把作品写好来赢得人们的认可与尊重，而是利用互相吹捧、哄抬、媒体炒作，或者相互谩骂、揭底甚至做人身攻击，从而吸引人们注意，获取某些名声。中国新诗的伦理底线一再地下调，没有哪一块阵地能够最终守住。伦理的越界与败落，令中国新诗的审美原则和价值尺度显得虚设与空落。

作为现代化的一种必然产物，网络的持续发展与延伸将是不可逆转的社会现实，未来的文学青年不一定是通过文学经典的引导而进入文学创作领地，但一定是通过网络而认识到当时的文学创作实际。对于网络诗歌来说，危机既已呈现，最好的办法是去补救它，引导它朝正确的路子上走。我觉得，拯救危机中的新诗，需要所有知名的诗人和诗论家们的共同努力与配合。诗人和诗论家们应该尽快适应当前新媒体时代的创作形势，自觉地进入网络这块阵地，以身示范，因势利导，促使网络诗歌创作在限制自由、美化语言、讲究伦理上下功夫，以达到网络空间中诗歌秩序的精神重建。

80后在前进

毋庸置疑，21世纪初对所有当代诗人来说不啻为一个偌大的舞台，每个人都有着施展才干的机会和空间。社会经济的日益发展和文化语境的极度宽松，也为所有诗人尽情释放自己的创作潜能提供了诸多便利条件。基于此，无论60后、70后，还是80后乃至90后，都在21世纪初的诗歌舞台上很快找到了自己的位置，并以现代汉语的分行书写，各自赢取了一片属于自己的美学地盘。在这几个代际诗人群体里，60后、70后在当下可以说已经相对成熟，他们大多数也已提交了为这个历史时代所不容忽视的代表诗作，而其审美风格和语言套路也基本稳定，通常来说不会有大的变局。但是，80后、90后的诗人们至今仍处于生长期，尤其对于80后来说，新世纪之初的头二十年可谓最为关键的阶段，是通过卓绝的努力和不息的奋争从而成为中国诗歌苍穹中光芒熠耀的明星，还是在偶尔的露脸之后便迅速消失于无形，最终的答案，很有可能会在近十年内得到明确的分晓。

我们今天说起80后诗人群，并不会感到突兀和陌生，因为这个诗群的存在已非一日了。其实早在1990年代末期，就已经有少数几个早慧的80后诗人悄然迈入了中国诗坛，进入新世纪之后，拥有一定创作实力和文学才华的80后诗人更是如雨后春笋般成批涌现，这种情形的存在，促使了在70后诗人群浮出历史地表不久，80后诗人们也很快集结，并迅速亮起了他们的诗歌大旗，并在短时间内就获得了人们的认可。确切地说，80后诗人在中国诗坛的集体亮相应该是2003年，这一年，《诗选刊》正式推出了80后诗人专号，与此同时，《海峡》杂志也连续八期推出80后诗歌展，80后因此成了这一年中国新诗的关键词，成了此后中国诗歌界一个不可忽略的美学符号。换句话说，自从2003年起，80后就已经在中国诗坛确立了自己的历史位置，80后诗人作为新世纪诗歌中的一股新生力量，从此为诗坛不可小视。

差不多从那个时候起，我们就开始关注并记住了一些80后诗人的名字，比如春树、丁成、阿斐、谷雨、木桦、肖水、熊焱、罗铖，比如唐不遇、李傻傻、巫女琴丝、郑小琼、潇潇枫子（现改名为“巫小茶”）、嘎代才让等。这是一群早慧的80后诗人，也可以说是80后诗人群的先头部队，他们凭借先天的才智和后天的努力，创作出了不少优秀的诗作，在新世纪之初的中国诗坛横空出世，从而为80后这个代际群体进行了不乏历史意味的艺术代言。

不过，在我看来，我们对于80后诗人群的认识必须采取发展的眼光，而不能固守着静止的和僵化的思维。80后诗人群在21世纪之初就推出了属于这个群体的上述几位杰出代表，这些代表为这个群体赢得了理应属于他们这一代的诗歌荣耀，与此同时也将人们对80后诗人群的认知凝注在了上述几个人身上，但新世纪诗歌的发展是日新月异的，今天的80后诗人群已远不止是上述几位诗人所能概括，《山东文学》2013年第7期推出了中国80后诗歌大展，总计推出了108位80后诗人的诗作，而《天津诗人》2012年秋冬合刊举荐的80后诗人更达到了206人，由此可见当今80后诗人的阵容有多强大。令人不解的是，我最近问过不少诗歌界的同仁，请他们谈谈关于80后诗歌的看法，一提到80后，他们多数人脑海中浮现的，还是上述那些熟悉的名字，而对近几年来创作势头迅猛、诗歌实力剧增的80后新锐，他们似乎所知甚少。这种情形肯定不是正常的，因而是值得我们反思和改进的。我认为，80后诗人群迄今为止都是一个阵容并不固定的创作队伍，因此，我们对这个诗人群的认识就应该与时俱进，而决不能故步自封。否则，我们就可能对历史的真相出现误判。

仅就我有限的阅读视野来看，近几年来值得关注的80后新锐诗人是不少的，粗略地说大致有这样一些人：杨庆祥、徐钺、胡桑、梁亚军、徐源、王单单、王东东、彭敏、王西平、蒋志武、郁颜、茱萸、洛盏、叶丹、顾不白、徐萧、吴小虫、纳兰容若、杨康、李东、董喜阳、李成恩、吕布布、冯娜、谢小青、夏春花、孙灵芝等，而且这份名单肯定还有不少遗漏，还会有一些优秀的80后诗人将不断补充进来。在这份名单中，杨庆祥、徐钺、胡桑、王单单、王东东、彭敏、徐源、梁亚军、王西平、蒋志武、李成恩、吕布布等属于85前的诗人，他们由于种种原因而未能跻身到80后诗歌前驱者的行列之中，但他们的诗歌才华和创作能力在而今已显露无遗，将他们提到历史的前台势在必行。郁颜、茱萸、洛盏、叶丹、顾不白、徐萧、吴小虫、纳兰容若、杨康、李东、董喜阳、冯娜、谢小青、夏春花、孙灵芝等诗人则属于85后，当世纪之初80后诗人群揭竿之时，他们尚处于诗歌创作的萌芽阶段，其诗歌思维并没完全发育成熟，因此肯定是不可能加入到80

后先头部队之中的。不过，他们通过这些年来的不懈努力和持续耕耘，已经纷纷交出了一份令人满意的诗歌答卷，对这群80后新生力量，我们也应该投以更多关注的目光，更加重视他们的当下状况和发展前景。

在上述这份80后新锐诗人的名单中，有好几位都有着深厚的学院背景并长期生活于高校，比如杨庆祥、徐钺、胡桑、王东东、彭敏、茱萸、洛盏、叶丹、顾不白、徐萧等，相信他们会将百年中国新诗的智性写作传统和知识分子文化底蕴继承下来，并更好地发扬光大。而另外一些诗人大都工作、生活于基层，比如王单单、徐源、蒋志武、杨康、李东、董喜阳、吕布布、李成恩、夏春花等，他们的诗歌较好地体现出中国新诗的草根传统和自然生趣，因此他们提交的诗歌文本也是具有突出的诗学意义和审美价值的。总而言之，对于80后诗人群来说，重视其中不断浮出历史水面的新锐诗人，及时肯定并奖掖他们的创作成绩，是当下中国诗坛必须抓紧去做的重要工作，也是一项出于对未来负责的诗学任务。我在此列举出了当下较为活跃、创作成绩突出的80后新锐诗人的部分代表，希望提醒诗界同仁们来共同关注他们的成长，对他们创作的优秀之作予以及时的发现和细致的阐释，这对促进当代中国新诗的发展来说无疑是具有积极意义的。

不过话说回来，我在此大力肯定了不属于80后先行者的一批新锐诗人的近期文学表现，并不意味着就是要完全颠覆既有的80后诗歌秩序，也不意味着我不再看好那些先行者的文学潜力。事实上，80后先行者在当下也大多保持着较好的创作状态，并不断提交着质量很高的艺术作品，比如郑小琼、熊焱、肖水、唐不遇、罗铖等。我的意思是说，80后诗人群中的所有个体都还处于文学的上升期，他们始终在不断前进着，他们一定程度上代表着中国诗歌的未来，我们没有理由不向他们所有人都投去无限期待的目光。

“先锋”迷恋何时了？

我这里谈到的“先锋”，是新诗创作中的一种诗学观念，也是新诗创作的具体表现。从第三代诗人崛起以来，直到今天，对于“先锋”的迷恋与崇尚都是中国诗坛一种显在的心理症结，不少人把“先锋”奉为圭臬，唯“先锋”是举，认为自己只要坚守先锋性文学姿态，进行先锋性艺术革新，占据着“先锋”的诗歌名号，就会成为诗歌界的举大旗者，就是开创历史的人物。这样的观念和行为，实在令人不解。

当代诗歌界对“先锋”过度推崇的诗学理念的生成，应该追溯到“文化大革命”结束后随着朦胧诗合法性的确立，诗歌界对五四运动以来诗歌历史的深度反思。在反思中，许多评论家都看到了中国新诗60多年来的多元格局，认为以往对现实主义（尤其是革命现实主义）和浪漫主义（而且有时还要加上“革命”二字）诗歌的地位抬得过高，对以李金发、王独清等人为起点而开创的现代主义诗歌重视和强调得不够。80年代中后期以来，随着“重写文学史”学术口号的提出，中国新诗史的面貌和格局也出现了很大改观，现代主义的诗歌逐渐被抬升到新诗主流的位置[①]，

① 这一时期，许多诗人有如考古发现一样，被纷纷推置到历史前台。他们包括李金发、王独清、穆木天、卞之琳、穆旦、冯至等。而有关现代主义诗歌研究的论文和专著，更是如雨后春笋，层出不穷。

而现实主义和浪漫主义诗歌的历史地位则相应地受到压抑。诗学观念的变化引起了诗歌史书写的变化，这本是无可厚非的。而诗学观念的变化，引导诗歌创作朝着一个畸形的方向无限制地发展，这就不得不引起我们的警觉与反思了。

几乎与学术界“重写文学史”讨论相同步，诗歌界出现了一股多方探险的后新思潮，一时间各种主义竞相登场，各种观念如花绽放，各种口号彼伏此起，各种奇形怪状的诗歌文本纷纷出笼。一些诗歌创作者似乎突然之间找到了出名的捷径，他们认为只要把自己的创作贴上某种“先锋”的标签，就将声名远播，立马会被人认可和接受。在那个思想活跃、精神自由的时代，整个社会具有极强的包容力，诸种先锋性的艺术行为都被宽容和接纳了，后新诗潮中出现的许多光怪陆离的诗学主张和诗歌文本，自然也被容忍甚至被推重。而在我们今天看来，不少观念和作品都是经不起仔细推敲的。

后新诗潮而今已被写入文学史和诗歌史中，不过不同的历史教材对他们的命名都不一致，有称其为“新生代”的，有称其为“第三代”的，还有称其为“后朦胧诗”的。无论哪种称呼，都是将他们作为朦胧诗后一种重要的诗歌潮流与诗人群体而载入历史的功劳簿上。这群诗人获得历史身份的资本，多数都是因为他们的先锋性诗歌立场和行为，而并非单凭作品本身。个中情节，值得我们今大反复揣摩和追问。

概括起来，第三代诗人的先锋性体现在这样几个方面。第一是先锋性艺术口号。回顾一下我们对第三代诗人的印象，不难得知，许多诗人的名号其实是与某种口号“勾搭”在一起的。比如

“回到诗歌本身”“诗到语言为止”之与“他们”诗派和韩东、“反文化、反意象”“非崇高、非理性”之与非非派和周伦佑，还有莽汉主义、整体主义、新古典主义、新浪漫主义、红色写作、黑色写作等。我们从先锋的角度来理解和接受这些诗歌标签，我们很长时间以来误以为这些标签凸显了中国新诗的探索方向，甚至认为即便我们当时暂时无法理解其中的某些观念以及观念催生下的作品，但随着时间的流逝，我们终将懂得其中的奥妙。不能否认，先锋性口号有些的确代表了诗人对于新诗形式与内容的积极探索，但不少就是诗人为了赢得诗名而兜售的某种概念，实在没有多少美学的干货。

第二是先锋性技巧。第三代中不少诗作不过是在玩弄语言游戏，玩弄形式游戏，玩弄意象游戏，没有将诗歌与社会、诗歌与历史、诗歌与人生进行有效的对接和互译，这些诗歌往往是悬浮的辞藻堆砌，是与世界无涉的不及物写作。它们的艺术价值，它们的美学意义，它们对于读者的启迪作用，可以说是微乎其微的。在那些诗歌生产的当天，由于某些报刊和诗评家的非理性推崇，不少读者受到了一定程度的蛊惑，误以为它们代表了当时的写作风潮，是中国新诗在当代的最佳范本。现在想来，无论是创作这些诗的作者，还是阅读这些诗的读者，在一种诗歌热潮的推涌之下，都有些丧失理智，失去了某种甄别和判断能力。今天回过头再检视这些诗作，不难发现，有许多作品的艺术水准是低下的，是不达标的。

第三是先锋性行为。张爱玲说，出名要趁早，第三代诗人或许深谙这个生命的诀窍。为了让自己的名号尽可能快地张扬出来，让自己成为许多人追捧的对象，不少诗人并不在诗歌内部下功夫，不在诗歌语言的锤炼和技巧的打磨上做文章，而是做出了许多出格的先锋性行为，啸聚纵欢、四处串联、广发诗歌传单，或者以古怪的言语、诡异的行动而招摇过市，甚至选择弑夫杀妻、自我了结等更具震惊性的行为来牵动世人耳目。种种先锋性行为的出场，确乎收到了奇效，第三代诗人在当时之期的确很是显眼，一时成为许多人追逐的目标。但一夜蹿升的名气其实是一种玻璃样的易碎品，当我们回眸和审视那段历史，又有多少当时红火的诗人今天还值得我们记忆呢?

流毒浸入了中国新诗的身体，谬种仍在继续流传。直到今天为止，我们大部分人都还把先锋性诗歌作为诗歌中的最高艺术来供奉，70后、80后乃至90后的年轻一代的诗人们，也纷纷仿效先贤，继续移用先锋性诗歌策略来为自我张目。20世纪90年代以来尤其是新世纪以后，诗学术语、诗歌主张仍然层出不穷，诸如“垃圾运动”“下半身写作”“崇低主义”“神性写作”“病痛写作”“反饰主义”“反智性写作”“废话写作”“第三极”“梨花体”等。先锋性诗歌技巧探求也无所不用其极，仅从语言上来看，生殖器术语、消化道排泄物、司空见惯的国骂等都频繁进入诗行之中，当代新诗一定程度上成了藏污纳垢的场所和容留器。种种情形令人不堪入目。而先锋性诗歌行为更是叫人始料未及，网络骂仗、相互鄙视抑或相互吹捧成为惯见的诗歌行为，还有裸体朗诵、裸体奔走、裸体就餐等实在是大辱诗名。

我们必须承认先锋性诗歌对于新诗创作的重要意义。“先锋就是自由”（尤奈斯库），一切科学的发展和艺术的进步，都需要先锋性的思想和行动来引领和开创，诗歌创作也不例外。综观90多年来的新诗发展史，我们不难得知，新诗创作成就的不断取得，新诗的持续发展与前行，都是与诗人的先锋性观念和创作分不开的。在这个意义上，我们没必要将“先锋”一棍子打死，相反我们还必须给先锋性诗歌提供最好的创作环境与机会。

但物极必反，一件事情过头了必定会产生问题。如果说在诗歌创作领域，有一部分人在进行诗歌技巧、诗歌表达上的先锋性探险，而另一拨在进行传统意义上的诗歌写作，这是很正常的诗歌生态。但所有人都在进行先锋性艺术探险，并把这种先锋性行为当成了诗歌创作的大势，自以为“先锋”诗人就是中国新诗的独领风骚者，先锋性诗歌写作就是最有价值的写作，那就值得打问号了。艺术总是有常态与“先锋”的分野，“先锋”有时会代表一种文学潮流，先锋性艺术行动也可能在某一时刻代表了一种艺术时尚。但文学并不就是一味地凭靠“先锋”而向前挪移的，文学的发展除了少数人开创性的“先锋”探索外，还必须要经过大多数人很长时间的消化、吸收、巩固与普及，才能在文学史上留下深刻的印记。对比西方浪漫主义、现实主义、现代主义、后现代主义各类文学样式，我们不难得知，这些文学形态并不是走马灯似的过场性演绎，而是彼此之间相隔了很长的时段，一种艺术形式出现后，需经过长期的发展和演化，直到这一创作方法和艺术风格完全成熟，并出现了某种难以消解的颓势和弊端，才会有新的创作方法和美学风格出来取而代之。西方文学的这种发展情态，充分证明了文学的“先锋”与常态的辩证关系。常态需要“先锋”来打破和颠覆，“先锋”需要常态来巩固与完善，这是文学史演变的基本规律。相反，如果一种先锋性艺术探索取得一定成效后，不进行及时地总结与普及，不在文学的园地上生根开花，很快又进行新的艺术探索，用新的“先锋”艺术取代尚未成熟的旧有“先锋”艺术，那么这样的“先锋”再多，对于文学的发展来说意义也并不大，它给探索者带来的声名，也不过如镜花水月，很快就会消散。

中国当代新诗的读者不断在减少，甚至一如有人说的“写诗的比读诗的还多”，这是一个很致命的问题。造成读者减少的原因，除了商业文化语境的形成将诗歌推置到边缘化的地位之外，诗人自身对先锋性的一味迷恋与盲目推崇也是重要原因之一。读者永远是推动诗歌发展的重要因素，西渡说：“诗歌只有得到来自读者方面的激励，才能获得持续发展的动力。”[①]先锋性诗歌如果不经过沉淀，不转化为常态性文学观念和文学文本，不由非主流变成主流，它与读者就是背道而驰的。遗憾的是，到现在为止，很多诗人还不觉悟，还把诗歌缺乏读者的责任推卸给读者，认为不是自己的诗歌没写好，而是读者的欣赏能力和水平偏低。他们常常挂在嘴边的话诸如“我的诗是写给未来的人看的”，“诗歌的读者是无限的少数人”等，这些话看起来似乎很有道理，其实是不值得推敲的。“我的诗是写给未来的人看的”，意思是说，今天我写的诗也许读者很少，甚至无人问津，不过这没关系，今天没人读我的诗，未来总有人会读，总有人能发现我诗歌的妙处，承认我的地位与价值。这种观点是站不住脚的。今天没

① 西渡：《先锋诗歌档案·前言》，重庆出版社2004年版，第3页。

有受到读者青睐的作品，必定说明它在文学的内容与形式上还有所欠缺，它与社会、与时代、与历史、与人生的距离并非那么切近，它没有拨动读者的心弦，这样的作品在今天无法产生影响，在将来也未必会出现什么奇迹。的确，文学史上不乏“考古发现”式的美学奇迹，即有些作品当时影响不大，但后来被追认为经典，例如陶渊明的作品。但考古发现必须要有历史的遗迹存在，也就是说这些被考古发现的作品，在出现的当天就已经引起人们注意了，只是当时因为美学观念和社会风尚的原因，它获得的评价并不高，后来因为美学观念和文化语境发生了变化，它们的历史地位才得到重新确认。再比如有人说，“诗歌的读者是无限的少数人”，他是想说诗歌总是小众化的文学形式，总是只为那些知识精英所接受的，它不可能得到大面积普及的。这一点也经不起反驳。成熟的文学应该是拥有广大读者的文学，经典的诗歌应该是老少咸宜、妇孺皆知的文学。白居易的诗歌艺术成就很高，但读者面很大，唐宣宗李忱高度评价说“童子解吟长恨曲，胡儿能唱琵琶篇”，可见唐诗的群众基础是深厚的。柳永的词独具风格，艺术价值不菲，但普通百姓皆能接受柳永之词，古人形容为“凡有井水处，即能歌柳词”（叶梦得《避暑录话》卷下），即是这种情形的生动反映。

张清华在总结三十年来的诗歌创作实际时，大胆地指出，新诗在当下之所以远离读者，不是诗歌出了问题，而是“诗人出了问题”[①]，我认为他的观点是相当正确的。而诗人的问题中首当

① 张清华：《找回“诗歌的精神”》，《博览群书》2008年第12期。

其冲的应该是这种抱住“先锋”不松手，对“先锋”一味推崇和迷恋的心态和思想。这种心态与思想观念，既导致了他们不断追新逐异的创作行动，以致深陷在创作的某种陷阱中难以自拔，又导致怪异的诗歌作品层出不穷，因为缺乏通行的审美范式来破解，读者对它们只能望而兴叹、敬而远之。中国新诗中信奉小众化的理念而冥顽不改的先锋性诗歌行为，带来了诗歌大众化道路的无形堵塞，这对新诗发展来说，不啻为一个危险的信号。吕进先生说：“新诗可以小众化，更需要大众化。作为中国诗歌的现代形态，新诗需在一百年之变中继承三千年之常，在多样化格局中努力争取传播的大众化效应。”[①]这是一位富有历史责任的诗评家发出的真诚之声，是值得我们悉心听取的金玉良言。历史的经验告诉我们，没有得到大众普遍认可的艺术，终究是一种稚嫩的艺术，是必须加以改进和完善的审美形态。

总而言之，迷信“先锋”，唯“先锋”是尊，这是中国新诗还不成熟的一种标志。新诗要想拯衰起弊，走向真正的繁兴，必须破除对于“先锋”的盲目迷信。

① 吕进：《诗：大众化与小众化》，《诗选刊》（下），2009年第6期。

口语写作十宗罪

中国新文学遵循着“言文一致”的语言规则，即强调文学语言与生活语言的一致性，从这个意义上说，所有的现代诗歌都可以视为口语写作。如果按照这样的标准，口语写作的范围和对象未免显得太宽泛，论述这样的“口语诗歌”意义也不大。本文所指称的“口语写作”，并不在这个层面上取意，而是专指当下泛滥成灾的那种不加修饰、不加取舍、一味追求所谓原生态、现场感、本真性的生活话语直录式写作，极端言之，这类写作称之为“口水写作”或许更为准确，这类诗称之为“口水诗”或者“唾沫诗”或许更为恰切。在当下，这样的口语写作从业者众，波及面大，流毒甚广，若不加以冷静而客观的反思和严肃而真切的批判，此种不良风气还将持续地扩散和蔓延，这对当代诗歌的发展是极为不利的。

口语写作自身的缺陷是很多的，粗略说来，这类写作至少具有下述十大弊端：

第一，难度的放逐。口语诗人常常创作数量大，生产力强，作品的出场轻而易举，诗集的印行一本接着一本。也许在他们看来，一切的文字，只要将它们分行排列起来，都是可以称之为“诗”的。对于这些人来说，所谓诗歌创作其实并不需要有语言上的锤炼，不需要有修辞上的考虑，不需要有结构上的安排，也不需要有行数和节次上的设计，只要会打字，只要懂得按回车键，你就能写诗。他们不相信一切诗学的纪律，也没有丝毫美学上的顾忌，他们把写诗看作是码字，看作是对日常口语的排列组合游戏。他们把对日常口语的直接撷取视为一种最诚实的诗歌做法，看作是对现实本身的最直接还原，看作是诗歌回归大地和人间的最准确表现。与此同时，他们还嘲笑那些在语词的组构上精雕细琢的人，嘲笑那些在修辞的使用上绞尽脑汁的人，说他们“虚伪”“做作”“矫情”“假打”。取消深度、信奉平面化的后现代意识，已然深入到这些人的血液和骨髓之中，一切遵循美学逻辑的写作难度和创作原则都被他们所舍弃，被他们所放逐。由于诗歌难度的无限放逐，当下的诗坛充斥着缺乏美感、缺乏深意的平庸之作，这是令人异常失望的。

第二，反讽的过剩。口语写作者几乎放弃了所有修辞学层面上的技巧追求，唯独反讽还没有放弃，不仅没有放弃，而且他们还将这种技巧发挥到极致。纵观当下的口语诗作，不难发现，多数都是在其话语背后设置着某种较为突出的反讽对象的，这种对象通常不外两个，要么是性，要么是政治。口语诗歌本身并不具有多少艺术成色和文化底蕴，它们的艺术成色和文化内涵，往往都是通过对性和政治的调侃与揶揄而获得的，如果把这种性与政治的背景抽取掉，这些诗歌立马就会成为一堆词语的垃圾。不能否认，反讽在诗歌中的使用，确乎可以起到强化作品的反思立场与批判力度，给作品带来某种机智性和幽默感等表达作用。但反讽只是丰富多样的修辞技巧之一，它的美学作用的发挥，必须依靠作品本身的艺术性，作品的艺术性越强，反讽所发挥的作用就越大，相反，一个粗糙的诗歌文本，无论你用了怎么俏皮的反讽，其实都是在审美强度和思想震撼力上存在很大欠缺的。换句话说，对于成功的诗歌文本来说，反讽的使用绝对不是单独的，一维的，它必须在与其他修辞手段的配合中才有可能出色完成自己的艺术使命。而当下口语诗只信任反讽，不依赖其他修辞手段，由此造成反讽的过剩，当代诗歌整体上美学色彩的单调和艺术性的贫乏等，也就在情理之中了。

第三，叙述的冗赘。当下出现的不少口语诗，往往写得又臭又长，诗人们将诗歌篇幅拉长所凭借的诗学策略，通常就是叙述。20世纪90年代先锋诗歌的叙事策略曾极大增强了当代诗歌的历史概括力和审美表达度，进而有力丰富了中国新诗的创作技巧，不过，90年代先锋诗歌中的叙事是遵循着一定的艺术原则的，它们注重剪裁，讲究取舍，懂得节制，“叙事的魅力恰恰在于对叙事的潜在反动，在于从生活事件中提取的质问生活的洞察力”（姜涛语），“它的实质是抒情的”（孙文波语），这就是说，先锋诗歌的叙事并不是将某个事项不分巨细地一顿陈述，陈芝麻乱谷子地胡抡一通，而是借叙事来传达对生活的深刻洞察，借叙事来抒情。而今口语诗歌中的叙述，几乎都是在写流水账，都像在便条本上记下一天的衣食住用、吃喝拉撒，没有筛选，没有节制，想到哪写到哪，想叙述什么就叙述什么，好比一个上了年纪的爱唠叨的老太婆一样，一旦叙述起来就刹不住车，叽叽喳喳，没完没了。可以说，当下口语诗歌的叙事，大多是意义并不凸显、思想并不集中的叙述，是拉篇幅凑行数的叙述，既没有将叙事应该呈现的“质问生活的洞察力”折射出来，又没有达到使抒情更有力度的艺术效果。这样的叙述显得冗杂拖沓，累赘臃肿，不客气地说只是一种无效的写作。

第四，语感的夸大。口语写作多是依靠语感的自动写作，语感在口语诗人的创作活动中扮演着极为重要的角色。不夸张地说，口语诗歌的出发点和立足点似乎都在“语感”二字上。何谓“语感”？查百度百科，解释为：“语感，是比较直接、迅速地感悟语言文字的能力，是语文水平的重要组成部分。它是对语言文字分析、理解、体会、吸收全过程的高度浓缩。”由此可见，“语感”的有效性主要是集中在语言文字本身上，而诗人对宇宙人生的独特发现，对历史与现实的深刻领悟等，却不是仅凭语感就能完成的，还必须依靠诗人的细致观察、缜密分析、认真思考与准确判断。一首诗最重要的部分，并不就是语言文字本身的光洁明亮，而是语言背后所蕴藏的有关世界和人生的独特理解与感悟。此其一。其二，仅就诗歌文本构造的语言本身来看，单凭语感并不能孵化出最为精致妙美的诗歌文字来。语感或许能催生一二首好诗，但它无法包办所有的诗歌，更多诗歌的成型，还必须凭借反复的打磨与雕琢，凭借“语不惊人死不休”（杜甫）的锤炼之功，凭借“吟安一个字，捻断数茎须”（卢延让）的苦吟精神。口语诗歌过于相信语感的力量，只将诗歌生成的可能寄托在语感上，由此制造出一个“语感”神话来，这种着意夸大语感诗学功能的做法，实在是有悖于诗歌的艺术创作规律的。

第五，结构的随意。口语写作是不讲究诗歌结构的安排的，在口语诗人心目中，或许压根儿就没有“结构”这样的诗学考虑。由于没有在诗歌结构上加以有意地设计和安排，口语诗歌一般都没有值得称道的章法和秩序，显得散漫、随意，因而无法将深隽的诗意最有效地呈现出来。诗歌在古希腊被称为是“精致的讲话”，所谓“精致”，不仅是指语言运用上的精炼含蓄富有韵致，还指形式构筑上的精巧与别致。可以说，在四大文学文体中，作为“有意味的形式”的诗歌是最讲究形式技巧的，最需要有结构上的精心安排的。大凡优秀的诗歌作品，都有一个精巧别致的文本结构，这种精致的结构与诗歌中包含的情感的丰富性和思想的深厚性之间，构成互相激发、彼此彰显的意义关系，从而在一定程度上体现出堪称经典的文学潜质。当下的口语诗歌结构上的散漫和随意，不仅不利于诗人思想和情感的最有效表达，还将大大削弱它的经典性潜能，一定程度上对诗歌文本的历史性认可和艺术上升华等构成了致命性的妨碍。

第六，诗语的泛化。诗歌中所使用的语言，通常被称为“诗家语”，这种“诗家语”“来自一般语言，又高于一般语言。它们‘言在意外’，‘计白为墨’，比一般语言更精炼，容量更大，张力更强，留给读者的想象空间更宽”。[①]从吕进先生关于“诗家语”的阐释之中，我们不难理解到，所谓“诗家语”一定不是日常语的直接搬用。相比日常语，诗家语具有四个突出的特征：一是精炼性，也就是比日常语更精致，更简练，删除了日常语的粗糙和冗杂，直现语言的意义指向功能；第二，容量大，诗家语是对日常语的加工和提纯，自然有着日常语难以比拟的思想和感情容量；第三，张力强，同日常语与现实生活的一体化相比，诗家语

① 吕进：《吕进文存》（第四卷），西南师范大学出版社2009年版，第49页。

与现实生活本身存在着适当的距离感，诗中语词之间也存在很多的省略和空白，因此呈现出强烈的张力；第四，有宽阔的想象空间，诗家语讲究的是吞吞吐吐，讲究的是欲言又止，它只对读者说出冰山一角，而让读者发挥自己的联想与想象力，去构建出整座冰山来。然而，当下的不少口语诗歌，全然不顾诗家语与日常语的分别，一意孤行地将所有的日常用语都搬到诗歌篇章之中，造成了诗语的极度膨胀与严重泛化。于是乎，我们看到，肮脏的骂人之语，不堪入目的性事之词，都堂而皇之地入得诗来，中国新诗一时间成了垃圾的容留场、成了浊物的集散地，诗语的泛化导致了诗歌高贵精神品质的失落，这是口语写作的语言痼疾所造成的显著负面效应。

第七，张力的缺失。张力既是诗歌创作必须遵循的审美原则，又是评价诗歌优劣的重要诗学标准。陈仲义先生认为，张力是通向诗意的“引擎”，他还理直气壮地断言：“无张力可言的诗大部分是非诗、劣诗和伪诗。”[①]似乎可以说，饱含张力是一切优秀诗歌都应具备的艺术素质。诗歌中张力的产生，来自于诗家语与日常语的自然分别，来自于诗歌境界与现实处境的明显差异，也来自于诗歌语言所凸现出的表层意蕴和深层意蕴之间的距离与落差，以及由此生成的无法穷尽的意义潜能。对于诗歌来说，语词的精心选择，词语的神奇搭配，句子的有意识安排，节奏的巧妙处理，诗行的有意味布设，情感的恰当彰显，思想的有策略袒现等，都是可以给诗歌带来张力效果的。遗憾的是，口语

---

① 陈仲义：《现代诗：语言张力论》，长江文艺出版社2012年版，第87页。

写作一贯不重视这些创作技巧，一些诗人把诗歌创作视为日常语言的狂欢，将诗歌表达变成了“说话的分行和分行的说话”（陈仲义语），由此造成了张力的稀少乃至缺失。可以武断地说，口语写作生成的无张力或少张力的所谓诗歌，既不深刻，也不含蓄，还缺乏耐人咀嚼、撩人心襟的诗意与诗味，其艺术性是严重不足的。

第八，思想的贫乏。口语写作使用的是未经淘洗和拣择的日常口语，这些语词显得平淡无奇，有些甚至还相当粗俗和低劣，这样的语词策略，本就无法表达含蓄深厚的意义，语言背后也就更是无法具有思想的储藏了。与此同时，口语写作借重于反讽修辞，通常对性与政治进行某种有意无意的调侃、揶揄与戏弄，希望这样的表达策略能呈现出崇高的思想情怀、高远的生命理想以及具有终极价值的宗教关怀，显然是不切实际的。再者，口语写作往往奉后现代为圭臬，将后现代主义解构宏大叙事、取消深度模式、取消历史感、强调世界的碎片化、平面化等思想，作为自己的创作思想，无深度、无技巧乃至无意义。只求语言倾泻的畅快和语言游戏的狂欢，成为他们的创作动力与美学旨归。因此，要想在口语诗歌中寻找深刻的意义指向和震撼心灵的价值诉求，往往是徒劳无功的。当我们说口语诗歌缺乏深刻的思想蕴藏和鲜明的价值立场，也许一些诗人会反驳说，后现代思想不是一种极为丰富而深刻的思想吗？我们并不否认后现代思想的深刻与丰富，问题是，诗人的创作理念与他们诗歌所呈现的思想这二者之间是不能画等号的。当下的口语诗歌是以后现代观念为思维逻辑来草率构建自己的文本的，由此建构起来的文本语言直白粗俗，意味浅陋贫瘠，并没有呈现出后现代思想内涵来。

第九，对读者的愚弄。当下口语诗结构散漫、语言粗糙、思想平庸、叙述冗赘，整体质量很是糟糕，这已是一个不争的事实。如果说这些口语诗缺乏美感，创制它们的口语诗人们自己有自知之明也就罢了，令人不解的是，很多口语诗人还自我感觉良好，时时处处把自己当作当今诗坛老大，把口语写作看作当代诗歌的宗主，在大庭广众中不断炒作、反复兜售自己的口语诗作，令读者眼目淆乱，是非莫辨。这就好比“皇帝的新装”，明明是子虚乌有，却非要弄出明艳照眼、世间罕见的态势，以此唬住一些不明内里的人。这么多年来，我们的诗歌教育尤其是新诗教育是极度失败的，从小学到中学，语文课堂都不怎么进行诗歌传授，从老师到学生都未能真正懂得新诗之妙，更难把握新诗的当下发展现状了。到了大学，除中文系会涉及新诗内容外，其他专业很少开设新诗讲授的课程，也就是说，多数人的学习阶段都没有与新诗真正打过交道，发生过密切关系。口语写作之所以在今天大行其道，与今日之诗歌读者的新诗阅读经验不足、新诗知识缺乏、对新诗状况不了解、对新诗缺乏基本的审美判断力等是不无关系的。而口语诗人们乘虚而入，以劣货充优品，想方设法让口语诗歌成为畅销产品，这不仅是不负责任的诗歌行为，而且还可以说是对读者有意地误导乃至愚弄。

第十，对新诗形象的损毁。新诗的历史不过百年，在近百年新诗发展史上，对其质疑乃至否定之声是此起彼伏的。从1936年鲁迅指出“中国现代诗歌并不成功”[①]的言述，到1965年毛泽东有关“用白话写诗，几十年来，迄无成功”[②]的论断，再到1990年代末郑敏对新诗发展道路正确性的怀疑，再到不久前流沙河先生有关“新诗是一场失败的实验”[③]的演说，种种情形都明确告诉我们：新诗的历史地位和审美合法性至今都未能完全奠立起来。在20世纪80年代，借助改革开放时代大势的推波助澜，中国新诗获得了弥足珍贵的闪亮登场机会，那个时候的诗人与诗歌受到了全社会的广泛关注，不过，那也许只是中国新诗偶尔露峥嵘的难得的时机，从某种程度上说也许是并不正常的一种情形。多数时候，中国新诗都是在边缘化的境遇中存在和持守着的。新诗的历史合法性并未完全确立，新诗在社会中的地位又不甚高，社会对新诗的不满和质疑从未中断，中国新诗的发展本来就是举步维艰的，口语写作却不怕从中添乱，不断以大量劣质作品示人，真可谓你方唱罢我登场，试看谁更恶与俗。一些口语诗人为个体之虚名浮利，不惜损毁中国新诗的正面形象，这样的作为，难道是值得提倡和追捧的吗？难道不应该进行激烈的批判吗？

口语写作的弊端或许还有，而其流毒深远，恐怕疗救起来并非一时之功。但我们现今若仍无视其弊端，让其继续嚣张下去，中国新诗的前途，将会更加茫然！

---

① 《鲁迅同斯诺谈话整理稿》，斯诺整理，安危译，《新文学史料》1987年第3期，第7—9页。

② 毛泽东1965年7月21日致陈毅信，见《毛泽东书信选集》，中央文献出版社2003年版，第608页。

③ 见《流沙河：政府应努力营造一个公平的诗歌生态环境》，新华网2013年12月9日。

去修辞化：口语写作的致命伤

德国汉学家顾彬曾批判中国当代文学“都是垃圾”，这样的评判无疑是有些极端和武断的，因此不足为信。不过他对中国作家在语言使用上的随意性进行的极力批评，我认为还是很有道理的。他说：“一个中国作家没有去探究语言本身的内部价值，他或她只不过随意取用任何随处看到、读到或听到的语言。这是日常语言、街头语言，当然，也是传媒语言。”顾彬接着说，一个作家如果只是这样来使用语言，那么是“难以创作出伟大的作品”[①]的。顾彬的批评，对于我们审视当下甚嚣尘上的口语写作所存在的艺术弊端是有指导意义的。

新世纪以来中国诗坛泛滥成灾的口语诗作，是与20世纪80年代中后期崛起的“第三代”诗群有着极为深厚的渊源关系的，按照伊沙的说法，“口语诗”这一概念诞生的背景正是“第三代”主体诗人所带来的第一次口语诗浪潮，它由1982—1985年诗人们的地下写作实践（他视上海诗人王小龙写于1982年的《纪念》为“口语诗”的开山之作），通过1986年“两报大展”以及在此前后主流媒体对其做出的“生活流”误读而给予的肯定从而占得舆论的上风，它的新鲜感赢得了业内同行的追逐效仿，它的可读性赢

① 顾彬：《我们的声音在哪里？——找寻“自我”的中国作家》，《扬子江评论》2009年第2期。

得了一般读者的喜欢，1986—1988年是“口语诗”写作迅速升温，终至泛滥的两年，是“口语诗”的第一次热潮。[①]伊沙的这段描述大抵没错，他对口语诗的历史溯源具有一定的可信度，但他认为口语诗具有“新鲜感”和“可读性”的观点则需要辩证地分析。应该说，在口语诗初生的80年代，由于朦胧诗的深刻影响，很多诗歌已经显示出意象过于密集、文化和思想承载过重的美学窘态，这一时期强调“诗到语言为止”（韩东）、“拒绝隐喻”（于坚），倡导直接面对世界和生活的口语写作，的确是富有突出的诗学意义和审美价值的，这一时期诞生的口语诗，比如于坚的《尚义街六号》、韩东的《你见过大海》等，以其独特的思维方式和语言表现形态，呈现出非同凡响的艺术气质，从而迅速获得了诗界的关注和好评。但是时至今日，当口语写作持续三十余年之后，它的艺术效能已慢慢耗尽，而其弊端正逐渐显明。口语诗语言琐碎，诗味不强，缺乏技法和创造力等，这些都是被人们广泛诟病的地方。口语诗之所以存在着难以根除的美学弊病，是因为它在创作原则和方法上具有一些与诗歌这种文体相抵牾的地方，比如口语写作的去修辞化策略，就严重影响着它的艺术成色和审美升华。某种程度上，我们甚至可以说，去修辞化成了制约口语诗歌发展的致命伤。

如何理解口语写作中的去修辞化倾向呢？我们不妨从具体的口语诗作入手来加以阐释。被伊沙称为“口语诗”开山之作的《纪念》一诗，出自王小龙之手，其中已露出口语写作去修辞化

① 伊沙：《关于“口语诗”》，伊沙新浪博客（http://blog.sina.com.cn/yisha），2006-12-2。

的端倪。该诗共有三节，第一节写曰："一群酒杯站上饭桌 / 准有一只是你的 / 搬家时抽屉打翻了 / 掉出你忘了寄出的信 / 那双旧皮鞋依然故我 / 停泊在干涸的床底 / 很费劲的思想 / 刮脸刀锈住了你的几根胡子 / 一切为什么这样快就成为过去 / 当我吹灭了火柴 / 一抬头看见了你 / 在镜子里抽烟 / 你每天早晨坐在那里 / 觉得纳闷 / 你很聪明 / 所以无能 / 你每一次发火其实都是在骂自己 / 你的皮肤很黑 / 毛孔粗大 / 你的眼里掠过悲哀的雁群时 / 秋天也就过去了 / 我就是你"。在这一节诗中，"搬家时抽屉打翻了""掉出你忘了寄出的信""刮脸刀锈住了你的几根胡子""你每天早晨坐在那里 / 觉得纳闷""你的皮肤很黑 / 毛孔粗大"等句子，都是现实实在的直接录写，没有丝毫修辞技巧的参与，可以说，这些去修辞化的诗歌语式，占据了整首诗的绝大部分篇幅。自然，由于该诗诞生于1982年，正是朦胧诗已经成为那个时代诗歌主潮的重要时刻，因此它还没有完全达到去修辞化的写作境界，仍保留了诸多运用比拟、隐喻、象征等修辞的创作痕迹，如"一群酒杯站上饭桌""那双旧皮鞋依然故我 / 停泊在干涸的床底"等。应该承认，王小龙这首诗将去修辞性的口语书写和修辞化的"诗家语"书写混融在一起，诗歌语言呈现出某种美学张力，在艺术表现上也达到了一定的高度。不过，在此之后，由于口语诗人不断放大口语的表意功能，逐渐放弃诗歌表达中的修辞言说，口语诗的艺术性也不断滑坡，口语写作最终悲剧性地沦为了"口水"写作。例如伊沙的《崆峒山小记》，这首被南京汉诗中心评为"2007年庸诗榜"第一名的口语诗作，就是典型的去修辞化的产物。全诗为：

上去时和下来时的感觉
是非常不同的——

上去的时候
那山隐现在浓雾之中

下来的时候
这山暴露在艳阳之下

像是两座山
不知哪座更崆峒

不论哪一座
我都爱着这崆峒

因为这是
多年以来——

我用自己的双脚
踏上的头一座山

在这首诗中，除了“隐现”“暴露”这两个词语具有某种修辞性意味外，其余的词语和句子都可以说毫无修辞可言，都几乎是情采单调、意义贫乏的日常话语的排列，因此整体上说，这首诗的诗意和诗味是不充分的。伊沙的这首诗，可以看作当下绝大多数口语写作的一个缩影。

诗歌创作是一种独特的语言建构形态，而不是日常话语的简单罗列。作为一种文学类别，诗歌有属于自己的言说方式，即“诗的言说方式”，“所谓诗的言说方式，就是诗使用的独特的词汇规范、语法规范和修辞规范。具体说来，一般语言在诗中成为灵感语言，实现了（在非诗文学看来的）非语言化、陌生化和风格化，从而成为诗的言说方式。”①也就是说，在诗歌言说之中，修辞规范是诗人必须遵守的一种审美规范，借重修辞来委婉而含蓄地表情达意是诗歌言说必不可少并行之有效的一种基本策略。正因为诗歌言说使用了“独特的词汇规范、语法规范和修辞规范”，才能做到“余味曲包”“含蓄蕴藉”，做到“含不尽之意见于言外，状难写之景如在目前”（欧阳修《六一诗话》），从而给人带来回味不尽的艺术感染力。相反，如果诗歌表达去除了修辞化的言说成分，只是用干瘪直露的日常口语来简单地缀接和垒砌诗行，那就恐怕很难呈现出萦绕不绝的意蕴和情味来。

在新世纪以来的口语写作中，诗人实现去修辞化的路径大致有这样几种：其一，直用口语。一首诗从头至尾都是日常口语的直接运用，没有任何修辞性（特别是消极修辞）的语言成分。例如赵丽华《一个人来到田纳西》：“毫无疑问 / 我做的馅饼 / 是全天下 / 最好吃的”，这是典型的“梨花体”模式，现实中的大

① 吕进：《论“诗家语”》，《文艺研究》2014年第5期。

白话分行排列后便成了一首诗，其艺术性究竟几何，是值得人们深深质疑的。再如乌青《匆忙的一天》：“我匆忙地从床上起来 / 匆匆忙忙地吃饭 / 匆匆忙忙地上网 / 然后匆忙出门 / 在街上匆匆忙忙地转了一圈 / 回到家 / 这一天我什么也没干 / 只是非常匆忙”，这也是没有多少美学含量的口语堆垒。其二，倚重叙述。口语写作既要去掉修辞化的表达策略，又不能缺少诗境展开必须具备的话语场，怎么办？一些诗人将书写的方略放在了叙事之上，希图借助叙事来创作出某种诗意氛围来。新世纪以来口语诗歌中叙事的泛滥，与这种诗学思维恐怕不无干系。随便举个例子，例如被伊沙《新世纪诗典》推举过的邢非《收废品的男孩》如此写道：“只有十六岁 / 健壮的手熟练地把我的废报纸放进口袋 / 我问他是哪里人 / 他说了个地名，我不可能知道 / 他看我疑惑，站直身板大声说 / 大头娃！奶粉！不知道吗？ / 我恍然大悟，那个著名的地方啊 / 他呵呵笑了 / 露出一口洁白的牙齿”，伊沙看重其中的“大头娃！奶粉！”道出了历史的某种玄机，但我觉得这种说法实在有过度诠释之嫌。这首诗在叙述上还是比较熟练的，但这并不意味着熟练的叙述就使它达到了一种艺术境界。事实上，读完这首叙述为主的诗，我们并不能完全明了诗歌的情趣和意旨所在，这就是说，诗歌的表达是并不成功的。其三，依赖反讽。口语写作缺乏的是隐喻、象征等重要的诗歌修辞技巧，但并不缺乏反讽这样的表达策略。应该承认，反讽也是一种修辞策略，但它只构成口语写作反修辞化观念下，为了寻求某种诗意而有意启用的一种话语形式，并不能成为口语写作讲究修辞技巧的证据。试举魏理科《凤头猪肚豹尾》为例：“老师说

你要把它写得 / 有风头猪肚豹尾 / 就是好诗了 / 风头、凤肚、凤尾 / 是凤凰 / 猪头、猪肚、猪尾 / 是猪 / 豹头、豹肚、豹尾 / 是豹子 / 风头、猪肚、豹尾 / 我想了想，还是觉得 / 它不是个东西”，该诗入选《新世纪诗典》时，伊沙对之评曰：“本诗是一首典型的解构之作，是对一句写作学谚语的挑战，意图很简单，但更重要的是：你我笑了，现代诗可口可乐！”[①]口语诗歌中的反讽策略，往往是在最后一句中发挥某种表达功效，仿佛是脑筋急转弯，但这种试图只依靠一句话来达到全诗意蕴的革命性变化，其实是并不符合诗歌美学原则的。因此，口语写作中只依靠反讽来建构诗歌意义空间的策略，多数都是以失败而告终的。

英美新批评理论家布鲁克斯曾经指出：“艺术的方法绝不会是直接的——始终是间接的。”[②]另一位新批评理论先驱瑞恰兹则认为：“所有比较细腻的情绪都需要用隐喻来表达。”[③]两位理论家的话语，都是在他们对诗歌进行理论阐释时讲述的，因此对于我们理解诗歌的艺术表达方式来说是有较大的启发和借鉴意义的。在新世纪诗歌中，放弃修辞化的表意策略、直接运用日常口语来呈现诗意的口语写作，其艺术方法过于直接，也缺乏必要的隐喻修辞，因此很难说它们能表达出细腻的情绪和复杂的思想来。事实上，当下的多数口语诗都只是生活中某种零星感受的直

① 伊沙选编：《新世纪诗典》（第一季），浙江文艺出版社2012年版。

② 布鲁克斯：《精致的瓮：诗歌结构研究》，郭乙瑶等译，上海人民出版社2008年版，第12页。

③ 转引自布鲁克斯：《精致的瓮：诗歌结构研究》，郭乙瑶等译，上海人民出版社2008年版，第11页。

接书写，某种灵机一动的语言显形，缺乏更深远的生命观照和更丰厚的意义内涵。这样的创作一旦成为时代的某种艺术主潮，对新诗所带来的负面作用和并不健康的影响效果是显而易见的，因此必须加以及时的反思和有力的批判才行。在我看来，去修辞化的口语写作，呈现出了诸多的美学弊端和创作隐患，不得不引起诗界的高度警惕。粗略地说，主要有这样几种：第一，创作难度的放逐。每个诗人的诗歌创作总是以某种观念和态度为先导的，当口语写作者将去修辞化作为一种诗学观念来指导自己的创作实践时，琐碎平庸的日常话语便轻松获得了成为诗歌语言的艺术合法性，既然俯拾即是的日常话语都可能轻而易举地成为诗歌语言，那诗歌创作某种程度上就成了日常口语的简单采撷，其难度系数便不复存在了。第二，诗歌写作的简单随意。这是与前一点相伴相随的。既然新诗创作已无难度可言，那么它在一定意义上就可能变成了一种操作异常方便的语言游戏，只要把日常话语分行排列，一首现代诗就迅速生成。去修辞化的口语写作，成了日常生活用语的排列组合练习，这种被人诟病为“回车键艺术”的创作情势，不仅背离了中国诗歌“吟安一个字，捻断数茎须”“语不惊人死不休”的“苦吟”传统，而且也在某种层面上对百年新诗的艺术形象造成了伤害。第三，诗歌内涵的单薄。在去修辞化的艺术原则指导下所创作出的口语诗，往往只是诗人某一个闪念的简单录写，并不是诗人对宇宙人生的深刻考量和深入探究之后而生成的结果，因此常常显得语意平淡，内涵单薄，缺乏令人把玩不尽的“余香”和“回味”。第四，想象空间的狭小。诗歌创作通常是用艺术的语言构建一隅诗意的空间，它是诗人希望在现实世界之外另建一个想象性世界的人文理想的折射和反映。诗歌中所建构出的想象性世界，往往是凭借意蕴纷繁、含蓄蕴藉的诗歌语言来实现的。然而，去修辞化的口语写作，无法将这种美轮美奂、异彩纷呈的想象世界构建起来，因为“如果去掉修辞，就意味着更加客观或直白地进行表述，那样也就自然地挤压了诗的想象空间，抹杀了诗的丰富性”。[①]第五，语言赋意不够。“诗是歌唱生活的最高语言艺术”（吕进语），既然是最高语言艺术，诗歌创作就必须在语言的锤炼和运用上费尽心血，花足工夫，让现代汉语幻化出艺术的迷人光泽来。某种程度上，对现代汉语诸多词汇的意义潜能的挖掘，都是通过在诗歌中出神入化地使用这些词语来完成的，而诗歌中的修辞言说，正是使词语得以创生新意、获得增值的最有效路径。去修辞化的口语写作，显然无法使词语获得新意的艺术诉求得到及时的满足。

话说回来，我在此指出了去修辞化的口语写作的若干弊端与痼疾，其意不在于完全否定口语写作的历史价值和诗学意义，事实上，真正的口语写作所呈现出的美学风貌、所具有的艺术魅力，都是不容忽视的。当然，真正的口语写作又是难度极大的，正如学者包兆会所说：“理想的口语诗写作是很难的：一方面要剔除文化和历史附加的语义，对附着在语词之上的文化和历史进行‘减肥’运动，目的是尽可能剔除各种强权、势力、意义、文化强加在语言身上，让语言回到自身；另一方面也要告别和偏离日常惯用的语言和思维习惯，那种自动化获得的语言和思维积淀

① 赵金钟：《隐喻，不可或缺的审美在场》，《湛江师范学院学报》2013年第1期。

着庸常的伦理，大众的意见。真正到位的有价值的‘口语诗’写作，是一种需要更高智慧的写作，也是一种更具个性和原创力的写作。”[①]当下已成常态的去修辞化口语写作，其实是对口语写作本身的误解，是对口语所具有的艺术潜能的有意夸大和过度开发，因此，对之加以深度审视和有效批判，是有利于新世纪诗歌更健康地向前发展的。

① 包兆会：《当代口语诗的合法性、限度及其贫乏》，《文艺理论研究》2009年第1期。

新世纪诗歌八问

时间过得真快，一转眼，新世纪就已迈入到第十五个年头了，而新世纪十多年来的中国新诗，也一直在平淡甚至平庸的状态中徘徊不前，其中值得反思和检讨的现象与问题实在太多太多，也许单靠和颜悦色的提醒和不痛不痒的批评已经不再能起任何作用了。新世纪诗歌的大小痼疾而今还在持续地生长和蔓延着，似乎大有积重难返之势，我认为现在是到了撂狠话、施拳脚的时候。在此鄙人不惜冒犯众怒，斗胆提出有关新世纪诗歌的八大诘问，以引诗界同仁的高度重视与彻底反省。

一、新世纪诗歌的先锋性何在？

据罗振亚先生考证，“先锋”一语原本为军事术语，意指“一支武装部队——陆军、海军或空军——的先头部队，其任务是为（这支武装力量）进入行动做准备”，后被移用到文学艺术领域，变异为“一种文化精神、姿态和方法”。在他看来，所谓“先锋诗歌”，“当是那些具有超前意识和革新精神的实验性、探索性诗歌的统称，它至少具有反叛性、实验性和边缘性三点特征”。[①]这些阐释对我们理解“先锋诗歌”的内涵和功能是有很大助益的。我认为，先锋诗歌最为可贵的品质就在于它的不拘一格甚至离经叛道的探索与实验，先锋诗歌不是以取悦大众为创作目的的，而是以超前的语言、形式和思想，来打破读者的阅读陈规，扩大他们的期待视野，从而使中国新诗的审美空间得以极大地拓展，使中国新诗的艺术形态和语言构造得以不断丰富。在20世纪80年代，朦胧诗、第三代诗都是具有鲜明的实验性和探索性的诗歌，因此它们是典型的先锋诗歌。因为朦胧诗和第三代诗的大量出现，20世纪80年代成了百年新诗发展过程中一个极为重要的历史时段。

然而，新世纪十多年来，中国诗人的实验与探索精神显得极其薄弱，具有前卫和先锋气质的诗歌作品因此显得少之又少。为什么说新世纪诗歌的先锋性极为欠缺呢？其理由有三：第一，新世纪诗歌缺乏语言创新。诗歌作为一种“精致的讲话”，必定是一个民族语言呈现的最高级形态，一定程度上构成了这个民族显形语言中最为优美、最为奇妙的部分，先锋诗歌更是语言创新的排头兵。而诗歌语言精致、优美与奇妙的生成，绝不是单靠直录现实语汇、呈现日常生活场景所能达到的，它必须依赖诗人采用的诸多艺术技巧，诸如打破固有语法规则、讲究不搭界词语的强行组接、使用多种修辞策略、注重表意的含蓄蕴藉等。然而，新世纪以来，不少诗人高调倡导口语写作，有失理性地拒绝隐喻，过分强调叙事的功能与作用等，都将新世纪诗歌引向了歧途。不

① 罗振亚：《20世纪中国先锋诗歌》，人民出版社2008年版，第2—3页。

注重隐喻修辞和语言锤炼的新世纪诗歌，一时间成了口水与飞沫的世界，成了陈词滥调的舞台，从“梨花体”到“羊羔体”再到“乌青体”，真可谓你方唱罢我登场，一个比一个俗气，一个比一个直白。新世纪以来的中国诗坛到处充斥着这样的无难度写作文本，充斥着这样的口水化成品，又怎么可能体现出语言的创新性来呢？没有语言创新，又何谈先锋诗歌？第二，新世纪诗歌缺乏形式创新。诗歌说到底是一种形式艺术，甚至可以说，在新诗创作中，形式往往决定着内容，新颖的形式可以为诗情的展开和意义的传达提供最为便利的条件，甚至独特的诗歌形式本身有时就是某种独特的内容。对于先锋诗歌来说，形式创新更为重要，一定意义上，是否具有形式的创新，常常是判断一首诗是否具有先锋性的重要条件与标准。在百年新诗史上，那些堪称经典的诗歌文本，如徐志摩《再别康桥》、戴望舒《雨巷》、卞之琳《断章》、穆旦《赞美》等，都是有着独具特色的艺术形式的。自然，形式的创新与诗歌结构的紧凑和语言的精炼等是联系在一起的，只有做到了结构紧凑、语言精炼，其诗歌形式才能显示出特色来，相反，结构散漫、语言拖沓，内容呈现上枝蔓横生，形式本身也是无从构建的。新世纪以来，中国新诗的创作纪律是极为松懈的，诗人们不太注重审美自律，话语狂欢之作举目皆是，讲究结构设置和形式创新的作品凤毛麟角。新世纪诗歌很少形式上的创新，又有什么先锋性可言？第三，新世纪诗歌缺乏具有历史穿透力的思想锋芒。先锋诗歌是具有强大的生产力的诗歌品种，它不仅要生产新的语言，生产新的诗歌形式，还要生产出独特的思想来。想想当年波德莱尔《恶之花》诞生时的情形，就能知道先锋诗歌的破坏性与影响力会有多大，其思想上的惊世骇俗程度有多剧烈。可以说，没有巨大的思想震慑力和强烈的历史穿透力的诗歌，即便语言有所创新，形式有所创格，其先锋的个性也是无法凸显的。在新世纪诗坛，某些诗人错误地把一些对政治加以调侃、对性进行直观裸现的作品当成是有思想深度的诗，而没有意识到真正有思想含量的诗应该直指宇宙人生的内核，直接追问生命的本源问题。诸多错误的审美理解和诗学观念，一定程度上阻碍了新世纪诗歌向更为高峻的思想巅峰攀登。

由此可见，缺乏语言创新、形式创新与思想创新的新世纪诗歌，其先锋性究竟有几何，是值得人们深深质疑的。

二、新世纪诗歌的“民间性”何在？

在与青年学者杨庆祥的一次对话中，莫言谈到过有关当代诗歌中的“民间”与“民间写作”等问题。他说：“我们有官方和体制， 那么没有被纳入官方体制之内的就算是‘民间’了， 这个在诗人里面限定得比较清楚：凡是在官办的刊物上发表的作品都不叫‘民间写作’， 只有在自费的、没有正式刊号的刊物上，或者是油印的刊物上的诗歌才叫‘民间写作’。”[①]莫言的这段话强调了“民间”所具有的非官方特征，突出了民间诗歌写作的独立性与诗歌印行传播的自主性等特点，虽然对“民间”一词的解

① 莫言、杨庆祥：《先锋·民间·底层》，《当代作家评论》2007年第2期。

释并非绝对准确，但大体上是可以成立的，对我们思考“民间”的诗学内涵和审美功能也不乏启发意义。或许因为“民间”是与主流意识形态有所疏离的一种人文存在，才确保了其思想的原创性与艺术探索的先锋性，因而成了当代诗歌发展的不可或缺的根据地。当代诗歌的“民间”力量，构成了20世纪80、90年代中国诗歌史的重要部分，这已成为不少诗人和诗评家的某种共识。例如于坚就曾指出：“中国当代诗歌历史的主要部分写在《今天》《他们》《非非》《大陆》《葵》《诗参考》《一行》《现代汉诗》《倾向》《象罔》《锋刃》……以及最近的《下半身》《朋友们》……的目录上。”[①]

在我看来，20世纪80、90年代中国诗歌中受人称道的“民间写作”体现出的“民间性”特质，主要包括三个要点：第一，独立的美学立场。“民间”诗人往往秉持着一种不依傍于他人的独到的诗学观念与审美立场，其特立独行的诗歌正是在这种独立的美学主张支撑之下创生出来的。第二，反叛的艺术精神。“民间”诗人不会向既有的艺术范式盲目俯首称臣，不会向既有的写作规则轻易缴械投降，他们始终以诗坛叛逆者的形象出场，为的是让具有先锋思想和艺术气质的作品能获得足够的生存与发展空间。第三，边缘的生存状态。“民间”诗人并不以向中心靠拢为荣，而是始终以立于边缘为乐，边缘给他们提供了宽松的思想环境和自由的创作态势，“从边缘出发”一定程度上构成了他们诗思展开的切入点和灵魂裸露的方向标，在边缘处甘守寂寞的心态

① 于坚：《当代诗歌的民间传统》，《当代作家评论》2001年第4期。

又为他们诗歌的纯净和雅洁提供某种品质上的保障。

20世纪80、90年代中国新诗的“民间写作”，得到了主观与客观两个方面的历史承诺。主观上，很多诗人都以立于民间为已任，以独守边缘为要则，将“好诗在民间”视为一种美学信条加以尊重；客观上，诗歌环境的相对自由与宽松和民间诗歌刊物对于“民间立场”的坚守与捍卫，为“民间写作”提供了外在的动力源。然而，进入新世纪之后，中国诗歌的外部环境发生了极大的改变，世俗化的浪潮疯狂遮没了诗歌的高贵精神领地，商业主义的运行逻辑已然渗透到中国新诗的每一个孔道之中，浮躁由此成了新世纪诗人难以治愈的通病。新世纪以来，很多诗人都热衷于奔赴各种颁奖会、研讨会、朗诵会，不断制造着各种诗歌事件，千方百计希望挤入新闻报道与文学阐释之中，希望成为人们关注的对象与重视的目标。诗坛的热闹和喧哗此起彼伏，唯独不见了具有独立诗学品格和民间精神气质的艺术成品，这是令人痛心疾首的。“民间”是一个很少依靠公共资源而凭借个人力量就能存在的历史场域，“民间写作”应该是一种孤独的、寂寞的、特立独行的写作状态，它往往是与热闹和喧嚣绝缘的。而今诗坛的浮躁与喧嚣，事实上已经将中国新诗的民间精神传统悄然涂抹而去。与此同时，以往作为“民间写作”重要载体的民间诗歌刊物，在新世纪以来也慢慢变味了。可以毫不客气地说，如今的所谓诗歌民刊大都已经“官刊化”了，没有个性化的诗学主张，没有独具特色的艺术追求，没有特定的审美标准，很多民刊都成了大杂烩、乱拼盘，都显得千人一面，很少有民刊保持着自己风格和流派上的独特性与自主化，而且当下那些所谓的民刊都在努力争取着正规书号，千方百计地走公开发行渠道，极力与官刊争夺着读者市场，其办刊的原则、思路以及生成的刊物实体，完完全全地“官方化”了。我认为，民刊应该是民间诗人的“自留地”，民刊的可贵之处就在于其民间化和私有化，一本民刊就应该是少数几个人独自出演的艺术舞台，并不需要各色人物的竞相登场。因此，而今大杂烩、乱拼盘的所谓民刊，其实已经不再具有民间的性质，而在某种程度上成了“官刊”的变种。新世纪诗歌民刊的“官刊化”，对“民间写作”的威胁是很大的，甚至可以说极大削弱乃至取缔了“民间”的诗歌力量。

从上述几种现象出发，我可以武断地说，新世纪诗歌的“民间性”是极为缺乏的。

三、新世纪诗歌创作的难度意识何在?

新世纪诗坛充斥着许多缺乏难度、随意创制的诗歌文本，比如这首《火车》：“旷地里的那列火车 / 不断向前 / 它走着 / 像一列火车那样”。这种“皇帝的新装”式的书写样式，实在令人难以接受，更令人无法接受的是，这样的诗歌出笼之后，居然还有不少人为之喝彩，称其高妙绝伦。好在多数读者和批评家眼睛还是雪亮的，并没有将这样的诗歌奉为经典。陈仲义先生就曾指出，如果这样的诗也算一首成功的诗，那我们几分钟就可以写出好几首来，例如“课堂上的那个老师 / 不断讲着 / 他写 / 像一个老师那样”（《老师》）、“锯木厂的那场大火 / 不断烧着 / 他

冒烟 / 像一场大火那样”（《大火》）、“草地上那只小鸡 / 不断啄着 / 他吃 / 像一只小鸡一样”（《小鸡》）[1]等。在陈仲义看来，大量缺乏创作难度的口语诗的出现，使新世纪诗歌在一定程度上成了“说话的分行与分行的说话”[2]，其审美内涵和艺术成色也大打折扣。

导致新世纪诗歌创作中难度意识的不断减弱乃至缺场的原因有多种，归纳起来大致有：第一，电脑的普及与网络媒体的发达，为口语诗的大量繁殖提供了绝佳机会。口语诗写作自由随意，只要认识几个汉字，只要懂得按回车键，就可以每天轻轻松松地写下数量不菲的作品来，再加上网络媒体异常发达，可以无限加载的网络空间，为这种口语诗的发表（准发表）和传播提供了广阔的舞台。写作的轻松随意，发表的快捷迅速，都无形之中成了不断孕育这种无难度系数的口语诗的可怕温床。第二，一些诗人对“先锋”的过度迷恋与错误理解。在中国新诗史上，各个时期的先锋诗歌曾以其超绝的实验性、探索性精神质态和文本构造而在不同的历史区间中获得了独特的美学地位。到了新世纪，一部分诗人尤其是某些才华平平又渴望一夜成名的诗人，也企图借用“先锋”的名号而使自己尽快挤入当代诗坛前台，他们无法做到像他们的前辈那样，在思想境界的攀升和艺术修辞的经营上达到很高的造诣，只能“出此下策”，有意把诗歌写得土白，写得俗气，以此吸引读者的眼球。口语诗的出场，多数都是基于这样的创作意图。第三，后现代消费文化语境，客观上为缺乏难度

① 陈仲义：《中国前沿诗歌聚焦》，中国社会科学出版社2009年版，第4页。

② 陈仲义：《现代诗：语言张力论》，长江文艺出版社2012年版，第87页。

意识的口语诗的大量涌现提供了某种理论借口。后现代主张去中心化，主张取消深度、消解意义、活在表面，这些观念为那些只顾口语狂欢、不追求深层意义的无难度诗歌创作提供了某种思想基础，有此思想作护身符，唾沫飞溅的口语诗歌写作便更为有恃无恐，并大行其道了。

无难度的口语写作，大都采用了自动化生成的书写模式。只要内心有点风吹草动，他们就可以铺展开自己的诗歌创作路线，不用动什么脑筋，不用花多大心思，不用在词语的选择、句式的安排、修辞的使用、意义的深究上费什么周折，一切都顺着感觉的流向，自动扩展，自动生成。你看这首《想着我的爱人》：“我在路上走着 / 想着我的爱人 / 坐下来吃饭 / 想着我的爱人 / 我睡觉 / 想着我的爱人 // 我想我的爱人是世界上最好的爱人 / 他肯定是最好的爱人 / 一来他本身就是最好的 / 二来他对我是最好的 / 我这么想着想着 / 就睡着了”，全篇围绕一“想”字而铺衍开，从想念爱人到想象爱人，创作者几乎不用吹灰之力就实现了语意上的顺利转换，这样的诗正是自动化写作的产物，或许只需三五分钟就能一挥而就。由于没有某种创作难度的有意识设置，这种口语化写作自然就不可能体现出独特的艺术创新和深刻的思想内涵，其美学价值也就无从说起了。

无难度的口语写作，不仅在创作策略上主要依凭自动化生成模式，而且为了保留诗歌的现场感和原生态特征，他们还不对日常口语本身进行淘洗，进行拣择，而是一任某些粗鄙的、低俗的语言直接进入诗行之中，新世纪诗歌有时简直成了废话与垃圾扎堆的场域。例如“屎是米的尸体 / 尿是水的尸体 / 屁是屎和尿的

气体 / 我们每年都要制造出 / 屎90公斤 / 尿2500泡 / 屁半个立方 / 另有眼屎鼻屎耳屎若干 / 庄稼一枝花 / 全靠粪当家 / 别人都用鲜花献给祖国 / 我奉献屎”等，这样的例子是举不胜举的。口语写作无难度化的自动演绎，以及不顾诗歌语言表达上的精致优美要求而肆无忌惮做口语排列组合练习，自然导致了许多不符合诗歌资格的语言大量混入诗行之中，在此情形下，新世纪诗歌的美学质量如何能够得到有效保证呢？

新世纪以来，口语写作的普遍存在与自行其是，有意无意地导致了新诗创作难度的放低，降低了新诗的门槛，从而极大影响了新世纪诗歌的美学质地，也导致了世人对新诗普遍不满甚至蔑视。为了提升新世纪诗歌的艺术品位，恢复中国新诗的美好形象，重建诗歌创作的难度意识势在必行。

四、新世纪诗歌的伦理底线何在？

诗人雷平阳曾写过一首诗，名曰《底线》，诗歌写道：“我一生也不会歌唱的东西 / 主要有以下这些：高大的拦河坝 / 把天空变黑的烟囱；说两句汉语 / 要夹上一句外语的人 / 三个月就出栏、肝脏里充满激素的猪 / 乌鸦和杀人狂；铜块中紧锁的自由 / 毒品和毒药；喝文学之血的败类 / 蔑视大地和记忆的城邦 / 至亲至爱者的死亡；姐姐痛不欲生的爱情 / ……我想，这是诗人的底线，我不会突破它”。这首诗告诉我们：真正的诗歌创作应该是有所为有所不为的，对于所有诗人来说，守住那条伦理的底线至为重要和关键。可惜的是，新世纪以来，不少诗人并没有像雷平阳所说的那样，在诗歌写作的伦理上始终坚守，不越雷池一步。取而代之的是，一些诗人总是在不断突破诗歌的伦理底线，时不时发惊世骇俗之语，制怪模怪样之诗，想方设法吸引世人眼球，以赚取某些虚名浮利。新世纪诗歌的伦理底线在哪？新世纪诗歌还有伦理底线吗？这是很多人面对新世纪以来出现的一些难以入目的诗歌文本时，自然发出的大声质询与反复追问。

在我看来，新世纪诗歌写作伦理上出现的问题，主要体现为三个方面：第一，精神伦理的败落。新世纪以来，由于外在环境的影响和诗人个体诗学观的改变，新诗创作中的理想、担当、责任、义务、社会情怀、终极指向等，一一被悄然废止，新世纪诗歌一度呈现出精神矮化、价值迷失的可怕迹象。陈仲义先生曾深刻地指出："世纪之交的诗歌，面临来自四面八方的压力，在尴尬中陷入两个突围：一个是滑向世俗感官，一个是逃向诗人内心。"[①]陈仲义阐述的世纪之交中国新诗的两个"逃向"，在新世纪十余年来可谓是愈演愈烈，令人不忍目睹。一方面，一些诗人主动向世俗妥协，使新诗成为一种流行文化，一种消费景观，取消了其高贵精神品位和独立的艺术姿态，新诗与大众文化合谋，一定程度上确乎可以给它的发展带来某种生机和新途，注入某种活力和营养素，但也可能无形之中背离它应遵守的伦理规约；另一方面，新世纪诗歌还存在另一种极端，那就是，某些诗人将其视为自我陶醉、自娱自乐的小众化产品，这些诗人秉承着诗歌是

① 陈仲义：《中国前沿诗歌聚焦》，中国社会科学出版社2009年版，第4页。

"献给无限少数人"的艺术信条，将其经营成自己专用的语言作坊和少有人知的私人话语场，有意拒人千里之外，装神弄鬼，故作高深，从而斩断新诗与社会、与人群的精神牵连，这可以说是另一种意义上的诗歌伦理失位。

第二，美学伦理的沦失。诗歌既然是一种艺术形态，就应该遵守某种艺术规则，就应该执行一定的审美要求，就必须践行艺术之为艺术的伦理规范。作为重要的文学体裁，诗歌创作必须在思想内容和艺术形式两方面都有所作为。在思想内容上，诗歌应尽可能做到在短小的篇幅中承载最为丰富深刻的思想内蕴，而不能停留在单调平庸、浅尝辄止的意义表层；在艺术形式上，诗歌创作必须做到用语节制，以少总多，讲究结构营造，讲究意象选择，注重内在节奏的恰当处理。新世纪诗歌在内容表达和形式设置上，可以说都是不尽如人意的。在内容上，不少诗歌显得意味浅淡，思想性贫弱，精神力度不够，无法给人带来情感的和鸣和思想的冲击；在形式上，一些诗歌用语随意，散漫拖沓，既缺乏精心的结构设计和有效的意象选用，也不具备一定的节奏感和韵律感，显得过于散文化。不从诗之为诗的艺术学标准上来严格要求自己，而是随随便便将一些日常话语组合起来，构成诗章，没有一定的形式追求，没有丰富深刻的意义指向，这样的诗一旦流行起来，对诗歌美学伦理的损伤是很大的，最终必将导致美学伦理的沦失。

第三，语言伦理的放弃。诗歌是一种有意味的言说，是一种独特的语言构造，它应该始终充满着真、善、美的艺术光芒。诗歌语言不是普通语言，不是日常用语，更不是粗鄙低劣的脏语骂词。然而，新世纪以来，一些诗人有意模糊诗家语与日常语的界线，不去捍卫诗歌语言必须具有的优美、纯洁、典雅、崇高等美学品质，任由各种乌七八糟的语言堂而皇之地进入诗歌文本之中，由此我们看到，不少口语诗作中，生殖器术语、性爱语汇、脏污的骂街之词俯拾即是，令人读之禁不住要反胃、作呕。新世纪诗歌中语言伦理的失落现象，已引发了诗界同仁的强烈不满。2013年12月19日，诗评家霍俊明在他的博客里发了这样一段文字："《读诗》诗歌EMS周刊，其中有一本是出生于1988年的女诗人范儿的《我明明奇妙的激情万丈》（2013年12月第4期，总第224期）。其中的一首《傻逼之歌》我认为不仅不是诗，而且侮辱了这些洁白的纸张。请看：'你就像 / 一个屁一样TM的漂着。/ 所到之处，/ 寻找着同样腐烂的气味。/ 只不过是，/ 你选择了这里，TM的继续腐烂。/ 一个SB的领路人，/ 在通往不再SB的路上 / 一度SB得要死。/ 你要做的，/ 就是永远走在TM的路上。/ 等待无法预知的，TM的飞翔。'如果能用TMD和SB写一首好诗说明这个诗人差不多是天才了，只可惜这个叫范儿的女人不是。"①从这段话里，我们可以看到，霍俊明对口语写作中大量植入脏话、垃圾语的现状是极度愤慨，并给予了严厉批判的。范儿的这首诗作显而易见是放弃语言伦理的产物。纵观当下诗坛，这种无视语言伦理的垃圾之作，绝对不是个别现象。诗评家王珂曾呼吁："新诗要强调内容上的平民化和形式上的贵族化，应该用贵

① 霍俊明：《最恶毒的诗〈傻逼之歌〉》，http://blog.sina.com.cn/huojunming1975，2013-12-9。

族式的语言形式来写平民的日常情感。”[①]我认为这是富有真知灼见的。可以说，强调创作中“贵族化的语言形式”的使用，是新世纪诗歌防止语言伦理失落的重要诗学策略。

五、新世纪诗歌刊物的平庸性何时终结？

毫无疑问，当下绝大多数诗歌刊物都是相当平庸的，毫无个性和特色可言，在读者心目中已很难唤起求购的欲望和阅读的热情了。想想20世纪80年代那个激情燃烧的岁月，《诗刊》《星星》《诗歌报》《诗潮》《诗林》《诗神》《绿风》等，哪一家诗歌刊物不是读者垂青的对象，不是人们争相传阅的目标？那个时候的刊物订数，少则几十万份，多则几百万份，这种情形的出现，主要得益于当时良好的诗歌氛围，同时也与刊物本身卓越的艺术追求、独具品味的先锋探索等不无关系。到而今，所有诗歌刊物都陷入惨淡经营的尴尬境地，读者对诗歌刊物的购买量几乎在逐年减少，一些刊物甚至只有几千的订户，以至于有人戏言：“少女不问芳龄，诗刊不问订数。”虽说当下的诗歌环境和氛围确乎难令人满意，读者对诗歌的不断疏远已发展成为一种常态，这也许是诗歌刊物没有市场没有销路的重要原因。但不能否认的是，即便当下文学环境再糟糕，诗歌读者群也应该是一个不小的数目，只要刊物远离平庸，办出个性和特色，办出自己的诗歌品牌，一

---

① 王珂：《新诗的困境——以“梨花体”事件和“羊羔体”事件为中心的考察》，《探索与争鸣》2011年第1期。

本优秀的诗歌刊物，还是会拥有不少订户的。只可惜，很多诗歌刊物的主编和编辑还没有充分意识到这一点，没有想办法努力去做出某种改变，由此，诗歌刊物的平庸性也许还将持续很久，一时难以让人看到终结的希望。

概括起来，当下诗歌刊物所具有的平庸性特征，大致体现为这样几个方面：第一，所有的诗歌刊物几乎都是大同小异的，没有属于自己的独特诗学标签。有个性的诗歌刊物是能让人一眼就能辨认出的，也是能让人始终铭记于心的，比如80年代的《诗歌报》。可现今，无论是题材、风格、语言还是外在形式上，各家诗歌刊物所发作品，都无法折射出刊物所具有的艺术个性来，或许刊物本身就没有个性。我们要了解当下诗歌的审美状况，只要随便找一家刊物翻翻就可大致有些眉目，不需要把各家刊物都找齐了来读。刊物与刊物之间差异性太小，雷同性太严重，这说明所有的诗歌刊物都未能摆脱平庸没落的尴尬处境。第二，很多刊物都是平庸之作的集散地。一本诗歌刊物，一般能容纳几百首诗，但读完之后能给人留下深刻印象的实在很少，有时甚至一首都没有，这正是当下诗刊的现实状况。诗歌整体质量的有限，无形之中限制了刊物档次的提升。第三，诗歌栏目设置缺乏亮点。栏目设置，一定程度上是刊物美学追求的呈现，也是主编和编辑特定诗学观念的一种折射，好的栏目可以对刊物的质量提升起到画龙点睛的作用，例如《飞天》的“大学生诗页”。当下的诗歌刊物，却很少设置出别出心裁、令人眼前一亮的栏目，刊物的平庸性因而无计摆脱。

导致当下诗歌刊物平庸低俗的原因是多方面的，概而言之，不外下述几种：其一，多数刊物缺乏长远的诗学规划。当下诗歌刊物的制办已深陷“任务化”的泥淖，一些主编和编辑本着“思想正确，按期发排”的宗旨，只求相安无事，不求长远发展，这种“和尚撞钟”式的编辑方针指导下，刊物能保持原样已属不易，希望它一时之间会有多大起色显然是不太现实的。其二，刊物缺乏开放意识与探索精神。稳定压倒一切，内容的安全，形式的合理，言语的规范，是许多刊物选稿的基本要求。对于那些富有探索性和先锋性的诗作，很多刊物处理起来都是慎之又慎的，先锋诗作胎死腹中、难以面世的情形是时有发生的，这是刊物自身缺乏开放与探索精神的性质使然。其三，当下诗歌作品数量甚众，但真正有质量的优秀诗作却少之又少，加之当代人多浮躁浅淡，少有在缪斯天地沉潜修炼、不轻易将作品示人者，稿源本身质量的有限，也限制了刊物的整体水平。其四，诗歌刊物出刊期数过多，也导致了刊物质量的下滑。现在的诗歌刊物多为月刊，有些甚至是半月刊和旬刊，期刊数量增加了，但质量较高的稿子有限，刊物的质量怎么可能得到保障呢？其五，诗歌编辑的历史使命感和工作责任心，与20世纪80年代实难相提并论。当下编辑和作者的交流往来处于一种较为浅淡敷衍的状态，很难达到80年代的那种深入和细致程度。两年前在佛山的一次会议上，笔者曾见过骆一禾生前任《十月》杂志诗歌编辑时写给诗人姚辉的一封信，长达3页稿纸，好几千字，密密麻麻写满了关于姚辉各首诗作的优劣评价与修改建议。在我看来，作为诗歌编辑，骆一禾恪尽职守、认真负责的做法绝不是一个特例，在那个时代应该具有某种普遍性。只可惜，现在的诗歌编辑，已不再有20世纪80年代的那股热情和干劲了。时代的浮躁气和世俗化已经感染了当下的每一个人，几乎所有人都不再能安静下来做好一件事情，对于诗歌编辑我们自然就无法求全责备了。

当代诗歌刊物的平庸已非一日，难道就让它一直平庸下去吗？我想这肯定不是人们的本心所愿，相信有不少主编和编辑正在想方设法去改进，以使刊物尽快走出平庸的泥淖，成为更好的精神产品。我个人看来，诗歌刊物要想尽快摆脱平庸凡俗的尴尬境地，可以采取这样几个办法：第一，刊物不妨流派化。一个刊物驻守一种流派和风格，各个刊物都有所区分，这样就会各具特色，不致雷同和复制了。第二，刊物组稿不妨选题化。目前多家刊物其实都在尝试“选题化”的方法，比如一些刊物推出“民刊专号”、“网络专号”、“女诗人专号”等，只是这样的选题仍避免不了大杂烩的命运，选题应更多围绕流派、风格、代际、性别等展开，这样推出的诗歌既具有一定的美学价值，又具有突出的史料意义，这也是让刊物摆脱平庸的一种良策。第三，刊物不妨代际化。意思是说，各个诗歌刊物应有自己的群体侧重，可以侧重年轻诗人，可以侧重中年诗人，也可以侧重老年诗人，不要平均使用笔墨，不要面面俱到，要在特定的作者群体推举中建构出某个年龄段、某个代际的诗歌美学风貌，这也是诗歌刊物树立自身独立性、摆脱平庸性纠缠的一种可行性方案。

六、新世纪诗歌奖项怎么这么滥?

新世纪以来中国诗坛设置的诗歌奖项究竟有多少？恐怕一时之间很难得出一个明确的数目。不过，圈内人早已清楚地认识到，异常热闹的新世纪中国诗坛十余年间从来不少戏份，诗歌大奖的日益增多便是一种习以为常、令人见怪不怪的戏剧性景观。我曾在一则微信中如此调侃道："当今诗歌奖项之多，之滥，已至无可容忍之程度。鲁迅、郭沫若、徐志摩、闻一多、何其芳、袁可嘉、阮章竞、海子、骆一禾等，都纷纷出场，给当代诗人发放人民币。"应该指出，新世纪诗歌奖项的多而滥现象，已经构成了一个值得诗界同仁高度重视和认真反思的紧要问题，如果不对这些奖项进行恰当的规划和正确的引导，相信它所起到的负面作用，绝不亚于其产生的正面影响。

如果要给新世纪诗歌奖项分类的话，我认为大致包括四种类型：一是官方设奖，例如鲁迅文学奖中的诗歌类奖，这是由中国作家协会主办的奖项，1986年开始设置，1995—1996年颁发第一届，迄今已颁5届，再如"徐志摩诗歌奖"，由浙江省作家协会、海宁市人民政府、中国诗歌学会联合主办，2008年设立；二是刊物设奖，例如"郭沫若诗歌散文奖"，属于《中国作家》的长设奖项，2009年开始设立，每逢双年评出诗歌奖，每逢单年评出散文奖，再如《诗刊》社设立的"年度诗歌奖"，《星星》诗刊设立的年度诗人诗评家奖，《扬子江诗刊》设立的"扬子江诗学奖"

等；三是地方政府与文学刊物联合设奖，如“袁可嘉诗歌奖”，这是浙江慈溪市人民政府与《十月》杂志社合作设立的诗歌奖项，再如“红高粱诗歌奖”，这是山东高密市委宣传部和《诗探索》杂志社合作设立的奖项；四是民间诗歌奖，这是数量最多、奖金丰厚的一类奖项，有些奖项的奖金甚至远远超过了官方奖，其中较为有影响的奖项有“中坤诗歌奖”、“闻一多诗歌奖”、“柔刚诗歌奖”、“刘丽安诗歌奖”、“‘诗歌与人’国际诗歌奖”、“金迪诗歌奖”等。上述四类基本属于较为固定的诗歌奖项，如果算上不定期举行的各种诗歌大奖赛，新世纪诗歌奖项可以说是极为繁多而芜杂的。

各类诗歌奖项会在新世纪之初雨后春笋般地涌现出来，应该说是与中国经济的飞速发展、各级政府和有识之士对发展文化事业的热心与重视，以及诗歌文体本身具有短小精悍、阅读方便的特点等因素密切相关的。不能否认，各个诗歌奖项的设立，对获奖者给予丰厚奖金和精美奖品的嘉奖，这种物质和精神的双重鼓励，对激发诗人的创作热情、挖掘他们的创造潜能来说，都是不乏积极意义的。从这个角度说，诗歌奖项对于推动新世纪中国新诗的发展还是有着诸多不可忽视的正面作用的。不过，由于受到某些因素的干扰，新世纪以来颁发的各类诗歌奖，已经暴露出以下一些问题：其一，不少奖项最后的结果并不能令人满意，一些获奖者无法令人信服，即便是最有权威性的鲁迅文学奖，某些获奖诗人也受到了人们的很多质疑。其二，近10年来，虽然诗歌奖项不少，但诗人获奖面并不很大，少数诗人甚至成了获奖专业户，很多奖项的获奖名单中都可以见到他们的名字，这也许并非是完全正常的。其三，不管哪类奖项，一般来说都体现着这样的趋势：成名诗人获奖易，未成名诗人获奖难，年轻的诗歌作者因种种原因常常无法进入获奖者名单中。如果说发现和奖掖诗坛新人应该是诗歌奖项设立的重要目标的话，那么新世纪的各种诗歌奖项显然并没有达到这个目标。其四，由于各种诗歌奖项此起彼伏，奖金数额较大，网络投稿又及时方便，因此对诗人们形成了极大的诱惑，一些诗人再也无心独坐书房，安静读书写作了，而是每天忙于到处搜罗诗赛消息，积极赶制参赛作品。诗歌创作的功利化、应制化现象突出，诗坛的浮躁之气更显浓郁。

针对新世纪诗歌奖项设立和颁发过程中所出现的不尽如人意的情况，我认为，对当下诗歌奖加以有效变革和合理规划是极为重要而迫切的。在变革的方案中，我觉得有几个方面必须考虑在内：一是应该把发现和提携新人、极力培植中国诗坛新生力量放在设奖的第一位来考虑，各种诗歌奖项都应尽可能设置一个诗歌新人奖，用以专门奖励那些初出茅庐但又不乏潜力的诗坛新秀；二是不一定要设立这么多诗歌奖项，在资金到位的情况下，是否可以考虑用别的形式来推动当代新诗发展，譬如将某些诗歌奖转为定期或不定期的创作培训与改稿会，提供机会让创作经验丰富、实力雄厚的成名诗人与初入诗坛的年轻诗人直接对接，通过文学会诊和集中辅导等形式来尽快提升年轻诗人的创作水平，这样做恐怕比简单地采用“征稿—评选—发奖”这种诗歌大奖赛模式所取得的效果要好得多；第三，诗歌奖与公益事业相结合，要求获奖者拿出部分奖金捐助公益事业，这样既可提升知名诗人的社会形象，又可一定程度上扼制某些诗人为获奖而写诗的功利行为。

七、新世纪诗歌的审美标准是什么？

不久前，某诗歌民刊主编找到我，发给我一首题为“我的富农生活”的诗，让我简评几句。全诗为：“六点起床 / 上厕所、刷牙、洗脸 / 沏茶，熬稀粥 / 七点唤家人起床 / 上厕所、刷牙、洗脸 / 吃早饭 / 八点上班下地 / 挖红薯 / 凛冽的寒风鼓着裤裆 / 九点钟太阳才有了头发丝一样的暖意 / 十点我抽空望了望大地的尽头 / 隐隐约约多了几幢高楼 / 从城郊蔓延过来 / 有几个和我一样的富农 / 点头哈腰干活 / 十一点 / 天突然变了 / 雨水顺着眼角的皱纹往眼里聚合 / 十二点只听老婆哇哇叫拿着雨衣奔了过来 / 喊快跑快跑快跑 / 我打着喷嚏嚷道 / 跑什么跑 / 你没看见前面还是雨吗 / 当心你心脏病又犯了 / 十三点哄孙子吃完红薯稀饭 / 接了小女儿从大学打回的电话 / 催要实习费学杂费生活费 / 就让这把老骨头 / 在木头躺椅上靠了靠 / 趁雨停又往地里跑 / 给麦苗撒尿素 / 十四点来了一个城里朋友 / 他劝我放弃这一亩三分地 / 进城打工 / 每天好歹也能挣个三十五十 / 我问他工钱找谁要 / 十五点他妈的天还不黑 / 我腰酸背疼 / 叫老婆冲个鸡蛋喝吧 / 婆娘说 / 鸡还没喂到下蛋的时候 / 哪有鸡蛋 / 我就拍了拍酸疼的腰板吼道 / 那就杀鸡取蛋吧 / 惊得我老婆目瞪口呆 / 十六点撒完尿素 / 给菜园子喷了喷杀虫剂 / 把害虫益虫全灭了 / 十七点眼看有气无力的太阳终于下山了 / 长舒最后一口热气 / 骑在田埂上 / 想入非非 / 吃了晚饭上床 / 一定要把

老婆当女明星一样 / 招待一番 / 十八点来了一帮村干部 / 催交医保款农保款儿子计生罚款 / 一天熬到晚的一点好情绪 / 立马就蔫了”。读完此诗，我当即给他回复说：“这是一首极为平常的口语诗。”直到今天我也依然认为这的确是一首极为普通的诗，诗歌行文拖沓，叙述冗赘，没有有效的节制，缺乏必要的修辞策略。虽然说诗人意在呈现当代农民生活的艰难，其思想层面的意义是值得肯定的，但他或许并没有找到最佳的表达方案，因此并没有达到应有的美学效果。不客气地说，这样的诗歌甚至比白话诗诞生之初出现的刘半农《相隔一层纸》的艺术性都差了不少。

我自认为我的审美评判不会差错到哪儿，可出乎意料的是，该主编接到我的简评之后，很快回复我说：“德明兄，在所有评委中，其他人都认为这首诗很了不得，只有你一个人说它不好。”看到他的回复，我当时感到大惑不解，心想：难道真有这样大的出入吗？后来读到其他评委对该诗的评语后，我才意识到问题的严重性。比如一著名诗人高度评价这首诗“有着这个时代少有的真实、质朴、豁达，令人感动”，另一位则称其有“重大诗歌史”意义。他们的判断跟我的评价简直大相径庭，其中原因何在呢？

我认为，之所以会出现上述这种情形，是因为新世纪以来人们对中国新诗的审美观念已经出现了很大的偏差，新世纪诗歌的价值标准而今已显得极为芜杂和纷乱，不再拥有一个相对稳定的、能达成共识的评价尺度。尤其是对某些诗歌（比如上面提及的口语诗）的判断，简直到了人言人殊、各执一词的地步，称赞其好的人将其捧上天，贬抑其差的人则将其打入地，同一首诗在不同的人眼里简直是判若云泥、天差地别。深究起来，当下日益浓厚的后现代文化氛围、现代社会人们对多元化合法性的不断认同以及新世纪以来中国新诗不断边缘化的境遇等，都可以说是导致这种价值失范的重要因素。

针对新世纪以来出现的新诗审美评判芜杂与淆乱的现象，一些诗人和评论家也不断尝试着拟定一个能让多数人接受的尺度和标准来，其中以陈仲义提出的好诗的“四动”标准最为典型。陈仲义提出，“现代意义上的好诗标准一直是诗歌界长期争论、纠缠不清的难题。针对尺度‘失范’局面，从接受美学出发，结合写诗实践与阅读经验，试图在传统好诗主要标准——‘感动’基础上，加入其他尺度：精神层面上的‘撼动’、诗性思维层面上的‘挑动’、语言层面上的‘惊动’，共组现代诗审美意义上的‘四动’交响。”[①] 陈仲义提出的关于好诗的这种“四动”标准，言明了不同的诗歌在美学层面上所具有的层次感差异和高下之别，对于我们识别新诗的美学等级来说是极具启发意义的。不过，由于“四动”标准只是从读者反映的角度来对诗歌优劣加以评判的，并没有对诗歌文本本身所应有的审美特征进行具体的量化，因而显得主观性强了一些，客观性并不充分。在我看来，一首真正的好诗，应该在结构、语言、情感和思想上都是尽善尽美的。因此，我给好诗制定了这样一个公式：

---

① 陈仲义：《感动　撼动　挑动　惊动——好诗的“四动”标准》，《海南师范大学学报》2008年第1期。

好诗 = 精巧的结构+优美的文字+真挚的情感+（深刻的思想）

如果一首诗能同时拥有这四种要素，那么这样的诗歌必定是一首优异之作。当然，也有些诗歌可能拥有异常丰富而真挚的情感，但不一定蕴涵着某种深刻的思想，这类作品在近百年新诗史上也不乏其例，这样的诗歌也在好诗行列，因此我将“深刻的思想”一项加上了括号。必须承认，当代口语诗中也不乏质量甚高的艺术作品，因为它们有些也具备了上面四项条件（语言朴素流畅、自然清新其实也是一种“优美”），不过，多数口语诗语言拖沓，结构散乱，思想与情感的表达上都有所欠缺，因此是很难与“好诗”挂上钩的。

纵观新世纪诗坛，不难发现，人们对于诗歌价值评判的淆乱很大程度上集中在对口语诗的评价上。我们并不否认运用口语也能写出好诗，但又必须认识到，滥用口语更多生成的是坏诗。对于好诗给予充分的肯定和称赞是必要的，但对坏诗还盲目吹捧、胡乱颂扬就不恰当了。如果我们能在口语诗的评价上多一些客观理性，少一些主观盲目，对于新世纪诗歌的审美判断，就有可能建构出一个相对合理、为更多人认可与接受的价值尺度来。

八、新世纪诗歌批评的锋芒哪去了？

新世纪诗歌生态出现了较大的问题，其突出的表现之一在于，诗歌批评已不再扮演质检员、检察官和主治医生等角色，不再对新世纪以来出现的各种不良诗歌现象、诸多不好的诗歌文本进行大胆的揭示和直言不讳的批判了。如今的诗歌批评家多是诗坛的和事佬，他们通常与诗人之间保持着合作共赢、互惠互利的友好关系，在诗歌名利场里共同维持着利益分享、相安无事的稳定局面。基于此，新世纪诗歌批评一定程度上成了人情稿、关系稿、捧场稿、表扬稿的代名词，有些批评家在自己的批评实践中，只是一味地说好话、戴高帽、做表面文章，真正指出问题、点到要害、痛下“杀”手的批评显得少之又少。面对此种境况，我们不禁要问，新世纪诗歌批评的锋芒究竟哪去了呢？

只要对新世纪以来出现的一些诗歌批评文本稍加分析，便可发现它们大致相同的几个特征，可归纳为：第一，只说好话不说坏话，只讲优点不讲缺点，只表扬不批评，只褒不贬。一些诗歌批评家将自己的诗歌批评当成了奉送褒义词的最好载体，甚至对那些质量不高、毫无特色与个性的平庸诗作也大加溢美，这是当下诗歌批评最常见的一种现象。及时发现优秀的诗作，并加以客观的评价和细致的阐释，以推动当代诗歌的健康发展，这是诗歌批评家的要责，与此同时，对于质量不高的诗歌作品，批评家要做的是大胆指出其不足与缺陷，而不是盲目为其唱赞歌，否则就是有违批评家的职业道德的。第二，常常只罗列现象，而不触及本质，不愿意将现象背后掩藏的深层原因揭示出来。因为批评家们深知，有些原因一旦曝光，就可能对诗人的利益形成伤害，从而造成自己与诗人之间的某种敌对。为了不致与诗人之间产生矛盾和隔阂，批评家往往会在论述的最关键处欲说还休，欲言又止，从而给人语焉不详、是非莫辨的感觉，这或许正是他们明哲保身的一种话语策略。第三，始终比诗歌发展慢半拍，只能跟在诗歌屁股后头摇旗呐喊，而无法为当代诗歌提供某些前沿性、先锋性的诗学观念，这是新世纪诗歌批评缺乏锋芒的另一种表现形态。诗歌批评的锋芒有时体现在诗学观念的前瞻性和超越性上，如果批评家能为当代诗歌的发展提供某种前沿性的美学理想和思想资源，他的批评也是具有锐利的锋芒和强大震撼力的。但新世纪以来的诗歌批评显然没有在此方面显山露水，这也是它至今不令人满意的地方。

造成新世纪诗歌批评表现平平、锋芒缺失的原因是多方面的，深究起来，不外下述几种：其一，不少诗歌批评都是为诗歌研讨会、诗集发布会等而作，被批评对象与批评家之间往往有着非同一般的关系，这些对象不仅会在研讨会或诗集发布会时亲自到场，有时还要给与会批评家派送可观的参会红包，此种情形下，批评家只可能尽道诗人之优点，避谈其缺陷与瑕疵了。其二，公开批评别人肯定是被批评者不高兴、不乐意的事情，被批评者有可能因此而与批评家结下梁子。在当下这个商业经济时代和利益社会里，多一个朋友总比多一个敌人要强，这也是批评家不愿指出问题，直言不讳批评他人的重要心理动因。其三，批评的学术化，也是造成新世纪诗歌批评缺乏锋芒的原因之一。批评往往追求观点鲜明，措辞激烈，学术讲究逻辑缜密，有根有据，二者是有明显差异的。在学术体制日渐完备的今天，时人常怀一种并不恰切的观念，认为批评家有思想但无学术，远远比不上学问家的地位，在此基础上，那些多是来自学院的批评家们也逐渐抛弃了20世纪80年代文学批评那种凌厉强劲的路数，改用不温不火的学术方式来做批评，极力想让自己的诗歌批评学院化和学术化。殊不知这样一来，不仅批评文本显得不伦不类，而且批评本身应有的锐气和锋芒也无形之中隐匿了。

面对新世纪诗歌批评缺乏锐气与锋芒的严峻情势，我认为重申诗歌批评的伦理、重塑诗歌批评的权力等已成为当今诗学界刻不容缓的历史任务。诗歌批评有自己的纪律和秩序，有自己的伦理规范和道德约束，作为批评家，应该主动去遵守，而不应有意去违背。为了维护当代诗歌的艺术形象，有力促进当代诗歌的稳定，诗歌批评家应该努力增强自身的责任意识与使命意识，同时要加强自律，约束自己的批评行动，尽可能发出最为真诚恳切的批评之声，而不能被利益所绑架，发出不该发出的批评之声。与此同时，诗学界还要在重塑诗歌批评的权力方面做文章，要引导人们认识到，诗歌创作和诗歌批评并不存在谁主谁次的关系，批评并不是创作的附庸品，批评并不是专为创作服务的。而且，诗歌批评有自己特定的权力，它既可以为新诗的发展提供理论资源和艺术动力，又是当代诗坛的裁判官，对当代诗歌做出客观的估价与评判，引导人们正确认识新诗的当下现状与发展前景。总体上说，诗歌批评和诗歌创作构成了中国新诗的两翼，它们既各自独立，又相互辅佐，只有二者的有力配合，才能使新诗这只雄鹰不断飞向远方。我认为，只要诗歌批评的权力被全社会普遍认可，诗歌批评家对自己的角色定位有了新的认识，那么，锋芒和锐气重回新世纪诗歌批评的日子，也就不再遥远了。

重建新诗批评的话语模式

当下新诗批评日益趋向于长篇大论，趋向于缺乏生命感悟和生命体验的学理阐发，以致陈腐的学究气、刻板的理论术语、僵硬而封闭的三段论模式充斥于诗歌批评界，这种局面已引起了从学术界到创作界的普遍的不满。新诗批评很长时期以来都无法及时、灵活、有效地记录当下诗歌现场，无法与诗人产生直接的交流和互动，无法把当代诗歌的现状和信息及时准确地传递给读者，也无能从泥沙俱下的当下创作中提炼出优秀诗作来对读者进行正确引导和陶冶，这是我们必须客观面对的严峻现实。

陈腐死寂、毫无生气的当代新诗批评，需要迎来一次重大的理论变革！

有鉴于此，我尝试用“新诗话”的形式来描述21世纪新诗发展历史。在我看来，以“新诗话”形式来重构新诗批评的话语模式，让新诗批评向当代诗歌、当代诗人与当代诗歌读者真诚敞开，从“知人论世”的诗学观念入手，采用春秋笔法，秉承感悟诗学，以一种富于开放性、对话性、趣味性的话语表达模式，书写出21世纪诗歌具有现场感和历史感的美学景观和精神风貌来，不失为一条振兴新诗批评、促进当代诗歌发展的行之有效的学术路径。

“诗话”是中国传统的诗学形式，从宋代欧阳修的《六一诗话》开始，直到清末王国维的《人间词话》止，古代文人的诗话文章是相当丰富的。“诗话”的理论特长就在于它的自由灵活、生动可感，在于它总是将诗歌作品与诗人的生命状况、情感世界和批评家自我的心灵与精神密切联系在一起。虽然它缺乏体系性，但它是灵动的，是鲜活的，是血肉丰满的，始终散逸着令人心醉神迷的人间情味。

王国维的《人间词话》虽然在一定程度上留印着西方诗学的踪影，但其基本的话语模式还是传统的、古典的，因而它构成了中国古典诗学话语方式的“绝响”。由于袭用了传统“诗话”的话语阐释模式，王国维创作《人间词话》时，并没有在理论体系的宏观建构上煞费苦心，而是一方面专注于对古代诗词（主要是词）精彩篇章和句子的挖掘与阐释，另一方面也专注并重视自我的生命感受与情感体验，坚持用个体生命去拥抱艺术作品，用感悟话语述写理论心得，从而将中国古典诗学推进到新的高度。

譬如谈论诗人进行创作时对外在事物的态度，王国维在《人间词话》第六十一则写曰：“诗人必有轻视外物之意，故能以奴役命风月；又必有重视外物之意，故能与花鸟共忧乐。”王国维所主张的既“重视外物”又“轻视外物”的态度，是富有辩证性，不过他并没有采用逻辑性的话语模式来阐释这种辩证的诗学观念，而是诉之以形象的说法：“以奴役命风月”，“与花鸟共忧乐”，这是从诗人的生命感悟和创作实践中提炼的结果，是灌注着浓郁生命气息的灵动鲜活的文字。

上例是王国维对某种创作规律的形象阐发。对于古代词人的论评，王国维也时常示之以生动可感的譬喻，如《人间词话》第十六则评李后主词风时云："词人者不失其赤子之心者也，故生于深宫之中，长于妇人之手，是后主为人君所短处，亦即为词人之所长处。"这种评述，比直接说李后主之词朴质真纯要具体可感得多。

在《王国维及其文学批评》里，叶嘉莹将王国维的这种理论阐释方式称为"意象式的喻示"方法，并高度赞许说："意象式的喻示大都以直觉的感受为主，因此这种喻示也就最能保持以感性为主的诗歌的特质。这种方式如果运用得宜，也就是说评诗人对于所评的作品既能有真切深入的体认，而且也能提出适当的意象来作为喻示，则这种批评方法实在应该是保全诗歌之本质，使其以感性为主之生命可以透过另一意象的传达，而得到生生不已之感动效果的一个最好的方法。"①这里既指出了王氏之批评方法的可取性，同时也间接交代了古典感悟诗学的优势与长处，这对我们准确理解中国古代文学批评的"诗话"传统来说也是大有助益的。

中国新诗批评是随着中国新诗的诞生而出现的。最早发表的新诗批评文章是俞平伯的《白话诗的三大条件》，发表在《新青年》1919年3月第6卷第3号上，其次是胡适的《谈新诗——八年来一件大事》，刊载于《星期评论》1919年10月10日"双十节"纪念专号上，随后，刘半农、宗白华、康白情、郭沫若等相继发表新

① 叶嘉莹：《王国维及其文学批评》，河北教育出版社1997年版，第266页。

诗批评文章。自然，早期的新诗批评中，还是胡适的《谈新诗》一文影响最大。

胡适《谈新诗》这篇论文对初期白话诗的创作概貌进行了系统的梳理与阐发，并将新诗的出现归结为“第四次的诗体大解放”，着力强调新诗的写作是自由的，自然的，“不拘格律，不拘平仄，不拘长短；有什么题目，做什么诗；诗该怎样做，就怎样做”[①]是其基本的创作原则。因为影响深远，意义重大，胡适的这篇论文被朱自清称之为“诗的创造和批评的金科玉律”。[②]的确，《谈新诗》一文，作为“现代文类意义上新诗理论的纲领性文件”[③]，对近百年中国新诗和新诗批评的走向产生了决定性的影响与指导作用。在新诗批评话语模式的选择上，《谈新诗》开辟了以分析性陈述、逻辑性阐发为主要话语路向的新诗批评言说方式的先河，这在一定程度上也宣告了诗歌批评话语方式的根本转变，新的分析性、逻辑性的话语模式已经顶替旧有的“诗话”形式成为诗歌批评的话语主体。当胡适开启的分析性、逻辑性的话语模式，成了近百年来中国新诗批评的基本话语形式，传统的“诗话”方式在中国新诗批评中就不再能找到多少生存的空间。

当然，近百年来的中国新诗批评中也不是没有出现过“诗话”，不过这些“诗话”与古典诗学中的“诗话”批评相比，无论是在批评性质还是批评力量上都相去甚远。朱自清在为1935年编

---

① 胡适：《谈新诗——八年来一件大事》，载《星期评论》1919年10月10日“双十节”纪念专号。

② 朱自清：《中国新文学大系·诗集“导言”》，上海文艺出版社2003年版（影印本）。

③ 杨四平：《中国新诗理论批评史论》，安徽教育出版社2008年版，第38页。

选的《中国新文学大系·诗集》所撰写的《导言》中，专列“诗话”一节，然此“诗话”并非古人谈诗论艺的“诗话”，只是对所选诗人的姓氏籍贯和创作概况的描述而已。艾青在1938到1939年间写成的《诗论》也可看作一种“诗话”文字，不过艾青的《诗论》主要是诗人的创作谈，并不涉及对具体诗歌作品的评点赏析，因此与古代的“诗话”还是有质的区别。总而言之，在近百年新诗批评的学术实践中，传统“诗话”的话语模式几乎是缺席的。

分析性、逻辑性的话语模式之所以长期以来占据着中国新诗批评的地盘，表面看来与胡适等早期知识分子的批评实践关系密切，但究其实质，恐怕是与这种话语模式有着浓厚的西方色彩，而近现代以来的中国批评家迫不及待地学习西方人的学术思维和学理阐释方法而生成的结果。在五四激烈的反传统呼声中，不光儒家思想传统受到了知识分子不遗余力的批评，甚至几乎所有与传统有关的观念与方法都遭到普遍质疑，这其中自然包括对中国人以感悟见长的思维方式的质疑。中国古代“诗话”传统是建立在中国古代知识分子注重生命感悟的诗学观念上的，这种批评方法自五四以来被批评家主动弃置也就在情理之中了。分析性、逻辑性的话语模式在现代文学批评中的一枝独秀，或许正是中国现代知识分子臧西否中、放弃“诗话”传统而师从西方学术方式的必然结果。

无可否认，采用分析性、逻辑性的话语模式来进行新诗批评，是有较为突出的学术优势的。首先，这种话语模式有利于建构较为系统、较为庞大的理论体系。很显然，一个系统、庞大的理论体系的形成，是必须建立在一系列的概念、判断和推理的基础之上的，因此，注重批评家的零星感受、以片段的方式来呈现诗学观念的传统“诗话”，是无能建构起庞大、宏观的理论体系的。其次，这种话语模式可以将一个具体的诗学问题比较清晰地呈现出来，并借助较为严密的逻辑演绎和抽象推理而加以阐明。再次，这种话语模式具有突出的可操作性，而且这种话语模式既然建立在概念、判断和推理的基础之上，因此是可以通过训练而逐步熟练掌握的。

不过，分析性、逻辑性的话语模式也存在着较大的理论弊端。一方面，批评家对研究对象的审美感受是异常丰沛的，而且这些感受常常是不统一的，有时甚至是互相矛盾和冲突的，但为了照顾理论体系的完整性、一致性，批评家往往只选择服从于理论的感受来述之，而将那些与整体理论体系有冲突的感受有意抹杀，这种方法既遮蔽了批评主体情感的丰富性，也可能导致学术话语干瘪、枯瘦，成为理性的硬块，缺乏鲜活灵动的生命气息。另一方面，这种话语模式确乎可以使理论表述完整缜密，自成一体，但它所建构起来的理论系统往往又是封闭的，僵死的，缺乏开放性和对话性，无法与诗歌现场产生及时的互动与呼应，有时甚至可能蹈入悬置诗歌现场、一个人自说自话的尴尬境地。

为了补救分析性、逻辑性话语模式的不足，新的诗歌批评方式的寻找和开拓是势在必行的。我认为，运用“新诗话”的形式来参与新诗批评实践，进而促进中国新诗批评话语模式的重建可谓适得其时。“新诗话”应该既继承古代诗话批评的优良传统，同时又借用现代批评方法对传统进行积极的改进和提升。概括起来，“新诗话”应在下面几方面有效继承传统“诗话”的丰富遗产：

第一，春秋笔法。“新诗话”话语模式的启用，旨在摒除当下诗歌批评中大量繁殖的理论搬演、过度阐释和自说自话的痼疾，以便将诗歌批评鲜活灵动、富于开放性的一面加以还原，因此这种话语模式不主张要言不烦的逻辑阐释，而讲究微言大义，点到即止，从而将更开阔的想象空间留给读者。

第二，人间情味。古代“诗话”是有情有味的文学批评，现代文学批评常常是无情无味的批评形式，之所以说它无情无味，是因为现代诸多的批评文字为了追求理论阐释的所谓科学性与客观性，人为地屏蔽了批评家个体的生命感受，同时也有意忽略了创作者的个人情感因素。受形式主义以来的西方现代文学批评观念的影响，当代批评家主动放弃中国古代文学批评讲究“知人论世”的诗学传统，一味从作品语言构成入手来追究诗人构建的审美图式，把作家创作作品的具体语境和心灵状况弃置了。“新诗话”主张尽可能地“知人论世”，在诗歌阐释中做到将诗与人连在一起，既照顾诗人创作时所处的时代背景和个人当时的心灵遭遇，也强调批评家自己的生命投入，以便使新诗批评真正饱含着情味。

第三，感悟思维。感悟思维是中国古人一种基本的思维模式，也是古代诗歌批评最为重要的思维方法，从感悟思维出发来谈诗论艺，是古代文人常用的一种艺术批评套路，由此构建起来的感悟诗学，与西方的分析性、逻辑性诗学大相径庭，中国古典的批评方法在这一点上也真正体现出了独具特色的民族个性来。

著名学者杨义对中国人这种独特的艺术思维方式格外赞赏，在《感悟通论》一文中，他精彩地指出，感悟思维是“中国智慧的优势所在”，“中国文学艺术之所以能极其精妙地表达人类难以言状的精神体验和生命韵味，是与它的重感悟分不开的”。[①]在这篇文章中，杨义还将“感悟”提升到哲学的高度来阐明，他说道：“作诗、治学、求道而能感悟，就可以使智慧的潜力敞开，开心中的眼，开感觉的窍，使学艺创作有品位、有灵性、有奇趣、有妙味。是否可以这样说，感悟是如此一种思想和思维的方式，运用得妙，就可以知天地之道、觉天地之心、察天地之机？若能如此，它就是一种与西方重分析和思辨的哲学，可以并存互补的具有东方神采的哲学了。”[②]感悟思维有如此突出的优点和长处，新诗批评当然不能置若罔闻了。“新诗话”也大量借重感悟思维，让批评家的生命活性充分渗透到诗歌的美学构造之中，细致体验，充分感应，从精微之处将批评家个体的感念和悟觉一一点燃，用灵性的光烛充分照亮新诗的艺术空间。

“新诗话”除了继承传统的诗话遗产之外，也要积极学习和借鉴西方诗学。在话语模式上，“新诗话”可以沿用传统“诗话”的形式，但在观念层面，“新诗话”还应该有效利用西方理论资源，尤其是学习借鉴西方20世纪以来的诗学资源，以便更为深入地进入新诗的肌体之中，真正把握到新诗文本的思想脉搏和艺术精髓。

---

① 杨义：《感悟通论》（上），《社会科学战线》2006年第1期。

② 杨义：《感悟通论》（下），《社会科学战线》2006年第2期。

西方诗学思想是极为丰富和精彩的，这一点不承认不行。尤其是20世纪以来，西方诗学进入了爆炸的年代，以俄国形式主义为发端，20世纪西方诗学出现了英美新批评、现象学、阐释学、接受美学、结构主义、符号学以及女性主义、新历史主义、后殖民主义等诗学观念和方法，“新诗话”对这些观念和方法都应当了解和掌握。“新诗话”注意吸收和借鉴西方诗学，但只是将其作为理论储备，作为烛照诗歌艺术精神的必要光烛，而并不生吞活剥，也不死搬硬套，不因借用西方理论而损伤批评家的主体意识，不因迁就西方诗学观念而遮蔽和扼杀自己的审美感悟。“新诗话”是中西合璧的产物，是中国式的审美直觉和感悟与西方诗学相互砥砺、相互激荡而生成的结果。

从“知人论世”的诗学观念入手，采用春秋笔法，秉承感悟诗学，体现人间情味的“新诗话”，由此显示出诸多的理论优势，在推动中国新诗创作和新诗批评的发展中因而具有了不同凡响的意义。概括起来，“新诗话”的理论优势和长处体现在如下几个方面：

其一，开放性。“新诗话”并不以建构锁闭的、自足的理论系统为诗学目标，而是保持格局的开放和体系的敞开，以便随时容纳批评家通过观察和分析而感知到的新的诗歌内容，使阐释不断走向深入和胜境。“永远的未完成式”，这是“新诗话”真实的理论态势，它保证了新诗批评工作的长期持续和难以终结。这有点像人类自身的状况，永远未完成，永远可以继续前行。

其二，对话性。“新诗话”不以坚硬的理论躯壳而自我封闭，而是始终向诗人和读者敞开，始终与读者和诗人之间展开及时、有效的对话。“新诗话”摒弃了高高在上式的理论说教姿态，而采取的是与诗人和诗歌读者平起平坐的方式，“新诗话”内部充满着与诗人和读者之间不断的思想往来、持续相商和互辩的召唤结构与对话性空场。

其三，可添加性。“新诗话”理论文本是采用数字序列来构建的，某种程度上说，这是一种“未完成”的文本，随着批评家对诗歌新的感悟的涌现、新的材料的挖掘和新的观念的掌握，对诗歌的阐释可能又有了新的内容，便可在原有文本上添加进去。同时，“新诗话”采取的是一种微言大义的话语模式，它只是把诗歌中丰富内涵的极小部分呈现出来，而将绝大部分内容交付给了诗人和诗歌读者，诗人和诗歌读者也可以将自己的心得添加在文本之上，显示自己的诗学发现。

其四，现场感。“新诗话”坚守“知人论世”的学术立场，将诗歌与诗人紧密联系在一起，既读其诗，也知其人，既从人的生活状况与生命历程出发来推导其诗的原初动机和美学个性，又在诗中寻找诗人的精神影像和思想踪迹。这样，就能将活生生的可感可知的当代诗歌历史逼真地呈现出来，让读者阅读起来有一种身临其境、如晤其人的现场感觉。

其五，可读性。“新诗话”通常不使用纯概念，而主要使用类概念、使用准概念，这样就避免了某些理论阐述的枯燥乏味，保证了理论术语的鲜活性、生动性。同时，“新诗话”强调诗与人的统一，实现诗人的生活世界与诗歌的审美世界这二度空间的交互式编织，达到生活趣味与美学趣味的共同显示，读者阅读起来便是在一个具体可感的情景中领会新诗大旨，兴味盎然而有屡有心得。

以“新诗话”来记录和书写21世纪初的中国新诗历史，既可以在最为宽泛的幅域上展开言说，也可以在极其微观的层面上深入烛照，总之只要是21世纪初出现的诗歌现象，都可以纳入观照视野，“新诗话”这种话语模式为阐释对象的异常广泛提供了学理的可能。同时，由于“新诗话”体式的自由和开放，将诗人放在各种维度上来考量，比如考察诗人与特定的诗学现象、诗人与地理、诗人与所属流派、诗人与艺术追求等关系，便成了较为基本的阐释路向。利用“新诗话”，我们还可以对21世纪中国新诗的艺术技巧进行较为直观的陈述与展示，为诗人们有效提升创作水平提供生动而典型的创作蓝本。

在宏观层面上，“新诗话”可以就“新诗与传统”、“新诗与历史”、“新诗与哲学”、“新诗与政治”、“新诗与宗教”、“新诗与性别”、“新诗与身体”、“新诗与时间”、“新诗与空间”、“新诗与生态”等展开讨论。这些话题所牵涉的内容无疑是极其庞杂而丰富的，“新诗话”这种轻巧的文体肯定无法一一顾及，它只是立足当下诗歌创作的实际，选取最有现实针对性的角度切入，以新世纪诗歌文本为例证来展开和阐述，以达到“举一隅而反三”、“触类旁通”的表达效果。

在微观层面上，诗人与地理、诗人与传统、诗人与流派等，都是“新诗话”可以加以言说的主要内容。比如诗人与地理的关系，就是21世纪初中国新诗中一个非常值得关注、有必要加以探讨的诗学问题。某种程度上说，诗人艺术表达上的独特性，与他在特定的地理空间出生、成长与生活是分不开的。地理不仅是诗人童年记忆的摇篮，还是他观察世界与自我的最初的甚至是最根本的立足点，同时特定的地理也赐予了诗人特定的文化血型和地域经验，这些都会在他的诗章文句中不断显出踪迹来。因此，在地理坐标上来测度诗人，是可以将许多在其他向度上难以说清的东西说清楚的。举个例子，比如陈先发，他对古典文化和古典文学的精熟，与他出生于文化底蕴深厚、读书风气浓郁的桐城是有很大关系的，他在复旦大学的求学经历以及在诗歌上孜孜不倦地写作的态度，也与他桐城人的文化认同不可分割。而他的有关“地理灵性”的主张，是受到了桐城派立足地域来接受中国文化的成功经验的启示。自然，他在诗歌中太注重婉转多重的文化气息的散发，也有着桐城派特别看重义理、考据、辞章这种学术思想的影子。所以从地理学的层面来考察陈先发的诗歌创作，就可能将一个独特的“陈先发”诗人形象呈现出来。

必须意识到，“新诗话”存在很多的理论弊端和误区。比如它的无所不谈、面面俱到有时可能变成了无一深入、浅尝辄止，它的注重感悟往往会导致理论深度的欠缺，它的富有人性化活力有时可能会以缺失科学和客观为代价，它的非体系化使得对任一现象和问题的阐发都难以深透等。好在“新诗话”是在一个新的美学起点上出发的，它的弊端和误区有待于逐渐地校正，而对它的学术价值判断无疑要寻找新的尺度。

现代诗的穿越术

与古典诗歌相比，现代诗有着怎样的个性和特色？为什么说古典诗依附于古代文化形态和社会格局，而现代诗是现代社会的必然产物？作为现代诗人，我们该如何理解现代诗这种艺术形式所具有的表达优势，这种文体所授予诗人的书写权利呢？这是当下每一个从事现代汉语诗歌创作的人都必须面对、必须做出回答的问题。而理性地面对这些问题，确切地回答这些问题，对于每个诗人不断开拓自己的诗歌美学空间来说，可谓至关重要，甚至可以武断地说，什么样的回答将诞生什么样的诗歌文本来。

古典诗词是中国古典文学传统的一部分，它所营造的幽深的意境、宁和的氛围，所表达的天人合一的人文理想，无疑是中国古代儒道互补文化和农耕文明社会形态与生产生活方式下孕育出来的。而现代诗是中国文化由传统向现代转型的产物，它所创生的诗歌格局毫无疑问是千变万化的，它所呈现的社会场景也极为纷繁丰富，这些都对应着瞬息万变的现代社会图景，对应着快节奏、高强度的现代人生存与生活方式。现代诗之所以能呈现如此纷繁复杂的人文情貌和社会格局，又多半归结于以现代汉语为基本语言形式的中国新诗为诗人尽情展开想象的翅膀提供了极为便利的条件。现代汉语的诗性空间极为宽广，现代人的生活内容又极为丰富，知识结构相对完善，观照视野也异常开阔，种种这一切，使得现代诗的表达自由而灵活，多样而精彩，许多打破陈见、耀人耳目的精彩诗行，借助诗人超凡脱俗的想象而纷纷出现在中国新诗的舞台，给人带来无限的艺术享受。在天马行空的想象之下所孕生的现代诗歌，因此成了一种可以完全不受时间、空间限制而自由组合语言、大胆描画世界的文学产品。似乎可以说，现代诗是一种具有神奇穿越术的艺术形式，不拘一格地进行时空穿越，是现代诗的特异功能。

是的，懂得了现代诗的穿越术，你就破译了现代诗的艺术密码，就可以在现代诗的审美领空自由翱翔，尽显风采。

存在和时间是捆绑在一起的，时间规定了我们生命的现实形态和存在方式，人类因为摆脱不了时间的羁绊而苦恼不已，我们在时间中存在，而最终又被时间带走，有谁能同时间的魔法师抗衡呢？恐怕只有现代诗。在现代诗的艺术表达中，时间似乎不再是一种生存障碍和局限了，现代诗人一旦进入创作情景中，似乎就进入了另一个存在场域，他们可以完全超越时间的束缚，在上下五千年任意来去，自由穿越。“来来请坐，我要与你共饮 / 从历史中最黑的一夜 / 你我并非等闲人物 / 岂能因不入唐诗三百首而相对发愁 / 从九品奉礼郎是个什么官 / 这都不必去管它 / 当年你还不是在大醉后 / 把诗句呕吐在豪门的玉阶上 / 喝酒呀喝酒 / 今晚的月，大概不会为我们 / 这千古一聚而亮了 / 我要趁黑为你写一首晦涩的诗 / 不懂就让他们去不懂 / 不懂 / 为何我们读后相视大笑”，在洛夫的这首《与李贺共饮》里，两位相隔千年的诗人，居然奇迹般地聚首在一起，把酒言欢，好不快慰。这种情形，在现实世界里几乎是不能想象的，但在现代诗中所可以频频上演，那精彩的穿越术，实在令人叹为观止。欧阳江河的名篇《一夜肖邦》有句："可以把已经弹过的曲子重新弹奏一遍 / 好像从来没有弹过 / 可以一遍一遍将它弹上一夜 / 然后终生不再去弹 / 可以 / 死于一夜肖邦 / 然后慢慢地 // 用整整一生的时间活过来"，是神奇的穿越术，它授予了诗人将死去仍可活过来的荒诞情景铺展成精彩的文学语言。陈陟云的《梦呓》最后两行："一生何其短暂 / 一日何其漫长"，这种时间悖论，之所以能在诗歌中成立，同样是得益于诗歌超越历史、穿越时间的艺术法则。

与时间相对，空间也是人类生存一个不可或缺的物理场域，茫茫宇宙空间的浩渺无垠，常常会使人类生出自卑的心怀，那种自觉渺小的颓伤情绪，始终萦绕在现实生活中的每个生命个体心头。但现代诗却丝毫不为空间所左右，丝毫不受现实空间的干扰和阻挠，进入现代诗歌创作情景中的现代诗人，可以在咫尺与天涯之间任意往返，频繁穿越。在古典诗歌中，李白所写下的"朝辞白帝彩云间，千里江陵一日还"被认为是使用夸张最突出的例子，因为这种遥距千里的空间跨越在古人看来实在是难以想象的，但在现代社会却是一个很平常的事件，因为现代科技早已帮现代人实现了这种梦想。那么，现代诗的空间穿越，又有怎样的表现情态呢？舒婷的《双桅船》写道："岸呵，心爱的岸 / 昨天刚刚和你告别 / 今天你又在这里 / 明天我们将在 / 另一个纬度相遇……不怕天涯海角 / 岂在朝朝夕夕 / 你在我的航程上 / 我在你的视线里"，这种在不同的维度间跨越，无论相距天涯海角，都始终依存在一起的描述，展示的正是现代诗的空间穿越艺术。卞之琳在20世纪30年代写下了一首奇特的诗，题目就叫"距离的组织”，诗曰：“想独上高楼读一遍《罗马衰亡史》 / 忽有罗马灭亡星出现在报上 / 报纸落。地图开，因想起远人的嘱咐 / 寄来的风景也暮色苍茫了 / （醒来天欲暮，无聊，一访友人吧。） / 灰色的天。灰色的海。灰色的路 / 哪儿了？我又不会向灯下验一把土 / 忽听得一千重门外有自己的名字 / 好累呵！我的盆舟没有人戏弄吗 / 友人带来了雪意和五点钟。”古罗马的星辰出现于今日的视线里，一千重门外的声音如闻在耳，诗歌以这样的述说方式，完成了时间与空间的双重穿越，真可谓神奇的“距离的组织”啊！

其实，现代诗的穿越术还有很多很多，远不止限于对时间和空间的穿越。可以说，大凡有可以打破的疆界、可以突围的空间，在现代诗里都有着穿越的尝试和体验。这里有主观和客观的转换，有具象与抽象的关联，有微观和宏观的组接，还有心理世界和物理世界的沟通。海子在《亚洲铜》中写道：“亚洲铜　亚洲铜 / 爱怀疑和爱飞翔的是鸟　淹没一切的是海水 / 你的主人却是青草　住在自己细小的腰上 / 守住野花的手掌和秘密 / 亚洲铜　亚洲铜 / 看见了吗？ 那两只白鸽子　它是屈原遗落在沙滩上的白鞋子 / 让我们——我们和河流一起　穿上它吧”，这几行诗就多方面显示了现代诗的穿越艺术。诗人描述“小鸟”“爱怀疑和爱飞翔”，这是主体之人与客体之物的穿越；他写“那两只白鸽子　它是屈原遗落在沙滩上的白鞋子 / 让我们——我们和河流一起　穿上它吧”，这既有现实和历史的穿越，也有微观和宏观的穿越。这么多的穿越出现在诗歌之中，《亚洲铜》的丰富内涵、纷繁情感和高妙的艺术性就可想而知了。安琪的名作《明天将出现怎样的词》有这样的诗句："明天爱人经过的时候，天空 / 将出现什么样的云彩和忸怩"，诗人将"云彩"和"忸怩"强行黏合在一起，显示了一种词语的"暴力"，也将物理世界和心理世界的沟通、抽象和具体的结合等穿越之术精彩地展现出来。"那里，一具形状怪异的古琴 / 当他把它挂在墙上 / 墙上就仿佛出现了一个洞穴—— / 房间里多出一个洞穴的生活"（吕德安《古琴》），"一些水 / 在杯子里使哲学变浅"（臧棣《漂泊》），"洞穴"与"生活"互相比拟"水"和"哲学"生出瓜葛，这都是抽象和具象之间相互穿越的范例。

总而言之，现代诗人只有练就了奇幻的穿越术，才能在现代诗的艺术舞台上，展示自己超异的创作才华，创作出足称优异的诗歌文本，从而在文学的星空中，发散出属于自己的光芒。

新诗空间美学的建构

新世纪以来，围绕中国地理而生发的诗意言说和艺术诊释，已然构成了中国新诗中极为重要的审美景观。不少诗人往往会站在某种观照视点上，对出生地、生活地、游历地、想象地等展开仔细地审视和丰富地联想，在时间与空间、历史与现实、自然与人文的多维向度中，将特定地域所具有的历史意味、文化内涵和人文情韵敞现出来。由此，一些诗人所彰显出来的地理诗学，诸如雷平阳的“云南”、潘维的“江南”、古马的“甘肃”、沈苇的“新疆”、李自国的古老“盐都”等，一定程度上构成了这些诗人建构自我艺术世界、获得诗坛广泛认可的关键性美学符号。《星星》诗刊本年度短诗大展也推出了演绎地理诗性的篇目，标为“云朵打开远游的翅膀”一辑，可以说是与新世纪诗歌中大量书写地理诗意的创作主潮相一致的。

地理是一种集自然景观和人文风貌于一体的特定空间，地理诗意的彰显，某种意义上说正是空间美学的构建。“空间”所涵括的对象无疑是广阔的，细而言之，不外现实空间、历史空间、想象空间等几类，对这些空间加以不同的艺术想象和审美书写，既能将空间所具有的美学韵味生动展现，还能显示出诗人在共时性的思维向度上所具有的出色的艺术创作力。在这一辑中，哑铁的《在仙女山草原》、张平安的《高原的冬天》、蒋英胜的《鸣沙山》《月牙泉》、米黎明的《南郊麦地》、杜元的《狼行山》等，都可以说是现实空间的直接书写和艺术阐发。哑铁《在仙女山草原》最有代表性，诗歌写曰:“风贴着草尖淌过来 / 马鸣声隐略可闻 / 夕阳恋恋不舍的步履 / 弥漫着绿色的蹒跚 / 最精美的蝉鸣声 / 将空旷越推越远 / 直到草原尽头 // 森林竖起尖利的耳朵 / 在这高山之巅 / 臆想中的山歌已经飞起 / 那几尊羽化的仙女 / 在草地的一角 / 踏着叶笛声凌波而来 / 宁静如水的草原 / 需要一只碧玉般的酒杯 / 燃烧沸腾的激情 / 用翡翠般透明的手拥抱”。在这首诗里，诗人所呈现的诸多事物，如“风”、“马”、“夕阳”、“草地”、“蝉鸣”、“高山”、“森林”等，都是现实中的实存之物，是可以直接凝视和感触的对象，这些对象集中在一个诗章之中，共同营构了一个名曰“仙女山”的现实空间。对现实空间的诗意展示，首先须尊重这一空间的客观情态，要贴着这一空间的现实对象加以仔细烛照和艺术阐发，而不能天马行空、随意铺衍，以致让现实本身变得虚幻和不真切。哑铁的诗基本上做到了贴着实存对象而作艺术诠释这一要点，因此所呈现出的“仙女山”风貌具有相当大的真实可信度。自然，同样是对现实空间的描画，诗歌与散文却大异其趣，散文可以直接描写事物的外貌、色彩、形状、大小等物理属性，但诗歌则须超脱物质性而主要呈示其精神性，因此，以虚写实、虚实相生就构成了诗歌敞现地理诗意的最主要笔法。纵观上述几首诗，我认为它们基本做到了这一点，其艺术性也就不俗了。

在新诗创作中，对于历史空间的展示，既要以现实空间为基地，更要以历史渊源为诗情伸展的精神孔道，这样才能将一个具有悠久人文传统和历史遗韵的地理区域艺术地呈现出来。在这一辑中，陈衍强的《到永平》、蒋兴刚的《沈阳故宫》、夜鱼的《西湖吟》、舒眉的《焉支焉支》等，可以说是对历史空间的诗意塑造。以陈衍强的《到永平》一诗为例，全诗如下:“你最好从古代出发 / 带着兵器　农具 / 和马帮的铃声 / 到大理州以西 / 把博南山走成比远方更远的古道 / 在澜沧江东岸 / 无论你是征战的士兵 / 还是流放的状元 / 都是永平的亲戚 / 在缅桂花一样芳香的风俗中 / 你可以逢山开路　遇水搭桥 / 用汉朝官话和各种方言 / 开垦辽阔的边疆 / 一个驿站借宿一夜爱情 / 一个渡口渡过一段婚姻 / 如果你想安居乐业 / 每天用黄焖鸡下酒 / 就赶紧找一个杉阳美女 / 她会为你放牧牛羊 / 种植漫山遍野的核桃和诗歌 / 即使你躲进皇上都想去的宝台山 / 头枕古刹的钟声 / 她也会闯入你的梦中 / 为你灿烂成树上的莲花”，应该说，隶属云南大理州的“永平”其实也是一个现实地理，诗人也完全可以按照上文中的抒情模式，直接描述它的现实景观和自然风貌，不过在这首诗里，诗人陈衍强则是多用虚化的语言，一味陈述了与永平相关的历史和文化景观，而放弃对其现实景观的直接书写，进而将“永平”这一现实地理，塑造成一个有着悠远历史和丰厚文化的独特空间，我称之为“历史(性) 空间”。举凡对历史空间的艺术写照，大多采用的正是这样的表达策略。

在现实空间、历史空间之外，诗人的笔下有时还会写到第三种空间，那就是想象性空间。这种空间少数也有现实的依据，但多数并不对应着现实中实际存在的空间形式，而是诗人借助自己的联想和想象而独立建构起来的新颖的空间。这一辑里，凌风的

《晚风吹在天幕上》、蒋兴刚的《在低处飞翔》、施雁萍的《月光草原》等，就是较为典型的描绘想象性空间的诗歌作品。施雁萍的《月光草原》起首之句云:“月光的草原一望千里，豢养我思念的马匹 / 往事成旋。”这里所述说的“草原”，本来是存在着客观对应物的，不过诗人在描述它时，用了很多富于想象的语词和以虚写实的笔法，并以明亮的月光将“草原”尽力装饰，这样一来，原本具有现实性的“草原”，却在诗中呈现为想象性的精神现象和心灵景观。蒋兴刚的《在低处飞翔》篇幅不长，只有三节，诗曰:“熟悉的低处在思想 / 上方 / 每天每夜 / 在信仰的风里穿行 // 刀在低处飞翔 / 忘记与生俱来的忧伤 / 翅膀 / 不再为无为而惭愧 // 向上吧 / 沿着初放的水仙 / 但我不相信 / 上升 / 是人间唯一的出路”，很显然，诗中所言的“低处”，并不指向现实中某个具体的地域，而是描述着生命存在的某种情状，或者某种并不高调的人生姿态与处世哲学，因此它是借助诗人出色的想象力所塑造和构建起来的虚拟性或想象性空间。

不管是对现实空间的描摹，还是对历史空间的述说，以及对想象空间的构筑，诗人都必须将诗意的呈现放在首要的位置，努力用富于艺术性的笔法将这些空间精彩地打开，神奇地照亮。通过对这些地理的艺术阐发和诗性彰显，中国新诗的空间美学，才可能会被逐步构建起来。

季节歌吟与生命感发

在当代诗人笔下，季节总是咏唱不尽的审美题材，当代诗歌园地上的季节诗犹如春花春草一样繁盛丰富，它们既艺术地展示了四季的绰约风姿，又给人带来许多新奇的时光体验和人生启悟。季节之所以为诗人们书写不尽，表达不完，大致有这样几种原因：其一，一年四季春夏秋冬，每个季节有每个季节的不同特点，各个季节的独特性往往会体现出诗的潜能，给人带来诗的感觉；其二，季节的变化容易引起人的情绪波动和思想起伏，生性敏感的诗人由此对季节更替和外在环境的相应变化格外关注，于是，季节流动的深刻印象作为一种表达素材，会不断进入他们的诗行之中；其三，季节的变换和景色的盛衰，往往与人类生命形成鲜明的对应，对外在季节的感触有时就是对内在生命的咀嚼，因此，诗人们描绘季节运行中的光影声色，常常不只是季节风物的简单书写，更是自我心灵的投影与折射。

在《季节的版图》这一组诗中，我们读到了诗人对春光秋景的回味，读到了他们对夜雨与轻云的写照，还读到了他们对花朵与风声的痴情。“立春以前的寒冷 / 晴朗的太阳如同冰凌，挂在屋檐而不能给予地表体温”，毕亮的《立春以前》聚焦春天到来前的气候特征，尤其对“太阳”无法给世界带来明显的温暖这一情景的描述，是极为形象而准确的。“率先无畏地、赤诚地 / 把

春天的序曲和温情 / 带进这座灰暗城市里的 / 遍街高分贝的白玉兰—— / 纷纷，如中箭之雀”，这是洪波《倒春寒》的第二节，“倒春寒”对于城市的突然造访，给人们带来了某种冬天仍挥之不去的心悸之感，“白玉兰”在寒气中的蓦然萎谢，正是这种不受人欢迎的季节气象所造成的一场劫难。当春天莅临祖国大地时，又是一种怎样的繁盛热闹景观呢？胡善华《家乡，春天里的花朵》写曰：“南风吹走大地的呓语，家乡的门扉里 / 一览无余。那些杏花、桃花、漫山遍、野的酸枣花 / 依次用氤氲的香，说着鲁东南的方言”，繁花似锦，花香四溢，这“鲁东南”的春天不言而喻是极其绚烂的。在诗人周鸣的笔下，鲜艳的映山红别有一番情味：“我惊叹大山的血液 / 和人类一样，也是红色的 / 但我不敢想象，这些美丽的花儿 / 如何通过一根根春天的血管 / 从黄土深处倒流出来 / 绽放在斜风细雨里 / 朵朵都是，尘世的苦涩”(周鸣《映山红》)。映山红是杜鹃花科植物，是春风吹拂下凝寒绽放的一种有个性的花种。映山红素有“木本花卉之王”的美称，其奔放而坚韧的品质给人印象颇为深刻，古今中外的文人墨客都为之作过不少颂赞的美文诗句，如宋代杨万里的一首《杜鹃花》如此写道：“何须名苑看春风，一路山花不负侬。日日锦江呈锦样，清溪倒照映山红。”热情颂扬了映山红质朴、顽强的生命力。宋代另一诗人袁甫则有“山花无数笑春风，临水精视迥不同。唤作映山风味短，看来恰谁映溪红”（《映山红》）的诗句，也对映山红给予钟情讴歌。周鸣的这首《映山红》构思也较为精巧，诗人由映山红的殷红如血，联想到大山的血液居然与人类一致，进而得出大山养育的映山红自然就有了人类的情感与精神等精彩的结论。“一朵，减得不能再减的云 / 一朵，轻得不能再轻的云 / 内心的泪水却暗暗汇集”（洪波《那朵云强忍着多少泪水》），“云过的时候，下起了雨 / 山朦胧，树朦胧 / 雨水打在毡房上，落在草叶上 / 声音婉转，大地上除了雨声别无他音”（西洲《夜雨闻铃》），这里对“云”与“雨”的诗意再现也格外传神。此外，冉晓光写秋叶纷飞：“遍地都是飘逸的翅膀”（冉晓光《秋天的某些情节》），蜀东泊客写秋雁啼鸣：“秋水流过的时候 / 我在山间一看菊花开放 / 黛色的邮差风走过 / 递给我浅浅的凉意 / 突然的雁鸣声传过 / 抬起头 / 却找不到那些人字的身影”（蜀东泊客《远去的雁鸣》），也写出了各自的神韵。

正如前述所云，“季节的变换和景色的盛衰，往往与人类生命形成鲜明的对应，对外在季节的感触有时就是对内在生命的咀嚼”，因此，季节诗的写作不能仅仅停留在对外在物象的单纯描摹与刻绘上，对季节的观照还应上升到对宇宙人生沉思的高度上，这样创作出的季节诗才更有艺术魅力，也更有诗学价值。在我看来，优秀的季节诗都是季节歌吟与生命感发的完美结合体，既有对客观世界准确生动、细致入微的描摹，还有借助外物的描画而对生命奥义的呈现。熊衍东的季节诗往往折射着哲性的艺术之光，他的《菊展》写曰:“热闹是一剂毒药 / 饮鸩止渴的人 / 被虚荣掏空的是尘世的忧伤”，菊花的怒放与观菊者的众多，二者形成一种同构关系，熊衍东通过对这种同构关系的深度审视，发现了“热闹”背后深藏的某种生存哲学。他的另一首诗《石阶》则云:“不是所有的石阶都可以登上山顶的 / 不是所有的心灵之窗都可以打开的 // 虚无缥缈的光圈 / 有时是一个陷阱有时是登攀的

力量 / 残雪垫高的不是石阶本身 / 是虚无假象的诱惑”，不只是在写山上蜿蜒而上的石阶，更是对春游者如何读懂眼前风景的一种智慧启示。红杏《记住春天》写道:“别用夹进日记的花瓣儿 / 制作蝴蝶标本，有雨的春天 / 没有影子追随”，有雨的春天，没有影子追随，只有无边的诗意，淋漓在我们生命的路途，这样的诗句既有美不胜收的曼妙意境，又有捧手可掬的思想之泉。还有，“他们的瞳仁里 / 挤满了各自的目标和前程”（洪波《倒春寒》），“恨一个人，需要足够的气力，和耐心”（西洲《处暑》）等，都是诗人立于一个独特的季节而对人生的反思和沉吟。

可以说，景物的歌吟与人生的审视，构成了季节诗的两翼，它们的同时出场，才能让诗歌这只雄鹰，飞向高远的美学天空，从而带给读者无穷无尽的艺术享受和精神馈赠。

乡土的诗意空间

在诗人眼里，乡土始终是辽阔的。这辽阔不止在于她幅员的广大，更在于她意蕴的丰厚，在于她情感的浓烈。或者说，乡土自古以来就是一个无限开阔的诗意空间，是一个充溢着神奇的艺术魔力和曼妙的诗性氛围的场城。由于乡土这个地理空间具有天然的诗意素质，她就成了当代诗人书之不尽、常写常新的文学母题。以乡土为诗情抒发的基点和归宿地的诗歌，便总是散发着某种令人心旷神怡的艺术风采和情感力量。

乡土上的诸多事物都是富有灵性的，它们积淀着一个特定的地理空间的历史记忆和生活底色，它们和乡人一起，应和着岁月前行的步调，奏响了清幽的生命和弦。当我们用心地打量这些事物时，是可以谛听到深藏其中的某种神秘和情趣的。杨麟的《清晨，我写下一些事物》以惠特曼式的长句来谱写乡原之上的风物:“清晨，我写下一些事物。写下一些柔和，温性的事物。/ 写下落珠，在黎明中闪烁。从此我相信黑夜也是有光的。/ 写下青草，它们疯狂起来像我的思念 / 一茬一茬地，纠结着我在城市的爱情，疲倦和苦闷……”在诗人“写下”的乡村风物中，除了“露珠”和“青草”，还有“炊烟”“田野”“稻谷”“羊群”“蚂蚁”“落日”等，这些物象的堆叠，已经营构出意绪盎然的生活图景，将诗人对故乡的爱与思念淋漓尽致地彰显出来。

乡土虽然具有葱郁的诗性潜质，但不是随意描画乡土上的风物人事，就会构筑出具有艺术性的诗章。乡土诗要写出它的韵味和深度来，就需要诗人将自我的人生体味和生活经验融化到诗意描画之中，让字里行间带上诗人自己的体味和血气。季川的《村庄》如此写道:“那儿住着我的第一声啼哭 / 住着我的姓名、父母忙碌的背影 / 那儿住着吉祥如意的风水 / 暖烘烘的炊烟、花朵及时的芬芳”，这里的“住着”格外有意味，这是诗人从一个农家孩子的心理感知角度入手来对那个令自己梦绕魂牵的故乡进行的诗意呈现，这里有景，有物，也有人，而且诗人是寄身其间的，并不是作为旁观者的身份来述说和追忆远方的故园，是将故乡召唤到眼前，召唤到与自己的心灵最近的地方，诗人与她进行面对面的交谈、倾诉，这样写出来的乡村就是有情有味的，这样的故土才令人感到可亲可敬。在这首诗里，诗人最后写道：“岁月没有什么秘密，无非是 / 朝阳冉冉，风儿阵阵，河流淙淙 / 村庄从来不喜欢炫耀，无非是把孩子养大，把自家的田地种好 / 把日子过得像春风一样舒舒服服”，这是从农民的视角上对生活做出的理解与想象，是较为符合现实情形的。

要想写出乡土上令人艳羡的诗情画意，诗人必须带着充满爱恋和感恩的情绪进人这块领地，只有用充满关爱和感谢的眼光来审视这片领地，我们才可能鲜明地感悟和领受到流淌在乡土上的汩汩诗情。张羊羊在《大地的孩子》里写曰：“我想在青花碗边 / 再次遗漏晶莹的米粒 / 让祖母的指尖 / 闪耀轻柔的

光芒 / 小狗幸福地舔舐骨头 / 我拆开年龄的积木 / 学习明亮的修辞”，这是用爱的眼光打量乡土进而书写出乡土上温馨的一幕，而最后一节，诗人写道：“我想坐上那趟夜行火车 / 重回洁净的纸张 / 让我在每一个清晨 / 去朗读婴儿的眼睛 / 并借用她微笑的源头 / 和敬畏的汉字 / 守卫土地和诗歌的尊严”，因为心中有爱，所以那美丽的遐想里跳荡着“洁净”“微笑”“敬畏”等令人心热和情动的词汇，由此拼合起来的艺术图景自然会悄悄打动每一位读者。凡羊的组诗《乡村纪事》也是包含了关爱的乡村奏鸣曲，《阴坪村》以简洁而传神之笔，写到了“稻子”和“河水”的情态，诗曰:“我到阴坪村时 / 夏天已经先期抵达这里 / 田里的稻子，表情兴奋 / 一脚踩着酷暑 / 一脚踩着风声 / 我理解闲下来的河水 / 拿着尺子 / 将山村从头量到脚跟”，阴坪村夏日的风采被诗人描画得绘声绘色，如果诗人不是饱蘸着爱的笔墨来书写，恐怕很难达到这样的表达效果。

自然，乡土上并非所有的人事物象都是暖色调的，在乡土这个独特的空间里，也不乏冷色调的存在。叶晓峰的《一朵相思花是一个伤口》就写出了那令人感慨的情景:“眼前的相思树都在 / 努力打开自己 / 向世人坦情地诉说 / 一朵相思花是一个伤口 / 所有的伤口 / 都在努力地守望着 / 在枝头　它们的内心 / 忧郁而美丽……”将花朵比喻为“伤口”，这样的比喻是大胆的，也是具有陌生化效果的，能让人产生丰富的联想。诗人这样比喻，是为了艺术地敞现他关于“不是所有的开放 / 都有完美的结局 / 就像一些相爱的人 / 不都能终成眷属”这一人生主题。

这一辑中还有不少好诗，由于篇幅所限，不能一一列举。总之，乡土上的诗意空间无限广阔，描写故乡的诗歌永远都写不完。

富有难度的乡土诗写

《星星》诗刊每年的短诗专号，某种程度上已经成为这个刊物的一个品牌，其品牌特征主要体现在这样几个方面：其一，相比每年出版的其他各期，短诗专号推出的诗歌数和诗人数毫无疑问是最多的，这无形之中增加了诗人出场的机会，因此很多诗人对这个专号是心存感恩的；其二，短诗专号以题材为分类标准来推举诗作，一刊在手，对于当下各种题材的诗歌写作现状就可大致了解，可以说，短诗专号构成了了解当代诗歌现状的重要窗口；其三，由于推出的诗人为数甚多，因此来自祖国各地的诗人面孔都能登场，各个地域的人文风情也可以从他们的作品中阅读和感受到，也就是说，广泛的地域性是短诗专号的基本特征。而据我了解，每年的短诗专号中，乡土诗总是其中不可或缺的重要一员，乡土诗人和乡土题材的诗歌作品成为专号中的常客，这或许是因为中国具有幅员广大的乡村，它们给了当代诗人无穷无尽的艺术灵感和写作资源，对乡土的关注与思考同时也构成了当代诗人心灵世界中异常显在的一种精神现象。在这种基础上，对《星星》诗刊短诗专号乡土诗的审视、反思和估衡，某种意义上也构成了对所刊诗歌的整体水平加以衡量的最重要依据。

今年短诗专号的第一卷“月光垂钓着乡愁”正是一次乡土诗的大汇展，集中展出了12位诗人的14首诗歌作品。给我印象深刻的有谢耀德的《秋风吹着寂静的村庄》、郝随穗的《陕北秧歌》、李东的《隐忍》、十五岚的《父亲，今夜我在武昌城》等。谢耀德的诗写得纯净、自然，将乡土的亲切与神秘精彩地呈现出来，“秋风吹着麦茬里的村庄缓缓的寂静 / 秋风吹着牛羊啃过的草茎隐隐的疼痛”，这样的造句很美，很妙，这里的“秋风吹着”是现实的描述。而“村庄的寂静”和“草茎的疼痛”是虚拟和想象性的刻写，诗人在现实与虚构的对接中完成了对村庄浓郁诗意的深情诉说。郝随穗的诗歌将“秧歌”这种北方的民间艺术形式进行了较为细腻的呈现，“鲜活的生命开始跳跃，瞬间 / 打破了黄土地上的沉闷 / 舞蹈在阳光里的锣鼓声中 / 放出鸽哨，春天啊 / 就在秧歌队伍的后面紧跟着”，这是秧歌扭动下充满生机和活力的北方大地的真实写照，这生龙活虎、春意盎然的情景令人异常感慨和欣悦。十五岚的《父亲，今夜我在武昌城》将身居都市的我对父亲的思念，对故乡的思念等情绪形象地书写出来，尤其最后一句“月光那么轻，一次次地垂钓我的乡愁”富有质感和创意，令人过目难忘。

不过话说回来，在当代历史和文化语境下，与其他题材的诗歌创作相比，乡土诗的创作是更有难度，更充满挑战性的。要想写出一首令人称道的乡土诗歌，需要诗人花费更多的心血和精力。为什么说在当下创作乡土诗是极为艰难的呢？我认为主要有这样几个原因。第一，乡土其实是中国古代文学中进行过多方面表达的一种由来已久的文学素材和文学母题，古典诗歌中优秀的乡土书写构成了乡土诗突出的美学标高，给当代诗人的创作带来了永远无法摆脱的“影响的焦虑”。我们知道，乡土中国是我们对古代历史和文化的一种基本定位和认知，与西方文化的核心在于游牧文化和商业文化相比，中国古代文化的核心体现为农耕文化和乡土文化，因此，乡土自然构成了古代诗人写作的第一位艺术内容。古典诗歌中的乡土诗极为丰厚，这些乡土诗既构成了当代诗人书写乡土时重要的艺术营养和美学资源，同时也对当代诗人形成了很多的威胁和压抑，尤其当现代汉语书写的乡土诗还远没达到成熟和完善地步的时候，读者就会因古代乡土诗艺术成就的高妙而对新诗生出不甚满意的情绪来，这对当代乡土诗人来说无疑形成了极大的重压，使他们倍感乡土诗写作的困难。第二，中国新诗虽然只有不到一百年的历史，但现代诗人创作出来的乡土诗歌在数量上已非常巨大，而有质量的作品也不在少数，包括艾青、臧克家、田间等在内，近百年新诗史上的大量优秀诗人都曾创作过有一定艺术品位的乡土诗。近百年新诗史上乡土诗的巨大成就，某种程度上也是对当下乡土诗写作的一种挑战，当代诗人要想在乡土诗上有所建树，要想凭借乡土诗歌的写作而顺利进入新诗史之中，就必须想办法努力超过他们的前辈，而超越前辈并不就是轻而易举的事情。第三，当代中国正处于经济和文化的转型之期，随着现代化步伐的不断迈进，随着城市化程度的不断提升，当下的乡村景观已经同20世纪80年代和90年代的乡村景观大不一样了，今天的乡村所处的尴尬位置、所面临的诸多问题也是此前的历史时代根本无法想象到的，因此，要想真实地、历史地写出当下乡村的乡土本色、现实样态和精神特质，简单地复制以往的一些乡村书写语码和情感态度是远远不够的，只有深入到当代历史的腹部，只有在城市化发展对乡村带来的压抑与伤害等残酷现实中，重新审视乡土的地位和价值，才能写作出更有意义和价值的乡土诗来。

在此基础上，我认为，这一卷中写得最好的诗，应该是李东的《隐忍》，它将一个来自农村的80后青年在城市中思念乡土、难忘亲人但又不敢直面落后和卑微的乡村的复杂情绪，非常含蓄和深刻地书写出来。李东是从“诗人”这样的角色定位出发，来敞现对故乡窘境的认知、故乡书写的艰难等情形的。诗歌艺术展示出一个出生于乡村但暂居于城市的写作者内心的矛盾与痛楚，它是真实的，也是令人深思的。尤其当你读到最后，“一座小城无人知晓 / 大山深处的村庄多么卑微 / 一再压低的头颅 / 只为抬得更高。夜越深 / 我与故乡重叠的部分越多”，感动的泪水将从我们的眼中夺眶而出。从李东这首相当出色的乡土诗出发，我想到，如果当下的乡土诗仍然还沉浸在美化乡村、歌吟乡村的呢喃曲中，仍然还不忘月光、小径、房舍、荷塘、村姑、老牛、豆油灯等过时和陈旧的意象，仍然不愿直接面对城市化挤压之下乡村地位的尴尬和问题的丛生等严峻现实，那么，再多的乡土诗都可能只是机械的复制，都可能是一种徒劳无功的无效写作。

新诗如何深入时间的腹地

拿到《秋天的物语》这一辑诗稿时，我首先想到的是当代诗歌与时间的关系。自古至今，时间意识都是诗人必须具备的一种超乎常人的心理素质，感时伤逝也自然构成了诗人面对大千世界、体悟宇宙人生的基本情感态度。晋人陆机在《文赋》中写道:“遵四时以叹逝，瞻万物而思纷；悲落叶于劲秋，喜柔条于芳春。”强调了优秀诗人对于时光和季日的异常敏感性。“感时花溅泪，恨别鸟惊心”，这是杜甫对战乱时代特定时间场景中物是人非的情绪表露。“君不见高堂明镜悲白发，朝如青丝暮成雪”，这是李白对好景不长、生命短促的诗意喟叹。“人有悲欢离合，月有阴晴圆缺，此事古难全。但愿人长久，千里共婵娟”，这是苏轼在中秋时分触景怀人时发出的深情感慨。这些诗章文句历经时代的淘洗而不衰，已然构成了古典诗词中的经典表述，而它们的共同之处在于其中流溢出的那种强烈的时间意识。某种意义上，时间意识正是中国古代诗人葱郁勃发的生命意识的生动折射。

鲜明的时间意识也是现当代诗人优异的诗歌才华的生动体现，我们可以以海子为例来得到确认。在海子的诗章中，光是以时间为篇名的作品就占了很大比例，比如《夏天的太阳》《九月》《九月的云》《从六月到十月》《八月尾》《七月不远》

《冬天的雨》《五月的麦地》《秋》《秋天》《秋日黄昏》《八月之杯》《八月　黑夜的火把》《七百年前》等。而海子的名作《面朝大海，春暖花开》以“从明天起”开头，将一个朝向未来的时间符号提交到我们眼前，令我们看到了诗人渴望融入现实世界但始终沉溺于精神空间的一种奇特的生命境遇，从中我们既能领受到海子对现实生活中人们的衷心祝福，也能隐隐捕捉到海子此后与这个世界诀别的不幸命运轨迹。毫无疑问，海子诗歌的优秀和伟大，与诗人那种对于时光、季节的敏锐感知和深刻洞察是密切相关的。

由此看来，新诗创作如何深入时间的腹地，如何用分行的文字写出季节轮回、昼夜更迭中的诗情和诗意来，写出人们在时光流逝中的心灵波动和人生感悟，顺理成章地构成了当代诗人从事诗歌创作时必须直接面对并加以及时而有效回答的重要命题。从这辑诗稿中，我们可以大致归纳出诗人们对于时间与诗歌对接时的一些技巧处理。首先，通过抓取现实世界中典型的物象，写出特定时间里的外在风景和诗人的内在情感，这可以说是当代诗人体现时间意识的重要书写策略。李玉琼的《芦花》一诗写道：“细细的芦管踩着高跷式的舞蹈 / 在尘世的视线之内　视线之外 / 轻盈着　快乐着 / 忧伤着　沉默着”，这一节是对“芦花”这一独特景致的静物写真，虽然还没有与时间意识发生直接关联，但由于诗人选取了一个花期短暂、终日漂曳在水上的花种作为歌吟对象，因此也给人带来丰富的生命联想。诗歌最后写道，“轻扬的芦花　云似的命运 / 注定了，不能像莲一样勘破世事 / 独坐高堂”，“风，在高处徐徐地吹 / 以大地抵达枝头的距离 / 那是你一生都在挣扎穷于追索的路程”，这里出现了“一生”这个有意味的时间符码，以一个特写的镜头将芦花的生存和命运作了最为真切的艺术展示。从虚悬的空际到着落于坚实的大地，这不就是我们在时间的长河中所追寻的某种生命答案吗？在这个辑子里，还有一些诗歌如田兆阳《常常想起那些芦苇》、徐泽《秋天的虫子》、冷吟《矢车菊》等，可以看作是借助典型物象来抒发对特定季节和时日的生命感怀的代表性作品。

其次，沉入季节的时光流程之中，用心去体味和感触，进而将这种心间的体味和感触细腻而真切地描画出来，也是诗人表现强烈的时间意识的有效路径。一年四季的辗转，春花的怒放与凋零，秋月的圆融与残缺，种种情景都将引发人们的心灵悸动，在人们心湖之上泛起层层情感的涟漪，这是时间老人通过不断变化的外在景物在撩拨着人们的心弦，有心的诗人总是会将这些情感的波纹真实地记录下来，艺术地展现出来，这也就成了诗人表达人类丰富的生命体验和复杂的时间意识的一种重要方式。沙克《到了打扫秋天的时候》先是写出了秋天将近、寒冬即临的季节情貌：“到了打扫秋天的时候，它口袋里值钱的东西 / 都被取走，鸟群南飞，麦种入土 / 剩下的命冷风瑟瑟，落英的思想升天”，这深秋的景致不免让人感到有些惨淡和凄惶，面对这样的景象没有人不会心思如云、情随景迁的，沙克当然意识到这样的景象给人带来的如许心灵阴影，“困顿的，受伤的，生命的，孤愁无靠的”，种种阴冷的情绪都可能会因这特定的时光而生成，不过诗人在这里显然努力屏蔽了这些阴冷寒瑟的情绪因子，而尽量把那些阳光一些的情感方式传递给读者：“把一些敏感钙化，油漆，来

得缓一些 / 把不用的情感贴上封条 / 自己干净，轻松，继续生活”，同样面对冷冷清秋，惯常的思维是悲观性的，是闪着寒光的仇怨和苦闷，沙克却让人们尽可能地乐观和轻松，这也是一种可取的生命态度和时间意识。章洪波的这组以“秋”为主题的诗包括了《秋风》《秋水》《秋夜》三首，你看他写《秋水》，先是描绘了秋天湖水的样态:“秋水丰盈，迟迟不肯离去 / 她深情地望着杨柳 / 小桥和消瘦的十月 / 像一位幸福的小妇人，满脸绯红”，这秋水经诗人一描述，显得情韵婉转，风姿绰约，而秋水对诗人而言又意味着什么呢？诗歌接着写道：“这个时候，很多人都忽略了她 / 只有我站在岸边 / 站在落叶飘零的岸边 / 捧起她 / 就像捧起一片破碎的往事”，秋水在这里一下子与诗人的生命发生了密切的关系，从中我们读出了诗人有关时光飞逝、往事历历在目又不堪回首的矛盾与复杂的思想情绪和生命感喟。

第三，要生动地表达人类的时间观念和时间意识，诗人就必须努力寻找外在事物与人类生命之间的对应关系，一方面赋予世间诸物以生命内蕴，另一方面将内在情感的客观对应物准确地捕捉出来。呈现在我们眼前的世间万物，也许不会主动地携带某种生命内涵，但一旦它们被诗人纳入诗行之中，它们也就拥有了生命的热度和思想的内涵，这正如王国维所说，“一切景语皆情语”。清荷铃子的《又逢中秋》写了在自我生命的不同历史阶段对“中秋”这个有着丰富文化内涵的时间符号的不同心灵感受。过往的时候，“圆月曾是一滴庞大的泪”，那是在陌生的异乡，在医院，孤身一人度过的中秋，那种痛苦的记忆似乎是为了与我今天对中秋的不同感觉形成反衬，而今面对又一个中秋，“我深

陷尘世欢愉 / 扶着遍地的野花不能开口，尘世深厚，明月如镜 / 照见我的澄明。在尘世，我是多么单薄 / 多么轻，仿佛可以放下一切。”中秋其实是没有多大变化的，只是随着年岁的增加和阅历的丰富，人的心理发生了显著的变化。在“又一个中秋”的心理感觉中，诗人体现出曾经沧海之后的成熟和大度，那种对生命的淡然处之昭示着面对时光的从容和自如。在这首诗里，从明月如泪到明月如镜，诗人通过两个不同的比喻，赋予了明月在生命不同阶段的不同含义，在明月的不同意指中，我们得以清晰地目睹了诗人的成长和升华。

时间是每个诗人生命展开和情绪流淌的必要载体，哲学家柏格森说过:“只有时间才是构成生命的本质要素。”因此，对时间意识的艺术演绎，将是中国新诗永远书写不尽的命题。我们有理由相信，在时间的腹地里，新诗始终是大有作为的。

一枝一叶总关情

在同世间万物的交流与对话中，人类生命存在，总是会与鸟兽草木、山光水色等发生千丝万缕的联系，生命的诸般踪迹、情韵以及哲思常会留存、散发并弥漫于万物之中。不过，这些踪迹、情韵和哲思，最初是呈潜伏型、隐蔽状的，常会静静地躲藏在我们周围，秘而不宣。它们的出场时常需要依靠诗人，依靠诗人的通视、聆听和追问，依靠诗人的提炼、加工、创化与升华。《阳光的脚步很轻》这一组诗，借助对自然界的动物、植物的诗意描摹和情感抒发，为生命的诸般踪迹、情韵以及哲思等，提供了绝佳的出场机会。

在描写自然事物时，古今诗学理念是不一致的。古典诗歌创作的较高境界是“以物观物”，诗人将自己拟身为物，随物婉转，与物徘徊，进而达到物与我的同化和归一，这种创作原则是由“天人合一”的古代文化理想决定着的。新诗却不一样。新诗是中国文学追求现代化的产物，新诗创作常常采用的是“以我观物”的表达策略，诗人一般要以人类的现实生存境遇和生命理解方式去照临事物，揣摩自然，得到与人生密切相关的某些领悟和感知。你看黄爱平的《山中》：“最高的那座山峰 / 像多年前的一个愿望 / 独立于 / 乌云和石头的呓语 / 雨后的景象令人发愣 / 这无尘之镜 / 我冲着群山大喊一声 / 也听见它们，在频频地叫我”，诗人面对大山的这一番感想，这一声喊叫，其实应和着内心中一种成长的渴望和成功的追求。安顺国从飘落的叶子中看到了行动的意义：“这片叶子是北方常见的白杨树的那种 / 在树干粗壮挺拔的顶端 / 总能预知些什么 / 穿行于季节之间 / 像一个急于要表达的人 / 在一些早晨，掬响几滴落珠 / 在一些风中，翻动些许欲望 / 在一些雨中，洗净自己的身子 / 在有阳光的日子 / 便说出心中的秘密”（安顺国《一片叶子飘落》）。许军注意到了萤火虫的农家情趣和乡土气息：“像一个会飞的词 / 微弱的光却照亮了 / 散发着泥土味的故乡和歌谣 / 一明 / 长辫子的姐姐便要出嫁 / 一灭 / 我告别了童年和少年已经长大成人”（许军《萤火虫》）。“萤火虫”这令人倍感亲切的小生灵，也与农村孩子的生存环境与成长经历等紧紧连在一起。“现在，山冈就是我的全部 / 它柔软，一角的情怀像云一样轻 / 随意一落就香满山坡 / 我要为它活下去”（林莉《野百合》），诗中描绘的植物显然给了人们生活的温馨和生存的勇毅。“以我观物，故万物皆著我之色”（王国维《人间词话》）。每一首咏物诗都是诗人进入事物的一种独特方式，深刻烙印着诗人对动物、植物或者自然景物的独具个性的穿越与解读。

事物是有着灵性的，但事物的灵性需要人的揣摩和捕捉，要借助人类的活动焕发和彰显出来。安顺国诗歌中的雪景呈现为这样的风貌：“这时候，大雪即将散尽 / 一种清新的气息轻轻弥漫而来 / 我倾听泥土在腐烂中萌动的声音 / 开始吹动山川，河流 / 吹动草根，吹动爱情 / 一行端庄的脚印由远而近”（安顺国《雪》）。

人类生命活动使雪野充满了生机与活力，充满了神秘的力量和迷人的光环。“我注意到 / 雀巢是空的，这情景很是微妙 / 屋檐下的弈者，正冥思苦想 / 他的后院是一盘更大的残局 / 落叶清闲，事物的平淡 / 使我隐约听见云朵的低语 / 隔着一道篱笆，又听见风声 / 在吊脚楼的廊子里围坐谈话 / 赭漆斑驳的桌面上 / 老酒壶被新采的菊花照亮”（黄爱平《秋天画萌渚岭》），自然需要人的参与才显得气韵生动，或者可以说，一切自然的机心都是由人类有意味的活动来点燃的，这从诗中“弈者”的在场和行动可以异常明确地感受到。

拟人手法是诗人书写动物、植物和自然风景的惯用修辞，通过将自然事物作人性化的描绘与写照，展示它们所携带的类同于人类生活经验与生命情状的内涵，这在此类诗歌中随处可见。有意义的自然必定是人化的自然，没有人类加入和参与或者人类意义赋予的自然其存在价值是值得怀疑的。高璨写“红枫林”：“秋天的火柴 / 他把枫林点燃了 / 一棵棵树燃烧 / 跳动的火苗在树上晃动 / 显得格外耀眼”（高璨《红枫林》）。这样的描写本不足奇，奇妙的事情发生在后，当殷红的枫叶飘落进动物们的生活视野，这神奇的“火苗”便在动物世界里引起了奇妙的连锁反应：小蚂蚁用它来照散家里的黑暗，鸟儿凭它“做了一个火红的梦”，鱼儿欣赏它是不怕水的“火苗”。属于人类社会特有的“惊奇感”，居然出现在蚂蚁、鸟、鱼的生命图景中，这戏剧性场景的设置，使诗歌洋溢着浓浓的情味和意蕴。“山中本无路 / 路在骡马的四蹄上 / 驮着木材 / 驮着粮食 / 驮着小百货店零零碎碎的日子 / 一步一个蹄印地走来”（龙郁《感谢骡马》），在这里，骡马似乎就是我们吃苦耐劳的兄弟，他精心照料着我们的衣食住行。我们应该感谢那些动物和植物，是他们的存在与付出，才使我们生活得更舒坦，更有保障和依靠。再看鲁绪刚笔下的“野葵花”：“展曦推开东面的窗子 / 我看见野葵花曳动着琴弓 / 寻找可以抒情的音域 / 在水雾和山坡上飞翔 / 在内心最隐秘的地方静静地流”（鲁绪刚《野葵花》），一种不起眼的植物也有艺术的天分和审美的追求，怎不令人肃然起敬？

咏物类诗歌不仅要写出事物的风度和气韵，还需要传达事物所蕴涵的寓意和哲理。寓意和哲理的提炼与传输，可以使这类诗歌获得某种诗意升华，达到更高妙的艺术境界。古诗如于谦的《石灰吟》，新诗如鲁藜的《泥土》等，都是这类诗的典范之作。老诗人刘章写道：“无叶，无花，无果 / 只有枝干，碧玉的雕刻 / 有立身的磊落， / 无影子的婆娑 // 漫道它是光棍， / 享不尽南国美色!”（刘章《光棍树》）。这里写的虽然是一种树，但其实指向的是人，是对于一种没有缺憾的人格操守与精神境界的啧啧称赞。“从古典的诗意到中药的秘方 / 从养莲的夫差，到 / 恋莲的白朴 / 我知道清凉与苦涩有关；高洁与淤泥有关；佛理与世事有关”（黄爱平《莲》），将“莲”所集结的文化意蕴和哲理内涵作了准确的书写，引发我们对事物更深层次的思考。“圆柏、紫植、白皮松、桦树……只要时光能长出叶子 / 一切都在成为可能。”（张泽雄《一棵枯树上的几片叶子》）似乎在说明，时光的生机是成功和收获的关键之所在。“我伸出双手 / 捉住它的影子 / 又抛向天空 / 仅仅因为 / 一丝飞的欲望 / 我已伤害了 / 它的自由”（简云斌《窗外的鸟儿》）。通过忏悔自己惊扰小鸟的不理智举动，告诉我们：世间生物有各自的生存法则和运行轨迹，人类不应该为了自己的利益去伤害他们。邓志昌写“露珠”：“以水银般椭圆的弧度 / 环映四周浅薄的山势 / 以晶莹透亮草尖的天堂 / 以甘甜　滋生泥中的灵气 / 润湿闷热粗糙的石头”“等待晶莹的蓝图被阳光编织”“一滴露水的梦 / 因此从泥土里抵达广阔”（邓志昌《一滴露水的临摹》），这里借赞美露珠的美好生命举动，张扬了一种可贵的“中介物”意识。我们每个人其实都是历史运行环节中的一个“中介物”：承接过去，启向未来。每个个体生命都将因存在而消失，但我们应该在自己的有生之年做最大的努力，促使历史的车轮能顺利地向前行驶。这就像露珠一样，阳光总会照散露珠，但露珠存在过，奉献过，它就有了意义和价值。

这组诗中还有一些篇章值得一提。穆晓禾《有关一匹马的比喻》，将“马路”“八骏马”“马粪”“斑马线”“马蹄”组合在一起，构建了一个与“马”有关的诗意空间。陈忠村的《海》有云:“海告诉我它自己很孤独 / 大海怎能没有朋友呢？我问 / 我的朋友说 / 海没长眼睛，看不清朋友 / 有些人常在它的背后动刀子”，写出了大海鲜为人知的某个方面。张国军的《蝴蛛泉边》，从几个不同的视角写蝴蝶泉的景观，借以传达诗人对爱的追寻。此外，这组诗中还有不少形象贴切、让人难忘的比喻，如“荷花开过之后，荷叶 / 就是夏天的手掌，把天空翻开”（黄爱平《莲》），“雪美到极致时 / 就只能是故乡的云 / 导致铁石易熔”（张不二《雪葬》），“一场大雪，在微寒的风中 / 像千万只羽毛 / 饱满了昔日阳光的汁液”（安顺国《雪》）等。这些精彩比喻句同样闪烁着人性的魅力之光，它们的出现，为诗歌增添了美的氛围和成色。

在历史与文化间游弋

——论梁平与当代诗歌创作的新路向

新诗自1907年由胡适等人草创以来，迄今已逾90年了。90余年新诗发展的最大实绩在于牢固确立了诗歌与现实生活的稳靠联系，借助新诗，诗人能将生存世界的现实样态和诗人个体的心灵感喟及时而准确地书写出来，新诗在一定程度上构成了反映社会现实和个体栖居的美学载体。不过，随着一些社会样貌和心灵图景被诗人过多地倚重与超剂量地描画，加之许多缺乏生命意识和历史深度的浅层次述说无限繁殖，新诗在与现实的接壤和对话中日益显示出迟钝与疲态。与此同时，20世纪90年代以来中国社会的巨大转型使得文学艺术尤其是诗歌艺术迅速退居到边缘的位置，网络上风起云涌的分行文字又进一步夸大了新诗浅白、寡味、创作难度低的痼疾，新诗在今天受到许多人的质疑和诟病就可想而知了。

如何扭转新诗的艺术品质被人们长时期低估、新诗的合法性遭到普遍质疑的不利局面呢？在我看来，梁平的诗歌创作或许能给我们提供一些启示。新世纪以来，经历了“中年变法”的梁平连续向世人奉献了形式与内容俱佳的长诗《重庆书》《三星堆之门》，诗集《诗意什邡》《琥珀色的波兰》等，这些诗作几乎都是从历史与文化的层面上来审视世界，对民族、时代和地域进行了深入的诗意阅读和艺术创作，它们为新世纪之初的中国新诗创作与发展寻找到新的可能，探索出新的路向。

一、“诗意地理学”的建构

梁平的“中年变法”，简单地说，就是诗人有意识地淡化新诗创作与当下纷乱现实、个体瞬间心灵悸动过于紧密地纠缠，减缓新诗与物质化时代同步奔驰的加速度，而把思维的触角延伸到更为隐秘和内在的历史与文化的空间场域，在诗歌资源的拓展和审美精神的重建中寻求新诗突进与深化的可行性方案。在这一方案的展开之中，梁平通过对重庆、三星堆、什邡、波兰等特定地域与物什的艺术烛照，初步实现了新诗诗意的地理学建构。

英国学者迈克·克朗认为：“地理制约文化的形成，文化通过文体反映地理信息。”①这段话强调了地理、文化体裁和文学三者之间的内在联系，它为我们理解梁平的“诗意地理学”构建提供了理论依据。梁平曾写道：“每块土地都有自己的姓氏 / 每个姓氏都有自己的年龄”②，这可以看作他以诗呈现特定地域历史纹理和人文景观的思维起点。立于一个特定的地理方位，借助新诗文体，梁平力图写出这个位置上与众不同的“城市血型”、地域风格、山水个性，他的“诗意地理学”里，既有纵向层面上的

---

① （英）迈克·克朗：《文化地理学》，杨淑华、宋慧敏译，南京大学出版社2003年版，第19页。

② 梁平：《诗意什邡·序诗》，《诗意什邡》，巴蜀书社2006年版，第9页。

历史地理学，也有横向层面上的人文地理学，两者交织共鸣，组合成梁平诗歌独具魅力的诗意音响。所谓历史地理学，就是以时间为线索，追溯地域文化和性格的生成由来与嬗替脉流，绘制出特定地理区域的历史演化示意图来。在《重庆书》里，诗人首先“化验”出重庆的“城市血型”：“巴的山，比其他山更刚烈倔强 / 就像巴的水，比其他水更阴柔妩媚 / 巴的人 / 以山的血型以水的妖冶 / 舞蹈风情万种 // 这里空气湿润，日子湿润 / 一捏就能出水；这里 / 阳光火爆，脾气火爆 / 一点就能燃烧”，然后按照时间线索，从东周的巴蔓子将军写起，途经南宋、明朝、晚清、近代和现代等若干时间段落，在重要的历史人物和重大的历史事件中捕捉并描绘出重庆性格与重庆“血型”的早期缘起和最终成型的基本线路来。对重庆历史的采写，梁平运用了恰当的抒情策略，显示出高超的写作技巧。诚如蒋登科教授所阐述的那样，“越遥远的历史，诗人写得越简略，但其中的人物个性也最突出，因为诗人选择了他们性格中的已经融合到重庆性格中的因素，清晰可感。越接近的人物或事件，诗人写得越详细，但其中的人物也相对模糊，甚至是无名的，因为他们正在增加重庆性格中的新因素或者重塑重庆的性格。”[①]这样的技巧与策略对于历史地理学建构来说也是别有深意的。人类历史某种程度上仿佛一圈圈扩散开来的涟漪，中间的（也是最初的）圆圈最小但最为核心，外面的圆圈尽管越来越大，但其运动态

① 蒋登科：《一座城市的精神抒写：来源和去处——解读梁平的长诗〈重庆书〉》，《诗探索》2004年第1期。

势与持续的力量随中心而定[①]。梁平这种“涟漪式”书写暗合了历史年轮形成的基本规律，所绘制出的地域精神流变图自然就比较符合历史的真实。

梁平不仅对城市的来龙去脉、地域的精神由来做了精细的钩沉，也常徜徉在那些独具意味的人文史迹和山水民风之间，思忖吟哦，发意遣怀，进而建构出启人心智的人文地理学来。《诗意什邡》作为梁平“用现代诗歌解读一个城市的历史文化”[②]的代表之作，较为突出地体现了诗人人文地理学建构的美学理想。在诗集中，梁平选取了商周遗址、战国船棺、蝉型带钩、汉代画像砖、李冰陵、西川佛都等十几个在古城什邡发现的较有代表性的历史古迹，在写意抒情中挖掘并阐发其间藏蕴的丰厚人文内涵。诗人写“战国船棺”：“船棺黑褐色的睡眠里 / 春秋的日月挂在章山的额头 / 农耕、纺织、狩猎的背影 / 依稀可辨 / 西汉的风雨掠过洛水的晨昏 / 渔歌、桨声、狗吠的合唱 / 如此动听 / 这是一种睡眠里的醒 / 这是一种死亡里的生”，不难发现，诗歌没有着意追溯船棺的历史由来，而是在其千年的沉鼾里，领悟事物的精髓，聆听文化的足音，并升华为形而上的哲学玄思。《什邡秦砖》以古老的砖石为描摹对象，意在揭示什邡人民族性格的来因：“秦砖已经不能说话了 / 秦砖的沉默 / 以一种巨大的震撼 / 传递给古什邡人的后裔 / 那是祖先，在自己的土地上 / 制造的坚硬和强悍”。梁平不仅在历史古迹的凝视中窥见不凡的人文内蕴，还通过对什

① 梁平：《诗意什邡·后记》，《诗意什邡》，巴蜀书社2006年版，第80页。

② 参考卡尔·雅斯贝斯在《论历史的起源与目标》提出的“轴心时代”理论，《卡尔·雅斯贝斯文集》，朱更生译，青海人民出版社2003年版，第133—155页。

邡地区山水民风的传神写照，来反映什邡人文精神的散播和普及。历史古迹是非常显眼的折射生命与存在的文化符号，对其神韵的捕捉和意义的挖掘是相对容易的。而在山水映现中抓摄人文的光华，在民风流溢中提炼凝定的内质，则较为困难。梁平注重从细节入手，以极富历史性的镜头来凸显山水民风的人文底蕴。《高景关》开篇有云："高景关站在龙门山的古瀑口 / 从洛水的泛滥之中 / 人或为鱼鳖 / 那个叫李冰的蜀都郡守 / 脱掉了沉重的官靴 / 淌水而下 / 把都江堰的奇迹 / 在这里写下最后一笔"，以李冰修都江堰的壮举来映衬高景关的神奇，着墨不多而风韵尽现。《万年台子》的结尾也耐人寻味："同样的川剧，在万年台子上演 / 笼罩了岁月绵长的沧桑 / 无论全本还是折子 / 台下都是一种仰望 / 幕后的帮腔一嗓子喊过村外 / 村头的槐树醒来 / 摇落一地星星 / 几只狗挤在人堆里 / 和主人一起回味家园的以往"，在穿越时间与空间的戏场情景勾勒里，那郁郁葱葱并几百年未曾更易的醇厚乡风与诱人民情扑面而来。在山水民风的采写中，梁平诗歌往往以简洁的语言着意勾画此间的神韵，准确体现了古城什邡厚实丰赡的人文气质。

近年来，已有一些学者在深入探讨新诗与地理之间的逻辑关系[①]，并积极倡导建构"诗歌地理学"[②]的理论体系，应该承认这些思考和探索是有一定价值的。不过，要建构"诗歌地理学"

---

① 例如《诗歌月刊》下半月刊2006年第8期推出了"诗歌地理五人谈"的专栏，其中包括赵思运的《诗歌中地理文化意象的建构与疏离》，北塔的《天文地理与人文心理的同构与互文》，林童的《诗歌地理与诗人的命运》，杨四平的《21世纪新诗地理学与什么有关》，张立群的《历史文化与时代心理》等五篇文章。

② 见张立群《论"诗歌地理学"及其可能的理论建构》，《星星》（下半月）2007年第1期。

理论体系，最基本也是最重要的条件就是必须有一系列具备地理学意义上的诗歌文本，这些文本鲜明体现了特定地域的地理优势、风俗习性与文化底蕴，从一个角度折射出民族的变迁与历史的轨迹。从这个角度上来说，梁平的诗歌创作以其对重庆、四川等地理位置的历史和文化上的精神考证，实现了“诗意地理学”的精彩构建，呈现出不可替代的独特审美意义。

二、历史与现实的对话

在文学创作中，无论是历史的追溯还是文化的写照，其实都离不开现实的参与。一方面，历史需要用现实的灯盏去照亮。历史不是沉埋于地底的黑暗团块，不是蜷缩在人们视线之外的死寂之物。历史只有在与现代社会和现代人的交往与对话之中才能散发光芒，彰显意义。历史只有通过现代的孔道才能“活”过来。从另外的角度说，只有在今天还在生效的历史才是真历史，只有能纳入到今天的社会与文化话语系统中的历史才是真历史，因为“一切真历史都是当代史”。[①]另一方面，现实并非突然冒出的神秘事物，世间一切现实实际上都是历史的延伸，现实的大厦也只有建筑在历史的地基上，才是踏实和稳当的。文化也和历史一样，一个民族的文化就是这个民族过去与现在的交响。文化承载着过去的信息，是历史的沉淀物，同时，文化也渗透到当今的

---

① （意）克罗齐：《历史学的理论与实践》，傅任敢译，商务印书馆1982年版，第2页。

现实之中，成为一个民族的“集体无意识”。诗人梁平也深谙此中的奥秘，在《重庆书》《三星堆之门》等作品中，他注重在历史与现实的对话中展开文化历史的寻踪，用历史来暗示现实，用现实来印证历史和文化，以此将巴蜀人的生命情怀和精神世界生动地传递出来。

《重庆书》是一部在历史和现实之间穿梭与闪回的史诗性作品，在这首诗里，梁平相当出色地处理了历史与现实之间的照应与对接关系。《重庆书》首先是历史之“书”。书写历史时，诗人始终不忘记现实，注重在历史追忆中交代这一历史人物与事件在现实中的精神流传，对现代人的深深影响。如诗中描述“以首级谢楚”的巴蔓子将军：“东周。巴将军蔓子 / 是这个城市永远的骄傲 / 城市依然美丽在他失血的胸前”“之后 / 楚以国礼厚葬了一颗头颅 / 巴以国礼厚葬了一段身躯 / 巴蔓子将军没死 / 成为这个城市的灵魂”，古代英雄慷慨激昂、视死如归的壮举，造就了今天城市的主体性格；写宋元之战：“稳坐钓鱼城上的知府余玠 / 玩点炮仗、钓秆 / 支撑起一壁江山 / 上帝在这里折断了鞭子 / 风雨飘摇的南宋破船 / 因钓鱼城而幸免搁浅 / 钓鱼城被誉为‘东方的麦加城’ / 是以后的事了 / 蒙哥不知道，余玠也不知道 / 那一场攻守成为世界史上的战例 / 成为经典。只是记功碑太小 / 记录不了这里的重量”，“东方的麦加城”极言这个现代城市文化意味的浓醇，很显然，是历史的风烟丰厚了它的文化意味，抬升它的人文品格；满腹才情的郭沫若让较场口得以不朽：“这里的诗歌 / 比迎面而来的刺刀更锋利 / ‘四君子’一人一行，书写自己 / 涅槃的凤凰冲向云空 / 黑夜狰狞，也束手无策 / 腥风血雨过后 / 伤

痛在太阳下结痂 / 紫黑色的花朵与霓虹交相辉映 / 当这一切成为背景 / 较场口站在风中，不朽”；对三年内战的追述，诗人以这样两节相邻：“城市中央心心店里的咖啡 / 实在太苦 / 一杯咖啡坐等的接头暗号 / 人和人互不相识”“那枚空洞的弹壳依然立放在 / 城市的心脏 / 闻得到血的味道 / 闻得到咖啡的味道”，这里以“咖啡”为特定符号，将历史与现实巧妙串接在一起，城市与战事的联系、战争对现代城市的影响不言自明。

《重庆书》不仅是历史之“书”，也是现实之“书”。当观照与书写现实时，梁平也十分注重对现实中的历史踪影和文化内蕴进行细致入微的提取、解读与剖析，使所述现实的成色显出厚重与扎实之感，而不至于轻浮和零散。诗中有地名由来的历史还原：“事实上天官府住的都是 / 清一色的老百姓 / …… / 而他们，并不知道这地名的由来 / 根本不知道 / 以前，有一个吏部尚书 / 曾经和放牛的牧童在同一个巷子里走动 / 放牛巷和天官府 / 都是同一回事 / 在这个城市 / 横叫竖叫都格外响亮”；有城市生活的古今对比：“这里的夜色在我眼里 / 很美，很静 / 很多年以前的吏部尚书 / 时有闲情从城市的古隧道出来 / 巡走天官府 / 那姿态，胜似闲云野鹤 / 云拥怀抱 / 我站在十层楼的顶端往下看 / 那位吏部尚书无法想象我的高度 / 以至于我可以看清他的全部 / 而他，只能仰而视之 / 惊叹不已”；更有在毛泽东、舒婷等现当代文化名人的墨宝下熠熠生辉的山光水韵：“比舒婷更早来这里的还有一位诗人 / 他说要让这里‘高峡出平湖’ / 他说神女应该没有事 / 他说这是奇迹，世界将为之惊叹 / 当诗人的浪漫变成现实 / 这个城市捧出一面巨大的梳妆镜 / 平湖之上，复活的

女神 / 可以天天漂亮自己”。因为有历史的光华和遗泽，诗人所描摹出来的现实显得富有生意和品位；因为有历史典故的穿透和照射，原样现实的零碎性与烦琐性经由艺术而被刷洗和清空，现实从而变得充满质地和弹性，获取到某种永恒性的因子，并被深度化和历史化。

与《重庆书》不同，《三星堆之门》几乎全篇都是对历史的吟哦与沉思。谈到对“三星堆”的价值认识，梁平指出：“我们需要的是，对已失落的古蜀文明历史的诗意追溯、感悟，乃至于对这种特殊现象的文化思考。”①自然，梁平的“诗意追溯”与“文化思考”，都是立足于现实的，是站在现实的角度去吟哦历史，是从现代人的价值尺度、历史眼光和精神视界上来反思历史，重构历史的。这可以说是另一种形式的历史与现实的对话。在《三星堆之门》里，诗人首先以“说文解字”的方式对“蜀”的深厚文化内涵作了诗化的注释：“从殷商一大堆甲骨文里 / 我们找到了‘蜀’ / 远在东汉的许慎说它是蚕 / 这是一个奇怪的造型 / 就像额头上横放了一条加长的眼眶 / 蚕，从虫。但那弯曲的身子 / 在甲骨文的书写中 / 又与蛇、龙相似 / 而虫让人想起出入山林的虎 / 所以这蜀，就不是一般意义上的虫 / 应该与蛇有关，与龙有关 / 与三星堆出土的文物里 / 那些人面虎皮造像 / 那些长长的眼睛突出眼眶之外的 / 纵目面具有关”，这种解释，加入了现代人对历史的想象和臆测，是现代人历史观念的诗化演绎。接下来，诗歌继续站在现代性思维视点上，借助现代人的眼光和心怀，揭

① 梁平：《自序：经验和精神的重逢》，《巴与蜀：两个二重奏》，作家出版社2005年版，第3—4页。

开古蜀神秘的“面纱”，修复一段“失落的历史”，并对“王权的威仪”和“民间的话语”做出新的诠释。在诗人看来，三星堆的考古学发现，对于修复古蜀国断裂甚至失落的历史、重新描绘蜀地民族生息演变的人文轨迹来说是意义重大的：“如果中国，真的有一段历史失落了 / 就必然有一个古国失落了 / 就必然有一种文明 / 和今天对接 / 三星堆 / 在我们眼前 / 以一种独特的话语 / 一种我们至今不能读懂的 / 史前文明，缓缓陈述它的无比真实”。对三星堆史学和文化意义的强调，其实反映着现代人的历史自觉，这是现代历史观规训下锻制出的一种现代思维。“王权的威仪”和“民间的话语”代表了现代政治秩序中的两个极点，从三星堆的密语中，梁平也破译到这一文化古堆所隐含着的与两极相对应的意义符码。他写权杖：“有书为证，权杖与中原文明无关 / 与夏商周的文明无关 / 三星堆离我们更远，扑朔迷离 / 我们在迷离中却看见 / 金杖上留下的图案很蜀国 / 人头，与王者形象造型 / 鱼和鸟，既是上天入海的通神之物 / 又隐喻了蜀王鱼凫的名字 / 它具有政权和神权的绝对威仪”，以“木杖”象征权力的思维定向似乎在这里找到了历史的最初注脚；三星堆的陶片在诗人写来则是民间话语的笼聚：“三星堆数十万陶片合成的交响 / 足以让世界振聋发聩 / 我随手拣起一枚 / 从一块陶片上听见了低哑的声音 / 那是古蜀先民酒后的述说”，寥寥几句就将民间话语的日常生活化与绵久生命力轻巧地点化而出。

通过历史与现实之间的频繁对话，梁平巧妙实现了二者的交融和沟通，既让历史在现实中落下脚跟，又让现实在历史助益中得以深化，从而使诗歌达到了文化品格与现实品格的双重升华。这种创作上的成功，对于当代新诗创作来说，有着较为积极的启发与借鉴意义。

三、在中西文化之间

游弋在历史与文化之间的梁平，不仅在巴蜀大地上探访历史的足印，梳理中华文明的发源与传承线路，而且也异常关注域外文化，并用诗歌的形式表达自己对域外文化的独特理解，对西方世界的直观感受与认识。《琥珀色的波兰》就是这样一部诗集。这部诗集由20首精短诗歌构成，分别对波兰的文化名人、古迹胜地、民情风俗等进行了生动描画，敞明了其中蕴藏的诸多深意。

对于这部诗集的写作意图，梁平做了如下的表述："《琥珀色的波兰》是我作为一个中国诗人，对波兰文学和波兰人民的一份敬意。我希望它是中波人民友谊的一个见证，是中波文学的一次交流，我期待它有一天会作为波兰语让更多的波兰人民读到。诗歌没有国界，因为它是人类共同的语言。"[①]这段话首先强调了写作者的个人身份："中国诗人"！它意味着创作主体在文化心态、思维习惯和语言方式上的特定性。其次，这段话也指明了这次创作所具有的文化"交流"与对话的重大意义和作用。而且，因为深信"诗歌没有国界，因为它是人类共同的语言"，也就是说，因为文学审美对于各民族来说具有共通性，梁平借用西方人

---

① 梁平：《诗歌之外，我还想说的》，《琥珀色的波兰》，四川美术出版社2007年版，第7页。

文素材，以现代汉语的诗意传输，实现了与波兰民族和人民的心灵契合和精神沟通。

波兰是一个优秀的民族，在文学和艺术领域有着骄人的成绩，不少出生在波兰的文学与艺术大师向世界奉献了光照史册的不朽之作，至今闪烁着璀璨夺目的光芒。梁平从一个“中国诗人”的特定视角出发，对这些文学和艺术大师进行了倾情凝望与诗化表达。他咏赞肖邦：“那个被誉为莫扎特后来人的肖邦 / 把民族的心跳写进《玛祖卡舞曲》/ 那是音乐在民间的舞蹈 / 那是风情在音乐里的天籁 / 足以让整个世界寂静”（《听肖邦的心跳》），诗句中洋溢着对这位杰出的波兰音乐家的景仰之情。出于对作为同行的优秀诗人米沃什的由衷敬佩，梁平以“那些用波兰语写成的诗歌 / 以尖锐沉重的音符 / 繁衍成其他民族的语言 / 缓缓流向世界”等句子来高度赞扬他，并着意写出了米沃什诗歌的时间学意义：“时间在他的记录里 / 永远是惶恐、困惑、悲伤和虚无 / 所以面对法西斯的屠刀 / 他有一千个选择，唯独没有选择逃避 / 而是毅然参加了抵抗组织 / 在炮火下印刷反法西斯的《无敌之书》/ 救赎时间和历史 / 构成了他诗歌的高贵品质”（《时间上的米沃什》）。对另一位优秀作家希姆博尔斯卡，梁平则突出她的“简单”与“安静”：“一只奔跑在文字丛林里的母鹿 / 以自己最简单的方式 / 最适当的距离 / 安静地观察这个世界”“她几乎没有离开过她的丛林 / 在华沙的郊外，那是她永远的世界 / 她把所有的问题写成诗歌 / 面对复杂，她简单处理 / 热爱生活和时间，却拉开距离 / 似乎一直游离在外”（《一只简单的母鹿——致希姆博尔斯卡》）。梁平用现代汉语诗歌的形式，把中国诗人乃至中华民族对波兰文学和艺术的景慕与赞许尽情书写出来，也向波兰人民吐露了中国人对世界优秀文学和艺术的炽烈热爱与向往之情。

对世界各民族来说，战争构成了他们对历史的毫无二致的痛苦疮痍，尤其是二战，给中国人民、波兰人民乃至全世界人民都带来了惨重的物质破坏和精神创伤，这是所有满怀正义和热爱和平的人们永远不会忘记的人间灾难与血的教训。在波兰访问的中国诗人梁平，也从自身对战争的理解和感受出发，搜索波兰大地上的战争印痕，思考全世界都在反思和追问的一个沉重话题。和二战老兵的一次邂逅，给他留下了如此深刻的印象："一个退役多年的波兰军人 / 穿上他的军装 / 很军人地出现在 / 几乎看不见军人的华沙 / 即使别人看这种打扮有些异样 / 他却以这样的方式，回味 / 这个城市的痛 / 以及记忆里的每一块砖瓦 / 王宫依然雍容、华丽 / 可以有很多浪漫抒情 / 而老兵一直握着我的手 / 没有说一句话 / 我从他眼睛里荡漾的 / 蔚蓝色的波涛 / 看见一个民族与另一个民族 / 因为相同的伤口隐痛"（《和二战老兵的一次邂逅》），不忘战争的耻辱，构成了梁平与这位波兰老兵共同的语言和一致的心声。访问波兰，可惜没有去成奥斯维辛，这成了梁平的波兰之行"唯一的遗憾"，但梁平分明知道这座城池在战争史上的昭著臭名和对今人的警示意义。诗人这样描述道："那是1940年建造的'死亡工厂' / 那是人类留下的最为荒唐 / 最为残暴的耻辱 / 储尸窖还在，那些横陈的尸骨 / 早已投入焚尸炉化为灰烬 / 却并没有烟消云散 / '毒气浴室'里那些赤裸的挣扎 / 定格在遗弃的废墟上 / 成为世界永远的痛 / 女囚的长发被编织成地毯 / 在党卫军的铁靴下踩得吱

吱作响 / 犹太人被活剥的人皮 / 在监狱长的卧室里制作成灯罩 / 成了‘美丽野兽’的装饰”（《唯一的遗憾》）。以重现历史残忍一面的现实主义书写，表达了诗人对战争的强烈反对和对历史的刻骨铭心。

作为一个历史悠久的国度，波兰的民族气质，波兰的人文精神，其实从华沙街头美丽的少女身上，从波兰的一景一物之中，都可以体察到，揣摩出。梁平对华沙女孩特征做了相当精到的概括：“华沙女孩的美是一抹笑容 / 天真、无邪无装饰 / 相逢一笑就醉了 / 华沙女孩的美是一袭幽雅 / 恬淡、有趣有暗香 / 擦肩而过入梦来”“华沙女孩的妩媚，不只是阳光 / 还有比阳光更炽热的情怀”，诗歌极尽赞美之辞，将波兰女孩天使般的形象渲染出来。在梁平笔下，华沙的夜晚也充满了迷人的魅力和神奇：“于是，华沙有了那么多的琥珀 / 那些眼睛，那些街灯 / 每一种光芒，都是那么平和 / 那么璀璨和透明 / 足以让所有的光芒失色 / 让所有的贪婪和掠夺 / 望而生畏 / 华沙在夜里一直醒着 / 教堂上时钟的敲打，格外清脆”（《华沙的夜》），从诗句中我们看得出来，华沙的夜是具有味道和精神的，它是波兰人现代生命境界的集中体现。

不得不承认，《琥珀色的波兰》是诗写波兰的成功之作。梁平通过对波兰大地上文学艺术的咏赞，对二战历史的沉思，对波兰风物和普通人的写照，借助中西文化交流与互释的特殊视镜，将一个中国诗人对波兰民族的感知与定位作了诗性的烛照。诗写波兰，其实也是梁平“诗意地理学”建构中的一个重要组成部分，也体现着历史与现实的对话，同样反映着诗人游弋于历史与文化间的诗学理想。这部诗集对中国当代诗歌创作如何拓展思维视野，开发题材领域，深化现实表达来说，也是富于引导与启示意义的。

现场直击与本体追问

——论梁平的当代诗歌批评

新世纪10余年来，出于某种职责或者义务，作为国内重要诗歌期刊《星星》主编的诗人梁平，在创作诗歌作品的同时，也写下不少诗歌批评文章。这些批评文章，用较为鲜活与犀利的语言，生动描述了新世纪诗歌纷繁多样的现场情景，及时评点了当下较有代表性的一些诗人诗作，深入阐释了不少具有本体性意义的诗学话题，为我们准确把握新世纪诗歌的审美特征、了解当下诗歌的成绩与问题乃至认识百年新诗的历史发展轨迹和当代精神流变等，提供了具有重要参考价值和借鉴意义的现场观察与深度思考。最近，由四川文艺出版社正式出版的《阅读的姿势》[①]一书，是梁平新世纪以来撰写的诸多诗歌批评文章的结集，该著的出版，为我们从整体上认识梁平当代诗歌批评的特点和优势提供了极大方便。本文对梁平诗歌批评的系统论述，主要是以该著为文本依据的。

一、诗歌现场的指认

在当代诗歌发展中，专业性诗歌期刊一直扮演着极为关键的

---

① 梁平：《阅读的姿势——当代诗歌批评札记》，四川文艺出版社2014年版。本文以下所引文字皆出自此著，故不再注明版本，只标出页码。

角色，它既是诗人发表作品的重要平台，同时也是导引他们的创作有效展开、持续发展的一种指南针和风向标。作为一个诗歌刊物的主编，密切关注当下诗歌的第一现场，清晰把握新世纪诗歌的历史脉络与未来走势，并对崭露头角的优秀诗人和他们的诗歌加以有力发掘和及时提点，既可以说是其分内之事，也可以说是优化当代诗歌生态环境、促进新世纪诗歌健康发展的重要保障。在主编《星星》诗刊10余年间，梁平对新世纪诗歌的现场一直保持着高度的关注，不仅极为熟悉和了解当代诗歌所处的各种环境，还常用批评文字的形式来记录诗歌现场的境况，解说当代诗歌的现状与前景，并站在诗学的高度加以及时的反思与检讨，以便对中国诗歌的当代局势进行准确的把脉，从而推动新世纪诗歌稳步前行。由此，从梁平的诗歌批评中，我们是能较为清晰地捕捉到新世纪诗歌存在与发展的真实现场情景的。

新世纪诗歌的活跃与繁盛态势有目共睹，促进其活跃与繁盛的因素很多，发表与传播媒体的丰富和多样，应该是其中最为重要的因素之一。新世纪诗歌的发表与传播的媒体，主要由纸质媒体和网络媒体构成，这两大媒体可以说正是当代诗歌得以大量出场和广泛流传的现实阵地。梁平深知这两大媒体在当代诗歌生存与发展中所起的不凡作用，他不仅一如既往地重视传统诗歌期刊，从这里发现“纸上的中国诗歌”（梁平语）所体现出的精彩和优秀，而且还相当看重网络媒体，始终强调网络媒体与当下诗歌的依存关系。对网络这一新兴媒体所具有的重大诗学意义，梁平曾撰文给以充分肯定。在2002年发表的《关于网络诗歌的现场指认》中，梁平提出了“网络诗歌已是中国诗歌现场的半壁江山”的判断，应该说，这样的判断是大胆的，当然也是基本能站住脚的。在这篇文章中，梁平还如此分析道：“网络诗歌是近年来中国诗歌现场的一个重要组成部分。我们现在看到的由国家正式出版的诗歌刊物和个人诗集仅仅是中国诗歌现场的一部分，另一部分在网络上已经形成自己的话语方式和生存空间，网络诗人和网上诗歌作品的覆盖绝不亚于正式出版的纸质媒体所抵达的经纬。”[①]在这种认识的基础上，梁平接着指出：“只要我们能够平心静气地走进网络诗歌，就会看到网络诗歌的蓬勃和新鲜，就会惊讶它的汪洋之势和年轻的生命力。……如果中国诗歌放弃或缺乏对网络诗歌的把握和研究，那么，摆在我们面前的诗歌现场不仅仅可疑，我甚至认为不真实。”[②]承认网络诗歌在当代诗歌中的分量和地位，正视网络媒体的出现对当代诗歌格局所带来的重大改变，这是熟知当代诗歌现实境遇的梁平所把持的基本诗学立场，这一立场体现出诗人对诗歌现场的敏锐辨识力和历史洞察力，联系到2002年中国互联网发展起步不久、网络诗歌只是初露繁兴迹象这一事实，梁平的上述批评更可以说体现着某种难能可贵的前瞻性和诗学远见。也许是因为深刻意识到网络对推动中国诗歌发展所具有的效力，2003年，在梁平等人的倡议和组织下，《星星》诗刊、《南方都市报》和新浪网联手，推出了历时半年的“甲申风暴·21世纪诗歌大展”，这次大展是纸质媒体与网络媒体合作的成功范例，因为“拥有更为便捷的传播手段和更为广阔的

① 梁平：《关于网络诗歌的现场指认》，第6页。

② 梁平：《关于网络诗歌的现场指认》，第7页。

交流平台”[①]，在梁平看来，其产生的社会影响是不亚于20世纪80年代中期的那次两报诗歌大展的。

发表与传播媒体还只是诗歌的外部环境，而诗人和诗作才是诗歌的内部要素，相比前者而言，后者或许是更为重要的诗歌现场。及时发现优秀的诗人群体与个体，挑选出有分量的诗歌作品，洞察到诗歌发展的良好迹象，准确辨识和评判当下诗歌的成败得失，这便构成了对新世纪诗歌的一种更为重要的现场指认，梁平的诗歌批评，也在这一指认上做出了表率。他的《2011：中国诗歌的现实觉醒》《纸上的中国诗歌与非纸上的动静》《良好的气节与风范》三篇诗论文章，分别对2011年、2012年、2013年这三年的中国诗歌状况进行了年度评述，不仅粗略梳理了三年来出现的诗歌思潮、发生的诗歌事件，还对西川《与芒克同游白洋淀集市有感》、姜明《万物生长》、扶桑《丰收》、陈先发《养鹤问题》、轩辕轼轲《路过春天》、余幼幼《清明》、玉珍《最广阔的柏拉图》、曹利民《最美好的》等当年出现的诗歌佳作进行了重点读解与细致分析。在《我看江苏新世纪诗歌》中，梁平对江苏诗歌在新世纪所展示出来的美学风貌做了精要概述，这可以看作他对地域诗歌情状的现场指认。梁平对新世纪诗歌中的诗人群体也极为关注，他曾撰文来阐述山西“长治诗群”、广东“中山诗群”、四川“攀枝花诗群”的构造特征和美学个性，这可以说是指认地域诗歌现象的另一种版本。关注诗人个体，指出他们的艺术优长，给他们未来的发展提出建设性意见，这在梁平诗歌批评中占的比重最大，也是他对新世纪诗歌现场进行具体指

① 梁平：《启幕：以诗歌的名义》，第2页。

认中最有成效的工作。在《阅读的姿势》中，我们看到，梁平重点评论的诗人有30多位，这中间既有包括龚学敏、马培松、白连春、陈忠村等在内的一些在当代诗坛有影响的诗家，更多的则是像林裕华、陆群、马飙、郭性汶、李小华、黎正明、蒋云徽、陈默等年轻诗人和未名诗人。梁平对年轻和未名诗人的评论，不仅体现出奖掖后生、提携同道的襟怀，也是他寻找与发现新世纪诗歌的潜在力量和生长因素的现场意识的鲜明体现。

二、诗学本体的凝思

如前所述，梁平的诗歌批评是对新世纪诗歌现场的多向度指认，体现着鲜明的当下性和现场感，同时，这些批评文字还在很多地方呈现着对诗歌本体问题的凝思和回应，因而体现出一定的理论深度，具有启人心智的诗学意义。

新诗“写什么”和“怎样写”孰重孰轻的问题，在百年新诗史上一直是争论不休的，似乎并没有形成一个确切的答案。新世纪以来中国诗坛发生的诸多诗学论争，也都或隐或显地涉及“写什么”和“怎样写”这两个相互关联的问题。对于如何处理好二者的主次关系，梁平是有自己的独特理解与认识的。在他看来，“写什么”通常是重于“怎样写”的，因为“怎样写只是形式问题，写什么才是实质”。[①]梁平认为，“诗歌应该是人类思维与现

---

① 梁平：《诗歌是现代社会的真实版本》，第214页。

实存在结合的伟大产物之一。阅读诗歌，我们可以毫不费劲地走进任何一个时代背景下，窥见人们的琐碎生活及身心隐秘。”[①]因此，“传统写作也罢，现代写作也罢，只要是优秀的写作方式，只要适合你的表达，不妨都拿将过来，兼收并蓄。一个诗人，重要的是你在关注什么，你在思考什么？你要写什么，你要写给谁看”。[②]为了进一步阐释“写什么”和“怎样写”的关系问题，梁平还在自己的诗歌批评中，将中国新诗创作的历史责任明确划分为两个担当，即“社会担当”和“艺术担当”，并在历史回眸与当下审视中深入探讨二者的关系。梁平指出，“从五四以来的中国新诗一直在承担着责任，就是对艺术的探索和对社会的关注”[③]，20世纪80年代以朦胧诗为代表的新时期诗歌之所以成就巨大，影响深远，也在于它们较好地处理了二者的关系，“中国新诗真正鼎盛时期出现在20世纪的80年代，中国诗人正是凭借自己的良心和责任，把艺术探索和社会责任的双重担当骄傲地扛在肩上。”[④]不过20世纪90年代以来，中国诗歌的创作观念出现了较大偏差，“我们的诗人深陷‘怎么写比写什么更重要’的误区，过分地强调诗歌技术性的重要，而忽略了诗歌作为一种文学形式的社会责任和作为诗人的社会担当，忽略了我们究竟该写什么的深度思考”[⑤]，这样一来，诗歌陷入与读者大众渐行渐远的边缘化处境就在所难免了。为了让当代诗歌尽快摆脱无人喝彩的困局，梁平

---

① 梁平：《诗歌的“可能”，以及“可能”的译码》，第103页。

② 梁平：《诗歌是现代社会的真实版本》，第214页。

③ 梁平：《诗歌：重新找回对社会责任的担当》，第9页。

④ 梁平：《诗歌：重新找回对社会责任的担当》，第10页。

⑤ 梁平：《诗歌：重新找回对社会责任的担当》，第11页。

呼吁："中国诗歌走到今天，需要来一个转体，需要重新找回对社会责任的担当。"[1]事实上，习诗三十余载的梁平，也一直是将"写什么"放在首要位置来指导自己创作实践的，在一篇回顾自我诗歌历程的文章中，梁平说道："我知道，诗歌是自我解剖，是内心独白；但同时我更知道，自我不能游离于当下的生存状态，内心与世界的沟通没有一分一秒的停息。所以，我把诗歌的形式和技巧置于我的写作目的之后，我更看重诗歌与社会的链接，与生命的链接，与心灵的链接。"[2]从这段话里，我们能真实了解到梁平对"社会担当"与"艺术担当"轻重关系的清醒认知。自然，梁平始终认为，优秀诗歌必须是"社会担当"与"艺术担当"的和谐统一，肯定"社会担当"在诗歌创作中的重要地位，并不意味着就可以忽视"艺术担当"了，而且一个诗人要想让自己的作品经得起时间的淘洗，诗歌具备较高的艺术品质是必不可少的条件。在论述青年诗人王毅的诗歌时，梁平这样谈道："王毅用她的诗集完成了她作为一个诗人在这次灾难中的责任担当。然而，诗歌仅仅完成这样的担当是不够的。诗歌创作也是大浪淘沙，只有那些真正具有艺术品质，经得起时间检验的作品才能成为时代的精神符号。"[3]也就是说，光有社会内涵，没有艺术内涵，诗歌的历史寿命也是不会长久的。

新世纪诗歌的题材选择，也是梁平异常关注并有着深入思考的问题，纵观梁平的诗歌批评，可以发现，有关政治、乡土、都

---

① 梁平：《诗歌：重新找回对社会责任的担当》，第11页。

② 梁平：《诗歌是现代社会的真实版本》，212页。

③ 梁平：《王毅：诗歌的精神之旅》，第181页。

市等重要题材，梁平都有论及。当代诗歌如何面对政治题材，这是一个处理起来相当棘手的问题，因为“在我们的记忆里，政治抒情诗在中国诗坛曾风靡一时，但确有不少政治抒情诗因为浅露、概念、图解使读者味同嚼蜡，倒了读者的胃口。”[①]“文化大革命”后很长一段时间以来，政治抒情诗都受到了人们的冷落，甚至歧视，这是不争的事实。不过在梁平看来，政治抒情诗在当代受冷遇，被轻视，这只是人们的观念出了偏差，并不是题材本身的问题。他指出：“严格意义上说，文学题材的选择是没有禁区的，就像有的人呼吁选择情感地带、选择低调和灰色地带一样，政治题材也是作者的选择，为什么偏偏就有人嗤之以鼻呢？政治同样是我们日常生活中最普遍的事情，作家、诗人对政治的敏感和热情并不妨碍艺术的把握，并不削减文学的力量。我们反对的是一切无病呻吟和一切的假大空，这应该与题材本身无关。西方，尤其是俄国文学就不乏涉及政治，或者直接书写政治的优秀作品。我们同样可以看到，即使远离政治，一首爱情诗写得无病呻吟，也只会使人感到恶心。所以，关键是我们面对政治题材怎样进行文学书写。”[②]梁平对政治抒情诗的理解和把握，我认为是比较到位的。新世纪以来，中国新诗中的乡土书写蔚然成风，但优异之作数量有限，诚如梁平所云：“现在似乎着笔于乡村、着笔于故乡的写作已大有泛滥之势，能够让眼前为之一亮的实在寥寥。”[③]究其原因，很多诗人歌吟乡土，都只停留在表面上，

---

① 梁平：《一代天骄的诗性解读》，第120页。

② 梁平：《一代天骄的诗性解读》，第120页。

③ 梁平：《交融与疼痛：一种有方向的飞翔》，第159页。

"大多数因为生长于乡村，现在又生活在城市里，他们的抒写更多局限在淡淡的乡愁和隔靴搔痒的乡村病痛里，什么二大爷病了，王婆婆死了，某个单身汉还未娶上老婆等等。他们对于乡村精神的抒写往往是空泛的，有一种为赋新词强说愁的感觉。"[①]没有从灵魂深处挖掘乡土在当代社会的诗性内涵和审美意义，乡土诗创作如何能走向更高层次呢？对于新世纪诗歌中的都市书写，梁平也不乏深入独到的认识。他指出："在现代化进程之中，人的生活必然会呈现出相应的快节奏。城市社会的快节奏和紧张取代了农业社会的静谧和散漫。人们的精神世界被机械文明的冷漠和快节奏生活的单调所充斥。于是在现代都市的空间中，现代诗歌的书写内容则多为现代都市新的生活环境及新的感受，倾向多元化、前卫性、现代性的诗歌技巧与语言风格的追求。现代诗歌以表现现代人生活的丰富、复杂、瞬息万变而获得了新的美学特征，这种美学特征也成为现代诗歌的主流。"[②]梁平意识到，现代化的发展，促进了城市化的加速，城市化改变了人的生存环境与生活节奏，进而带来了现代诗歌书写内容的变化，表现"现代人生活的丰富、复杂、瞬息万变"的都市书写，一跃而成为现代诗歌的主流。这样的认识，与新世纪诗歌的创作实际是吻合的。那么，城市书写的要点在哪里呢？梁平的观点是："尤其需要诗人对城市的精神代码、文化符号以及城市人与城市各种关系里的消极与积极、融入与抵抗、享受与逆反的辨识与思考。"[③]这是很有

---

① 梁平：《交融与疼痛：一种有方向的飞翔》，第159页。

② 梁平：《陈默：阳光里的忧伤》，第189页。

③ 梁平：《良好的气节与风范——2013年中国诗歌印象》，第32页。

见地的。

此外，梁平的诗歌批评中，还对诗人应具备的一些基本素质进行了反复的阐述和重申。他认为，在当代语境下，一个诗人保持正确的心态对于提升自己的诗歌技艺是至关重要的，“我认为一个诗人就需要这样一份简单、安静的心境，才能在当下这个五颜六色的诗坛大染缸里洁身自好，在这个急功近利的浮躁时代中独善其身”[①]，“只有真正优秀的诗人，才能够长年守住寂寞，才可以不在乎日渐喧嚣的诗歌场子。终会有那么一天，他诗歌的光芒会把自己照亮。”[②]梁平提出，诗人的创作应遵从于自己的内心，其诗歌才能获得读者的认可与信赖，“一个诗人，只有忠实于自己的内心，其诗中的情思才可能是真诚的，才能打动读者，赢得读者。”[③]他主张诗人应培养自己良好的语感，因为“语感，在诗歌语言艺术里尤其重要，是最为神奇与精细的技能”。[④]有了良好的语感，诗人才能将自我的精神境界有效地传达出来，其理由是：“一个真正意义上的诗人，他的语言呈现方式与他的精神向度是同构的。”[⑤]在诗歌创作中，语言的运用，境界的开拓自然是最为重要的，这也是判断一位诗人优秀与否的最根本条件，梁平在此方面也作了精彩阐发。他指出：“一个好的诗人，不仅仅是把字写活，写出色彩，更重要的是，要有自己的观察和感悟，

---

① 梁平：《安遇：带着一个句子出门》，第146页。

② 梁平：《如此干净的山水，干净的诗》，第52页。

③ 梁平：《陆群：现代都市里的古典情愫》，第90页。

④ 梁平：《云的眼睛看到风之上的韵》，第135页。

⑤ 梁平：《陈忠村：和诗歌一起穿行在上海的外乡人》，第93页。

进入别人不能进入的荒原，在语言中创造思想与情感的‘无人区’，让无数种意识形态在诗歌里成为‘可能’。”[①]“一个优秀的诗人，应该是以手中的笔去展现世界的辽阔性、精神的复杂性和情感的多元性。”[②]这些话语，是对诗歌创作应开拓新的艺术领地、敞现丰富的人文内涵等素质的突出与强调。梁平的上述论述，对于当代诗人如何发展自己的诗歌技艺、提升自己创作水平而言，是具有重要指导作用的。

三、批评个性的彰显

梁平的诗歌批评，是他作为诗歌刊物主编和当代重要诗人对新世纪诗歌现场进行密切跟踪、加以及时而深入反思的成果，这些批评文章，既体现出高屋建瓴的全局意识，又有着不可多得的理论厚度，同时还凸显出独具个性的诗学特征。概括地说，梁平诗歌批评的个性特征，主要表现为突出的问题意识、浓郁的诗化色彩、情与理的有机统一等几个方面。

梁平的诗歌批评一般都凸显着鲜明的问题意识，它们不是玩弄概念、疏远现场的高谈阔论，也不是浅尝辄止的泛泛之言，而是以某一诗歌现象或诗歌文本为观照起点，从中抽绎出某种带有普遍意义的诗学问题，加以深入考量和学理阐发。例如，“5·12”汶川地震发生后，社会各界反响强烈，以地震为题材的诗歌一时

---

① 梁平：《诗歌的“可能”，以及“可能”的译码》，第107页。

② 梁平：《安遇：带着一个句子出门》，第146页。

之间像潮水般涌现出来，长期蹲守于诗歌第一线的梁平，自然十分了解当时的境况，他在一篇文章中曾这样描述说：“我们在第一时间看到铺天盖地的诗歌以汪洋之势，与各路救援大军会合在一起，亲历、参与和见证了这场举世震惊的人类灾难。没有阶层划分，没有职业划分，没有年龄划分，写诗的人，不写诗的人，几乎都在这个时候以分行的文字把自己的情感集结起来，做了一次蔚为壮观、浩荡的‘集体井喷’。”[①]对于这种“集体井喷”的地震诗潮，梁平既从中认识到诗歌在应对灾难时所展示出的文体优势，又从大量充满雷同性和复制性的诗歌文本中发现了地震书写所存在的严峻问题，他认为：“诗歌更重要的承载还应该在废墟上分拣出人性的高尚和卑微、精明与愚昧，把灾难纵深拓展到真正把握民族精神的意义和一种生命的高度。”并理性地指出：“灾难对于民族、对于民众究竟有多少心智的检验、思想的震荡和文化心理的改变，我们需要时间去解读。”[②]正因如此，梁平清醒地告诉人们，“可以肯定地说，我们的大作品应该在灾难之后。”“灾难之后，我们更加期待诗歌的艺术担当，让诗歌成为这次人类灾难不可磨灭的文学记忆，需要真正具有艺术品质、经得起时间检验的传世之作。”[③]也就是说，地震书写要想真正达到不凡的美学高度，还需要时间的沉淀，还需要在思想上更深隽，在艺术上更精湛，在语言上更成熟，而当时铺天盖地的地震诗显然还未达到这样的理想高度，这是我们必须充分认识到的。再

① 梁平：《两个层面的尊重与期待——关于抗震救灾诗歌的思考》，第13页。

② 梁平：《两个层面的尊重与期待——关于抗震救灾诗歌的思考》，第17页。

③ 梁平：《两个层面的尊重与期待——关于抗震救灾诗歌的思考》，第19页。

如，很多人都在谈论当代诗歌的生态问题，但诗歌生态究竟包含哪些因素，又如何准确评判当下的诗歌生态状况呢？人们对此大都是语焉不详的。对于当代诗歌生态现状，梁平有自己独特的见解，他认为，当下与诗人创作相关的两个平台，即诗歌发表平台，诗歌奖项平台，相应构成了两种诗歌生态：刊物发表平台的生态，诗歌奖项的生态。这两种生态目前多少都存在某些问题，一方面，刊物由于受各方面利诱的影响，已变得复杂起来，“无论体制内还是体制外的刊物，现在要做到纯粹都已经很难了”[①]；另一方面，不少诗歌奖项在评奖程序、评奖环节、评委资格等方面都存在问题，以致其公信力大大降低，对当代诗歌发展不利，“这样长期下去，无疑会对中国诗坛制造很多混乱，很多错觉，它对于读者是一个误区，对得了奖的诗人会产生幻觉，这个幻觉很大，又会有更多的人效仿，这只能伤害到中国诗歌的健康发展。”[②]发现了当代诗歌生态的问题，梁平也相应提出了解决的方案，即要求诗歌界同行对此保持高度警觉，从我做起，才能促进生态的改善，“我们自己尤其需要警惕，无论写诗，无论搞评论，无论做刊物都是如此。只有这样警惕之后，才能清洁自己，才能真正把诗歌做好。”[③]

梁平是当代诗坛较有影响的优秀诗人，作为诗人，从事诗歌创作才是他的本行，诗歌批评只能算其额外的收获。或许是由于多年诗歌创作的文学经历，梁平的诗歌批评也因此体现着浓郁的

---

① 梁平：《也说当下的诗歌生态》，第36页。

② 梁平：《也说当下的诗歌生态》，第38页。

③ 梁平：《也说当下的诗歌生态》，第39页。

诗化色彩，语言优美，情绪激荡，字句之中常常流淌着灵性和光泽，给人以强烈的艺术感染。在梁平的诗歌批评中，形象性言说俯拾即是，比如夸赞青年诗人李永才的诗歌有着“比月光还宁静的抒情”；在为诗人蒋云徽的诗集写序时，他用了“云的眼睛看到风之上的韵”这一诗意盎然的标题；他称马飙诗歌里呈现的“爱”异常繁盛，简直是“像花一样开放”。对于诗人况璃的人生履历的描画，梁平如此道来：“从乡村到城市，从军队到从政，从祖国到异域……况璃一次次穿过时光的锋刃、霜雪，穿过生活的走廊、院落，穿过不同地理的肤色、口音，在风中的背影始终朝着同一个方向，那便是他漫长而宽广的精神之旅。”[①]在不难发现，这段话中使用的很多语词如“锋刃”“霜雪”“走廊”“院落”“背影”等都是具有鲜明形象性特征的，或者说都是比喻性语汇，借助这些词语的组接，梁平的批评文字因此流溢出令人歆享不尽的艺术韵味来。

梁平的诗歌批评，还体现着情与理有机统一的显著特征。在批评展开的过程中，梁平往往会将感性与理性糅合在一起，既充分发挥自己突出的审美感悟能力，以便能更直观更有效地进入批评对象，又保持着批评家必须具备的理性自觉，从而在感性和理性的最佳配合中，对批评对象进行较为到位的把握和剖析。《与瓷对话：埋伏在釉上的诗意》是对多年来默默坚持写作从不放弃的诗人林裕华的诗集《寻找永恒》的评论，阐释文本之前，梁平首先写下这样的话语：“诗歌顽强地埋伏于所有生命之中，一旦

① 梁平：《多种地理，一种精神之途》，第171页。

被揭开了遮蔽在上面的尘土，诗意的光芒就像太阳的光芒一样，无所不在，让每一个人都感受到它的炫目和温暖。”[①]不言而喻，这是充满感性之美的艺术文字。接着梁平又分析诗人歌咏陶瓷的诗歌道：“这么多年，他把对瓷器的爱和对诗歌的爱纠缠在一起，从那些缄默不语的瓷器里抽出了浓郁的诗情，在现代诗意里装饰了远古神奇的釉彩，玩出了只属于林裕华的花样和别致。”[②]这段剖析之语，既洋溢着深情，饱含又着诗理，体现着感性与理性的融合、情与理的有机统一。在梁平的诗歌批评中，将情与理有机统一在一起的阐释文字可以说是不胜枚举的，几乎在每一篇诗学论文中都能找见。

总之，梁平的诗歌批评属于典型的诗人型诗歌批评，它们是诗人对当代诗歌现场的及时总结与反馈，行文之中往往充满着比喻性言说的形象话语，可谓是情感与理性相互拥抱、有机融合的结晶。这些批评文字有时或许会露出并不缜密和严整的逻辑破绽，但它们所散发出的浓郁的诗意气息，却会给人带来别样的阅读快感和丰富的诗学启迪。

---

① 梁平：《与瓷对话：埋伏在釉上的诗意》，第78页。

② 梁平：《与瓷对话：埋伏在釉上的诗意》，第79页。

对“自然”的多重理解与诠释

——李少君诗歌近作浅析

聚焦自然，凝思自然，吟咏自然，借自然的抒写表生命之感怀，这似乎是李少君诗歌中一个永远不变的审美基调与艺术主题。某种程度上，“自然”构成了李少君建构自我诗意世界的最为重要的词汇，同时也是我们打开其艺术大门的极为关键的钥匙。李少君通过对诗意无垠的自然世界的描画，呈现了寄寓于当代知识分子心间的兼容着古典韵味和现代色彩的人文理想，呈现出“生态主义的诗学视阈”。[①]而在诗章中不事雕琢、自然而然流溢出的情感态度，又给人以本真和亲切的艺术之感。在对自然世界的自由书写之中，李少君的诗歌给我们带来了立足本土、立足当下的中国经验与连接大地、连接人群的草根性诗学旨趣，展现出独特的个性和品位，进而在当代诗歌的大观园里占据了一席之地。李少君的诗歌，显示着对于“自然”的多重理解与诠释，这告诉我们，要弄懂其诗中“自然”的深意，我们也需要从不同的角度切入。本文拟从三个不同的层面来透视李少君的诗歌文本，以期对其诗的“自然”所具有的丰富内涵做出初步的描述和揭示。

---

① 吴晓东：《生态主义的诗学与政治——李少君诗歌论》，《南方文坛》2011年第3期。

一、诗意无垠的自然世界

自然有灵，万物皆诗，这也许构成了李少君进行诗歌创作时的一种基本的美学假设，于是，自然的风物、景致和意境频频被少君纳入诗行之中，它们虽多为直观呈现，但仍显得妙趣横生，韵味无限，并将诗人的思想踪迹和生命态度悄然泄露。在李少君的自然诗里，我们常常会读到那种追求自然、宁和、静谧、安适的乡村生活的生态理想。《疏淡》一诗写曰："冬日疏淡的几笔 / 速写的华北平原的一个小村落 / 细雪还沾在杂乱的枯草间 / 乌鸦还散复聚，聚拢 / 是集体停落在一棵瘦树之上 / 散开，是稀稀落落的几栋房子 // 背景永远是雾蒙蒙的 / 或许也有炊烟，但最重要的 / 是要有站在田埂上眺望着的农人"①，这似乎只是华北平原上一个平凡小村庄的静物写真，但"细雪""乌鸦""炊烟""农人"等意象的排列，凸显的是诗人对恬淡闲适、静谧安详的乡村生活的向往与依恋之情。表达同样主题的还有《平原的秋天》："夜晚，整个平原都是静谧的 / 唯一的访客是月亮 / 这古老的邻居也不忍心打搅主人 / 偶尔传出三四声猫咪 / 夜，再深一些 / 房子会发出响亮而浓畅的鼾声 / 整个平原亦随之轻微颤动着起伏"，还有《眺望》："月夜，柳荫测量潭水的深度 / 洞箫考验着少妇的耐心 / 在竹影摇曳的阳台下，溪声 / 消解了对岸杂沓的脚步声……"李

① 本文所引用的李少君诗歌，主要来自《人民文学》2012年第11期和《大家》2013年第2期。

少君追求自然、宁和、静谧、安适的乡村生活的生态理想，通过对诗意无垠的自然世界的情有独钟和反复描画，得以充分地彰显出来。

或许在李少君眼里，自然世界之所以始终散发着诗意的光芒，始终给人以美的感觉与享受，是因为它是原生态的，是避离了雕刻与粉饰的人为痕迹的世界天性的本真显现。《山中一夜》如此道来："恍惚间小兽来敲过我的门 / 也可能只是在窗口窥探 // 我眼睛盯着电视，耳里却只闻秋深草虫鸣 / 当然，更重要的是开着窗 / 贪婪地呼吸着山间的空气 // 在山中，万物都会散发自己的气息 / 万草万木，万泉万水 / 它们的气息会进入我的肺中 / 替我清新在都市里蓄积的污浊之气 // 夜间，缱绻中风声大雨声更大 / 凌晨醒来时，在枕上倾听的林间溪声 / 似乎比昨晚更加响亮"，在山中，"万物都会散发自己的气息"，这是令诗人心迷神醉的自然神韵，这些自然神韵，会"替我清新在都市里蓄积的污浊之气"，让"我"在受尽了都市喧嚣的惊扰和冲击之后，能在僻远的乡野找到心灵的沉静和生命的诗意栖息。这首诗的最后一节饶有趣味，"凌晨醒来时，在枕上倾听的林间溪声 / 似乎比昨晚更加响亮"，这既是现实情形的直观写照，又是心灵感觉的诗化显影，"响亮"的"林间溪声"，让诗人念念不忘，记忆犹新，或许正是它是最为自然的一种天籁，是山野自然天性的一种外在流淌。在这首诗里，诗人将山间与城市作比，由山野的自然清新想到城市的拥塞和污浊，这不由得使人想起了陶渊明《饮酒》中的妙句："久在樊笼里，复得返自然"，某种意义上可以说，李少君此诗有陶诗的韵致与风范。

李少君诗歌中所描画的诗意无垠的自然世界，之所以总是给人带来阅读的畅快和深沉的求思，是因为这自然世界里蕴藏着一种永不凋谢的人文理想，它是古典情感的现代散发，也是现代人对纷乱无序的当下生活节奏和人生处境反思之后所孜孜觅寻的一种理想的生命归宿的形象表白。有批评家指出，李少君为古典诗学找到了它在现代的“肉身”，进而使中国新诗“找到它在过去的‘根’和现在的‘根’，并把两者合而为一种包含了传统并超越了传统的现代诗歌美学”[①]，这是相当准确的。我们知道，在社会生产力飞速发展的今天，人类在歆享现代化带来的佳酿的同时，也更多地吞下了现代化馈赠的苦果，环境污染、生态失衡、食品超标、交通堵塞、心灵浮躁……现代化的弊端而今毕现无遗，它对人类的生活方式和生命存在构成了极大的威胁与伤害，逼迫人类不得不进行深刻的反省和检讨，以便做出新的选择。回归天人合一的古典理想，与自然和谐相处，与外在世界结成联盟，或许是人类在吃尽了现代化负面影响的苦头后做出的理性选择，这种选择，正是李少君诗歌所反复诉说和呈现的。李少君的诗歌多用口语，对景物的描画也多为直观呈现，静景写真，诗歌中比喻和拟人手法的启用也多为“近取譬”，即本体和喻体之间的意义距离并不大，二者之间的对话和联姻给人亲和自然之感，不会觉得别扭与生硬。诗歌中的情绪舒缓自如，意境静谧谐和，给人默默地感染。《布谷鸟与布依族有什么关系》一共四节，中间两节如此道来：“布谷鸟是一种催促春天到来的鸟 / 大凉山的

① 丁福保：《历代诗话续编》（中），中华书局1983年版，第961页。

春天，必定是湿漉漉的——/薄雾，发源于湖面，在村庄上空缭绕/随着小鹿，深入草丛与林间/最终，在田野的日光里轻漫而散//布谷鸟是一种催促农耕的鸟/布依族人荷锄扛犁赶着水牛走出家门/循着小溪的路径——从山间流淌而下/小心翼翼地探路，拨开杂草，流向稻田/最后，沿薄雾消失的方向往更远方摸索”，诗歌几乎全用陈述，用蕴涵诗意的语词描述了布依族人的春天和春天里布依族人的生活，一种谐和静美的意境不知不觉被营造出来。布衣族人的生活，折射着诗人对恬静和谐生活的向往之情，这情绪，相信会打动每一个被快节奏和高强度的现代生活所困扰的读者。

二、自然流溢的情感态度

在李少君的诗歌中，“自然”不仅构成了其书写不尽的文学母题，而且也构成了诗人对待世间万物的一种基本的情感态度，自然而然而不矫揉造作，情由境生而不因情造景，主体情绪随物婉转与心徘徊，绝不无病呻吟、隔靴搔痒，这是李少君诗歌营造诗意空间、袒露生命情怀的重要表达策略。换句话说，李少君诗歌中的情感态度是随着自然物象的从容展示而自然流溢出来的，这种情感态度犹如芙蓉之出水，天然去雕饰，无不显得极为本真、质朴而又亲切动人。

事实上，推崇自然天成的艺术表达效果，注重对“薄言情悟，悠悠天韵”（司空图《二十四诗品·自然》）的审美境界的觅求与敞现，是中国古代诗人由来已久所渴望达到的一种文学理想和诗歌高标。钟嵘《诗品·宋光禄大夫颜延之》曾记载：“汤惠休曰：‘谢诗如芙蓉出水，颜如错彩镂金。’颜终身病之。”颜延之对“错彩镂金”的评价语终身耿耿于怀，可以想见古代文人异常忌讳雕章琢句的炫示之功，倒是对“芙蓉出水”的自然神韵情有独钟。李少君诗歌追求自然生趣的悄然袒露，讲究情感态度的自然流溢，体现着对中国古典诗学传统的有效继承和现代阐发，这在当代诗歌的艺术建构中是不乏积极意义的。

李少君诗歌情感态度自然流溢的表现形态也是多种多样的，粗略地说，大致包括三种情形。其一，以诗歌意境的营造来间接暗示情感。李少君的不少诗歌通篇都是外在世界的客观呈现，并没有抒情主体挺身而出将诗歌的意蕴有意挑明，而是一任自然界的诸般物象在读者面前从容展示。这样的诗歌虽然并未明确出示诗人的主观意图，但往往会呈现出一种别有韵味的幽深意境，而诗人的情感是深深蕴藏于其间的。如《大雪感怀》：“雪花纷飘下来时，人间烟火倏忽远去 / 漫天飞舞的大雪使天地一片纯净 / 雪不仅消灭了颜色，只剩下白 / 也消除了声音，只剩下静”，显而易见，在这节诗章里，诗人通过对大雪笼罩下人间情状的白描，塑造出静谧幽深的审美意境来，这意境暗示的是诗人对宁静生活的向往和洁净世界的歌吟。其二，诗歌大部分篇幅都用于描述情境，只在最后用一二句话语点明心意。《一块石头》写曰：“一块石头从山岩上滚下 / 引起了一连串的混乱 / 小草哎哟喊疼，蚱蜢跳开 / 蜗牛躲避不及，缩起了头 / 蝴蝶忙不迭地闪，再闪 / 小溪被连带着溅起了浪花 // 石头落入一堆石头之中 / ——才安顿下来 /

石头嵌入其他石头当中 / 最终被泥土和杂草掩埋 // 很多年以后，我回忆起童年时代看到的这一幕 / 才发现这块石头其实是落入了我的心底”，该诗的前两节都只是在描述一块石头从山岩上滚落下来时所发生的情形，最后一节则用“这块石头其实是落入了我的心底”的语句，彰显出童年经验与早期生活记忆对人的一生来说具有极为重要的影响这样的主题。其三，叙述与议论结合，写景与抒情交织，及时将诗人心中之意胸中之情传递出来。例如《黔地》：“荒凉是此地最多的资源 / 野山野水野果野草，还有野鸡野狗 / 野兔野牛……我曾在此孤独地徘徊 / 唯野女人一个也没见到 // 不过当地有过这样的传说 / 一对孤儿寡母曾流落此地 / 无依无靠，却能安然住下 / 因为此地民风淳朴，人情深厚 // 一镇的男人将此女照顾 / 一镇的男人将此小男孩抚养长大”，诗歌在描述黔地的山野动植物与山民生活状况时，还夹杂着“荒凉是此地最多的资源”、“因为此地民风淳朴，人情深厚”等议论性句子，情境描述和观念陈说交替而出，起到了情景相连、意义互动的表达作用。

如果追溯历史的渊源，我们不难发现，李少君诗歌情感态度自然流溢的艺术选择，是受第三代诗人“拒绝隐喻”“诗到语言为止”等诗学观念的影响而生成的结果。不过，李少君诗歌虽然在许多方面都与第三代有着或明或暗的精神联系，但他并没有直接追慕第三代的艺术足迹，也就是说没有像一些第三代诗人那样以“反文化”“反传统”等较为极端的审美价值取向来作为诗歌的基本抒情策略，而是在吸收和借鉴第三代诗人的表现日常生活的美学经验的同时，又注重对古典诗歌传统的继承和借鉴。正因为此，李少君的诗虽然写得平易素淡，但又不失优雅，并不像一些第三代诗人的诗作那样给人以低俗和粗鄙之感。在这一点上，似乎可以说，李少君诗歌自然袒露情感的艺术表现，既做到了对第三代诗所具有的美学积极意义的弘扬，也有效地摒弃了第三代诗中审美表达的消极性和负面性因素。因此，在新世纪以来乱象环生、各种奇形怪状的诗歌文本层出不穷、人们对诗歌的评价日渐走低的历史语境里，对于提升新世纪诗歌的艺术成色、规范当下诗歌创作的艺术纪律来说，李少君的诗歌都起到了某种不可忽视的引导与示范作用。

三、自然成趣的草根诗学

“草根性”这一术语是新世纪以来引人注目的诗学关键词之一，这个关键词是由李少君在2003年提出来的，而今已有10年的历史了。这个诗学术语准确地把握了新世纪中国新诗发展的客观情势，将新世纪以来地域性诗歌的日渐隆兴、草根诗人的不断涌现、连接大地与乡村的诗歌审美趣味的渐成气候等特征进行了科学的预测和精准的描述。与此同时，我们还应注意到，“草根性”这一诗学关键词里，其实也蕴含着指导当代诗歌创作的基本美学原则，那就是，当代诗歌创作应该是一种自由生长、自然成趣的美学品种，不宜掺杂过多的人为因素、修饰成分和外来文化因子，这正如李少君指出的那样，“草根性”“就是指从自己的土地上、土壤里自然地生长出来，具有鲜活的生命力的诗歌”。[①]换句话说，“自然”不只是李少君诗歌中的文学母题，其实也是其倡导的草根诗学的核心理念，“一言以蔽之，它强调‘根’，强调来自灵魂的原始的活生生的切身感受、感觉。”[②]李少君的诗歌是其草根诗学的具体实践，“其中有不少作品都堪称‘草根性’诗歌的典范”[③]，从这些诗歌中，我们能真切地感知到自由伸展、自然成趣的诗情与诗意，也能更深入领悟其提出的草根诗学的理论精髓。

李少君的诗歌，鲜明体现着连接大地、连接人群、连接现实的“草根性”倾向，它不是那种虚玄无稽的天马行空式冥想，不是那种搬演历史与文化素材的故作高深之作，也不是那种大量援引西方话语的翻译体诗歌，而是用朴实的文字、简明的话语所录写的关于自然、关于生活、关于世界的生命体验和直观感受。《渡》如此写来：“黄昏，渡口，一位渡船客站在台阶上/眼神迷惘，看着眼前的野花和流水/他似乎在等候，又仿佛是迷路到了这里/在迟疑的刹那，暮色笼罩下来/远处，青林含烟，青峰吐云//暮色中的他油然而生听天由命之感/确实，他无意中来到此地，不知道怎样渡船，渡谁的船/甚至不知道如何渡过黄昏，犹豫之中黑夜即将降临”，这是对一个渡河者瞬间心理悸动的准确捕捉，同时也是对人类个体常会遭遇的某种生命际遇的艺术诠释，显然是与大地和人群密切关联的作品。诗歌语言素朴简练，

---

① 李少君：《寻找诗歌的“草根性”》，《那些消失了的人》，南方出版社2004年版，第6页。

② 李少君：《诗歌与诗人的归来》，《新京报》2005年05月26日。

③ 向卫国：《论李少君的“草根诗学”及其诗歌创作实践》，《名作欣赏》2009年第24期。

尽管很少隐喻与象征，但诗歌却能自然成趣，而且意味并不浅淡，这或许是那些具有“草根性”诗歌特征的优秀诗作所能体现出的艺术素质。再如《夜宿寺庙》：“梅花鹿蓦然闯进时，有如一位锦衣卫 / 立刻就放轻了步子，犹疑地走一步看一下 / 而我深夜的心庭是空空落落的一座寺庙 / 早已预感她的到来，这不速之客警觉地停立 / 竖起耳朵，监听每一滴露珠的掉落 / 花香弥漫，我已神情恍惚，面红耳赤 / 篝火还在园子里燃烧，火苗里的影子 / 忽飘忽闪更像是鬼。我按兵不动，平静起伏 / 只是略带酒意，和黑夜一起发出轻微的鼾声”，这是诗人寄宿某个山寺的情景写真，虽然诗歌言述的有关梅花鹿造访的情形，给人神秘和惊恐之感，但毕竟危险并未发生，从诗人“和黑夜一起发出轻微的鼾声”的举动里，我们知道了莫名的恐惧与担心是多余的，自然仍然在我们面前呈现了它美妙和谐的一面。在有惊无险的诗意描画里，我们能清楚地感知到诗歌自然成趣的美学韵味。

在李少君的诗歌里，我们还常常能读到那种捧手可掬的“隐士”情结。现代化的魔爪已伸向了世界的每个角落，被现代性笼罩的人类已无处可逃，我们该如何寻觅那种寄托生命理想的新的空间呢？李少君的《隐士》和《新隐士》两首诗会告诉你某些答案。《隐士》诗云：“隐士，就应该居住在像隐士藏身的地方 / 寻常人轻易找不着 / 在山中发短信，像是发给了鸟儿 / 走路，也总有小兽相随 // 庭院要略有些荒芜杂乱 / 白鹅站立角落，小狗挡住大道 / 但满院花草芳香四溢 / 宛若打开了一大瓶香水 // 然后，就像你所知道的 / 房子在水边，船在湖上 / 而那些不时来探访隐士的人 / 心，飘到了云上”，隐士的“居住”是一种“藏身”，而他的生活，应与自然世界融为一体，随心所欲不逾矩。《新隐士》则曰："孤芳自赏的人不沾烟酒，爱惜羽毛 / 他会远离微博和喧嚣的场合 / 低头饮茶，独自幽处 / 在月光下弹琴抑或在风中吟诗 // 这样的人自己就是一个独立体 / 他不愿控制他人，也不愿被操纵 / 就如在生活中，他不喜评判别人 / 但会自我呈现，如一支青莲冉冉盛开"，"低头饮茶，独自幽处"的"独立体"，这是少君对现代"隐士"的诗歌诠释。当然，在少君的理想中，做"隐士"并不就是逃避现世，独自过与世隔绝的生活，而是努力保持自我，不被现代化的浪潮所吞没。一定程度上，《隐士》与《新隐士》两首诗构成了互文性文本，可以参互阅读，彼此生意，二者的交相映照，将诗人钟情于做心灵沉静、思想独立的现代"隐士"的心理情结鲜明展示。说到底，隐士的生活是一种与现实无涉的生活，它可以避开各种世俗观念和功利化行动的无尽干扰，形成一个自足的生存空间，那种自我逍遥、自然成趣的生活情态，无疑与李少君推崇的"草根性"美学境界是相一致的。也就是说，对"隐士"情貌的诗性书写，某种程度上正是对自然成趣的草根诗学的形象隐喻。

综上可知，"自然"在李少君的诗歌创作中是内涵丰富的，是具有多义性的，李少君从多个不同的向度来演绎"自然"的诗歌作品，某种程度上构成了对新世纪诗歌加以导引和启迪的优秀范本，其诗学意义是不容忽视的。

江南的精致与魅惑

——胡弦诗歌读记

阅读胡弦的诗，很容易让你想起情韵婉转的江南。那是吴越文化滋养着的圣土，渗透着人文情采和生命韵律的时光在此慢慢悠悠，千年流芳，而草长莺飞、云烟柳浪的自然景观，更为这独异的存在场域涂抹上浪漫的精神色调。胡弦的诗歌显示出独有的地域之态，那就是为人称道的“江南之美”。江南之美是精致细密的，也是浅吟低唱的；江南之美是花团锦簇的，也是行云流水的；江南之美，正与这现实人间的调式和步态相合拍。

在当下诗歌向着日常生活美学大步挺进的时候，胡弦也并未违逆这渐趋常态化的以述说日常生活情绪和生命经验为主旨的诗学方向，不过他的诗与当代诗坛司空见惯的直白浅俗的口语化表达大相径庭，此中没有任何粗鄙嘈杂的成分，没有丝毫不恭的调戏和妄为的反讽，而是面对生活的细致盘问，直视现场的深峻思考。《交织》一诗写道：

她谈到某人，谈到
与他年龄不相称的活力。
她闭着眼。他忙碌。声音
从没关好的窗子进来：琴声、刹车声、风声……
生活在声音里交织，樱花

颤动在自身麻醉剂般的香气里。

街边，有个电工抱着电线杆，像在交媾。

经过处理的电流被送往远方，

电影院里，忽明忽暗，荧幕上，

虚构的命运已经成为现实。

“交织”无疑是一个携带着强烈生命质感的语汇，某种意义上与人类命运本身有诸多类同。当一个女性用回忆和想象来述说一个男性，这幕图景本已“交织”着难以言尽的人生意味，在“她”的回望中接踵而来的“琴声”“刹车声”“风声”里，我们似乎读到了有关“他”的隐约的成长履历、斑驳的人生故事，而在我们的阅读反射中，此刻也“交织”着好奇、惊讶、疑惑、深究等多重臆想。由此可见，“交织”虽然只是一个极为细小的语言端口，但它也不啻为道说生活隐秘的恰切窗门，经由这个窄小的窗门，我们可能确切地窥探到个体命运的某种踪迹。

从《交织》的诗意建构笔法里，我们不难把握到胡弦诗歌的一个基本美学策略，即从小处着笔，往大处生发。他的不少诗作，几乎都沿用了这种构思套路：从一个很小的观照点上起步，沿着独特的思维路径，慢慢扩延，不断打开，直到抵达一个深厚而高远的人生命意处，给人带来鲜明的心灵警示和精神撞击。《砧板上的鱼》《空楼梯》《影子》《蚂蚁》《树》《灯》等，无不如是。入诗切口的细小，赋予诗人微观事物、精描对象的写作权力，也使最后的艺术成品，不出意外地显示出工笔画般的精细之美来。

江南多雨，多雨的江南于是成了许多生于斯长于斯的文人墨客无法回避的审美意象和艺术素材，并在很多江南诗人的诗章文句中频繁现身。胡弦也描画过这典型的江南情景，他的《雨》借大自然从容飘落的水线，散发出纷纭的江南情绪：

雨落下时，想起一个故人，想起
距离当初的告别又已
过去多年。

雨落下来，熟悉又陌生，
晶亮的雨珠，来自一片我从不曾
企及的天空，但它
既不讲述远方，也不解读命运。

雨落着，细雨中的背影
将永远是背影。
每场雨都不会无缘无故落下，隔着
叹息般飘过的
漫漫岁月，再不会有人打着伞
从雨中归来。

雨中的道路伸向远方，人间
朦胧一片。
——并无意外，有些生活已结束了，

清亮又干净的台阶上，只剩下
稍稍有点异样的宁静。

剩下风在大地上奔跑，
追向空无，追着
雨珠落向街道、屋瓦、草叶上时
散落的光。

细雨纷落，这是吴越大地常见的自然景观，也是一幕别有情味的人间图景。在这首诗中，诗人依次以“雨落下时”、“雨落下来”、“雨落着”、“雨珠落向”等词组为导引，描述出细雨洒落时的阶段性情貌，陈说着诗人不断观望雨景时的情绪段落和思想流脉，带领我们深入到江南之雨的精神内核之中，领略其独有的妙味和情趣。诗人展开诗思的入口同样是细小的，而对雨落过程中情绪的呈示却是细密而精微的，对心灵暗迹的挖掘是精彩而深邃的。在对“雨”的描摹与写照中，我们能清晰地分辨到胡弦诗中流溢出的江南气息，那是微醺的、沉吟状的、低语式的；也能准确捕捉到那独有的南方节奏和步调，那是徐缓的、绵密的、精细的。在目下这个吵嚷喧嚣的消费文化语境里，我们的感觉已变得日渐迟钝和粗糙，对生活的细部越来越缺乏感知的耐心和深入的勇气，胡弦的诗歌因此显出了特别的意义来，诗人凭借对江南文化中独有的精致之美的有力继承，为喧哗时代存留了精微细密的情绪因子，也提示我们对灰飞烟灭的宏大历史，做出必要的警觉和防范。

江南是自然风物诗情萌动的所在，也是历史文化厚实深隽的空间。受这块土地哺育的诗人胡弦，也对历史的描述和思忖充满兴趣，他的诗歌，也屡有对历史情景的点染和反思之笔。《春天，九宫山吊闯王》《观楚舞记》《剧情》《后主》等，均是此方面的作品。《后主》一诗写云：

他喜欢投壶，饮酒，填词，把美人
认作美狐。
“雪是最大的迷宫。”他喜欢旧句子中
别人不曾察觉的意义。
——河山不容讨论，但在诗中是个例外。
他喜欢指鹿为马——雪给他造出过一匹马。
“雪并不单调，因为白包含的总是多于想象。”
雪继续下，雪底的雕栏像输掉的筹码。
一个压低了的声音在说：
美哦，让人耽留的美，总是美如虚构！

“后主”之谓，可以算得上一个具有江南个性的历史文化符号，这个符号里集结着家国的兴衰、民族的悲愁等显在的情绪内涵，而在胡弦的诗歌中，这一符号显示出的并不是惨切和凄酸的历史意味，而是精致和唯美的诗化指向。在对“后主”所做的历史重构中，胡弦显然添加了更多超逸于现实的艺术性元素，填充进一个源自想象的诗意化场景，从而让一段惨烈的山河破碎、故国凋零的家国败局，转化为情味盎然、令人流连的审美活动。只是在收笔之处，当一个压低的声音如此诉说："美哦，让人耽留的美，总是美如虚构"，我们才从幻觉之中稍有醒悟，并对那并不真切、转瞬即逝的生命情景生出些许的唏嘘感叹来。

胡弦如此熟悉江南的风物意境，如此了解江南的情绪底色，他的诗歌对江南情状和内在韵律的彰显，无疑是细腻和真切的，充满着令人迷醉的精致之美。新世纪以来，多数年届中年的当代诗人，已经日益呈现出艺术思维上僵化呆滞、语言表达上捉襟见肘、思想深度上无能超越自我的窘态，他们的"中年写作"所提交的文学成品，实在乏善可陈。胡弦或许是个例外。步入中年的他，近些年来不仅创作强势，佳作迭陈，而且在意境营造、语象取用、结构设置上更臻完善，令人刮目相看。尤其他的诗歌展示出的带有典型江南性格的精致之美，更是让人品味不尽，把玩不厌，赞赏不绝。胡弦的诗歌袒露着诸多的妙美之处，譬如造句讲究，结构精巧，旋律和婉，情绪流转自然等，可以说，他的每一诗章都是经得起逐字逐句地细读拆解的，几乎没有废弃的语词，没有冗杂无效的意象，就连诗中流淌的美学韵味和艺术气息都是相当精致简约、恰如其分的。在现代汉语的诗性空间里驰骋，胡弦的诗歌道尽了江南大地所蕴蓄的可人风韵和艺术质地，从而达到了一般人难以企及的精美程度。在我看来，胡弦已经成为我们这个时代无法忽视的重要诗人。

脱化于江南传统的精致之美，成就了胡弦诗歌的独特个性，使他在当代诗坛占据着不可低估的历史地位。按照胡弦高强的审美悟性和精微的事物洞察力，我希望他具备更大的历史野心和文学抱负，在人类存在的叩问、生命底蕴的审度、历史真谛的挖掘、个体心灵的探寻上，走得更远。从历史看，江南，既是给人以无限魅惑的艺术场域，又容易给诗人造成抒情困局，在塑造个性化审美形象的同时，也会无意之间形成框限，延缓他们向着更为旷远和辽阔的精神景地迈进的步伐。从胡弦当下的写作气象来看，江南诗意世界营造的眼界、胸怀和志趣，已经成就了一个胡弦，但我建议诗人在日后的书写中，有意识地依凭开放性的、超越性的、世界性的胸怀和眼光，着力于建立诗歌与时代、历史、人类和生命存在本身的多重对话关系，不断突破自我，走出并超越江南，建构出更为丰富和阔大的艺术世界，给人带来更多的美学惊喜。

多面圣手雷平阳

雷平阳的诗歌创作似乎一直在展示着诗人立意求新的艺术用心，称其一首有一首之独立形式，也许并不为过。我这里说的“形式”，并不是指诗歌的行句结构等外在之形式，此种层面上的所谓“形式”早已被很多诗歌研究者反复言说过了，而今几乎成了一个被消耗殆尽但收获甚微的诗学话题，事实上，对新诗的“形式”言说，如果仅仅停留于句法、行次、节次、韵辙等外在结构上，是无法确切阐明这一文体独特的审美气质的。我所理解的新诗“形式”，应该是蕴藏于诗歌文句之中的内在肌理，或者说是诗歌意义运行与情感抒发的文本逻辑。雷平阳的创作，正是在诗歌的内在肌理与文本逻辑上显示出了独异之优长、不俗之个性。总是在变化，总是于变化之中曲径通幽般地暗自抵达诗美之目的地，这是雷平阳无言独化的创作本事，也是成就其诗歌气象万千、胜景频出的重要因由。夸赞他为当代诗坛的“多面圣手”，我想是能获得很大程度的认同的。

作为《雷平阳诗选》（长江文艺出版社2006年版）开篇之作的《亲人》，应该是诗人创作的较早在诗坛引起强烈共鸣的优秀诗歌文本。这首只有八行的小诗，表面上暗合了古典律诗的行数规范，但其参差的诗行和不停折断、交错缠绕的句式编排，又与古典律诗的整一性特征大异其趣。雷式诗歌独特的艺术旨趣和精神脉搏，恰好就寄存于这与古典律诗的整齐化、格式化表意规范大相径庭的意义曲折传递的策略之中，这首诗彰显着诗人对于“亲人”之爱独具个人性的理解情态，此种“爱”是真实的，具体的，起伏的，变化的，与教科书上的常识性教导不一致的，是完全属于诗人自我领悟和把握到的爱意真谛。文本的起承转合自然适切，显得气韵生动。前四行属于“起手”之笔，诗歌以某种说明书般的形式，细解了诗人心目中有关亲人范围的不断缩小和爱情对象的日益明晰等情状，“我只爱……，因为其他……我都不爱”的句式铺排，不断强化了诗人盘踞于心的爱之情结，爱情目标物的渐次缩小，日益凸显了“亲人”一词的最本真内涵，同时显示出诗人在爱之真意理解上所具有的深透性。接下来一句“我的爱狭隘、偏执，像针尖上的蜂蜜”属承接之句，“针尖上的蜂蜜”是妙手偶得的意象，爱的诸多意味在此意象中云蒸霞蔚，令人遐想联翩，品味不绝。诗人继而以“假如有一天我再不能继续下去”为转语，直言人生有涯但爱情无边，对于个体之“我”而言，唯一能承诺和兑现的，或许只有对于身边亲人的炽烈之爱。诗歌于是自然进入“合”的部分：“我只爱我的亲人——这逐渐缩小的过程 / 耗尽了我的青春和悲悯”。整体来看，《亲人》顺着个体之“爱”日益真切和明晰的意义流向，以“逐渐缩小”为文思脉络，展示了诗人对于“亲人”内涵的深刻理解和对爱之真谛的独特把握，在起承转合之中，以小篇幅呈现了大主题，文脉贯通而结构缜密，其形式感是极为鲜明的。这是一首结构完整的诗，刚好达到了意到笔起、意尽笔收的表达火候，诗人的艺术功力无疑是深厚的。

只有七行的《梅里雪山》在篇幅上较之《亲人》更短，但它的形式个性仍然是凸出的，整体构制上也给人完整浑然、水到渠成之感。此诗不用《亲人》的起承转合表意模式，而开启了篇首标其目、卒彰显其志的抒情策略。“我匍匐来到这里”，这是登及雪山高顶的事项说明，诗人“匍匐”至此的目的，并非为了宗教虔信和福祉祷告，因为俗世炽旺的香火，已将佛寺的本意和圣地的真纯弄得面目全非，这正是诗人开章言明的“经幡升不上去了，它已经 / 穷尽了人的虔诚”。在梅里雪山，诗人为此处的“一尘不染”而心领神会，对雪山之上那无边无际的“高”“白”“冷”以及“无”而魂牵梦绕，他把这高地上绝色的风物与来自俗世的平庸的我有机联系起来，从而意外地发觉，此处难得一见的胜景，正可成为澡雪精神、净化灵魂的最有效武器，于是乎，“教训一下体内的这头怪兽”，成了雪山独异风景与性格对于我所显出的特别意义。毫无疑问，“教训一下体内的这头怪兽”作为诗歌的收尾之句，正是显露整首诗旨趣的精彩造句。70后诗人徐南鹏也写有一首同为《梅里雪山》的诗，其笔法和结构形态与雷平阳迥乎不同，可参照阅读。徐南鹏诗为：“我享受着一座沉默雪山的高傲！ / 安静地坐在那里，弹奏阳光 / 流云，和澜沧江不息的吟唱 / 不在意多少人的朝圣，风中的经幡 / 不在意远古的冰川，正在 / 一点一点地消融”，显而易见，徐诗采用的是面对风景的静观式方略，“享受着一座沉默雪山的高傲”首句就显其志，虽然诗歌也具有一定的艺术质量，诗思显得明朗而确切，但与雷平阳的诗歌相比，就短少了情绪伸展时的悬念与包袱，缺失某种引人寻求的阅读期待。

叙事是雷平阳诗歌中惯用的表意笔法，也是成就雷平阳审美个性的重要层面。众所周知，20世纪90年代抒情诗中显山露水的叙事诗学，曾影响了一大批诗人的创作，雷平阳也毫无例外地成为其中之一。但雷平阳诗中的叙事笔法，与知识分子写作中的叙事诗学是有着不小差异的，如果说20世纪90年代知识分子写作中的诗歌叙事，“指的是诗与现实关系的修正、新的诗歌建构手段的增强以及诗歌新的可能性”①，那么在雷平阳笔下，叙事几乎成为贴近现实的一种直录式显影，叙事中呈现的细节之精微和过程之详细，简直达到了某种自然主义的程度。《杀狗的过程》《八哥提问记》《我的家乡已面目全非》《木头记》等，都是雷平阳诗歌中熟练使用叙事技法来表情达意的佳篇。当然，诗歌中的叙事不是为了向读者讲明一个生动有趣的故事，不是让读者被故事性所牵引，从而弱化抒情主体隐埋于叙事中的情感与心志，而是由叙事来生成浓烈但蕴藉的情感波澜，让读者透过叙事而能情为所动，心为所牵，因此，“去故事化”也就成为了诗歌叙事得以成功的表意诀窍，这一点雷平阳应该是极为清楚的。上述运用叙事笔法来表情达意的典型诗作，在“去故事化”上是处理得较为稳妥的。不仅如此，这些诗章对叙事的使用并不雷同，各自出新，可称得上是一篇有一篇叙事之形式，由此可见雷平阳诗法百变的特长。

《八哥提问记》综合使用了多种叙事手法，包括对话、重复、细节描摹等，来立体展示人物的生活史和命运史。对话是其中最

① 陈均：《90年代部分诗学词语梳理》，《中国诗歌九十年代备忘录》，人民文学出版社2000年版，第398页。

典型的叙事策略。在小说和戏剧等叙事类文体中，对话是最为常见的表达手段，而且人物的心理情状和性格特征每每需要通过对话来凸显和展现。百年新诗中使用对话的例子也不少，不过通常情况下，诗歌中的对话都只是一种暂时性插说，是对抒情节奏的调理和冲淡，所以它一般只起一种“戏剧化”表达作用，而不用来构成诗歌文体的主体性言说形态。但雷平阳不同，他是使用叙事手段来创作诗歌的高手，《八哥提问记》大胆地将对话作为诗歌身体的基本骨架来建设，而唯有这种以对话来展示情感线索的表达方式，才能将个体的拮据生存和多舛命运艺术地彰显。诗歌中进行对话的双方，在正常情况下有明确的主从关系，即人是主，鸟是从，鸟的活动受制于人的指令；但在主人醉酒之后，主从关系发生了逆转，这个时候俨然鸟是主子，而人成了奴才。诗题曰“八哥提问记”，显然授予了“八哥”某种话语权。在这首诗里，八哥无意中充当了一个发话者，一个审讯官，虽然它的提问是雷打不动的一句话：“你是哪个?”而答话者因为酒精作用，无意中扮演了受审者，扮演了一个老实交代“历史问题”的小人物。在一种富有喜剧性意味的场景之中，在八哥有口无心的多次催问下，醉酒者李家柱终于将多年积郁在心、始终无处挥发的内心伤痛，借助酒意全然喷吐而出。“酒醉心底明”，“酒后吐真言”，诗人有意让李家柱在酒醉之后尽情言说，是为了让读者认可他言语的真实性。从诗歌的述写中我们不难看到，李家柱的“酒后真言”，显然是一次声情并茂的血泪控诉，一次自我的历史追溯和灵魂曝光，不过，当我们看到他面对的言说对象只是一只自个豢养的八哥，他只能将自己的控诉状递交给一只小动物时，我们不免悲从中来，不免深切感慨人心的不古，世态的炎凉以及底层生存的艰辛与苦难。诗歌采用的第二种重要叙事手段为重复。重复也是小说与戏剧中常用的书写套路，在叙事文体中，重复这一写作策略的使用，主要是为了使故事情节得到突显和强化，进而渲染人生的程式化运行轨迹和命运的无常、无聊与无奈等生命主题。雷平阳这首诗也启用了重复这一叙事技巧来对李家柱的身世遭际进行写照。统计起来，诗歌中的重复性情景有这些：李家柱的敲门动作（“边翻衣袋，边用右手 / 第一次敲门”、“它有些急了 / 换了左手，第二次敲门”、“站不稳了，勉强抬起双手 / 第三次敲门”、“黑暗中，他用拳头，第四次敲门”、“左手抓扯着头发，右手从地面 / 抬起，晃晃悠悠，第五次敲门”）、八哥的提问（六次写道——里面问：“你是哪个?”）、诉说后的反应（六次写道，里面“声息全无”）。在这些重复性情景中，敲门者动作所折射出的情感态度的不断递增与提问者的冷冰冰问讯和反应的“声息全无”之间形成了鲜明的反讽，从而强化了李家柱的悲剧性命运。第三种叙事手法为细节描摹。诗歌对几次敲门动作的细节刻画非常精到，这些细节从不同侧面昭示了李家柱进屋心切的心理情状。第一次答问时的“赶忙”一语，巧妙传达了李家柱此前屡遭批斗，认罪伏法是其心理定式与思维惯性这一事实。后面写他“躺到了地上，有点想哭的冲动”，写他“擦了一下嘴上的秽物”的动作，写他“终于放开喉咙，哭了起来”，写他无计入门，只能“贴着冰冷的地板，边吐边哭 / 卡住的时候，喘着粗气 / 缓过神来，双拳击地，腿 / 反向跷起，在空中乱踢，不小心 / 踢到了门上”，这些细节将李家柱这个小人物本真的一面进行了充分的展示，也在一定程度上对其身世诉说的可信度做了有效的暗示与铺垫。

《杀狗的过程》全篇以“过程”为主导词，来展示血淋淋的宰杀家犬的惊心场面，有着纪实剧一样的艺术效果。诗人将杀狗的现场设置在鼎沸的农贸市场之中，散逸在市场四处的经济利诱激发起屠户的宰杀冲动，在贸易主义甚嚣尘上的历史语境下，市场的金属性已然渗满每个生意人的思维空间，从而轻易遮蔽了狗的主人身上残存的人性。《杀狗的过程》着意于对“杀狗”之过程精微展示，诗人不动声色地直现狗被主人宰杀的全般历程，在有如纪录片一样的现场写真中，狗一步一步接近死亡时对主子不离不弃的忠贞与经济力比多驱动下主人的义无反顾之间形成鲜明反差。诗中对受屠之狗忠于主子的细节摹状，如“一条狗依偎在主人的脚边，它抬着头 / 望着繁忙的交易区。偶尔，伸出 / 长长的舌头，舔一下主人的裤管”，“主人向它招了招手，它又爬了回来 / 继续依偎在主人的脚边，身体 / 有些抖。”“主人向它招了招手，它又爬了回来 / ——如此重复了5次，它才死在 / 爬向主人的路上”等等，并不是故事情节的陈述，而是诗意情景的特写，诗人如此处理达到了“去故事化”的表达效果。诗中叙及的目击者的议论，“许多围观的人 / 还在谈论着它一次又一次减少 / 的抖，和它那痉挛的脊背 / 说它像一个回家奔丧的游子”，如一幕旁白，强化了忠贞之狗依旧免不了被无情宰杀的命运的悲剧性。《杀狗的过程》里有重复，有细节，还有旁白等叙事性因素，但它更注重的是对“过程”的真实演示，“过程”构成了该诗的内在情绪肌理和文本运行逻辑，诗歌中那现场直播式的纪实处理，将商业时代的生存哲学悄然揭秘。同样是以叙事为主要抒情技法的《我的家乡已面目全非》，则意在揭示家乡之“变”，“巨变”由此成了诗歌叙事展开的逻辑线索。如果说注重突出“过程”的《杀狗的过程》是在历时性维度上来展开叙事的话，那么，《我的家乡已面目全非》则将叙事的维度设定在共时性上。诗歌揭示家乡之巨变时，着意于铺写人的前后变化，而并不关心物的今夕差异，一定意义上暗合了“物是人非”的古训。对人的变化之表现，诗歌按照“乡人”“亲人”“父母”“我”的对象顺序渐次写来，这种思路明显体现为“逐渐缩小的过程”，很容易让我们想起《亲人》一诗。诗歌中的叙事视角是多变的，对“乡人”“亲人”“父母”等人变化的书写，是站在“我看”的视角上的，“我看”乡人，他们人情冷淡，“仿佛在举行一场寒冷的游戏”，他们老气横秋，“比石头海洋苍老”；“我看”亲人，他们有的自寻短见，“她们的坟堆上，不长花，只长草”，有的已远走他乡，“我的兄弟姐妹都离开了村庄”；“我看”父母，“那一片连着天空的屋顶下，只剩下孤独的父母”。而对“我”之变化的写照，则采取“他看”或曰“被看”的视角，“我的父亲和母亲，也觉得我已是一个外人”。人是村庄的主体，人的变化便意味着村庄的变化，正是由于“乡人”“亲人”“父母”“我”等所有与村庄有关的人都发生了巨变，我的家乡才变得“面目全非”。导致家乡“面目全非”的原因何在呢？现代化的后果？后工业时代的必然产物？还是城市与乡村的巨大裂痕？这是耐人寻味的。至于《木头记》，通篇用概括叙述，也用了不少分类学意义上的说明性话语，精彩演绎了关于木头的文明发展史和功用谱系，同时也对欲望逻辑支配下肆意而为的人类发出了无声的指斥。

可以说，无论长篇还是短制，无论抒情为主还是叙事为主，雷平阳的每一诗章几乎都会给人一种独特而新颖的形式感觉，称他为当代诗坛形式创格上的魔法师似乎并不为过。

“归来”后的新气象

——从潘洗尘近作谈开去

在新归来诗人群中，潘洗尘应该是最引人注目的一位，这不仅因为他是当下一个诗歌理论刊物的主编，是许多有意义的诗歌活动的操办者，还因为这位被诗歌界称为“还乡团”团长的校园诗人，在新世纪归来之后不断有新作问世，创作数量之多与质量之高，丝毫不下于当年混迹大学校园舞文弄墨时的青春之作。最近一些日子来，潘洗尘突然灵感迭涌，诗性勃发，一口气写下了37首诗，不少诗作都显露出拨动心弦的艺术魅力。从这些诗歌中，我能清晰地捕捉到潘洗尘“归来”后诗歌所呈现出的一些新气象，同时也从他的身上看到了新归来诗人群对于新诗创作来说所具有的重大诗学意义。

从潘洗尘的近作中，我欣喜地发现了他对词与物关系的新开掘。诗歌是“无理而妙”的艺术，“无理而妙”的说法见于清代词论家贺裳《皱水轩词筌》一文中，贺裳对唐代诗人李益和宋代词人张先的诗词作评时言道：“唐李益诗曰：‘嫁得瞿塘贾，朝朝误妾期。早知潮有信，嫁与弄潮儿。’子野《一丛花》末句云：‘沉恨细思，不如桃杏，犹解嫁东风。’此皆无理而妙。”所谓“无理而妙”，是指诗歌语言往往不遵循日常生活逻辑，而只遵循一种艺术逻辑，这样，从日常的理路上来解诗，只觉得它是“无理”的，但从艺术的径路上来解诗时，又感觉其妙无穷。在新诗创作中，拆散词语与事物之间的日常联系，重构二者之间的艺术联系，也就产生了“无理而妙”的表达效果。

潘洗尘的近作在开发词与物的新关系上可谓颇费思量，他有时会“深陷于某些词语？不能自拔”（《秋天的某种气息》），他感觉“大地累了”：“我可怜的大地　人类甚至把贪婪和仇恨 / 也化作枪林弹雨 / 疯狂地倾泻在你的身上 / 如今？他们又在你早已不堪重负的躯体之上 / 互相攀比着看谁把钢筋水泥落得更高了”（《大地累了》），“累”这个形容人类个体的身心疲惫的词语被用来形容大地的不堪重负，实在妙不可言，这不觉使我们想起了一年前给中国带来巨大灾难的汶川大地震，那不也是因为“大地累了”吗？而在《赵敬福？多么好的名字》一诗中，潘洗尘对诗人莫非的真名进行了诗意再现，还原了莫非与这个世界的原初联系。还有《声母》《现在我只剩下一些支离破碎的声母》《这一年的伤痛不痛还痛比空还空》等，我们从这些诗中都可以发现诗人试图拆解词语与事物之间的惯常联系，重构二者间新型关系的艺术努力。在我看来，《一片稻田有多丰富》一诗，最集中体现了诗人试图建构词物新关系的美学尝试。诗歌写道：

窗前的这片稻田
我已经看了很多年
但我一直不知该怎样描述
该从哪儿开始描述
春天？或是秋天

一片稻田究竟有多丰富

从翠绿到金黄？是色彩的变幻

也是时间的变幻

一种水中的植物？始终与青蛙

蝌蚪和蚂蚱相伴

声音与色彩

在阳光下在月光下交响

在风中在雨中交响

我的稻田

何止气象万千

一片稻田究竟有多丰富

我看见很多活着的词语

在蓝天和白云之下

郁郁葱葱地生长

一些名词如汗水

一些动词如收割

一些形容词如饱满

我原本就是从这些词语里生出来的

几经迷失的我

今天终于又从这些词语中

活过来了

一片稻田究竟有多丰富

丰富到我再也找不到词语去描述
丰富到差一点
就成了被忽视的细节

对事物进行“描述”，也就是用词语来描画事物，勾勒出它的品性与特征，诗人一开始就说，“窗前的这片稻田 / 我已经看了很多年 / 但我一直不知该怎样描述”，他不知道怎么描述眼前事物，就是不满足于已有的描述手段，不满足于已有的词与物的言说关系，而自我对这片景物的准确言说还没成形，也就是说长期以来一直未曾找到词与物之间的新型关系。为了寻找到一个稳妥的词语，一个新奇的词汇，构建出词语与事物的新对应，构建出自我与世界的新型关系，诗人只能倾心注视这片稻田，从色彩到光泽，从植物到动物，不断咀嚼其中的丰富内蕴，以便深入到事物最核心的部位。

在这首诗的第三节，我们最真实地感受到诗人面对稻田，在一些习惯性语汇中反复折腾，不断反刍中的心灵悸动，在稻田金黄翻滚，蛙声成潮的时候，诗人的心怀是不可能静若止水的，他不免会涟漪层起，难以平静。他想起若干的词汇，“一些名词如汗水”，“一些动词如收割”，“一些形容词如饱满”，这些词语曾经喂养了他的童年，他又曾经在这些词语前迷失，意思是说，这些惯常的词与物的联系，多年来无法激起他的情感冲动。而如今，他“终于又从这些词语中 / 活过来了”，这意味着他再度发现了这些词语与外在事物的新型关系，他为这些词语附加上了别致的意味。同样的词语在不同的语境下显示出不同的意味，这是否定之否定后达到的新的意义高度。这次的词语与物质的联系，不再是孩童时期被动接受的，而是自我通过内心的反刍才终于找回的，是一种主动的构建。这有如佛家的炼化，从“看山是山看水是水”，到“看山不是山看水不是水”，再到“看山是山看水是水”，最后的“山水”已不再是最初的“山水”，它是主体心灵过滤后的新景观。这里呈现的是一种螺旋式上升的过程。在描绘稻田时，虽然诗人启用的依然是原来的词语，但由于主体心理情状的迥异，词与物之间的新关系便被重新建构起来。诗人虽然并没找到新的词语，但他通过赋予旧有词汇的某种新意，在已有词语上打上自我生命的烙印，也就创化了词语与事物之间的新关系。

把思维再扩展一下，我们不难发现，新归来诗人群的归来，也一如潘洗尘再度建构了稻田的丰富性一样，他们再度建构了自我与世界之间的诗性联系。新归来诗人群中，除了潘洗尘，还有苏历铭、汤松波、周瑟瑟、洪烛、邱华栋、胡茗茗、古筝等，他们曾经用诗歌的形式，记录了自我的校园岁月，采写了绚丽的青春风华，但后来一段时间，因为方方面面的原因，他们一度暂别了诗坛，告别了构建词与物关系的文字生涯。当身体的奔波显出了倦态，缪斯的向往又黄钟大吕般在心空擂响，他们便沿着青春时期的激情与梦幻的路线，重新“归来”。诗人的这次归来，是带着鼓鼓的行囊从容归来了，心中盛满的不仅是岁月流逝的感慨，还有阅尽人世沧桑的繁复，更有笑看风云的闲淡。所以呈现在他们面前的虽然也是诗，但显然不再是青春年少所认识的那种情态，而是多了许多新的内涵与韵味。

潘洗尘归来后的诗歌少了青春校园时期的浪漫与飘浮，多了对生命的冷峻审视和哲性沉思。这37首近作艺术素质很高，对生命中诸多深意的心灵感悟和理性审思也是其中闪光的部分。这里有悲与喜的二元对照，有人与物的相互关联，更有生与死的频繁对话。而生死对话这个主题，正是我阅读潘洗尘近作感触最深的部分。

生死本是人生寻常事，古往今来，无数生命就如这水田里的禾稻一样，收了一茬再栽一茬，栽了一茬又收一茬，不断地逝去又不断地降生，生生死死，无穷绝也。看惯了生死的人生游戏，许多人麻木了，冷淡了，不理会了，在死亡面前，心灰意懒，无动于衷，正如诗人伊蕾所云："因为是所有人的恐惧 / 所有人都不恐惧"（《独身女人的卧室》）。但诗人非同常人，他们往往会无事生非，会杞人忧天，会神经过敏，而正是这样的精神，才会使他们洞察到常人难以洞察的人生胜景，体验到常人难以体验到的生命滋味。在生与死的对比性考量中，潘洗尘常常对死亡产生一种莫名的惊悚感，生的闪耀和死的陨灭之间构成的巨大反差，令诗人总是显得"无所适从"。他在《熄灭》中写道：

一盏灯？从我的身后
照耀经年
我总是抱怨她的光亮？
经常让我？无所适从
无处遁形

现在？她在我的身后

熄灭了？缓缓地熄灭

突然的黑？一下子将我抓紧

我惊惧地张大嘴巴

却发不出声

不难领会，灯光的“熄灭”其实是生命消逝的一种隐喻，一种象征，而面对随时可能到来的“熄灭”结局，诗人除了莫名的惊恐就是难以言说的无奈，“突然的黑？一下子将我抓紧/我惊惧地张大嘴巴/却发不出声”。诗人的死亡体验是直观的，也是充分的，在那种“惊惧地张大嘴巴”的表情里，我们能深刻体味到命运的酷烈和人生的悲凉。海德格尔说生命是朝向死亡的存在，其实预言了人每时每刻都将可能离开这个世界，将像一盏油灯随时可能被夜风熄灭，面对个人难以把握的死亡结局，有谁还能从容不迫地行走在这大地之上呢？

生死主题是那样鲜明地映现在诗人的思维屏幕中，使他常常见花落泪，鸟飞惊心。当一朵花凋零的时候，他感叹“西番莲在深秋到来的时候死了”（《一朵花的凋零》）；他认识到秋天之所以使人伤感，是因为“可怜的草？还没来得及用露水把自己最后一次洗干净/就突然黄了”，“树开始等死？并为自己抛撒招魂的纸钱”；而在时间这把刀子面前，“一切有形的东西/终将扭曲于无形”。诗人采用“以我观物”的方式来审察世界，“故万物皆著我之色”（王国维《人间词话》），所有的事物都被诗人的生死观所笼罩。在死亡面前，显得最哀痛和绝望的自然是这首《来不及了》：

远离宗教？没有天堂或地狱
我悲哀？悲哀到对死亡的恐惧
也早已丧失

我是一个卑微的人
从生下来的那一刻起
死神就用贫穷和饥饿？
以及各种负担和压力
威胁我
这使我很早就成了一个
贪生而不怕死的人

但我知道？有很多事情
还是来不及了
我甚至没有时间？再远足古代
做一回车裂的商鞅
或乱剑下的荆轲
哪怕是能在宫门前怒立一秒
向暴君发出最后的断喝

但来不及了
死神的脚步已越来越近？

死亡
将突兀而至

而此后谁人将哭？谁人将笑
这对一直渴望速朽的我
已不再重要

对于不同的人而言，生命具有的意义是不相同的。对于不贪生不怕死的人来说，生命就是“鞠躬尽瘁，死而后已”的坦然；对于那些不贪生却怕死的人来说，生命就是“人生苦短，只争朝夕”的困惑与矛盾；对于那些贪生怕死的人来说，生命就是“好死不如赖活”的经验主义；而对于那些贪生而不怕死的人来说，生命或许是无畏又无奈的双重锁链。这最后一种心理情态，就把生命变成了一种最悲哀的事物，而把死亡变成了最无意义的存在。在《来不及了》这一诗中，诗人以一种极度绝望和失落的语调，言述了自我心有余而力不足的生命感慨，以一种极端的方式表达了对生命的珍视。

潘洗尘一拨人在新世纪的“归来”，是具有诸多的诗学意义的。我认为，打破现代诗人艺术寿命很短的陈说，是他们“归来”后对中国新诗的最大贡献。这些诗人在归来之后，已经年近不惑，有的甚至四十出头，按照传统的说法，他们已过了写诗的年龄。年龄对于古诗创作来说，似乎不是问题，杜甫曾称赞庾信说：“庾信文章老更成，凌云健笔意纵横”（杜甫《戏为六绝句》），又说他“暮年诗赋动江关”（杜甫《咏怀古迹》），可见古诗创作是可以做到老而愈工的。但是新诗却不一样。在一般人眼里，新诗创作是年轻人的某种专利，写诗是人在青春岁月激情澎湃时才会去做的事情。事实上近百年来新诗创作的实际也印证了人们的这种说法，在中国新诗史上，许多诗人都是在年轻时候才创作出了一些优秀的诗歌，而过了一定年龄后，要么就是才华枯竭无力再做新诗，要么是兴趣转移改做旧体诗词，比如郭沫若、闻一多、朱自清、卞之琳、何其芳、林庚、徐迟等。但潘洗尘等人却不 样，他们归来以后，不仅新诗创作的数量没有减退，而且质量也丝毫不逊当年，甚至在对生命体味的深度、在情感表达的幅度上要远远超越以前，也比当下被媒体炒作的70后和80后的许多诗人要强出很多。新归来诗群用自己的创作实绩告诉世人，新诗也是可以像古诗那样，做到“老更成”的。

经济的与法律的：陈陟云诗歌别解

在不少批评家看来，对一身兼任法官和诗人双重身份的陈陟云加以描摹与阐释，是应该采取“花开两朵，各表一枝”的叙述策略的。在这样的叙述策略中，法官显然构成了陈陟云在现实世界存在的物质性符号，借助这种符号，他展开了自己日常性的事务工作，每天要与各种涉及经济的和法律的案例纠缠在一起，忙得身心俱疲，而诗人则构成了他与现实拉开一定距离的精神性符号，在这种符号的护佑之下，他得以与历史、文化、传统和灵魂进行频繁的对话，从而摆脱被甚嚣尘上的物欲世界所吞噬和淹没的危机。张清华教授就是遵循这种叙述策略的代表。为了形象展现陈陟云灵活处理诗人与法官之间内在冲突、从容穿行于河汉两界的人生姿态，张清华机智地采用了黑夜与白天两个时间段落来分别寄寓陈陟云的两种不同身份。在一篇文章里，张清华这样评价道：“他的法官生涯属于白昼，那是法律的世界，为一手拿天平、一手拿宝剑的朱斯提提亚(Justitia）所掌管；而他的夜晚则属于缪斯，属于他常常无眠的自己，还有一支鹅翎妙笔。”①

应该说这种将个体的两种不同身份区别对待、分而述之的叙

---

① 张清华：《南国雨夜中那些词语的幽灵——关于陈陟云〈梦呓：难以言达之岸的札记〉》，《南方都市报》2011年7月6日。

事策略是没有什么问题的，这种叙述方式不仅操作起来简捷有效，方便实用，而且还有助于凸显个体在繁杂的俗务缠身、现实的重压摧折之下，仍能守护自我的精神家园、捍卫灵魂的高贵和生命的尊严等不屈的形象，进而将来之不易、弥足珍贵等价值判断赋予诗歌文本。不过，在我看来，陈陟云的法官身份和诗人身份之间所存在的差距并没有人们所想象的那样大，二者也并非是相互排斥、完全不兼容的，如果不人为地夸大他兼任的两种身份间的分裂状，而是顺着他工作属性的方向进入他的诗歌创作之中，我们也能发现其中蕴涵的特别的味道和值得加以阐发的美学奥秘。从这样的视点出发，我意识到，陈陟云的诗歌创作，实际上处处应验着经济的与法律的规律和逻辑，易辞言之，他的职业习惯时时影响和制约着他的诗歌创作。

一、债务追讨与还本付息：诗人“归来”的经济效益

陈陟云1980年从广东湛江一中毕业，以该校当年文科状元的身份考入北京大学法律系，1984年毕业后分配到广东工作。据陟云自我介绍，中学期间他就非常钟爱文学，也写过不少诗歌和散文，只是由于某种原因，在填报高考志愿时，他并没有选择北京大学中文系，而是选择了法律系。在大学期间，尽管读的是法律专业，但他对文学的热情始终未减。因为文学，他在北大结识了骆一禾、海子等，与他们成为至交，并常常在一起交流读诗心得，切磋诗歌创作技艺，按程光炜的说法，陈陟云“那个时候就

已步入诗坛”。[①]毕业之后，因为事务缠身，工作繁重，他一度远离诗歌，诗坛上长时间难以觅见他的踪影。

离开诗歌那么多年，陈陟云并没有完全忘记文学，并没有完全抛却诗歌，那些日子，“他仍在潜心读书、思考，冷眼观察中国诗坛的翻滚大势，潮起潮落。这沉默的十余年，让他积累了深厚的修养、文魄，大气的视野以及对世事人生和诗歌创作的深透感知。”[②]可以想见，对于陈陟云来说，文学既然成了他从中学到大学时代一直钟爱的圣物，美好的文字既然曾记录过他青春年少时期的峥嵘岁月，曾给他带来过无数的欢快、激动和欣喜，他怎么可能会轻易舍弃呢？在20世纪80年代后期到21世纪初将近20年的时间里，他虽然很少拿起笔来，用分行的文字写下对于宇宙人生的沉吟，但并不意味着诗歌从此在他身边彻底消失了，并不意味着他已经与诗歌悄然作别。似乎可以说，那个时段里，他因为很久没有写诗而在内心深处更加思念诗歌。

1987年创作的《那人是三十三只鸟》，可以看作陈陟云离开诗歌前写下的最后一首诗，而这首诗也为陈陟云日后终会回到诗坛作了深沉的许诺和巧妙的暗示。诗歌写道：

你被规范化的表象所惑
于无去路处寻找去路
难免陷于冥冥之中
其实三十三只鸟飞起时

---

① 程光炜：《梦呓·序》，《梦呓》，陈陟云著，中国青年出版社2011年版。

② 程光炜：《梦呓·序》，《梦呓》，陈陟云著，中国青年出版社2011年版。

不妨有三十三个去向
那人是三十三只鸟
因此她为你飞起时被枪杀
而落下的毛羽沉重
被缀饰成一致的解释
你饥饿的躯体
总是被这些解释填充
以致负荷过重

有时你竟想坐下来
和礁石结缘
然后心甘情愿地被固化
这当然是一种标准的结局
并会被落实成感人的新闻
但你不见那人正姗姗走来
像少女裸露最隐秘之处
蓦然一现

最昏晕的时候其实最清醒
你用手搭额
把思绪委托给风
那么你还得痛饮三十三海碗
呕吐三十三次
当你依然空空一腹

那人便依然是三十三个方向的
三十三只鸟

你为她歌
她只是你抽象的缘由
你摘取落日这血腥的胎盘
戴在头顶上
走向黑暗
她便是你黑暗中的昭示

在《陈陟云诗三十三首及两种解读》中，我曾这样评价："这首诗创作于1987年，那时候诗人刚二十出头，朝气勃勃，风华正茂，生命意识正在内心迅速生长，并不断成熟，而对于人生价值充分实现的期盼，对于芳流百世、名垂青史的历史地位的渴求，也已在他的心灵深处潜滋暗长着。这首诗以'三十三只鸟'这个非常奇特的意象，极为隐晦和含蓄地表达了这样的心声。"[①] 肯尼斯·勃克曾说过："一首诗是一个行动，是制造他的诗人的象征行动。"[②]《那人是三十三只鸟》也正是诗人陈陟云的一次象征行动，诗歌中的许多言辞和语句，都对他长远的人生规划作了暗示和象征。"你饥饿的躯体 / 总是被这些解释填充 / 以致负荷

① 张德明：《有信仰和追求的生命终将不朽》，《陈陟云诗三十三首及两种解读》，陈陟云、张德明、向卫国著，上海文艺出版社2011年版，第145页。

② 肯尼斯·勃克：《济慈一首诗中的象征行动》，《读诗的艺术》，哈罗德·布鲁姆等著，王敖译，南京大学出版社2010年版，第52页。

过重”，这是将生命交付理想，希望一生有所作为的一种写照；“你为她歌 / 她只是你抽象的缘由 / 你摘取落日这血腥的胎盘 / 戴在头顶上 / 走向黑暗 / 她便是你黑暗中的昭示”，这是甘愿一生为理想而歌，期待身后也因理想的实现而被历史存留的一种表白。

很多年沉寂之后，陈陟云终于在新世纪之初，确切地说是2005年毅然地“归来”了。那一年，他在《花城》杂志第6期上发表了《两只蝴蝶——存在与虚无中的萨特和波伏瓦》等六首诗，从此便一发不可收拾，接连写下了不少优秀的诗作，并先后出版《在河流消逝的地方》（2007）、《陈陟云诗三十三首及两种解读》（2011）、《梦呓：难以言达之岸》（2011）等集子。与诗歌阔别近20年，在陈陟云看来，或许就是人生中的一次极大亏空，是亏空导致的债务累累，面对一段近乎空白的岁月，陈陟云也许常会生出一些生命欠债的内疚之感，这种内疚之感挤压在他的心头，使他时时感觉到生命的催迫、感觉到过去的岁月始终像一个债主一样在向他追讨着债务，这让他在“归来”之后，更加珍惜荡漾在心灵空间的馥郁诗情，以一种“还本付息”的还债方式去深入思考，勤奋写作。

自然，陈陟云以“还本付息”式的勤奋写作来偿还10多年欠下的某些生命债务，并不是以创作数量的成倍增长为表征，而是以强化每一首的艺术质地和审美品质为旨归的。“归来”之后，他写出了《梦呓》《深夜无眠》《总想静坐于一棵树下》《清明即景》《暗恋桃花源》《雨在冬夜》《雨在远方》《月光下海浪的火焰》等诗作，创作质量很高，几乎首首都是精品。而他精心打造的长篇系列组诗《前世今生》，从内容到形式都堪称完美，可谓是精品中的精品。从2005年至今，陈陟云重归诗坛有近8个年头了，但他8年来创作出的诗歌数量在当代诗人中恐怕是最少的，不过这些诗歌的审美含量又都是相当高的。可以说，通过追求每首诗的审美价值最大化来“还本付息”，构成了他的时间经济学法则，借助这一法则，他对曾经浪掷的年代进行了加倍的补偿，也使如今的岁月充满盎然的诗意。

二、灵魂的审讯与语言的供词

在2007年4月18日的静夜，陈陟云被某种灵感所推涌，内心情感激荡，难以自持，只用了十多分钟时间，就写出了《洪水》这首诗：

洪水泛滥。你掰开胸口，急流注入
血管成为江河
没人深究淹没了什么
水草缠结的静。静得让人恐惧
你偶尔倾听水中的火焰
如倾听四月的鱼儿

哦，这是四月！四月的鱼儿穿行于体内
像针穿行于布

或痛穿行于细胞

在决堤之前，鱼儿是安详的

你也是安详的。以一生的崩溃筑成的安详

爱止于洪峰，恨止于血流

如果仅从诗歌文本的言语构建上来阐释，针对“爱”“恨”“你”等关键性语项，我们往往会把它当作一首感情浓烈、意义繁复的爱情诗来解，自然这样的解释也并不错。不过，当我们了解了诗人创作该诗时的某些深度背景，可能对诗的理解会增添一些新的向度。在一本书的后记里，陈陟云曾这样追溯该诗的创作起因：“这首写于2007年4月的诗，触动我提笔的，并不是我自身的爱情体验，而是一个韩裔美国学生在校园里屠杀无辜的事件。从媒体上看到对这一事件铺天盖地的报道，我彻夜难眠。生命何为？爱恨何依？人类何往？罪恶和人性如何交织与撕裂？现代社会给我们带来又让我们失去什么？在百思不得其解之际，突然挥就了这首诗。”[①]校园枪击事件与法律是密切相关的，由此可见激发陈陟云诗歌创作冲动的是他职业化的法律意识，以及由法律意识而牵带出的生命意识。站在生命意识的基点上，他开始对自我进行剥皮自审，开始深切地拷问灵魂，作为法官的他早已熟稔了严酷的审判现场，而此刻，现实界面上的审判仪式已经转化为生命空间中的审判程序，他同时扮演着审判官和被告人，

① 陈陟云：《陈陟云诗三十三首及两种解读·后记》，上海文艺出版社2011年版，第152页。

他向内心发问，随即又自我做答，那分行的诗句，俨然成了一段特别的供词。

生命何为？爱恨何依？人类何往？以这样的设问来审讯自我、拷问灵魂，无疑是最为严肃和残酷的，因为这是审判官站在人类终极的目标点上来质问一个凡俗的生命个体，这样的设问比现实中任何法官提出的问题都要尖锐得多，也要深刻得多，回答起来也困难得多。然而一个人只有不断接受这样的审判和拷问，他的灵魂才能最终摆脱现实物欲和个人欢爱的纠缠，实现自我人生的超越与生命境界的通达。在《洪水》中，诗人以“洪水泛滥”开篇，昭示着世间道德的淆乱和秩序的崩溃，接着以“血管成为江河”来隐喻自我内心的翻波涌浪。虽然人间的秩序已经有所紊乱，道德的天平正在不断倾斜，但充满惰性、苟且偷安的人们似乎并不警觉，“没人深究淹没了什么”，“水草缠结的静”。众人沉默的地方正是诗人言说的起点，众人的沉默也加快了诗人审判自我、叩问灵魂的速率。在剥皮自审的严峻时刻，诗人清醒地意识到在人类生命中泛滥的欲望如“水中的火焰”和“四月的鱼儿”一样正蓬勃地燃烧和自由的游弋，清晰可辨。在这里，诗人巧妙利用“鱼”和“欲”的谐音来传达他对人类社会中隐伏的罪恶之源的发现。无限的欲望得不到及时的满足，就会引发人们内心的骚动，这骚动如此强烈，如此撩人，“像针穿行于布”，“像痛穿行于细胞”，这骚动无止无息，随时有可能将罪恶的火苗点燃。拷问灵魂，就是要严苛地追逼出内心中潜伏的罪恶之源，有如鲁迅那样榨出皮袍下藏着的“小”来。自然，诗人对自我的拷问与庭审，同时也是对他人的审讯与追问，因此最后的宣判词，其实是面向接受审讯的所有公众做出的——“爱止于洪峰，恨止于血流”。意思是说，欲望泛滥导致了爱情荒芜，真情涌荡才能止息怨恨。

在陈陟云的诗歌中，我们很少看到纯粹自然和客观的静物描摹和现实写真，而是处处都闪现着诗人的影子，字里行间都是诗人主体意识的投射和意志化理念的折光。陈陟云曾说过：“我最关注的是生命哲学，是生命中的体验，尤其是其中的追求、寻找、失落、迷惘和空无以及随之而来的疑问、执着、矛盾、疼痛和苍凉。”[①]不言而喻，陈陟云是一个甘愿将自我放在酷热的生命炉灶中炙烤的诗人，那种走向绞刑架的基督式情结铸就了他诗歌煎熬性的精神苦汁和驳杂化的意蕴底色。在陈陟云那里，日常性的审判工作心灵化了，灵魂的审讯由此构成了他内在的精神潜意识，构成他基本的思维品质，贯穿于他思考的起点和终点，并通过观物、观事、观人、观己等各个层面而显现出来。以《残酷的植物》为例：

沿途，植物残酷地茂盛，像飞扬的长发
触摸我的指掌。这突如其来的电击
如此强烈，反复，持久
我双手痉挛，形容枯槁
过早颓败于一片苍茫

---

① 陈陟云：《陈陟云诗三十三首及两种解读·后记》，上海文艺出版社2011年版，第152页。

影子被复制，永生被放弃

在水与土之间，植物呈现肉体的光芒

在诗中，植物显然构成了自我的物质镜像，诗人将自我投影于植物之上，审讯植物正是在审讯自我，通过对植物的冷静逼视和严苛追问，以实现灵魂的洗礼与净化，完成生命的救赎和飞升。“植物残酷地茂盛”，以“残酷”修饰“茂盛”，给人带来的不仅是视觉的强烈冲击，更是心灵的巨大震撼。在日常的思维套路里，植物的葱茏、嫩绿等茂盛状，显然是春天最为鲜明的注脚，是岁月欣欣向荣、万象更新的喜人景观，怎么会有“残酷”的凶兆呢？“植物残酷地茂盛”的诗行很容易让我们联想起“乱花渐欲迷人眼”的古句，在古句里，“乱花”之“迷人眼”，不只是说花团锦簇让人心迷神醉，也是在说绚烂的鲜花扰乱了人们心灵的平静，而陈诗中“植物残酷地茂盛”也与此相似，“茂盛”之所以会显得“残酷”，是因为它既让人领略到生命旺盛时刻的惊艳绝美，还诱发了人们有关“盛极而衰”“好景不长，时光难再”的无限感慨。更可怕的是，“茂盛”往往是一种容易令人心受蛊惑的假象，犹如青春常常是容易迷失的季日。当我们耽溺于美好的时刻而不知醒悟，丧失忧患，乐不思蜀，最后的结果往往是华年虚度，一事无成，这正是“影子被复制”“永生被放弃”。“植物呈现肉体的光芒”亦富有深意，从佛学角度来看，人与草木，实无二致，因此，诗中所述的植物的残酷折射的正是生命的残酷，对植物的严厉审判也正构成了对自我的痛苦责罚。

三、违法乱纪的修辞与多方辩护的审美

作为社会文明发展的产物，法律一向讲究的是规则和秩序，它是人类理性精神的最集中体现。诗歌正好相反，作为一种独特的文学品种，诗歌往往是最不讲理的艺术，诗歌中使用的各种修辞手段，都是对日常化思维习惯和语言秩序的篡改、修正乃至颠覆。在陈陟云这里，诗歌的无理取闹甚至违法乱纪与他的法官生涯之间构成了鲜明的反调，但两方面都被他处理得如此得当，如此妥帖。理性和非理性同时寄居在他的身上，二者互相冲突又相安无事，这种富于戏剧性的情景该如何解释呢？他真的练就了一种有效的剥离法和分身术吗？在我看来，陈陟云并没有刻意地将工作和诗歌分划开，而是在二者的频繁对话中领受着宇宙的真谛，把握世界的复杂性、多重性与矛盾性，从而既保证了他的法律工作的更为公正和合理，又使得他的诗歌创作更为开放和自由。

因为频繁往来于理性与非理性、秩序与反秩序、规则与无规则之间，陈陟云对于法律的理解只会变得越发准确，对法律真髓的了悟只会变得越来越精深，同时，他对诗歌中不遵常理的事物描摹和不遵常规的语言表述也会越来越领悟深刻，创作起来也会越发得心应手。《汉书·艺文志》曰：“仁之与义，敬之与和，相反而相成也。”陈陟云能“从容穿行于河汉两界”，也得益于这种“相反相成”的生命逻辑。

诗歌中的语言修辞往往是不守规则乃至“违法乱纪”的，但它们为何又能屡屡获得存在合法性呢？那是因为“不涉理路，不落言筌”“诗有别趣，非关理也”“无理而妙”等诗学法则在庇护着它们。陈陟云也深谙此中的法则，这种法则与法律中的法纪法规针锋相对，谁能说诗人不是在二者的相互比照中把握到了一般人难以把握的文学真谛呢？在陈陟云的诗中，词类之间的自由转换、语词意义的拉伸和扩张、外在世界和心灵世界的交融与沟通、时间与空间的频繁穿越，可以说是俯拾即是的美学景观，诗歌超规越矩的艺术叛逆性被诗人发挥到很高境界，其不俗的审美价值也得以鲜明凸显出来。从《梦呓》一诗中，我们就能具体而生动地感知到：

当是某生某世。一个春意酣然的下午
松间竹影，一幢回形的房子，庭榭环绕
我只走一侧
桃花在远处于开与未开之间被我移入脑中
光照暧昧，万年青的叶子晃动
仿佛一晃万年
我和你的相遇这一回该不是梦呓了吧
婢女款款而至
但时间的密码遗落在历代，墙墙林立
铜镜悲情而嘶哑
一尊光滑的柱子，被刻上难懂的图案
失忆总是常态

我的体内，在期待之中盛开温暖的年轮
言辞泛滥的年代，叙述只为某种无从把握的情绪
你我之间，水面辽阔，安静而透明
只有虚构寒光凛冽
只有流水擦亮伤痕
一生何其短暂，一日何其漫长

诗歌中隐喻和转喻的大量使用，营造出一个意绪繁复、时光恍惚的艺术空间。“春意酣然的下午”、“言辞泛滥的年代”，都是较为具体的时间性指认，但均饰之以情景化的词汇，时间的容量因此而膨胀、而扩张，我们对时光的生命性感知也得以强化，在这样的转喻之中，岁月本身具有的诗性潜能也被充分调动出来。“桃花在远处于开与未开之间被我移入脑中”、“我的体内，在期待之中盛开温暖的年轮”是两个前后照应的转喻句子，在这两个句子中，植物和个体生命之间形成相互替代的沟通关系，桃花被移植到我的大脑之中，我的身体内也盛开了植物一样的年轮，这样的描述有效打破了物质世界和心灵世界的界分，诗歌的美学空间由此变得繁复多重，无限的意蕴也因之不断升腾而出，“不知周之梦为蝴蝶与？蝴蝶之梦为周与？”(《庄子·齐物论》)，一种“庄周梦蝶”的戏剧性场景也借此衍生出来。

诗歌中的隐喻也很奇妙和精彩，它们皆是不合物理学常规的违纪性描述。“铜镜悲情而嘶哑”，这句调用了拟人、移情等修辞手段，是时光和女性之间彼此龃龉、心照不宣的形象揭示。对

于女性来说，铜镜既让她见证了青春年少的风华，也让她目睹了人老珠黄的衰容，铜镜是时光的现实替代，时光隐身在铜镜周围，但时光从不出场，出场的只是铜镜，以及在铜镜中不断变化的颜色，女人是在铜镜中照见了自己，照见了自己一生的命运和时光，当她意识到韶华流逝、风采凋零，不免悲从中来，所以在这里，“悲情而嘶哑”的并不是铜镜，而是女性自身。“只有虚构寒光凛冽 / 只有流水擦亮忧伤”，两个条件句并置，写出了诗人对于“无从把握的情绪”的极力把握。在诗人看来，虚构中的幻觉，不过是心造的镜花水月，表面看来神奇焕然，深究起来不过是美梦一场，一旦梦醒，只觉得周身彻冷，“寒光凛冽”。流水将忧伤的思绪浣洗清净，如流水一样的时光带走一切美好的过往，令我们平添着无尽的忧伤。虚构的寒光凛冽，流水将忧伤擦亮，这都是不讲道理的语词构造和情景罗致，但在这不讲理中，我们又能深刻体味到宇宙的奥义。

《梦呓》说到底是一种时间哲学的形象表述，是诗人对匆匆飞逝的光阴进行的形而上之思。整首诗中充满了表征时间的词汇，时间在诗人笔下俨然成了七色的魔具，可以超越现实的刻度，任意拉伸，自由赋形。“当是某生某世”，这既可以说是几千年的一段时日，也可以说是数百年后的某段光阴，还可能就是当下的一个时间截片，时间的飘移性和不确定性在这句诗里得到了极致化的表现，时间背后，世事轮回而人情永存的历史神话在悄然上演。“万年青的叶子晃动 / 仿佛一晃万年”，时间在这里被装载了加速器，它的飞速流逝宣告了岁月的无情，也表征着时间的可塑性，在不同的事物和不同空间里，时间常常呈现着不同的情貌。而最后的结束句，“一生何其短暂，一日何其漫长”，将一生与一日对照，用一种奇特的时间悖谬修辞，彻底颠覆了时间的有序性和历史性。

上述种种的修辞表述，都可以说是超规越矩，不遵常理和常法的，但这种违法乱纪的语言构造，经过审美逻辑的多方辩护，却被我们一一接受和认可。对于陈陟云来说，法律与诗歌之间存在的天壤之别，给了他领会诗歌奥义的独特视角，借助法律，他更为深刻地理解了诗歌的不法之法和无理而妙的审美合法性。因此，我认为，其诗歌中天马行空的大胆想象和自由创造，不只是反映了诗人对美学规律的遵循，或许还与一个熟谙法律的人对于诗歌法则的独特领悟不无干系。

四、“语言洁癖”与诗歌创作经济学

很多诗评家都发现了陈陟云在诗歌语言的运用上讲究简洁凝练的艺术追求，程光炜指出：“陈陟云是一个对语言有洁癖的诗人。他总是力图用最干净的语感，去写出自己内心曲折复杂的经历。”[①]张清华也认为：“陟云似乎是有着‘语言洁癖’的人，词语中容不得粗鄙与粗糙之物，所以难度可知。然而他在恪守净戒之律的同时，又把句子锤炼得光彩熠熠，在洗尽铅华归于朴素的时

① 程光炜：《梦呓·序》，《梦呓》，陈陟云著，中国青年出版社2011年版。

② 张清华：《南国雨夜中那些词语的幽灵——关于陈陟云〈梦呓：难以言达之岸的札记〉》，《南方都市报》2011年7月6日。

候，又让词语摇曳得婆娑多姿，确实有令人艳羡的才情与牛气。”[②] 一定程度上，陈陟云较好地继承了古典诗歌创作中“吟安一个字，捻断数茎须”“语不惊人死不休”的苦吟传统，并借助他的某种职业性思维习惯将这种苦吟传统发扬光大，建构起字斟句酌、言少意丰的诗歌创作经济学。

在陈陟云诗歌中，词语意义的繁复多重成为一种普遍的现象。在遣用各个词语表情达意时，陈陟云都可以说是经过了仔细权衡，小心斟酌的，进入其诗歌中的许多词语，都不是本意的直接沿用，而是被诗人作了引申、扩张和扭变，携带着日常话语中难得一见的新的意义。《幻觉的风景》第一节写道：

经由岁月的夹缝，把手伸给你
众多叶子醒来，它们的触觉在一个冬天回暖
触手可及的柔润，组成蛊惑人心的风景
掌纹的走向，决定风景的内容
我们相遇于此，掌心与掌心的潮湿
在叶脉中迷失。蜷伏于你的曲线
感叹万物的苍老。生命如此短暂
我们却从不吝啬时光
生存的空间，堆积太多的幻觉
你我的情形，恰似两棵相望之树
相偎相依只能连根拔起

诗中的“岁月”“醒来”“触觉”“风景”“叶脉”“时光”

等，都不是在原意上被诗人纳入诗行的，而是在引申义和比喻义的层面上参与诗歌活动，构建出韵味无垠、耐人咀嚼的语义场。比如“岁月”，不只是现实层面上的光阴辗转，还包含心灵空间中韶华易逝、时不待我的感知，更指向如梦似幻、由意念搭建出的新奇的时间场域，这些语意叠加在一起，增强了诗歌中表征的时间的神秘感，从而使我们的相遇有了更为丰厚的历史层次和更为奇幻的生命底色。再如“风景”，它肯定不只是现实世界中的山光水色，还有季节变换中的个体感知，还有情随景牵的心物感应，总之是客观与主观的意义混响。词语意义的多重叠加，便于在最短的篇幅里表达出最丰富的内涵，这种书写策略，体现着“以少总多”“含不尽之意见于言外”的审美经济学效应。

陈陟云诗歌中的美学意象，也是渊积着丰厚内涵的物象，具有阐说不尽的意义品质。如《毒药》一诗：“我吞下的毒药，是一组坚硬的词语 / 它们在肚子里发酵 // 死亡随时应验。死亡只是个无足轻重的词 / 只有寂静，才有毒药的分量”，诗中的“毒药”这一意象就是含蕴多重的，它既指终结平庸生活的手段，也指平庸生活对生命的摧残；既是我能控制的外在力量，也是我不能控制的；它既是褒义的，也是贬义的。其实，世间所有的“药”都可以说既是“良药”，也是“毒药”，在这个意义上，诗中的“毒药”兼含了良性与毒性二义，二者的相互对话、相互辩驳、相反相成，使整首诗处于永远的意义拔河之中，显示出气韵生动的张力效果。

最能体现陈陟云诗歌创作经济学的，应该是他的诗篇之中不时出现的妙言警句，这些富有哲学意味的诗句，由于对宇宙人生内在深意的高度概括，在诗中起到了以一当十的表达效果。“一生何其短暂，一日何其漫长”（《梦呓》），“爱止于洪峰，恨止于血流”（《洪水》），“寻找桃花源只能逆流而上 / 有人耗尽一生的漫长，只为一次等待 / 有人只为瞬间的灿烂，不惜焚毁一生”（《暗恋桃花源》），“掌纹的走向，决定风景的内容”（《幻觉的风景》），“孤独就是一片黑 / 爱作为词根，是一捻火焰”（《深度无眠》），“死亡只是个无足轻重的词 / 只有寂静，才有毒药的分量”（《毒药》），“深爱我的人，伤害我最深”（《另一种雪景》），“一座老屋子 / 无疑是一部沉睡的历史”（《老屋子》），“每一个星球也都是一个细小的石子”（《石子》）等，都是光彩照人的哲思妙语，给人深刻的人生启迪。我曾说过，汪国真的诗歌中也不乏名言警句，但是汪诗中的警句不是在诗歌情绪展开中自然流溢出来的，而是他生硬粘贴到诗歌中的，所以汪国真的诗最后只能是有句无篇。但陈陟云诗歌中的警言，却是诗人在情感流露中自然而然生成的，有水到渠成的天然之效，进而能将诗歌的思想境界和情感力量一下子提升到新的层次。

以上对陈陟云的诗歌做了经济学和法律学层面上的解读。之所以从经济的和法律的角度来重新阐释陈陟云的诗歌，是因为在我看来，只有从这样的角度出发，才能将现实中的陈陟云和艺术中的陈陟云有效地统一起来，使陈陟云的诗歌形象得到更为具体的和历史的还原。换句话说，通过从经济的和法律的角度来重建陈陟云的诗人形象，可以有效地阐明只有陈陟云才能写出这样的诗歌，也只有这样的诗歌才切合真实的陈陟云，而正是时时处处从经济的和法律的视角来洞察世界、审视人生，陈陟云才成就了属于他自己的诗歌审美独特性，也才建构起一个有别于他人的独特诗人个体。

凸显现代诗的自由精魂

——侯马“手记体”诗歌简论

在新世纪诗歌之中，侯马的“手记体”系列长诗和臧棣的“丛书体”系列短诗，是两个非常值得关注和研究的新诗文本，它们某种意义上代表着九十年代先锋诗歌的两大阵营——“民间立场”与“知识分子写作”——在新的历史时期继续美学探索和艺术开拓的最新收获，因此无论是从诗歌史的角度来看，还是从各自具有的审美价值来说，这两种诗歌形态都是富有意义的。而侯马以“手记体”形式创作出的七部长篇诗作，即《他手记》《进藏手记》《梦手记》《镜片手记》《七月手记》《抗震手记》《访欧手记》，既代表了长诗创作在新世纪的重要成果，又是口语写作不可忽视的美学力作；尤其是在凸显现代诗的自由精魂上，“手记体”长诗更是堪称典范。

一、自由构建新诗文体

众所周知，五四之期出现的中国新诗，是“诗体大解放”的产物。自诞生以来，中国新诗就一直没有确立一种明确的文体学规约，如果一定要追寻其文体生成逻辑的话，那么胡适提出的“不拘格律，不拘平仄，不拘长短；有什么题目，做什么诗；诗该怎样做，就怎样做”[①]这一诗学主张大概算是某种被众多诗人认可的创作成规。事实上，胡适的诗学主张并非一种有章可循的具体操作方案，不过是表述了有关新诗创作的开放性态度，其中所蕴涵的“反格律化”和提倡自由书写等审美精神则极为显在。20年后，废名又将胡适的上述诗学主张做了进一步阐发，他在力倡“新诗应该是自由诗”的基础之上，还以“诗的内容”与“散文的文字”的奇特组合来言说新诗的创作奥妙。废名指出：“我发现了一个界限，如果要做新诗，一定要这个诗是诗的内容，而写这个诗的文字要用散文的文字。……我们只要有了这个诗的内容，我们就可以大胆的写我们的新诗，不受一切的束缚，‘不拘格律，不拘平仄，不拘长短；有什么题目，做什么诗；诗该怎样做，就怎样做。’我们写的是诗，我们用的文字是散文的文字，就是所谓自由诗。”[②]在我看来，废名对新诗创作奥秘的揭示，是与新诗这一新兴文体的内在规律和本质特征相符合的，同时也为我们深入理解近百年来中国新诗的历史发展提供了重要的理论视角。借助这一视角来观照侯马“手记体”系列长诗，我们不仅能对这些诗歌在语言和形式上的先锋探索产生极大认同，还能发现它们在呈现新诗自由开放精神和文体形式构建上所扮演的重要角色，进而充分认识到其所具有的历史意义和美学价值。

诗人安琪说：“《他手记》拓宽了诗歌疆域，提供了诗歌写作的一个崭新形式。”[③]这不愧行家之论！而在我看来，侯马以“手

① 胡适：《谈新诗——八年来一件大事》，《胡适文集》第2卷，第133—148页。原载《星期评论》1919年10月10日“双十节”纪念专号。

② 废名：《谈新诗》，《废名集》（第四卷），北京大学出版社2009年版，第1629页。

③ 安琪：《侯马的〈他手记〉》，《山花》（B卷）2014年第4期。

记体”形式创作出的七部长篇诗作，可谓“一首有一首之形式”，生动地彰显出新诗这种文体在长诗建构上的多种艺术可能。具体来说，《他手记》将不分行书写与分行书写夹杂在一起，而以不分行为主，散文诗式的不分行书写与诗歌式的分行书写纠缠在一起，某种意义上是90年代以来先锋诗歌跨文体写作的具体体现，而按侯马的说法，以不分行构造诗章，意在写出他想写的“原诗意”[①]来。《进藏手记》则基本上采用了分行书写的表达策略，不过诗人在每一个情绪段落前，都设置了一个小标题，这种小标题与一般诗歌的题目又大不一样，它并不构成所引导的一个片段的概述之词，而具有提示性和对话性功能，也就是说与下引的诗歌段落构成某种互文关系，这种小标题的“非标题化”处理，扩大了诗歌的意义容量和情感幅度，丰富了诗歌的艺术表现。《梦手记》多以分行书写为主，夹杂几处不分行的文字，借以暗示梦所具有的跳跃性为主、连贯性为辅的精神特征。《镜片手记》是很多思想片段的连缀，又是整体性的个体之思、世界之思与生命之思，全诗由此形成了一种充满变幻的多棱镜，一个角度看似乎是各种思维絮片的缀接，另一个角度看则是虽絮片纷纭然整体可辨的统一体，这种絮片化与整体性的辩证统一，或许也是“手记体”诗歌的美学特征之一。《七月手记》几乎全部由分行文字构成，在这首奥运之诗中，诗人将“国际视野”与“中国胸怀”完美融合在一起，思绪撒得很开，情绪收得很紧，以“手记体”的长诗模式将一种世界性的体育盛会演绎得淋漓尽致。《抗震手

① 侯马：《真实诗歌：中国的、现代的、批判的——回答徐江的十五个问题》，《他手记》（增编版），江苏文艺出版社2013年版，第307页。

记》初成于2008年5月15日，即汶川地震发生后第三天，这首长诗几乎全部采用不分行书写，这种艺术选择，或许正对应着诗人面对灾情时的情绪极为激烈和心灵动荡不安的生命情状，在非常态的精神境遇里，任何刻意的分行处理都可能对情感的真实性和精确性带来损伤乃至破坏。《访欧手记》前面的大部分为分行文字，最后五节以不分行收束，这种结构安排似乎告诉我们：前边分行书写部分属于欧洲游历纪实，后边的不分行文字则可视为旅游小结。

由此可见，侯马的"手记体"长诗卓有成效地将分行书写与不分行书写联络在一起，根据内容的表达和情绪的倾吐来合理安排书写模式，既使诗人的内在情感、丰富思想得到最大化的呈现，又尽可能除去雕琢和伪饰的痕迹。这种艺术选择，体现着诗人在新诗文体构建上的自由和随心，从而确保了诗歌本身丰足的诗性与诗质。或许有人会说：这种不分行的书写方式，岂不会使新诗在形式建设上更加没有章法？而我的看法是，侯马的诗学选择，一定程度上更符合自由诗的创作规则，因为诗人在创作之中，始终是以诗性的彰显、"诗的内容"的最丰富呈现为艺术准则的，这正符合废名所提倡的"只要有了这个诗的内容，我们就可以大胆的写我们的新诗，不受一切的束缚"。另一方面，侯马的"手记体"长诗并非没有形式约束，相反是遵守着相当强烈的诗歌形式纪律的，在诗人看来，"诗歌有诗歌的心理轨迹和内在逻辑，是一种气质"[①]，这种气质潜存于诗歌文本的内在结构之

① 侯马：《真实诗歌：中国的、现代的、批判的——回答徐江的十五个问题》，《他手记》（增编版），江苏文艺出版社2013年版，第308页。

中，而不是简单的外在形式所能反映的。换句话说，诗人注重的是诗歌表达的内形式而非外形式，是内在的情绪节奏、语言调式和诗性气息而非表面的分行、押韵等。在当下诗坛显得无序和混杂，没有形式和章法的“口水诗”泛滥的情势下，有论者提出新诗格律化的主张，对此诗评家吴思敬并不愿苟同，而是坚持强调新诗应该是自由诗的美学原则，同时还指出：“自由诗绝不是不讲形式，只是它没有固定的形式。”[①]吴思敬的观点是站得住脚的，自由诗的确是有形式的，只是它通常是形式多样，不拘一格的，这也正是其活力和创造性永无终结的审美保障，而自由诗的形式感主要得力于其充实的“诗的内容”，并不是那种机械的外在形式。侯马的“手记体”长诗在保证诗质硬实、诗性馥郁的前提下，采取了分行与不分行交叉组合、随机配置的表意方式，这不仅没有使诗歌丢失形式，反而强化了新诗的形式感，并为新世纪长诗写作的文体创新提供了一个较为成功的文本形态。

二、自然袒露个体灵魂

侯马是较为看重新诗创作对个体灵魂的折射与呈现的，在他看来，“灵魂”其实是“先锋诗人衡量诗作品质的一个显著标

---

① 吴思敬：《新诗：呼唤自由的精神——对废名“新诗应该是自由诗”的几点思考》，《文艺研究》2010年第3期。

志”[①]，因而必须引起诗人的高度重视。“手记体”长诗是侯马近年来自觉地“向下挖掘，从记忆、内心、人性深处，从矛盾冲突的社会历史生活中挖”[②]而生成的艺术硕果，因此我们完全可以将这些诗歌视为诗人自由书写心灵衷曲、自然袒露个体灵魂的鸿篇巨制。这些诗歌中既有对个体加以深刻自审的内容，也敞现了诗人对历史和社会做出担当的责任意识，还有着对中国现代思想文化进行深度反思和批判的理性精神，从而立体地展现了当代先锋诗人的心灵状况和人文侧影。长诗《他手记》可以看作诗人对自我加以剥皮自审的灵魂检视之作。在这首长诗中，诗人将自我视为客体存在的“他者”，站在较高的精神维度上对这一“他者”进行审度和拷问，发出了充满力量和光芒的出自灵魂的声音。现实中存在的每一个“他者”，其身份都是多重的：作为儿童的“他”，作为成年人的“他”；作为儿子的“他”，作为父亲的“他”；作为普通人的“他”，作为诗人的“他”等。在《他手记》中，侯马对这些不同身份的“他者”形象都进行了生动描述与理性审视。“从儿子身上感到了孩童寻找快乐的执着。他意识到曾经自怜的童年，其中的孤独恐怕未必真实。”（《他手记·026》）这是作为父亲的“他”，以孩子的童年生活为观照点，重新思考自己的童年时光，对从前那种并非真实的童年心态进行了反省和自嘲。“这就是他出生后吮吸的乳房，白皙、柔软、宽大，挂在母亲胸前。他的小手曾

---

① 侯马：《真实诗歌：中国的、现代的、批判的——回答徐江的十五个问题》，《他手记》（增编版），江苏文艺出版社2013年版，第310页。

② 侯马：《真实诗歌：中国的、现代的、批判的——回答徐江的十五个问题》，《他手记》（增编版），江苏文艺出版社2013年版，第298页。

经紧紧捧抚，他的小嘴一年年含啜，他的眼睛却是在三十多年后看见。母亲有多少多少没有留下的痕迹，有多少多少被淹没的岁月永远无法忆起。”（《他手记·017》）作为儿子的“他”，对母爱的体验最为深刻之时往往不在他的幼年，而在他的成年，而此时的母亲已经风烛残年，过去那些闪烁母爱的分分秒秒已悄然流逝，有许多都“永远无法忆起”，这是多么令人惆怅和感伤的事啊。“恰恰是在不写的日子里，他深切地感到了写作的意义。习惯了黑暗的眼睛，在黑暗中会发现闪光的物体。”（《他手记·167》）“鸟儿在暮色里飞，邻人在屋檐下走，诗人靠感动写诗不可靠。现在，他越来越不容易被感动了。反过来瞧瞧，曾经有过的感怀之作，也显得那么轻巧。”（《他手记·185》）这两处诗写出了作为诗人的“他”对诗歌这种文体的艺术感知，在不写中发现写作的意义，在不再轻易感动中发现诗歌的自然与亲切等本质特征，这意味着诗人在艺术理解上已经跃升到一个新的境界。“从前，他经常盯着街上的女人，恨不能赏尽天下美色，而对旁边那个男人总是视若无物。如今，他看到一名安静的女人，就盯着她身边的男人，羡慕他，能使这个世界上的一个女人幸福。”（《他手记·435》）这里写出了作为一个成熟男性的“他”，对女性有了更新的理解，并对生活本身的真意有着更深入认识的生命情态。从上可知，《他手记》中呈现的个体自审，并不是在脱离现实的纯精神场域之中展开，而是始终扎根于当下现实，以现实为思考的基点，从日常生活中窥探生命的奥义，反思自我存在的价值，这样的自审无疑是更具有可信度和感染力的。

在《抗震手记》里，侯马通过对发生在中国大地上的地震灾情的审视、思忖和感发，在字里行间散发出潜藏在心灵深处的道德良知、社会责任感和历史使命感等可贵精神品质来。“刚刚被安置到安全地带 / 孩子们在帐篷边的滑梯上开始了游戏 // 他忆起唐山震后在户外过夜 / 小伙伴游击战玩到筋疲力尽 // 如果我们不能捍卫孩子快乐的自由 / 就不能说承担起了人类的责任。”（《抗震手记·4》）保护儿童，让他们在灾难降临时仍然能寻找到生命的快乐，不泯失生活的热情，这或许是侯马面对地震时从内心里发出的一声由衷的呼唤。是的，再大的苦难，必须让大人尽可能承担，而把更多的欢乐留给小孩去分享，这在某种意义上构成了人类保留未来和希望的重要生命策略。“捐款这个行动，是使用金钱最特殊的方式。钱，从来没有这样远离欲而饱含情。”（《抗震手记·14》）“但是，捐款也是隐私，是自我认同和表达。/ 匿名捐款犹如信仰，不以数量排等级。”（《抗震手记·16》）对捐款方式的认同，对捐款行为的赞誉，这反映出诗人心中饱含着的给受难者以应有帮助与支援的责任和良知。“领养那些女孩吧，因为男孩子总会有一些远房亲戚冒出来。/ 他祝福，并祈祷那些伤残的女孩子最好也会得到领养。”（《抗震手记·17》）让那些失去父母的孤儿尽快找到重新生活的归宿，使那些身体伤残的孩子在心灵上迅速找到慰藉，这是现代社会理应承担的历史使命，这是人性光芒由此闪烁的源点，侯马的呼吁声里带着大爱的温度。“哪怕是映秀的半块碎砖，都会告诉我更多的黑暗。”（《抗震手记·25》）从电视报道中，目睹震灾的惨景，在碎裂的砖石上，看到灾区人民的苦难，侯马以对“黑暗”的痛苦体味来寄予对灾区的关切和对受难者的悲悯，其与灾区人同患难共命运的担当意识赫然在目。“我站在天安门广场，长安街畔，迎接海地遇难同胞的灵车。中国之大，我能站在这里是否更有意义，是否更深切地寄托哀思，更深切地感受命运的无常。”（《抗震手记·48》）诗人由汶川地震灾区的写照，过渡到对海地遇难同胞的哀悼，将关注的视野由国内拓展到国际，那种胸怀祖国、心忧天下的历史使命感是异常显在的。

侯马“手记体”系列长诗还有着较为突出的有关文化思考与思想批判的诗学旨趣，几乎每一首诗里都有这样的内容。《他手记·412》写曰：“总有一些面孔更具有典型的民族特点，即使置身同胞之中也显而易见。决定这些特点的主要不是五官，而是神情：一种盲目的坚定和群体性的陌生，混合或浓或淡的炫耀。”侯马从国人的特定神情洞察到民族的某些特点，并表达了对那种“盲目的坚定和群体性的陌生”这奇特的国民心态的批判。《镜片手记·37》有云：“他在镜前梳理 / 西服挺括，令人满意 / 就差一条红色的领带 / 勒到脖子上了 / ‘人权’这个美好的字眼写进章程 / 就是这样既美滋滋又有点勒的感觉”，对“人权”这个政治术语的身体学阐释，将诗人的文化理想和现代意识生动彰显。《七月手记·23》如此道来：“秋雨突至，末伏暑消 / 帝王的陵园沉寂凉爽 / 森严的安保措施 / 使游人稀疏 / 苍松翠柏 / 明净如洗 / 只短短的数日 / 庭院的砖缝长出了郁郁青草 / 此时此刻 / 故国有多少人声鼎沸的场馆 / 又有多少寂寞深深的庭院”，当代历史语境下，人们在对现代化投入极大热情的同时，往往会对传统文化有意无意地冷落，我们从这些诗句中，是不难揣摩到诗人内心的某种焦虑的。“建筑专家围着这名被压者转了许久，终于拿出拯救他的办法。我理解他的欣慰，更理解他的痛苦。他不能同时出现在所有倒塌的房前，拿出比锯腿更好的办法。知识不能普及众人，本身也是一种罪行。”（《抗震手记·7》）这是对国家的发展还显落后，人们的文化程度亟待提升这种社会现实的间接揭示。“正巧两周年之际 / 京城一个工棚塌了 / 民工们喊着‘地震了’往外跑 // 如此善良 / 他们总是相信 / 天灾多于人祸”（《抗震手记·46》）这几行诗句告诉我们：中国百姓的善良里，其实潜藏了许多无知和愚昧的因素，如何尽快提高他们的社会认知能力，强化他们的自我生命意识显然是非常紧迫的问题。“这样的诋毁让人厌倦 / 对鸟巢，对中央台新址 / 对星空般的大剧院 / 不，不够 / 不仅商业项目 / 不仅文化、体育项目 / 民间的，宗教的，象征的 / 北京应该有更现代的建筑 / 在天灾和人祸破坏的原址 / 盖起没有檐头殿角的庙堂”（《访欧手记·金色教堂的象征叙事》），诗人从中西文化的对比中来反思中国人在宗教观念和历史意识上存在的某些欠缺，简单的“叙事”里不乏思想的敏锐和批判的锋芒。

简而言之，以口语为基本的诗歌语汇，以日常生活场景为情感寄发的基本载体，侯马的“手记体”系列长诗，将诗人个体的斑驳灵魂逼真地呈现出来，带给我们源源不断的心灵的激荡和思想的启迪。

三、为口语写作树立界碑

新世纪以来，口语写作是功过两分的，它既催生了许多不乏艺术质量的诗歌文本，带给人很多美学上的惊喜，又导致口水诗泛滥，从而饱受人们的质疑和批判。口语写作的最大优势是自由性和生活化，写作自由，语言鲜活，现实感强。因为能与现实生活及时对接，好的口语诗往往会在第一时间激发起读者的阅读快感，给读者以思想和情感的极大冲击。换句话说，口语写作是活力无限、自由彰显的一种诗歌美学策略，从90年代以来至今，口语写作对当代诗歌的发展起到了极大的促进作用，这是无可辩驳的历史事实。不过，口语写作最大的陷阱和误区也是它的自由，自由适度的诗歌是美的，合理利用自由的权利而创作出的口语诗，通常能达到很高的艺术境地；但如果滥用自由，不顾诗歌自身的美学纪律而随意书写，口语写作就将变成没有难度、没有美感的口水写作，口语诗就变成了缺乏内涵和美感的“分行的说话和说话的分行”①，“口水诗”的泛滥导致了新诗形象的扭曲和矮化，从而引发人们对它的强烈不满和极力批判，就在情理之中了。吴思敬先生曾痛斥过当下在诗歌刊物和互联网上招摇的“口水诗”，认为这些诗歌“没有诗情，没有诗魂，没有诗的发现”②，给诗歌的发展造成了诸多负面的影响。吴思敬的批评其实是在提醒我们：口语写作如果处理不好，就有可能给当代诗坛制造出大量的劣诗、庸诗乃至非诗来。从这个角度出发，我认为，侯马的“手记体”系列长诗，以其在思想深度、诗意浓度、语言纯度、创作难度等方面的艺术坚守和突出作为，为口语写作树立了一座

---

① 陈仲义：《现代诗：语言张力论》，长江文艺出版社2012年版，第87页。

② 吴思敬：《新诗：呼唤自由的精神——对废名“新诗应该是自由诗”的几点思考》，《文艺研究》2010年第3期。

珍贵的界牌，其诗学意义是相当重大的。

口语写作力倡诗歌语言的平易性和日常化，这有利于新诗与当下现实、与当代人生命境遇的直接对接，并将中国新诗自由与自然的艺术品性发扬光大。但诗歌创作是有自己的一套审美规范和话语机制的，它绝不只是对日常话语的简单罗列和任意铺排，也不是所有的日常话语都有资格进入诗行，成为闪烁艺术光芒的“诗家语”的。口语写作如果没有丰富的思想和深挚的情感做铺垫，很容易成为口水飞溅、废话连篇的无诗意写作，近些年来受人诟病的“梨花体”“羊羔体”“乌青体”等，就是这类无诗意写作的代名词。侯马的诗歌显然是有着丰厚的思想内蕴的，如前所述，“手记体”长诗在个人灵魂的拷问上入木三分，以日常生活为诗情散发的线索，在个体成长的历史维度中进行了方方面面的心灵检视和精神叩问。与此同时，在《抗震手记》等诗章中，诗人还将那种强烈的社会责任感与历史使命感，借助情绪饱满的诗性文字传递出来，给人带来爱的力量与心灵的温暖。“手记体”长诗在现代思想与文化的审视和批判上也不遗余力，诗人通过富有智性的文化审视和思想批判，传达出他所禀有的独特价值立场和人文观念，从而有效提升了口语诗歌的思想质地和文化品位。

口语诗歌受人非议的另一个方面，就是其诗意的普遍浅淡乃至缺乏。一些口语诗人写作随意，表达浮浅，将需要较高的艺术素养和细致的美学设置的诗歌创作，变成了随便拼凑口语的“回车键艺术”，这也许是导致当下大量口语诗诗意缺失、淡乎寡味的主要原因。侯马的“手记体”长诗则是诗意浓郁的，不管是分行还是不分行文字，“手记体”都始终流溢着浓浓的诗情，日常的口语下面总是蕴涵着深隽的思想和浓烈的情感，从而给人带来鲜明的艺术感染。不分行文字如《他手记·058》：“他尽量不在下午睡觉，因为怕在黄昏时醒来。”分行文字如《镜片手记·6》：“执行死刑 / 法警一扣扳机 / 子弹卡壳了 // 行刑官再下令 / 法警一扣扳机 / 又卡壳了 // 当行刑官再喊预备时 / 死刑犯转身恳请 / 您就掐死我吧”，不言而喻，这些文字都是诗意葱茏的，这样的文字在长诗中随处可见，俯拾即是。这些充满诗意的文字在侯马诗歌中的不断呈现，将“手记体”长诗的艺术水准推置到一个令人赞佩的审美高度。

口语写作需要以纯净的语言为表达基础，口语诗歌中的语言如果掺入了太多的杂质和水分，诗歌的质量就会明显下降，口语诗也将蜕变为“口水诗”，从而失去了一首诗应该具有的基本美学素质。侯马将诗歌创作理解为“艰苦细致的语言劳动”①，并强调“语言是灵魂的载体”②，在接受王士强访谈时，侯马也提到了自己在诗歌创作中对于语言的用心程度，他说：“我在一首诗的推进中，主要的一个工作，就是在找到一首诗的基调和语气后，力图表达得更真实。语言用得精确不精确、准确不准确，反复推敲。”③对诗歌语言的精心雕琢，使侯马诗歌达到较高的美学

① 侯马：《真实诗歌：中国的、现代的、批判的——回答徐江的十五个问题》，《他手记》（增编版），江苏文艺出版社2013年版，第301页。

② 侯马：《真实诗歌：中国的、现代的、批判的——回答徐江的十五个问题》，《他手记》（增编版），江苏文艺出版社2013年版，第310页。

③ 侯马、王士强：《在文明的传承中捍卫人性——侯马访谈》，《山花》（B卷）2014年第4期。

水平，可以说，其“手记体”长诗的语言就是纯净的，纯粹的，极富艺术品质的。长诗不仅在实词的使用上颇见功力，而且在虚词的安设上也格外讲究。如《他手记·298》：“她写出了节日的清冷，这足够使人难以忘怀。”“节日”与“清冷”两个相互悖谬的词语扭结在一起，碰撞出炫目的诗意火花，这是诗人巧妙使用实词的典型案例。对于虚词，侯马在创作中也毫不马虎，他说自己修改不分行诗歌文字的时候“在心里要反复分行，用多种节奏和语言来分行，就把那些影响分行的字词删掉，主要是一些连接词、代词、语气词。一删，气就顺了，诗歌的跳跃感就强了。”[①]这告诉我们，为了增强诗歌的诗意色彩，侯马的“手记体”诗歌对虚词的运用是颇费心思的。

总之，侯马的“手记体”长诗在坚守自由的诗性原则之下，有意识地增加诗歌中思想的含量和情绪的力度，并减少拖沓冗赘的叙述之语、无表现力的语言杂质，提升了诗意的浓度和创作的难度，体现出较高的艺术水准和审美价值。这些“手记体”长诗，为新世纪诗歌中的口语写作提供了具有典型意义的示范作用，值得我们高度重视和反复研习。“手记体”长诗的成功，也意味着口语写作在新世纪仍然是大有作为的。

---

① 侯马：《真实诗歌：中国的、现代的、批判的——回答徐江的十五个问题》，《他手记》（增编版），江苏文艺出版社2013年版，第308页。

“宽阔”的多重蕴意

近读诗友张执浩的新诗集《宽阔》，为集子中接踵而来的警悟和妙语而折服，以至手不释卷，一气读完，才聊解嗜诗之渴。这是我近年来收到的诗集中最好的一卷了，执浩兄似乎并不特意为诗而诗自成，并不执着求意而意恒在。他的诗作没有匠气之味，没有斧凿之痕，文本间语词的平和与立意的奇巧，构成天作之合的诗歌缝制。窃以为，诗集取名“宽阔”，普通两字，实在大有寓意，道尽了诗与人、诗与世界、诗与形式等诸方面的玄机。参透了“宽阔”一语中蕴藏的诸多意味，也就懂得了这本诗集的精神大旨。

从最高处言，“宽阔”首先意味着人生境界的某种通达。诗是诗人把握世界的一种路径，也是诗人自我完成的基本形式，经由诗歌文本的不断创生，诗人一方面将外在世界加以形塑和凝定，一方面也将自我的主体形象逐步具象化和实体化。《宽阔》可以说正是恰切地构建出诗人张执浩当下的生命状态和主体形象的诗歌范本。在诗集的“跋”中，我读到了诗人写下的一段好玩的文字：“回想起出版第一部诗集《苦于赞美》时的心情，那么迫切地想把自己全盘呈现出来，生怕有所遗漏，而现在我的心境已全然改变。这么多年来心无旁骛的写作，终于成就了这么一桩事实：坐在这里的人是一个靠败笔为生的家伙，他心甘情愿地接受了失败者的命运，并由此练就了在时光中抗击打的能力。”这番话不乏戏谑之味，自嘲之辞，但我感觉它就是诗人当下状态的机智写照。曾经岁月的反刍透露着生长的线索：从出第一部诗集时的谨小慎微，到出第四部诗集《宽阔》时的从容淡定，这显示着诗人在人生格局上的不断拓宽。其实，无论是最初的“苦于赞美”，还是而今的“宽阔”，都可理解为生命阶段的某种隐喻，在诗集命名的择选中，是不是也暗藏着诗人命运的一种玄机呢？总之，在张执浩这里，写下“宽阔”的书名时，他的心境是轻松而舒展的，他的情绪是平静而宽松的，他或许不再像当年与诗歌初相遇时那样，怀着一种格外敬畏的眼神和心态默默仰视它，而是在越过了“看山不是山，看水不是水”的迷障转而进入“看山是山，看水是水”的澄明之后，领悟到诗与万物同在、诗与生活并肩的高义，从而走入“淡极始知花最艳”的如常诗学境界。删刈了人生之中盘旋的种种杂音，移却了行进道上垒砌的山石之碍，生命场域一下呈现出的开豁与敞亮，那种随之而起的舒爽与快慰，恐怕只有张执浩本人才能最真切体验到。自然，人生境界的通达，不仅只是停留于诗人的生命状态之中，还会借助诗歌而不时呈现出来。诗集开篇《浮云》有句：“我坚持在仰望与俯视之间寻找故乡的角度”，在“神马都是浮云”的无聊无稽时代，世人对自我生存多持游戏人生之论，但在《浮云》一诗中，我们丝毫不闻人生短暂的喟叹，只见生存品嚼的自然和随心。压卷之作《无题十六弄》可谓著一“弄”字而境界全出，诗人机智记录了人生行进中的各种场景，时光穿梭缝隙所遗落下的诸般情味，一一化为撩人眼目的纸上烟云。该诗由十六部分结构而成，连珠的妙语从诗行之中接二连三窜出，令人应接不暇。“一日恨短，十天、半月又经不住缠绵 / 我说爱，事实上，爱已坏损；我说我还年轻 / 意思是，我不是苔藓，不打滑，没结冰”，爱的感悟与生之体验如此鲜活而生动；“我饮酒，在白纸上写 / 一个名字，我不知道这个人是谁 / 寂寞让我们同病相怜 / 更大的寂寞让我们心领神会 / 这是鸩酒，我对纸上的人说：再来一杯！”这是魏晋风度的现代汉语彰显；“我与生活之间 / 有一个最大公约数 / 简而言之，这皮肤以外的疆域都不属于我，包括 / 那一根根注定要接触你的汗毛”，人与生活的关系居然可以如此表述，怎不叫人击节称叹。

观照视野的开阔，笼万物于笔端的自如，也是“宽阔”的题中之意。以随心随意的生命境界，去对接纷至沓来的世间万物，自会生出“千江有水千江月”的诗美之领受。《宽阔》中收录的诸诗章，或许正是这种独特的诗美领受而自然孕生的文学产品，从中我们不难发现诗人赋予万物以盎然情趣的诗性高妙和上下天地皆入我眼的美学侦察力。进入张执浩诗中的，有很大很远的事物，如“南极之南”、“尼亚加拉瀑布”，有很小很细微的存在，如“八分钟”、“峨眉豆”、“小实验”；有很高深很科学的东西，比如“极昼研究”、“身体学”，有很日常很生活的场景，比如“打鸡蛋”、“一只蚂蚁出门了”、“和父亲同眠”。在诗人宽广无垠的诗歌视域里，现实与想象、实在与虚拟、具象与抽象、此岸与彼岸等，无一不被涉猎，并被加以分行地书写和映射。我想具体谈谈《蜈蚣与火车》，全诗为：“我捉过蜈蚣 / 小的三分钱，大的五分 / 我被蜈蚣咬过，因此珍惜 / 那种又痛又痒的感受 / 一条蜈蚣在石缝里爬，转眼 / 就不见了：还是这条蜈蚣 / 爬进草垛，爬过砖头、瓦砾…… / 今天消失了，明天我们还会找到它 / 明天，焦枝铁路开通了 / 我们爬上山顶眺望火车里的人 / 一列火车在浓烟里飞奔 / 车轮滚滚却不见车轮：还是这列火车 / 今天消失了，明天会再来 / 我们翻遍满山的石头 / 蜈蚣越来越少 / 火车越来越近 / 我曾被火车的汽笛声惊吓过，因此珍惜 / 这种又兴奋又恐惧的感受 / 硬币在口袋里叮当作响 / 蜈蚣穿过袖筒的时候火车驶进了隧道”，在“蜈蚣”与“火车”的奇迹般对接里，铭刻着记忆的诗学和时代的变幻术，童年的身影、历史的踪迹、现代化的符码以及个体微细的生命感觉，都被这首诗所承载、摹写与演绎。在“蜈蚣越来越少”和“火车越来越近”的情景对举中，我们既为诗人描述的烂漫童年渐渐远去的残酷现实而唏嘘感叹，也为现代工业文明的魔影已日益迫近从而带给人们“兴奋而恐惧”的莫名情绪而暗生担忧。总之，这首诗立体呈现了诗人宽广的观照视域，微小的原始生物和庞大的现代发明、时间的绵长与空间的旷远、个体的生存与时代的变迁，都在这首诗里交汇，碰撞，相互对话，彼此生发，从而营建出一个极为开阔的、富有韵味的诗意空间来。

“宽阔”某种程度上也预示着诗人在诗学观念上的开放性。古人云，诗有别趣，非关理也。我们常拿此语评判既成之诗的品位与旨趣，殊不知，它其实也是对诗成之前诗人如何发现和捕捉潜隐诗意的某种暗示。世间万物是否蕴涵着诗情，日常生活是否流溢着诗味，说到底与事物和生活本身关系并不大，换句话说，事物和生活是否存有诗性，凭借逻辑推理是无法得出确切答案的。对于诗歌创作来说，事物和生活的诗性有无，其实只与观照它们的审视主体有关，取决于诗人感知的敏锐还是迟钝。无趣之事遇到有趣之人，也会泛起浓密的诗情，这就有了诗歌的诞生，相反，有趣之生活遇着无趣之人，其趣味也将默然泯失，更不用说诗将何成了。观《宽阔》全卷，自会感到集中处处体现着诗人宽广的阅世情怀和开放的诗学观念，身边诸物景，生活之琐屑事，有些我们很难将其与“诗”联系在一起，但都被他写入诗行之中，堂而皇之成为诗歌的组成部分。“剪指甲”大概属于生命中一个很不起眼的琐细了，它会有诗意吗？一般人会说“没有”，但张执浩告诉你有。在《剪指甲》里，他从“指甲属不属于骨头”的问题入手，牵带于对“剪指甲”这一事项所具意义的追问，最后用“如此一生 / 如此矛盾，又舒服”作结，“剪指甲”的琐细动作，被升华为关于生命本身的探寻，因而流溢出诗意来。“煮开水”也是凡人生活之平常小事，它难道也能蒸腾出诗意？张执浩回答说：是的！《煮开水》先述雪域中烹煮开水的情形，“容易激动的是马里干戈的那一壶”，又写平原上煮开水的样态，“这里已经兀自沸腾了25分钟 / 我眼睁睁地看着一壶水 / 以雾气的形态离开了 / 密封的铁皮屋 / 多么好，连尸体也没找到”，从“两壶开水温度不同”的感慨里，我们或许能体味到居于不同地理空间的人们在生存方式上的差异和理解世界上的分野等内涵。“雨夹雪”，这幕自然图景，无疑是诗意葱茏的，但张执浩不去渲染自然图景本身，而是带着主体的意念去窥望那景，于是，那原本仪态万方的自然凸显出别样的诗味来：“春雷响了三声 / 冷雨下了一夜 / 好几次我走到窗前看那些 / 慌张的雪片 / 以为它们是世上最无轻重的人 / 那样飘过，斜着身体 / 触地即死 / 它们也有改变现实的愿望，也有 / 无力改变的悲戚 / 如同你我认识这么久了 / 仍然需要一道又一道的闪电 / 才能看清彼此的处境”(《雨夹雪》)，从雪花希求改变却无力改变的命运约数里，诗人阅读到人世生存的平淡与庸常以及提升自我需凭靠强大外力的推动等内容，从而在特定的外在环境中窥见生命的真意，这使“雨夹雪”图景的诗意内涵走向更深的层次。

诗歌语言与形式的多样化，或许也是“宽阔”一语中蕴藏着的某种诗学深意。张执浩诗歌源自生活感觉，多用口语表述，诗中很少古雅与晦涩之词，但张执浩诗中的口语平实而不平庸，浅淡而又有味，这些日常语汇一经纳入诗行之中，便被孵化出意想不到的风致和情韵来。《国家的敌人》如此写曰：“一块煤可能是国家的敌人。我们挖 / 一头奶牛也可能是 / 一朵菊花加上另外一堆，你害怕吗 / 一根火柴与另外九十九根关在一起 / 当它被放出来时，它是危险的 / 我们挖很深的坑，还是没有底层 / 我们划呀划，终于看见了：火柴对岸的树林 / 树林的彼岸是森林 / 一头庞然大物走在厚厚的落叶上 / 散发出敌人的味道”，“国家”“敌人”都是政治学大词，都很抽象和模糊，但在这首诗里，它们被具体化了，现实化了，“国家”就是我们存在的一个独立空间，而“敌人”就是妨碍我们生存的那些事物和因素。这首诗是对欲壑难填的人类所做的形象描写，也对那些暴殄天物的人类行动进行了无声控诉。诗中的语言平实朴素，但表达出来的意味却是深隽有力的。在形式安排上，张执浩的诗也很有特色，多数都是一首诗只由一个诗节构成，这种“独节诗”体现出诗思的一次性和情绪的凝聚感，在不可分化的体式建构中，凸显着诗人独具特点的诗歌理念。当然也有多节诗，如《为什么再写麦子》《释怀》《挖藕》等。诗集中还有几首“歌谣体”，例如《今天开白花》《初霁》《爸爸，给顶儿》，其中《爸爸，给顶儿》我尤为喜欢，诗人写道：“爸爸累了 / 爸爸醉了 / 爸爸睡了 / 爸爸很乖 / 明早醒来 / 还是爸爸 / 若有来世 / 还有爸爸”，这是爸爸为女儿而写的歌谣，也是爸爸写给女儿的“情诗”，亲切、自然、真实、纯净，显示着天伦之乐的无上美好和人间真情的珍奇可贵。

由此可见，“宽阔”构成了张执浩第四本诗集的地质构造特性，同时也是导引读者进入其中的重要阅读提示。沿着“宽阔”所指引的路线，我们就将进入一个蕴意重生、精彩不断的美学天地。

学院派诗人如何可能

读一本风格独特的诗集就是掘开一条隐秘的通道，走进风景别样的新奇世界。这是我阅读义海新近出版的诗集《被翻译了的意象》时所生发的极为强烈的心理感知。《被翻译了的意象》是诗人正式出版的第二部诗集，他的第一部诗集*Song of Simone and Seven Sad Songs*全用英文写成，于2005年在英国出版，也就是说，《被翻译了的意象》其实是义海正式出版的第一本个人中文诗歌集。这部诗集收录了诗人从事诗歌创作20多年来的120首诗作，这些诗作既显示了诗人创作的各个历史阶段的不同诗歌风貌，又在整体上呈现出大致相似的审美趣味和诗学特征。从诗人的诗路历程和诗歌文本来看，义海既体现出个性独异的一面，又体现出同代人的某种普遍性和共同性。他的个性独异确保其诗歌的自我身份和独立品质，从而为其他人无法取代；其普遍性和共同性在于，义海的身上集结了新时期以来一代诗人可能携带上的诸多诗学问题，对他的诗歌进行分析，某种程度上也构成了我们对这一代人身上积有的那些诗学问题加以寻思、觅解以及深度追问的过程，尤其对学院知识分子与新诗创作的关系，义海提供了一个重要的参照系。

一、学院背景与新诗中的知识和趣味

义海明显属于学院派诗人，根据诗集中的作者简介，我们了解到，他先后在西南师范大学、苏州大学、上海师范大学等高校攻读，分别完成了硕士、博士和博士后的学业。这种长时期的游学经历和多年的学术冶炼，对一个始终没有离开文学创作的诗人而言，究竟意味着什么？换句话说，义海长时期的学术生涯与其诗歌创作之间构成了怎样的关系？人们通常认为，倚重逻辑思维的学术研究和依靠形象思维的文学创作之间是有着难以避免的矛盾和冲突的，那么，在学术研究和诗歌创作上两线作战的义海，又是如何处理二者之间的矛盾与冲突的呢？从他的诗歌中我们能否看出他在二者之间驱弊就利，充分发挥学院诗人的知识学优势的表达策略呢？从20世纪80年代以来至今，当代中国飞速发展的现代化方略造成了社会对人才大量需求的客观形势，这使得越来越多的青年学子有了进入高等学府学习深造的机会，在此前提下，诗人学历层次的普遍提升日益成为非常显在的客观事实。随着当代诗人学历层次的整体性提升，研究学院背景与中国新诗之间的意义关系，也就构成了当代诗学中的一个重要命题。从这个角度上说，作为一个有着深厚学院背景的诗人，义海的诗歌自然成了我们研究这种意义关系的不可多得的典型案例。

通常情况下，诗歌都被看作一种偏重抒情的艺术，在这种艺术形式面前，人们对情感、直觉、想象、灵性的看重，往往远大于对知识、学养的重视。郭沫若在给宗白华的一封信中就说过："诗人是感情的宠儿，哲学家是理智的干家子。"[①]很明显是将诗歌与知识放在对立的位置上来论评的。他认为直接袒露了诗人真实情感的诗歌就是好诗："我想我们的诗只要是我们心中的诗意诗境之纯真的表现，生命源泉中流出来的Strain，心琴上弹出来的Melody，生之颤动，灵的喊叫，那便是真诗，好诗。"[②]在这封信里，郭沫若还给诗歌的内在构造列出了一个有名的"算式"："诗=（直觉+情调+想象）+（适当的文字）。"[③]这个算式中并没有包含"高深的学养"等内涵。不可否认，情感丰富、直觉敏锐的人，对于外在世界的体验必定显得丰沛和强烈，他们常常"观山则情满于山，观海则意溢于海"（刘勰《文心雕龙·神思》），这些满溢的情意是适合用诗歌来表现的。从中国新诗的具体实际来看，无论是浪漫主义诗歌还是现实主义诗歌，情感在其中都扮演着无以替代的重要角色。不过，中国新诗中的现代主义诗人如卞之琳、穆旦、冯至等，对于情感的处理却是相当谨慎的，他们信奉艾略特有关"诗并不是放纵情感，而是逃避情感，不是表现个性，而是逃避个性"[④]的训言，力求经验与智慧在诗歌中发挥更大的审美作用，而对情感则有力地抑制和挤压，不让其肆意喷涌与流泻。卞之琳就这样认为："诗不

---

① 郭沫若：《论诗三札》，《中国现代诗论》（上），杨匡汉、刘福春编，花城出版社1985年版，第57页。

② 郭沫若：《论诗三札》，《中国现代诗论》（上），杨匡汉、刘福春编，花城出版社1985年版，第54页。

③ 郭沫若：《论诗三札》，《中国现代诗论》（上），杨匡汉、刘福春编，花城出版社1985年版，第55页。

④ 艾略特：《传统与个人才能》，李赋宁译，《艾略特文学论文集》，百花洲文学出版社1994年版，第95页。

是感情，也不是回忆，也不是宁静。诗是许多经验的集中，集中后所发生的新东西。”[①]这些现代主义诗人的诗歌，因此被看作是一种“智性写作”，哲学、历史和宗教学的知识对于这一路诗人来说，显然是非常有价值的，可以说，这些知识参与了他们的诗歌创作，成为其中非常重要的美学元素。从这些诗人的成功经验中我们不难得知，学院背景与现代主义艺术之间，是有着较为密切的亲缘关系的，深厚的知识对于现代主义诗歌表达而言，不仅不会构成某种障碍，反而会促进诗歌向冷峻、深邃、厚重的境界升华。我认为，领悟义海诗歌与其长期的学术生涯间的关系，是可以从这样的视点上着眼的。试读《翻译》这首诗：

朱生豪把罗密欧与朱丽叶翻译成了汉语
谁把女人翻译成了爱情？
阳光把园中的鲜花翻译成了果实
谁把大海翻译成了沙漠？

陈敬容把爱斯美拉达翻译成了汉语
谁把柔荑般的手指翻译成了枯枝？
风把风筝翻译成了一朵纸做的云
谁把云翻译成了一夜苦雨？

郑振铎把那只印度飞鸟翻译成了汉语

① 卞之琳：《雕虫纪历·自序》，人民文学出版社1984年6月版，第3页。

谁把阳光翻译成了面包？
海鸥把流浪翻译成了飞翔
谁把夜晚翻译成了一屋子的凄凉？

我用一个晚上把一包香烟翻译成了灰烬
谁把我的肺翻译成了一面黑旗？

在这首诗里，诗人以“翻译”为关键词将生命中的若干节点串接在一起，构成对世界和人生的某种独特理解和诠释。翻译是两种语言之间的转换，它需要从业者拥有丰厚的知识和学养，才能胜任此项语言活动。作为一个经常从事翻译工作的诗人，义海对此工作的个中意味可以说是了然在心的，对于“翻译”的知识学认知由此构成了这首诗情绪展开的基石，并促成了诗歌在本义上的语言活动与比喻义上的生命活动中的成功转接。在诗中，“朱生豪把罗密欧与朱丽叶翻译成了汉语”、“陈敬容把爱斯美拉达翻译成了汉语”、“郑振铎把那只印度飞鸟翻译成了汉语”这三句，对“翻译”一词的使用依从的是它的本义，用这三句来分别引领三节，既表明了诗人对朱生豪、陈敬容、郑振铎这些翻译家的由衷仰慕，也由这些经典的翻译个案出发，借用翻译活动中必然经历的长久时间、必然出现的重大变化等内蕴，来烛照自然和人生中的诸多场景，从一个特定的角度阐发了某种富有深意的时间哲学。而在比喻义上使用“翻译”一语来描画世间的变化时，诗人也将理趣与情趣融合在一起，既表露情感的纷繁复杂，又显示思考的深邃独到。这里促成事物变化的主体有的是明确的，如“阳光把园中的鲜花翻译成了果实”“风把风筝翻译成了一朵纸做的云”等，有的却不甚明确，如“谁把女人翻译成了爱情?”“谁把大海翻译成了沙漠?”“谁把柔荑般的手指翻译成了枯枝?”等。毫无疑问，这些诗句的得来，有赖于诗人多年翻译活动的深切体验，也有赖于诗人对中西文化、历史与传统等的比较性认知，换句话说，这些诗句中灌注着诗人的专业性眼光和水准，深厚的学院背景为诗歌中生动鲜活的知识和趣味提供了丰富敞现的物质基础，没有这样的知识阅历，诗人也许无法将现实中颇有意味的生命场景用“翻译”的特定词汇独辟蹊径地表述出来。日本学者阿部知二指出：“写作诗的人比之他的情绪，更应用他的智慧”，“睿智（Intelligence）正是诗人最应该信任的东西。”[①]而智慧、睿智的生成，必须借助长期的知识积累和人生体悟，学院背景在此显露了它的重要价值来。可以说，义海的《翻译》一诗，正是诗人应用智慧、信任睿智的产物。

二、新诗创作的超现实主义法则

改革开放以来至今，中国当代诗人对西方现代主义艺术技法的学习与模仿从来没有中断过，这其中也包括对超现实主义的吸收和借鉴。由于一些翻译家[②]对西方超现实主义小说与诗歌不遗

① （日）阿部知二：《英美新兴诗派》（高明译），《现代》第2卷第4期。

② 这些翻译家包括袁可嘉、柳鸣九、柔刚等，其中柔刚翻译的美国人爱德华·B·格梅恩编著的《西方超现实主义诗选》1988年由海峡出版社出版，这是迄今为止国内翻译的介绍超现实主义诗歌的最权威著作。

余力的译介，超现实主义艺术观念和表达技巧无形之中渗透到中国当代诗人的审美观念之中，可以毫不夸张地说，“第三代”以及其后诸多诗人的诗歌里，都或多或少有着超现实主义的影子。而从《达达》《一个精神病患者的夜晚》等诗歌中，我们不难发现义海与超现实主义的密切关系。他的许多诗歌，都体现出较为突出的超现实主义特征，概而言之，大致上表现在下述三个方面：

第一，现实与梦幻的熔铸。超现实主义主张取消现实与梦幻的界分，将“超现实”提升到艺术创作的最高位置上，从而创造出一个全新的艺术世界。《超现实主义宣言》中这样指出：“超现实主义的基础是信仰超现实：这种现实即迄今遭到忽视的某些联想的形式。同时也是信仰梦境的无穷威力，和思想能够不以利害关系为转移的种种变幻。”“梦境与现实这两种状态似若互不相容，我却相信未来这两者必会融为一体，形成一种绝对的现实，即超现实。”[①]超现实主义的这种艺术理念，用美国批评家格梅恩的话说就是：“超现实主义的理想既不是罗曼蒂克地退到梦境中去，也不想利用精神分析那一套理论把梦降低为理性的语言，而是寻求一种梦境与实在的辩证的综合体。”[②]义海的诗歌往往将现实与梦幻熔铸在一起，在二者之间来回穿梭，以匪夷所思的情景组接，以消弭时空距离、消弭生死界限、甚至消弭主体与

---

① 转引自柳鸣久主编：《未来主义　超现实主义　魔幻现实主义》，中国社会科学出版社1987年版，第249、259页。

② （美）爱德华·B·格梅恩：《超现实主义的传统》，《西方超现实主义诗选》，爱德华·B·格梅恩编著，柔刚译，海峡文艺出版社1988年版，第10页。

客体界限的方式，创制出兴味盎然的诗意空间，给人强烈的审美刺激。《古今》一诗写曰：

在我人生的每条道路上
都站着许多但丁
我的每一次死亡
都被他凝视得体无完肤

一个单词就可以将古代
和今天连接起来
轻轻地点一下鼠标
骷髅们便翩翩起舞
哲学的雪花便落满原野

我看见我走进普罗旺斯
胳臂上爬满情人，于是
我弹奏水，在雾上作画
面包上尽是脂粉味儿

一个单词就可以说尽时间
那个单词究竟是什么？

这首诗显示了诗人穿越时空、混淆虚实的艺术才能，现实的境况和梦幻的色调被有机地凝融在一起，将抒情主体自我不断变迁和进益的生命实际以及在西方圣哲的引领下近距离触摸艺术真谛的情形做了巧妙展示。例如第一节，但丁这位西方诗人早已作古，诗人偏说他还“站”在我人生的每条道路上，这就有些奇诡神妙了。在现实生活中，诗人穿越不同道路而持续成长着，这是确凿无疑的。但成长道路上能遇见已然作古的但丁，那就只能在梦幻中实现了。而第三节中，“我看见我走进普罗旺斯”，两个“我”的出现预示着主体的分裂，这是梦幻中常见的生命场景，接下来，“弹奏水”“在雾上作画”等情景，都给人如梦似幻、亦幻亦真的阅读感觉。这种将现实与梦幻熔铸在一起的艺术表达，在义海的诗歌中可谓比比皆是，如“夜幕降临 / 黑暗把灵魂的每一个关节 / 照亮”（《新奥尔良，或忘忧城》），“那天，我从君士坦丁堡的废墟中走出来 / 一身裹尸布把我装扮得生机勃勃 / 达达尼尔海峡的两片红唇 / 在我影子上印出爱情的疆域”（《抄籍》）等。现实与梦幻的熔铸，无疑扩大了诗歌的生活容量和时空幅域，给诗歌增添了神奇独异的色彩和无理而妙的韵味。

第二，想象的无羁与非理性高扬。超现实主义相当重视想象在诗歌表达中的作用，毋宁说，纵容想象、肯定非理性是超现实主义诗人至关重要的美学理念。在超现实主义看来，诗人的想象越是无稽离谱，其创作出的诗歌可能越发具有艺术价值。超现实主义代表诗人戴维·盖斯柯因《真实的意象》一诗写道：“这就是一架飞机的意象 / 螺旋桨是几片火腿 / 翅膀是不断加料的猪油 / 尾巴是几只曲别针 / 驾驶员是一只马蜂”，这些诗句的得来无疑是诗人大胆发挥联想与想象的结果，格梅恩对此颇为赞赏，并评论说：“作者的思维是处在理性完全失效的情况下流露出来的”[①]“面对诗中出乎意料的景观的压缩和各种意象的骇人的逼真，读者会发觉自己的意识充满了神奇感。”[②]义海的诗歌也是一种高扬非理性后的精神产物，其想象的无羁和奇妙情景的堆叠是诗歌的一大亮点，跟随诗人“思接千载”、“心游万仞”的想象，我们被带进一个充满玄妙和机趣的动人世界。诗集《被翻译了的意象》开篇《献诗》就是一首放任想象的神奇之作：

我将一只蝴蝶装进我的笔管
我的笔便飞了起来

我将一条蚯蚓装进我的笔管
我的笔便爬了起来

我的将我自己装进我的笔管
我的笔便哭了起来

我将地球装进我的笔管
我的笔便疯了

把蝴蝶“装进”笔管，这是现实中无法实现的事项，但想象

① (美) 爱德华·B·格梅恩：《超现实主义的传统》，《西方超现实主义诗选》，爱德华·B·格梅恩编著，柔刚译，海峡文艺出版社1988年版，第12页。

② (美) 爱德华·B·格梅恩：《超现实主义的传统》，《西方超现实主义诗选》，爱德华·B·格梅恩编著，柔刚译，海峡文艺出版社1988年版，第13页。

可以帮助我们完成。当蝴蝶被装入笔管，“我的笔便飞了起来”，这也是物理世界中不可能存在的因果关系，借助想象的力量居然生成了必然的因果联系。同样地，把蚯蚓、把“我”、把地球“装”进笔管，这些也都纯属无稽之谈，但诗人授予这些不着边际的想象以合法权利，这些荒诞无稽的描述，也就有了存在的合理性。上述现象的发生引起了笔的各种情感反应——“爬了起来”“哭了起来”“疯了”，这些情感反应也因诗人对非理性的高扬而显得自然和生动，丝毫不觉牵强与荒唐。作为这部诗集的开篇之作，《献诗》无疑对于我们领会诗集的整体风格和美学追求有着鲜明指导作用，它既为整部诗集的艺术表现方式定了一个基调，也暗示我们收录于此的每一诗作不过是诗人大胆发挥想象，高度弘扬非理性的产物。

第三，意象的超常规组合。意象是诗歌最基本的审美元素，是诗歌这部机器的主要零部件，不同的意象组合显示的是不同的艺术旨趣，构建的是不同的文学风景。将匪夷所思的意象超常规地组合在一起，这可以说是超现实主义不可或缺的表达策略。超现实主义认为，文学作品中“最强烈的形象便是主观随意度最高的那一种”，而且是一些潜意识引导下产生的纷乱的奇异的意象组合。[①]而选用不可思议的意象，组合出神妙奇幻的诗意空间，正是义海诗歌所具有的一个突出的特点，在上文所举的几个诗例中我们已经明确地感知到。还可以举《歌唱》一诗来进一步阐明：

---

① 见刘建军主编：《20世纪西方文学》，高等教育出版社2000年版，第251页。

树叶睡了
树根醒着
远方的灯呵
你照亮的是什么

把路从原野上拿走的是谁
谁把天空移到了自己的伞下
把湖泊倒进酒盅的是谁
谁把船帆裹在身上在戈壁上狂奔
用月光挡住我的阳光的是谁
谁在冬天之外又制造了三个冬天
在船头竖起墓碑如竖起白帆的是谁
谁在船头升起白帆如竖起墓碑
昨夜给我的失眠施肥的是谁
谁在一夜之间数尽了死海的水滴

帆船死了
大海活着
风中的岛呵
你歌唱的是什么

这首诗的第二节最能体现诗人超常规组合意象的表达技能。“路”与“原野”、“天空”与“伞”、“湖泊”与“酒杯”、“船帆”与“戈壁”、“墓碑”与“白帆”，这样的意象搭配已经显露出较为新奇的情状了，而当诗人将这些意象超常规组接在一起时，诗歌就从整体上产生了强烈的陌生化效果，进而将诗人关于人生的无奈与无常的深刻体悟艺术地呈现出来。

对于当代新诗来说，超现实主义所提供的美学资源不仅仅是技巧上的，更是观念上和精神上的，格梅恩说：“不论在何处诞生，超现实主义都让自身呈现为一种超文学，并致力于使人的精神力量从既有的美学、伦理、政治和社会压抑中获得全面的复归。”①因为秉持着纵容想象、高扬非理性、打破现实与梦幻界限等诗学观念，超现实主义以更接近诗歌本质的艺术面貌，征服了中国当代诗人，从而为中国当代新诗的巨大变革提供了契机。对超现实主义的学习和借鉴，促使中国新诗迅速扩张了现代汉语的诗性疆域，有力阻遏了政治话语对新诗领域的普遍渗透，从而将艺术创作的审美强度提升到一个新的层次。义海诗歌也在很大程度上依循着超现实主义的创作法则，并能将这种审美原则一以贯之，他的诗歌达到了一般人难以企及的美学高度。

三、汉语诗性与新诗语言学重构

新诗是用白话来创作的自由诗，自从新诗诞生以后，现代汉语构成了这种文体最基本的语言体系，以现代汉语来表写现代人

---

① (美) 爱德华·B·格梅恩：《超现实主义的传统》，《西方超现实主义诗选》，爱德华·B·格梅恩编著，柔刚译，海峡文艺出版社1988年版，第1页。

的生活方式和情感体验，这种言文一致的情状成为新诗很快获得大量读者的要因之一。不过，在90年代新诗史上，也有不少人认为充任新诗语言材料的白话有着诗性贫弱、缺乏韵味的缺陷。在五四新文化运动之期，俞平伯就曾指出："中国现行的白话，不是作诗的绝对适宜的工具。""往往就容易有干枯浅露的毛病。"[①]到了20世纪90年代，郑敏在回顾新诗发展的历程时也谈到白话的弊端，她说："口语也好，书面语也好，都不能自然而然地成为好的诗语。"[②]对于普通的语言难以直接成为诗歌语言的创作难题，梁宗岱提出了对之加以"探检，洗练"的方略，他指出："我们不得不承认所谓现代语，也许可以绰有余裕地描画某种题材，或惟妙惟肖地摹写某种口吻，如果要完全胜任文学表现的工具，要充分应付那包罗了变幻多端的人生，纷纭万象的宇宙的文学底意境和情绪，非经过一番探检，洗练，补充和完善不可。"[③]针对现代汉语诗性贫弱的毛病，90年来中国诗人的创作实践，某种程度上就是在积极探索将现代汉语从普通语言升华为诗歌语言的路径，或者说，诗人们通过自身的艺术创作，达到了对中国新诗的语言学重构。义海独具特色的诗歌文本，也可称得上是新诗语言学重构的成功范例。诗人通过建立一套具有专利色彩的个人语法系统和自我词汇表，使现代汉语在诗歌之中增长了弹性力度和审美容量，进而呈现出意蕴丰盈的诗学张力。

---

① 俞平伯：《社会上对于新诗的各种心理观》，1919年10月《新潮》3卷1号。

② 郑敏：《世纪末的回顾：汉语语言变革与中国新诗创作》，《文学评论》1993年第3期。

③ 梁宗岱：《谈诗》，《梁宗岱批评文集》，珠海出版社1998年版，第46—47页。

在义海诗歌建构的个人语法体系里，具体物与抽象物之间、庞大物与细小物之间可以任意对接是其中一大语法规则。例如《把那个字母放在我的舌头上》的第一节："把夜放在我的舌头上 / 把那个字母放在我的舌头上 / 把星星的卵放在我的舌头上 / 把我的宫殿筑在鸟巢里"，"夜"与"舌头"、"星星的卵"与"舌头"、"宫殿"与"鸟巢"都是巨大与微小之间的对接，"字母"与"舌头"可以说是抽象与具体之间的对接，这些对接使诗歌生成了无理而妙的美学妙味。动词的超常规使用可视为义海个人语法的第二个规则。如《把那个字母放在我的舌头上》第二节："用月亮上的流水浇灌我的睡眠 / 用流水的声音编织我的睡衣 / 用最小的星星做我睡衣上的纽扣 / 用彗星的马车载我的梦回故乡"，在这一节里，由于各个主词和宾词之间不具备常规的意义关系，"浇灌""编织""做""载"等动词的使用都可以说是非常规的，是诗人自建的语法规范赋予了如此书写的表达特权。义海个人语法的第三个规则是中心词与修饰语之间的奇妙搭配，如"我握着半个灯光 / 我拥着半个女人 / 我看见半个太阳行于天空 / 半只狼追赶着我的半个躯体"、"半个灰烬 / 也叫灰烬"（《一堵墙从我的体内砌了过去》），"半个"名词的数量限制设计常常显得奇特而巧妙；再如"神经上爬满了抒情的蜘蛛"（《酒与词》）、"我看见一个正方形的月亮"（《不伦不类》），用"抒情"和"正方形"来分别修饰"蜘蛛"和"月亮"，实在是一种鬼斧神工。

除了个人语法系统的建设外，义海还以诗歌的形式设置出属于自我专利使用的词汇表。在这个词汇表里，既有在诗行之间不断出现的带有特殊意义的各种语词，还有通过一首诗来专门演绎的某个语言符号。例如《我把夜晚摆放得整整齐齐》第一节："我把夜晚摆放得整整齐齐 / 等你来， / 月光做的酒杯 / 月光做的凳子 / 还有月光做的蛋糕 / 上面撒着北极星"，这里的"夜晚"和"月光"别有意味，夜晚是有形状的时空凝合体，可以被"摆放得整整齐齐"，月光可以做成酒杯、凳子、蛋糕等各种物什，它们都是诗人赋予特定意义的个人化词汇。而在《对语言的种种看法》中，"语言"一词经过诗人的多角度描述而具有了多种特殊的义项，它可以用来作为我们的表情："用英语大笑 / 用俄语哭泣 / 用德语打喷嚏"，它可以表征天气："在一种语言里狂风四起 / 在一种语言里暴雨交加"，它还可以改变我们的身体与环境："语言使我们长出右手 / 语言使你不再赤身裸体 / 语言使太阳六点一刻升起"。在上述诗句中，"语言"所呈现的义项都是我们在《现代汉语词典》里查寻不到的。组诗《小东西》由28首小诗构成，言述了"塔尖""无题""钟声""绝句"等20多个词语，每一首都可以说是对一个词语的特定赋意，比如《桥梁》一诗：

自从诞生了桥梁
英雄的时代便结束了
桥梁
阉割了无数巨川的不可能
让东方和西方通奸
旅人啊

你胸怀沙漠从桥上走过

歌声嘹亮

但歌声上有个窟窿

……在广阔的大平原上

流淌着多少太监啊

这首诗将桥梁出现后对世界的影响进行了较为别致的表现，我们从诗中体味到的“桥梁”的含义是没有被《现代汉语词典》收录的义项。诗歌由桥梁对巨川横流的阉割联想到“太监”流行，这样的想象是奇妙的，可以说是借助诗歌这样的“桥梁”才可能通抵的想象之域。

个人语法系统的建构和自我词汇表的辟设，使义海诗歌的语言构造形式显示出不能替代的个性化来，而诗歌意义的敞现也显得别具一格。因为有独特的个人语法，义海诗歌的词语搭配往往不遵常理，不合常规。因为自我词汇表的设置，义海往往会选择出人意料的语言来呈现不同寻常的境界，给人带来巨大的视觉冲击和审美摇撼。借助个人语法建设和自我词汇表的绘制，义海在一定程度上实现了有关新诗的语言学重构。

四、“第三代”之后：中国诗人的选择与坚守

在我们的历史记忆中，20世纪80年代被指认为一个诗情洋溢的时代而存留在大脑的沟回里。那个时候，诗歌和诗人在社会上

受到了极大的尊崇与拥戴，一个人因为写出一首成功的诗作，自我的命运也许马上会得到改变，生命的轨迹立即得到改写，这在今天看来简直有些神话的色彩，但在当时却是非常确凿的事实。不过，在80年代末期，随着中国经济体制的转轨，随着商品社会的如期莅临，新诗的地位来了一个180度的转折，以前受人追捧的诗人一下子跌落到为人们所忽视和冷落的地步。“第三代”之后，当诗歌已经走向边缘化，未来之路该如何抉择，是走还是留，这成了困扰当时许多诗人的一个共同的问题。

义海正是在“第三代”诗人的影响之下走向诗歌创作之路的，在诗歌已经不再成为公众的关注焦点和世人追逐的对象的90年代，面对身边许多的诱惑，他并没有放弃自己深爱的诗神，而是选择留了下来，并一直坚守在诗歌阵地上，这是因为他有一个异常强烈的心愿：“在我的生命中，我用我的生命显示我的存在。”①作为一个60年代出生的诗人，从80年代末期开始踏上诗歌之路，20多年来始终不为外界所扰，执意坚守和默默耕耘在缪斯营地上，义海身上所体现出的这种韧性和意志力是值得我们称许的，而他的诗歌终于以独具个性的诗学品格展现出较为突出的审美价值。如果要划分诗歌群体的话，义海应该属于“中间代”。而对于诗人安琪所命名的“中间代”②，我曾以《代

① 义海：《诗歌人生路》，《被翻译了的意象》，东南大学出版社2009年版，第266页。

② 按照安琪的解释，“中间代”是指那些60年代出生而未能进入“第三代”的诗人，“中间代诗人大都出生于六十年代，诗歌起步于八十年代，诗写成熟于九十年代，他们中的相当部分与第三代诗人几乎是并肩而行的”。见安琪《中间代，是时候了！》，《诗歌与人：中国大陆中间代诗人诗选》，黄礼孩、安琪主编，2001年10月版。

际指认与历史赋形》的文章来肯定过它的诗学意义，现摘录一段列于其下：

> 在我看来，“中间代”在新世纪初期的盛大出场，其突出的诗学价值在于，它将20世纪90年代的诗歌史具体化和丰富化了，也为21世纪中国现代汉语诗歌史发展的多种可能性提供了鲜活而生动的例证。原生态的历史常常是抽象的、混沌的，如果没有一些概述性强的术语来提挈它，我们就无能准确地捕捉到它的意义所在与演化轨迹。在“中间代”出场之前，我们对于中国新诗当代流变的认识，可以说是在第三代这里戛然而止，第三代之前的线索很清晰，第三代之后则显得有些模糊和笼统，有关90年代诗歌状况的理解仅仅停留在知识分子写作和民间立场的争端之中，对于这个特定时段新诗创作中的代表诗人、艺术风格、诗学主张等方面的认识和理解都显得极为单薄，不够丰厚、明晰和细致。“中间代”的现身，极大丰富了我们对于90年代诗歌的诗学理解和审美感受，填补了我们梳理当代新诗发展史时存有的知识空缺。通过“中间代”诗人群提供的如此丰富精彩的诗歌文本，我们真切地体会到，中国新诗在第三代退场之后，并没有随着市场经济的到来和商业语境的出现而走向式微，中国新诗的艺术精神因了一大批执着于艺术的诗人们不遗余力的持守和护卫，仍然在90年代这个不同寻常的历史时段里得到承传和张扬。以往的一些流派命名往往是对过去发生了的诗歌事件的补充叙述，也就是说，当这样的名词术语诞生的时

候，那个诗派的诗人们差不多已完成了他们的历史使命，当“朦胧诗”这个不甚恰当的术语被确定来指称北岛、舒婷等人的时候，这些诗人也已经走过了他们创作的高峰期。第三代是中国先锋诗歌在80年代中后期的一次大会演，它借助了那个崇尚精英文化年代的最后一息精神余威，因为成名来得过于唐突，第三代中的不少诗人在心理上并没有做好充分的准备和及时有效的反应，这也为此后文化语境一旦有变，诸多诗人就将从诗歌阵地上仓皇出逃埋下了隐患和伏笔。“中间代”的出场显然具有更多的开放意味和未完成情态，它所指涉的诸般诗人已然经受住了90年代的商业诱惑和精神炙烤，其创作上的不屈不挠和韧性战斗意念使他们在那个年代已经交出了一份满意的诗歌答卷。而且，这批诗人还是“当下中国诗坛最可倚重的中坚力量”，他们正置于诗歌创作的当写之年，其知识、经验、才干与文体自觉正集结着向最佳的诗写状态逼近。有这些诗人在场与出勤，新世纪的中国新诗才给人踏实、沉稳的感觉，现代汉诗发展的多种可能性也在世纪之初呈现出端倪来。①

“中间代”是“沉潜着上升”（陈仲义语）的一群诗人，他们中许多人的诗歌作品并不比此前的“第三代”诗人逊色，但历史很长时间都没有给他们做出客观公正的评判，这不能不说是特定的时代语境使然。不过，作为“当下中国诗坛最为倚重的中间力

---

① 张德明：《代际指认与历史赋形——“中间代”出场的诗学意义》，《诗歌月刊》（下半月）2006年第10、11合期。

量”（安琪语），这批诗人的选择和坚守对于当代诗歌在“第三代”之后不仅没有退坡，而且稳步发展的创作状况来说，是功不可没的。我认为，对义海的认识和评价，上述引文中的许多话语都是较为切合的。

当代诗人的时空意识

——以靳晓静诗歌为例

时间和空间如同经线和纬线一样，共同编织着人类生命的斑斓图景，如果离开了时间与空间这两个维度，那么人类生命的真实和具体形态也就不复存在。德国哲学家卡西尔曾指出："空间和时间是一切实在与之相关联的构架。我们只有在空间和时间的条件下才能设想任何真实的事物。"[①]时间和空间因此构成了我们认识客观世界与人类自身的最基本标尺，构成了我们洞察宇宙人生奥义的主要参照系。对于我们来说，时间和空间所具有的意味是多重的，二者不仅是人类生命存在与发展的外在形式，还是我们记录人生、见证历史的重要符号，同时也是我们想象自我与重构世界的必要媒介。在这个意义上，对于时间和空间内在意蕴的思考和演绎，理所当然地成了当代诗歌创作中极为关键的人文命题，尤其对心思细敏的女诗人来说，时空意识的诗性传达会显得更为突出和赫然。本文将以靳晓静诗歌为例，对当代诗人的时空意识进行一番梳理和阐发，以期窥探到当代人心灵世界中的某些精神隐秘。

---

① 卡西尔：《人论》，甘阳译，上海译文出版社1985年版，第54页。

一、鲜明的时间意识

在西方哲学史上，时间是哲学家们反复思考并不断阐释的客观存在，柏格森认为："凡有东西活着的地方，都摊开着记载时间的账簿。"[①]马克思指出："时间实际上是人的积极存在，它不仅是人的生命的尺度，而且是人的发展的空间。"[②]换句话说，时间正是人们与这个世界发生意义关系的必然纽带。靳晓静将自己近期出版的一部诗集命名为"我的时间简史"，其看重时间对于生命具有着显要意义的情感态度由此可见一斑。在集子的"后记"之中，她这样写道："时间在穿越物质世界时留下的东西多得不计其数，它们最后大都成了废墟；而时间在穿越人类及个人心灵时也会留下痕迹，诗歌的表达是其中的一种。"[③]不难看出，用分行文字来录写时间留于人类心灵的痕迹，形成了诗人从事诗歌创作的强大动力。事实上，时间符码正是打开靳晓静诗歌暗箱的最重要钥匙，沿着时间的指引，我们可以清晰地辨认出诗人各个生命段的斑斑印痕和个体极为丰富的成长历史。

书写不同年龄对于时间的感性体认和形象记忆，是靳晓静诗歌反映时间意识与生命意识的基本策略。这是在三岁时，"我的园子 / 白日梦天才的园子 / 被土埋葬了 / 被水带走了 / 水和土是

① 柏格森：《创造进化论》，李斯等译，时代文艺出版社2006年版，第60页。

② 马克思：《1881—1886年经济学手稿》，《马克思恩格斯全集》第47卷，人民出版社1979年版，第532页。

③ 靳晓静：《我的时间简史》，四川文艺出版社2009年版，第163页。

时间的两只手 / 是两扇院门”（《园子》），这属于孩童时代的“园子”，或许记录了一个人在生命的最初阶段无比美妙的遐想，但而今已被时间的手所覆灭，每当诗人忆念之，多少怅惘会在心间滋生。三岁半从幼儿园“逃离”的淘气在诗人写来是“如兽出笼 / 如星脱轨”，这种非正常的生命活动对诗人来说究竟意味着什么呢？“逃离给时间细长的绳索 / 打上第一个结 / 三岁半是什么 / 逃离是什么 / 我出来，头上是浩大的月亮 / 背后是干旱的平原”（《逃离幼儿园》），在我看来，此时的“逃离”也许构成了诗人渴望摆脱狭小空间的局限、走向更阔大世界的人生隐喻。五岁时迷恋的时间童话是与火红的炉子连在一起的，“红火炉边 / 偎着我北方的童年”，那里有雪，有星宿，有烤红薯的香味，还有外婆讲述的发生在“从前”的故事，正是它们使得“我五岁的容颜 / 渐渐长成……”诗人对于五岁时期的美好记忆，是建立在过去与现在的比照之中的，通过比照她发现了过去的美丽和虚幻：“谁能从今日的火中 / 找出昔日的火 / 从水中找出雨 / 用梦讲述梦 / 这需要炉边一夜 / 童年一回 / 而我始于炉边的一生 / 多么像一部虚构作品”（《炉边》）。诗人也写到了六岁时对铁道的想象（《铁道》），写到了十一岁坐在父亲膝头的欢乐（《给爸爸》），写到成年后离家远行时浓郁的思乡情（《我想以一首诗返乡》）。海德格尔曾将人的现实生存命名为“此在”，并精彩地指出：“此在的意义是时间性。”[①]由此可见人生与时间的本质性关联。靳晓静出于对时间性的敏感和直觉，以年龄阶段为线索，将

① 海德格尔：《存在与时间》，陈嘉映、王庆节译，三联书店1987年版，第392页。

不同时期的生命感触和成长印记串接起来，组成一幅富于独特性的自我形象图，从而将一个个体此在的深刻意义进行了艺术的呈现。

如果说上述诗歌只是诗人从短时段的角度对过往岁月中若干历史节点的诗意聚焦的话，那么《百年往事》这首长诗则是诗人站在长时间段的思维视点上对个人命运史和家族发展史的集中写照。《百年往事》被诗评家唐燎原称为是一首“探究时间之于命运的诗作”[①]，在这首诗中，诗人选取了1903、1922、1935、1940、1947、1967、1974、1978、1990、1992、1998等十二个年代作为时间标记，从外婆的出生写到我的年近不惑，将一个家族三代女性的人生历程作了巧妙的组接和演绎，以此鉴照出一个世纪以来中国女性的心灵踪影和时代的风云变幻。诗章开端的时间显示：1998年3月24日，这是诗人创作该诗的具体日期，这一符号既标明了诗人展开诗思的时间起点，也以一种含蕴“世纪末”情绪的沧桑之感揭起了对近百年来一家三代女性的历史钩沉与命运追味。在整首诗中，1998这个年代数字作为诗中标题一共重复了四次，其间穿插了过去时代的不同数字序列，以一种镜头闪回和情节剪辑的方式，显示了诗人心潮的不断起伏以及在历史与现实中穿梭往来和反复对接的思想情状。同时，通过设置不同的历史年代标签，让外婆、母亲和诗人自我分别出场，呈现出各自的生命色调，展演现代中国女性不凡命运的世纪迁变。在诗中，频繁出现的有关时间的语词和意象，将女性生命展开的路线图精彩描

---

① 燎原：《三种时间的悖反与调适——靳晓静诗歌解读》，靳晓静：《我的时间简史》，四川文艺出版社2009年版，第2页。

画出来。当外婆在1903年来到人间，“你出生的时辰 / 正是柳枝疯长到水中的时辰”；1922年是外婆出嫁的日子，“十九岁的外婆 / 温柔的嘴唇 / 将在上海徐家汇教堂的婚礼上 / 轻吮神与盐的气息”，毫无疑问，这是促使一个家族进一步繁衍壮大的历史时刻；1935年1月6日，这个下午，“雪地上有神的脚印 / 外婆的大宅院 / 坐着她五岁的女人，我的母亲”；1947年时，我的母亲“拂了拂十七岁的发丝”，走向了“革命和战争”；1978年又是我因迈入大学而不得不“离开江南的日子”；1992年10月29日，“在八十九岁的这个早晨 / 外婆听见了众神的合唱”，坐着“神派来的”渡轮驶往另一世界。每一时间的设计都是精巧的，都与女性个体的生命质变和情感飞升息息相关。而诗中出现的“西洋怀表”则是一个明确的时间意象，它的存在，使三代女性的内在关联形成了有机统一，对于1974年9月6日的追忆，诗歌写道：“我在梦见外婆中惊醒 / 那只镀金的西洋 / 在枕下彻夜铿锵，它说 / 你的外孙女十七岁了 // 古铜色，怀表或土地 / 我的第一个‘知青’梦 / 在表芯的齿轮间上演”，怀表是外婆八岁时的生日礼物，如今成为我“地窖般的珍藏”，我和外婆之间的生命纽带，于是在这“表芯的齿轮间”秘密地勾连。

的确，“只有时间才是构成生命的本质要素”①，靳晓静诗歌借助对各种时间段落里女性人生情态的细致描摹，艺术地袒露了现代人的某些生命本质。

---

① 柏格森：《创造进化论》，李斯等译，时代文艺出版社，2006年版，第10页。

二、突出的空间意识

时间和空间总是相伴相随的，如同一只鸟的双翼，它们的共同振动，才令人类生命得以自由翱翔，所以卡西尔说："对时间的意识必然地包含着这样一种连续的次序的概念，这个概念是与我们叫作空间的那种框架相对应的。"[①]靳晓静不仅有敏锐的时间感觉，还有发达的空间想象。在她的诗歌中，我们既能发现她对时间的深刻思考与细腻书写，也能找见她对于空间的独到认知和精妙表达。

靳晓静发达的空间感知力与想象力从她六岁时对于铁道的奇思妙想中就可以得知一二，"傍晚 / 铁轨的尽头 / 将空茫扎出血 / 天边于是有一些红 / 有一些紫 / 有一些黑 / 如我最怕去的医院 / 那从伤口褪下的长长的绷带"，"坐在铁轨边 / 六岁的我想 / 什么样的人 / 在伤口中夜夜远去"（《铁道》），在这里，诗人的空间想象里夹杂着各种色彩和童年记忆，透射出对世界的诸多好奇与疑惑之情。诗人这种超凡的空间感知和想象力，在童年时代已露端倪，又在日后岁月之中持续生长，从而作为一种突出的心理特长频繁在其诗章中显山露水。整体上看，诗人的空间意识主要体现在对成长空间、历史空间和异域空间这三者的描画与构建上。

---

① 卡西尔：《人论》，甘阳译，上海译文出版社1985年版，第65页。

在诗人的成长空间里，既有长白山、长春、成都等方位确切的地理名词，也有园子、幼儿园、炉边、铁道、土地、城市等与日常生活相关涉的空间性事物，这些空间性事物与诗人不同年龄阶段的人生印记分别相连。随着诗中出现的空间化语汇的变换，诗人的人生履历也逐步呈现出来。在这些涉及成长空间的诗作中，《我想以一首诗返乡》里罗列的地理学名词可谓最为集中，吉林、长春、长白山、松花江、嫩江等，孩提时代熟悉的空间词语一一进入诗行，从而使诗人即便在地处大西南的四川成都写作，那远在东北的“故乡”却显得并不遥远。“雪花要返回雪乡/这念想梦一样轻盈/我在天空中步行/在松花江和嫩江/我要找到我双鱼座的来由/当我在松软的平原上/凝视母亲望过的星星/我自言自语：看见了//是的，我要返乡/我只写下一些地名/心跳就加速，我知道/这些星星一样发旧的地名/葬着我的祖先/也生长着无尽的大豆高粱”，在返归故里的想象性情境中，我们体味到诗人对那片熟悉而眷恋的土地的脉脉深情。

创作于新世纪之初的《2000年，某岛》一诗，将诗人非同寻常的空间想象能力淋漓尽致地表现出来。这首诗以古希腊诗人萨福带领一班少女在雷斯博斯岛结社颂诗为事由，展示的是对古代诗人生活空间和生命场景的虚构和拟想。靳晓静将自己设计为诗社中的一员，有着年仅13岁的如梦芳华，能够进驻那个充满神秘气息的岛屿之中，这一设计使虚拟的景象显得真实可信。这是诗人想象中的情景：“生为女人/知道那岛是雌性的/我们天生会爱/让激烈的海洋平息于沙滩上/这幅画上有我的赤脚/比单薄的衣裳/更容易被风划伤//当暴雨前的面孔/将我

们逼回小屋 / 潮湿的，潮湿的热度啊 / 我的姐妹睡在赤道上 / 夕阳西沉 / 甜蜜的惊恐会在睫毛中做巢么”，阔大的海洋，绵长的赤道与西沉的夕阳，一起构筑了一个极其开敞的存在寓所，这是诗人发挥超常的想象力，对古代诗人曾经生存其中的历史空间的重新构建。

在20世纪之末，靳晓静曾有过一段去英伦访友的旅外经历，这段经历成了她创作系列域外记游诗的一个契机。在这些记游诗里，我们有幸读到了诗人对异域空间的描绘与想象。异域毕竟不是故乡，有着许多新鲜奇特的景物、气息和文化底蕴。“金属的门砰地关闭 / 往哪个方向都是海藻铺就的路 / 大西洋的高度刚到额头 / 上帝更远一些，只有一些风 / 只有教堂、庄园和牛津城 / 蛰伏在此，如一群昆虫 / 飞得过文明飞不过沧海”（《海藻弥漫在空气中》），“穿越更北的维度，深入苏格兰 / 就是深入某种基因中的苍茫 / 这高地上石头奔驰 / 沿起伏的线条，将旷野推到极致”（《比北方更北》），无论是环形岛英格兰，还是高维度的苏格兰，其空间特征都与诗人从前的生活环境迥然不同，它们是新奇的，也是陌生的。因为新奇而令人兴奋，因为陌生而让人感到进入的紧张和融入的困难。“蘑菇形的咖啡座遍地生长 / 各色人种像五颜六色的昆虫 / 蜷伏在蘑菇中，吃着喝着并说话 / 它们在交流，以世界上不同的语言 / 将我湮没在此”（《湮没在别人的语言中》），语言也是一种空间，湮没于别人的语言某种意义上征示着自我独立空间被悄然剥夺。“我该如何跨进那门槛 / 如何仰望庄严的穹窿，而同时 / 让十八世纪的圆柱和窗户 / 从我的左右缓缓流动”（《去天堂的路》），这是面对西方文化时的一种犹疑和寻思，将主体在异域空间里生命伸展的可能性问题巧妙提举出来。当然，最温馨和销魂的莫过在他乡联想到故乡，“这位置令人晕眩 / 在同样的维度上，埋着 / 我祖母的坟茔 / 天下的小镇都平和 / 骨子里却满藏魔幻”（*East Grinstead*）。

在靳晓静诗中，不论是成长环境的追忆，还是历史景象的构想，以及对异国他乡的记述，我们都能深切感受到强烈的空间意识在诗行之间的流布。正是依凭一种突出而不凡的空间想象力，靳晓静用分行文字在我们面前垒砌出一个又一个充满奇幻色彩的美丽宫阙，令人流连忘返，陶乐其间。

三、时空意识的综合

客观地说，时间和空间是永远不能分割的，现实世界中既没有脱离时间的空间，也没有脱离空间的时间，而是时间与空间的交融与同一，时空二者互为辅助，相依为命，共同成就了人类社会的历史风貌和文化景深。在靳晓静诗歌中，时间意识与空间意识也时常连为一体，二者同时出场，联袂演绎了诗人独到的生命观察和深隽的人世体悟。

在体现时空意识的诗行里，诗人往往将时间与空间并峙在一起，从双重视角上共同言说人生。“距死亡最近的地方 / 史前的蕨草生生不息”（《萨克斯手》），死亡是一种独特的时间标记，诗人将“死亡”与“地方”相连，对死亡与生命的辩证关系进行了艺术的阐释，诗歌呈现出的时间哲学同时也自然成了一种空间哲学。“一个黄昏，您起程 / 去了比远更远的地方”（《去比远更远的地方》），这是缅怀巴金老人的一首诗，“黄昏”的时间设置与“远方”的空间都蕴涵着双关的语义，二者相偕，将诗人对老作家的异常敬仰和深切怀念之情鲜明彰显。“当秋后的马车满载而去 / 鸦翅下的土地 / 布满褶皱的腹部与乳房 / 这是女人最寻常的沧桑”（《收割后的土地》），在这里，诗人站在女性生命视点上来领悟秋季收割后的田园，一种丰饶而苍凉的时空体验呼之欲出。“窗外的光线忽明忽暗，我们把它叫作时间 / 叫作凶兆或吉兆，叫作空中花园或墓园”、“窗外的光线忽明忽暗，我们把它叫作空间 / 叫作永恒或遗忘，叫作伤心之床或摇篮”（《香蛊与独唱》），窗外忽明忽暗的光线在诗人的感受里一会儿是时间一会儿又是空间，足见时空意识在诗人那里总是相互交融，难分彼此的。

更多时间，靳晓静能站在一个更高的生命基点上，魔术师般地调弄着时间与空间两根神杖，巧妙地将二者进行转换和互喻。“失眠的夜晚 / 我的衾被多么单薄 / 这是什么也看不见的时候 / 有眼无珠的世界接不住一颗流星”（《硕大无朋的夜》），从“夜晚”到“世界”，时间与空间悄无声息地完成了接洽与替换。“孤岛般的夏夜 / 并不提供记忆回流的路径”（《给爸爸》），“那一年，农历戊午年 / 抬头还是那水，从天上来的 / 沿着往昔的河道，冥冥中的确切 / 时间的腐味开始变淡”（《记忆：1978》），“哎，无人看见的少女 / 以我早年的名义活着 / 在时间的那一边 / 见着堤岸上的青草就哭了”、“当如水之夜 / 将荒原上的动物掩埋 / 只有神与我们 / 有着俯脸向下的温存”（《2000年，某岛》），在这些诗句中，夏夜一如“孤岛”，光阴逝去犹如“水”沿“河道”流远，夜的躯体掩埋动物等，都是将时间空间化的审美表达。“诞生于一片土地 / 漂泊源于血液的流动 / 母语是古老花园的栅栏 / 旁边暗伏着怀旧的小径”（《漂泊》），“多少年了，她可知道 / 她儿子——我的父亲 / 在那场大雪中离家 / 那场雪，如今已回到他头上”（《我想以一首诗返乡》），“怀旧的小径”，从现实中的雪到象征岁月无情、生命苍老的头上之“雪”，这些语言又体现出将空间时间化的艺术修辞学。

华兹华斯曾言，“诗是一切知识的生命和更精粹的灵魂”。[①] 而对人类时空意识的写照与展示，是诗歌体现这种“知识的生命”和“精粹的灵魂”的一个特定方面。在中国当代诗坛，靳晓静的诗歌可以说是为现代人的时空意识提供形象言说和精彩呈现的典型代表，她的诗歌因而也深藏着值得我们反复咀嚼、不断阐释的审美内涵。

---

① 转引自伊丽莎白·朱：《当代英美诗歌鉴赏指南》，李力、余石屹译，四川人民出版社1987年版，第9页。

马莉诗歌的艺术嬗变

在给马莉早期的一部诗集所做的序中，著名诗人牛汉曾指出："她的诗，是向爱情、人生和世界的自白。"[①]这句概述在我看来是极为精准的。的确，从20世纪80年代之初始入诗坛，到而今仍笔耕不辍产量不减，马莉三十余年的诗歌创作中，其题材的选择和主题的呈现其实没有多大变更，始终是围绕着爱情、人生和世界等基本要素而展开的。不过，如果以2000年为界线，马莉的诗歌创作又明显可划分为前后两个时期，前期主要倾向于情感直接倾泻的浪漫主义抒写，后期则转向力求含蓄内敛、繁复多义的现代主义表达，这种鲜明的艺术嬗变，不仅标画出诗人对爱情、人生和世界的思考与演绎逐步走向深入的美学踪迹，同时也表征着她在诗学观念上的鲜明蜕变和审美表达上的日臻完熟。分析马莉诗歌艺术嬗变轨迹，不仅有助于我们完整理解诗人个体所创造的审美世界的丰富精神内涵，还有助于我们更深入地认识当代诗人的创作潜力以及当代诗歌的某种美学流变规律。

---

① 牛汉：《一个流动的生命体——序马莉诗集〈杯子与水〉》，《杯子与水》，马莉著，华龄出版社1994年版，第4页。

一、抒情：由热烈而冷峻

迄今为止，马莉一共出版过五部诗集，分别为《白手帕》（文化艺术出版社，1986）、《杯子与水》（华龄出版社，1994）、《马莉诗选》（南方日报出版社，2004）、《金色十四行》（太白文艺出版社，2007）、《时针偏离了午夜》（花城出版社，2013）。五部诗集中，唯《马莉诗选》是诗人择取九十年代到新世纪初所作的部分诗歌而集成的一个选本，因而在风格上呈现着某种驳杂的色调，除此之外，其他诗集都各自独立，其审美特征也较为鲜明，具体而言，《白手帕》和《杯子与水》属于前期诗歌，浪漫主义特征明显，《金色十四行》与《时针偏离了午夜》属于后期诗作，现代主义风格突出。从抒情的角度上说，前期诗歌显得热烈而奔放，后期诗歌则显得冷峻而含蓄。诗人前后期诗歌风格差异颇大，变化显著，其所蕴涵的某种诗学深意，无疑是值得细致品嚼和追味的。

马莉早期诗歌可以看作是她对青春岁月的形象记录，对浪漫时代的情感写真，同时也是八十年代富有理想主义色调的历史文化语境自然催发出的某种艺术硕果。高涨的激情，滚烫的语词，惠特曼式的汪洋恣肆、无拘无束的诗行，无不彰显着诗人汩汩不断的思绪潮汐和次第漾开的情感波澜，进而将那种浪漫主义的艺术风格展露无遗。《你，我亲爱的小树林》一诗写曰："我提着小木桶，迈出门 / 向生命与死亡呼唤的地方飞奔 / 小树林呵我来

看望你 / 你又一次以无花的骄傲，不结果的矜持 / 向我投来一片热情 / 呵，我亲爱的小树林……”，“没有月亮的路上 / 我就是我的月亮 / 没有星星的天空 / 我就是我的星星 / 只是，那属于我的梦中的小树林呢 / 那给我以思索并期待着我的小树林呢 / 我曾为它的骄傲而三倍骄傲的小树林呢 / 我曾为它的痛苦而三倍痛苦的小树林呢 / 我的小——树——林——呵 / 我在拾着，拾着风留下的你的身影”，“想起你我就想起我自己 / 想起父亲、爱人和我和人们的友情 / 纵然有一天我失去整个世界 / 亲爱的小树林 / 你永远站在我心的原野上 / 那一片土地属于你 / 我亲爱的小树林”，这首创作时间标注为1981年10月的诗，应该算是我们现在能见到的马莉最早的作品了，诗歌以“小树林”为情感抒发对象，借助向它热情洋溢的心灵倾诉，传递出诗人对爱的渴求和对生活的钟情。从语言表达中，我们不难发现，整首诗显得情感外溢，胸臆直抒，诗的格调显得奔放、热烈、高亢而明亮，诗人内心的所有情绪因子也在热烈奔放的字里行间全息曝光，读者的心灵也随那些情绪滚烫的语词而起伏不定，并被深深打动。马莉早期诗歌所选择的这种浪漫主义艺术策略，便于真实传输诗人内在世界中涌荡的情感泉流，同时也与读者的阅读体验直接沟通，并在短时间内激发起他们的心灵激荡和情感共鸣。不过，这种艺术选择是利弊相随的，它虽然能在短时间打动读者，但由于诗歌所呈现的情感色调较为单纯，所具有的思想内涵也不够深刻，因此，对读者来说也就可能会缺乏具有持久性的感染力。这样的诗歌或许更像一炬熊熊燃烧的烈火，燃烧之时确乎光焰强烈，明艳照眼，但燃过之后很快就会辉光顿失、力量锐减，无法具有绕梁三日余音不绝的艺术魅力。

或许是意识到浪漫主义的热抒情方式有着显而易见的美学不足，有着时常无法将深刻的思想和复杂的情感生动呈现的艺术缺陷，马莉的后期诗歌有意远离了浪漫主义的艺术轨辙，而迈入到现代主义的美学航道之中，“冷抒情”从而取代了“热抒情”，成为后期诗歌的主要抒情模式。对于“冷抒情”这一艺术策略，马莉是有着自己独特体认的，在她看来，“冷抒情”应该是情感在诗人内心燃烧透了之后而自动表现出的抒情样态：“面对内心的事物我养成了不动声色。或者说它在我的内心当中燃烧透了，成型了。就像一件玻璃雕塑作品一样，冷却下来的时候正是它成型和完成的时候。热的时候是在塑造的过程中。完成了它就冷了。正在燃烧的东西在我心里燃烧着，表现出来的时候它已经超越了热的阶段。”[①]对事物观察透了，思考明白了，然后在不动声色之中用自然而然的语词描摹出来，将深隽的思想悄然袒露出来，这或许就是马莉所理解到的某种“冷抒情”艺术模式吧。马莉采用“冷抒情”的艺术策略而书写出来的诗歌，或许较符合穆旦所称道的那种“新的智慧诗”的审美理想，这样的诗“以不使人动情而使人深思为特点”，从而能“极力避免感情的发泄而追求智慧的凝聚”。[②] 例如这首《我相信眼前的天空》：“我相信眼前的天空 / 我相信天空下站立着不死的神灵 / 大地的口袋，爬满灵感和

---

① 朱子庆：《马莉诗选·后记》，《马莉诗选》，马莉著，南方日报出版社2004年版，第157页。

② 穆旦：《慰劳信集——从〈鱼目集〉说起》，香港《大公报》副刊“文艺”826期（1940年4月28日）。

直觉 / 水底的星辰，爬动小蟹的足 / 语感突如其来的爱情 / 抑制激动的火焰，持续不灭 / 在神祇遗落的山冈，脚印尚存 / 目光与目光刹那接触，思想 / 这万劫不复的深渊，情人躲藏在怀抱 / 温柔地告别，如同黑夜吻别白天 / 心不再狂喜，泪不再夺眶而出 / 无论美梦成真还是苦苦哀告 / 神灵敞开一条不眠的隧道 / 让不同命运的人，在此相聚”，这首创作于2005年的诗，无疑属于马莉的后期之作，诗中虽然也出现了前期诗歌中必不可少的“我”这一抒情主体，但从情感表露的程度上说，“我”只在诗中扮演着世间神迹的发现者和冥思者等角色，并没有像前期诗歌那样成为情感宣泄的媒介与孔道。冷静，克制，静观与沉思，使《我相信眼前的天空》一诗呈现为富有凝重感和思想力度的雕塑，而不再是早期诗歌的那种轻快而飘忽的流水情状。由热烈而冷峻，马莉后期创作的艺术转型是较为成功的，其诗歌的思想内蕴和精神厚度也由此达到了新的境界。

二、表意：从单纯到繁复

由于以浪漫抒情为主要的艺术色调和表达策略，马莉早期的诗歌从文本意义的层面上来看，不能不说是较为简单的，单纯的，并不丰富和复杂。这种单纯的诗歌意义结构和情感形态，或许是建立在诗人对生活和世界较为朴素的认知和较为理想化的审视等基础之上的，同时也与诗人并不纷繁复杂的青春记忆有着某种同构关系，因而不失为真实和具体，是容易被读者很快理解和接受的。

可以举《羽毛，飘呵飘呵》为例：“前面是一片密林 / 地上有一堆羽毛 / 羽毛　飘呵飘呵 / 像冷峻的黑夜 / 闪烁伟大死亡的光泽 // 有一个孩子走来 / 他　捡起一根羽毛 / 打着呼哨　向密林深处走去 / 风　有一丝寒冷 / 羽毛上的血　没有干 // 它们离我已很遥远了 / 地上有一堆羽毛 / 小巷走着卖米花的老人 / 我爬上房顶 / 放着白鸽子 / 高深的墙　有一颗星 / 是的　每一根羽毛 / 都有一个蓝色的童年 / 然而　它们离我 / 已很遥远了 // 我忽然高喊 / 对着天空 / 喊了什么我不知道 / 遍地的羽毛飞上晴空 / 像一朵朵自由的灵魂 / 盛开忧伤的骄傲 / 一片白茫茫 / 又落下几根羽毛 / 飘呵飘呵　远远近近 / 头上盘旋 / 嗡嗡嗡的回音 / 几只被我惊动的野鸟 / 从那片密林飞向天外 / 飞到哪里我不知道 / 地上有一堆 / 羽毛 // 我小心地数着我口袋的星星 / 星星哭泣 / 颤抖着回忆的坚韧 / 前面是一片密林 / 无声的恐怖传递恐怖的无声 / 羽毛上的血 / 没有干”。这首诗创作于1982年5月，在马莉的早期诗歌中是具有代表性的。诗人采用了一种具有天真纯净的精神底色的儿童视角，来描述眼前看到的一幕图景：在茂密的森林，无辜的鸟儿被人们射杀，它们的羽毛在飘飞……在这首诗中，诗人思维展开的路向无疑是单线条的，是直线式的，诗歌中呈现出的哀怜生命的情感意味也清晰可辨。从修辞技巧上说，诗中主要使用了比喻、拟人等较为基本的手法，而且诗句的构建相对简单，大多是独句成行，有时也几行才构成一句，并不复杂的修辞手法和相对简单的句式营构，都是为着尽可能清晰地将诗人的思想与情感呈现出来。

到了后期诗作中，情形就大不一样了。从思维路向上说，诗人一改前期单向度直线式的抒情模式，而变换成多线条、立体化的表意模式，也就是说，在意绪展开的过程中，诗人为了增加语意的繁复度和生命凸显的景深感，会在语言的行进之中将诸多新的性质不同的事物不断添加进来，新的事物与此前叙及的事物之间产生强烈的摩擦与碰撞关系，从而使整首诗形成富有张力感的意蕴交响。在修辞技巧上，诗人不再单纯依靠早期诗歌中惯常使用的比喻、拟人等手段，而是大量启用了象征、通感、反讽、佯谬、悖论等技法，从而在富有现代主义精神气质的话语场景中让诗歌呈现出纷繁多重的意义潜能来。同时，诗歌句子的营构也颇讲究，一般不由单一词组或者单个句子独立成行，而是每行之间总有两个或两个以上的句子并联在一起，有时诗人还采用跨行的方式，使前一诗行与后一诗行之间形成几个句子扭结在一起的构建情势，以便于在句子的似分实合又似合实分之中，揉搓出更为丰厚的意义含量来。我们可以她近期创作的《平静地醒来》为例来窥探其后期诗歌所展现出的独具特色的美学征象，全诗写道："这就是服从，大雾从后窗爬进来 / 趴在镜面上，院子里的黑猫欺骗阳光 / 它用阴影聚集犯罪的意识，阻挡透明度 / 阻挡我苏醒，我的头发也目瞪口呆 / 这不是我期盼的结果，我的谦虚无济于事 / 很多年了，我向它伸出手，寻找蛛丝马迹 / 从那扇门进来时月光垂直着 / 花朵尚未褪色，我捉住昏暗的光线 / 也被它的手捉住，它袭击花朵 / 也感应花朵的袭击，直到有人匆匆下楼 / 平静地醒来，发现钥匙在门洞中自转 / 而屋子正缓慢地被光线移到户外 / 大雾在我的拇指上堆积，院子里的黑猫 / 迈着雾的步，逃离了又一个白昼”。不难发现，这首诗情绪铺展的形式并不是单线条的而是多向度和立体化的，诗人以不断添设新的物象的陈述方式，使诗歌的画面感和景深度渐次强化。从修辞角度说，诗中的“大雾”“黑猫”“头发”“花朵”“钥匙”“白昼”等意象都富有深刻的象征意味，这首诗俨然构成了一座“象征的森林”，这些深具象征意味的意象的相互砥砺，使诗歌形成一个内涵丰富情绪复杂的意蕴场。而“我捉住昏暗的光线”“大雾在我的拇指上堆积”等句子都使用了虚实相接的通感手法，艺术表现力也是较为突出的。句式安排上，全诗也多采用一行多句的建行方式，很少以一个词组或一个单句来独立成行。所有这些书写策略的选用，都对诗歌繁复多重的意义生成起到了极大的推助作用。

必须补充的是，相比前期诗歌多为主观化抒情的语句，马莉后期诗歌则大量运用了客观化叙述的方式，从而能借助对抒情主体情感的刻意压抑以催生出更为丰厚的语意来。如“有一片叶子跑进卧室，听见我咳嗽 / 它的嘴贴在窗上，与阳光絮叨些什么 / 阳光就跟着风溜走了”（《一个人需要生病》），“他说马丢失了，他半夜大嚷着 / 他的声音惊动了远方草尖上的落雪 / 他的举动吓坏了我，他不知道他的声音 / 锉碎窗玻璃飞溅而出阻挡了奔跑在途中的黑夜”（《树下站着那匹马》），“一只狗在月光下啃着骨头 / 一只专注的狗，旁若无人的狗 / 在蓝色夜晚蓝色村庄奔跑又停止的狗 / 在啃着骨头，它仔细啃着、舔着，砸吧着 / 咀嚼着、品味着，调皮地戏耍，比诗歌抒情 / 比思想深刻”（《一只狗深刻地啃着骨头》），这样的客观化叙述语，在马莉后期创作的诗歌中可谓俯拾即是，它们的大量存在，有效削减了早期诗歌的情绪化色彩和氛围，增强了冷静与思辨的智性力度，从而为这一时期的诗歌蕴藏着比早期诗歌更为丰富的意义容量与思想成分提供了坚实的基础和充分的保障。

三、诗形：从自由体到十四行

马莉前期诗歌在诗体形式上几乎都是自由体，每首诗的行数没有一定的规约，节次上也没有格外的讲究，也就是说，这些诗在篇幅长短和节次安排上都不作特别的设计，全凭诗人自我的兴之所至，起止随意，表达灵活，分节自然，不拘格套，只图将诗人内在的情绪状况和心灵图景真实生动地传达出来。《我有一条黑色三角巾》《秋天》《白手帕》《郊外之冬》《杯子与水》《印象》等，都可以说是马莉早期自由体诗歌的典型之作。

我们可以通过《白手帕》一诗来直观感受马莉早期诗歌自由体的形式特征。全诗为："你在我手心画了一个圈 / 昨天结束了 / 我独自和我玩着 / 依然做我的梦 // 谁也别解释 / 这有什么不允许的 // 我迈向夕阳 / 把剪影留给大海和风 // 你把手搭上我的肩膀 / 你的愿望像一片湖 / 夜晚的船舶 / 期待的愤怒的眼睛 / 印着泥泞的道路 / 那里有一片蒺藜 / 让我到那里去吧 // 一个古老的负担在你的翅膀飞翔 / 我把你的手拿起，又放下 // 我不懊恼，也没有忧伤 / 然而，让我哭 // 所有潮湿的土地 / 都埋藏着丰富的情感"。这首诗一共有8节，22行，其中第一节由4行构成，第四节由5行构成，第二、三、五、六、七、八节则由2行构成，可见，无论是整首诗的行数、节数还是构成各节的诗行数都没有确切的规律可循，均为自然形成的诗歌外在形态。我一直以为，自由体的诗歌形式或许正属于一种青春型的艺术样态，它充满活力，操作起来方便随心，适于表现诗人自由的心灵衷曲和起伏的情感波澜，这种形式时常为广大青年诗人所喜爱并屡试不爽便在情理之中了。同时，自由体诗歌在新诗创作中的主导地位，也是与新诗发生发展的特定历史和文化语境密切相关的。在新诗草创之期，为了尽快摆脱古典诗词的阴影，胡适曾将白话诗创作的基本原则表述为“不拘格律，不拘平仄，不拘长短；有什么题目，做什么诗；诗该怎样做，就怎样做”[①]，由此定下了现代诗是自由诗的美学基调。到了20世纪40年代，诗人废名再次重申了胡适的观点，极力主张“自由诗”应该是新诗的主体，并指出：“我们的新诗应该就是自由诗，只要有诗的内容，然后诗该怎样做就怎样做，不怕旁人说我们不是诗了。”[②]这些言论，都可看作是中国新诗的先行者为自由体诗应在新诗享有独特权利这一观念所做的伸张，也为我们理解马莉早期诗歌的外在形式特征提供了某种历史学的视角。毋庸置疑，马莉早期的自由体诗歌创作，有效地释放了她内在喷涌的激情，使她在诗歌道路上迈出了坚实而有力的一步，这对她此

---

① 胡适：《谈新诗——八年来一件大事》，《胡适文集》（第2卷），北京大学出版社1998年版，第133—148页。

② 废名：《谈新诗》，《废名集》（第四卷），北京大学出版社2009年版，第1632页。

后文学事业的不断发展与壮大来说是极为重要的。

自由体诗歌书写随意，表达灵活，节奏自然，便于及时而流畅地敞现青年人的心灵世界和情感脉络，这些都是这种文体极为突出的美学优势。不过，自由虽然可以为我们内心的所感所触、所思所念从容敞开提供极大保障，但诗歌创作中的自由也是有限度的，如果不对自由加以约束，而一味放任自由，就有可能使诗歌显得散漫拖沓，不够凝练和节制，从而导致含蓄深沉的美学韵味的缺失，这也许是自由体诗歌存在着的一种不容忽视的创作隐患。或许是清楚地意识到自由体诗在艺术表达上的某些不可避免的缺陷，马莉的后期创作，一改前期那种自由随意的体式结构，定型为有明确行数限定的“十四行”诗体形式。她的《金色十四行》《时针偏离了午夜》两部诗集所收录的诗作，都无一例外的属于这种十四行诗体。似乎可以说，以十四行的诗体形式，将诗人的情感书写和思想表达加以一定的制约，在一个相对定型化的艺术场域中来精彩呈现诗人对于宇宙人生的独特理解与精彩发现，已然构成了新世纪以来马莉诗歌创作的基本写作策略。

十四行诗并不是中国本有的，而是一种外来的诗体形式，“十四行诗体原是一种流行在民间的抒情诗体裁，是为歌唱而作的一种诗歌的体裁。这种诗体最初诞生在意大利，不久就为文人所采用。”[①]这种诗体形式被引介到中国后，得到了一些诗人的青睐，朱湘、孙大雨、卞之琳等，都先后创作过一些十四行诗，当然十四行诗创作最成功、成就最大的是诗人冯至，他在

---

① 《十四行诗集》“译后记”，莎士比亚著，屠岸译，上海译文出版社1981年版，第171页。

40年代出版的《十四行集》不愧为十四行诗“中国化”的典范之作，冯至也凭借这部诗集的创作，实现了诗歌创作上的成功转型，由早期那个“中国最为杰出的抒情诗人”（鲁迅评语）蜕变为一个伟大的现代主义诗人。马莉的诗歌道路与冯至颇为相似，她的后期创作也可能与冯至有着同样的艺术追求：“但愿这些诗像一面风旗 / 把住一些把不住的事体”（冯至《十四行集·从一片泛滥无形的水里》），即是说要将浪漫抒情那种泛滥无形的流水，转化为含蓄蕴藉的具有思想力度的雕塑。马莉的创作转型也是较为成功的，“戴着脚镣跳舞”的她，以十四行为重要诗体形式，在新世纪十余年间写出了一系列质量上乘的艺术作品，《保留着对世界最初的直觉》《光芒不需要光芒的照耀》《存放秘密语言的空间》《在相同或者不同的时代》《灵魂从身体里醒来》等，都是她近些年来写出的不可多得的优秀十四行诗。“识别虫类的异界，考查包围它们 / 和人类的国度，不同形态不同世纪的椎骨 / 写一份生物差别报告，人类不能像虫类那样满足 / 或幸福些吗？心从这个房间跳动到那个房间 / 动荡不安，它们笑我，觉得我可笑 / 我知道虫子的韧性，要创造伟大的壮举 / 只需迈进一步。风景中的虫子，它把味道 / 挂在树上，它的肩膀扛着小小的黑夜，它吞食 / 自己的美梦，芳香的可靠性闪着羽翼之光 / 人类的可靠性在何处？一手秉烛，一手执灯 / 姗姗来迟，爬行在尘世的树上，谁看见 / 虫子眼睛比奴隶勇猛，谁知道它的忧伤 / 人呵，谁能幸免风景中醒来的虫子 / 不会陷落在风景之外”（《风景中的虫子》），这首十四行诗以“虫子”为观照对象，在人与虫的生存比照中来阐释人类自身具有的某种卑微性和孱弱性，这是具有深刻的存在主义哲学睿智的。朱大可称赞马莉的诗歌“简洁、抽象、光滑、冷静，流露出罕见的思辨性”[①]，我认为她的十四行诗确乎达到了这样的艺术高度。

---

① 朱大可：《序：越过女性主义的感官视界》，《马莉诗选》，马莉著，南方日报出版社2004年版，第1页。

论当代女性诗歌的主体建构

——以阿毛诗集《变奏》为例

新时期以来，女性诗歌创作一直呈现出不断成熟和完善的发展态势，主体意识的强化便是其中极为重要的诗学表征。作为当代女性诗人的代表，阿毛始终坚持着以诗歌建构一个富有独特精神气质的强大主体，这个主体既是历史的，也是现实的，更是生活的。经由诗歌这种形式，阿毛向读者展示了她的个性，她的禀赋，她对现实生活的敏锐感知，对宇宙人生的特定理解，对历史和时代的理性介入，以及对诗歌本体、对语言本身的独特认知和个性化演绎。在诗人最近出版的《变奏》这部诗集中，努力建构富有女性特征的生命主体，试图从特定的诗歌孔道将诗人观照世界的情感因子和阐释人生的奇思妙语流溢出来，更是构成了其显在的诗学特征。诗评家霍俊明说："在《变奏》这部诗选集中我强烈地感受到一个女性特有的性别立场、身份意识、阅读经验、人生阅历、涉世情怀和个人化的历史想象力的契合性的呈现与交融；看到了一个女性特有的幽微而深入、敏感而脆弱、迟疑而执拗的对生命、爱情、性、语言、命运、艺术、时代、历史和诗歌本体的持续思考与检视。我私下里更认为《变奏》是一个中国女性诗人的个人成长史和精神传记，她也在很大程度上见证了这10年来中国女性诗歌的成长、成熟与变化的轨迹。”[①]这段话是颇有见地的，它其实也触及到了阿毛诗歌中的主体性问题。本文将在这个问题上作进一步展开，从介入的诗学、超越的视野、元诗意识等几个角度，揭示阿毛借助诗歌这种艺术形式所达成的对女性主体的多向建构，以期通过对阿毛诗歌的个案研究，从一个侧面展示当代女性诗歌主体建构的历史面影。

一、介入的诗学

我将阿毛的诗歌理解为面向生活的艺术，应该说是比较符合阿毛的诗歌观念与审美表达的。在诗集《变奏》的跋里，阿毛说道："我的诗歌的语言不高于生活，也不低于生活，而是要与生活水乳交融。语言在生活中就像是一种寻求光的形式，使暗处闪亮或者使刺目的光变成柔光。诗在我这里，它对生活是一种矫正、一种修补、一种抚慰；同时，生活对诗歌，不仅是一种装着诗歌原材料的器物、一些媒质，也是一种引导、一种启示。我所说的生活既是生活的，又是诗歌的；而诗歌，既是诗歌的，又是生活的。”[②]毫无疑问，阿毛对诗歌与生活关系的理解是独到的，也是切实可行的。在创作过程中，她始终坚持将诗歌与生活对接在一起，用生活补给诗歌，以诗歌照亮生活，她的诗歌不是脱离生活的凌虚蹈空，不是漫无边际的无厘头咏叹，而是踏在生活地

---

① 霍俊明：《她仍穿着海蓝色的绸裙——关于“变奏”与“坚持”对话阿毛》，见霍俊明诗生活专栏“在批评中展开的激情”，2010-8-17。

② 阿毛：《跋：关于〈变奏〉》，《变奏》，长江文艺出版社2010年版，第291页。

基上的有根的写作，是源自生活的艺术表述，散发着浓郁的人间情味和迷人的生活气息。

我坐着不动，像个思想者/其实，我不在思想/我只是忧伤/只是忧伤：母亲的白发/和我自己的沧桑/爱甚至不是一件往事/不是去年，去年的马伦巴/我写的字余温还在/呼吸还在/可你不在，你从我面前走过/就像东逝水/我坐着不动，像个思想者/只是我不再思想，我只是忧伤

这首《在场的忧伤》准确地凸显了阿毛诗歌的“在场”性特征，对现实中一些残酷的事实：岁月无情，青春的流逝，爱的消散，诗人情不自禁地流露出忧伤之情。“我坐着不动，像个思想者/只是我不再思想，我只是忧伤”这样的诗句在首尾重复出现，极力地渲染了诗人的忧伤并非一时心血来潮，而是由内心深处滋长起来的深重忧郁与伤怀，“思想者”的忧伤，这样的句式构造较为特别，用刀刻般的思想来喻示流水样的情感，这使“忧伤”的程度得到极大的强化。

阿毛的诗歌总是从生活中来，从诗人对生活的洞察与感悟中来的，从她的诗中我们能觉察到生活在诗人心灵际野上留下的斑斑印痕，触摸到诗人与生活之间的血乳联系。不过，阿毛对生活的传输从来不是客观再现式的，不是对生活照相机一般的原样呈示，而是经过了诗人一再的咀嚼与反刍之后借助文字而显现出的生活之思和生命之思，打上了诗人鲜明的主观烙印。在诗与生活的接轨过程中，我们能清楚地捕捉到诗人的主体介入，通过介

人，一方面显示诗人对生活的个性化考察与主观性领悟，另一方面也便于更深层地揭示出人生的真意与生活的本质性内涵。

在代表作《女人辞典》里，阿毛以这样的诗句开头，启动了对于女人一生成长和命运的寻思之旅：

> 暗夜里的种子怎样变成一个花骨朵？/或者说女人的命运怎样由女孩开始？/她，生来就不同于他。被叫作/夏娃或女娲，一开始/姓名中的偏旁就是性别/没办法改变的不仅是/身上的那朵深渊

作为女性诗人，阿毛对自我身份的理解与认同无疑是鲜明而强烈的，她采用了推己及人的方式来触及女性生长与命运的问题。诗歌的第一节看似平淡，其实也是不乏深刻意蕴的。诗人从字体构造、从中西文化渊源、也从女性自身的社会定位等层面，翻开了女性辞典的“第一页”，在历史与文化的纵深空间打开了女性这样一个既古老又新鲜的话题。

如果说这一节由于意在为女性的生命寻思开设一个最为阔大的思维场域而在个性色彩和主体意识上稍显不够的话，那么接下来，阿毛一边述说女性的生长历程，一边将带有强烈主体之思的个性话语植入诗歌的行节之中，对于女人的陈述，由此呈现出阿毛式的有着个我标签的生命感悟和情感经验：

> 麻烦不是从闹肚子开始。伤怀/却从一朵花的怒放开始。/所有的教育都让她开成一朵花/既要美丽又要带刺。

可她并不想伤害爱人，/尤其是里尔克，他竟死于玫瑰。/可这不是玫瑰的错，错在太爱便是伤害。/而情人节这天，当你拿着玫瑰/满街串，她却在枯萎

“成为一朵花”，这是男女双方都认可的社会性公约，是女性在成长与受教育过程中人们对她们的普遍期许。阿毛对于这种期许的态度可谓是复杂和矛盾的，她从“花的怒放”中领略到的是“伤怀”的思想情状，在玫瑰的“美丽又要带刺”中，看到了爱与伤害的双重内涵。而在情人节的罗曼蒂克中，本来是女人们千娇百媚的时刻，阿毛又与众不同地告知人们“她却在枯萎”。在这一节中，阿毛从一个独到的视角窥见女性青春美丽而短暂的残酷命运，对女人成长过程中一个特定的阶段做了个性化的表述。

而当一个女人历经沧桑、化茧成蝶以后，又将是怎样的情态呢？阿毛如此来描述这种经受岁月冲刷之后的成熟女人的本真生命样态：

她从来就不是花瓶，/也不是插图，却成为/一首永远读不淡的诗。/一些顺流而下的句子，/里面住着男人、女人和爱与责任。/一年一年，孩子大了，爱人老了，/她终于发现：/原来天这么近，地这么亲。/她凋零着，让灵魂最终跨出肉体/还原成来处的一朵花，/或一只鸟，栖息在时间里。

“灵魂跨出肉体”，定格在时间之中，还原为花或者鸟，这是

阿毛对女人曾经沧海之后的返璞归真的生命状态的形象化归总。阿毛站在女诗人特定的视点上，用自己的方式来读解女人的一生，以独特的意象和词句写出了自我对于女人生命中各个不同阶段的理解和期待。这是阿毛所发现和演绎的一个女人的一生，这个在人类社会、历史与文化发展中承担着重要角色的性别，通过阿毛情韵婉转、哲思不迭的诗歌阐释，呈现出令人难以忘怀而又深受启迪的一面。

总体而言，阿毛的诗歌体现出强烈的介入性，这种介入性表现为两个层面：一方面，她的诗歌是对生活的介入，她让生活进入诗行之中，她用诗歌来演绎、概述和提升生活，她的诗歌因而显示着对平凡人生的倾注，对现实万象的看取，对于生活点滴的记录，这在一定程度上折射出诗人热爱生活、拥抱人生的思想情怀；另一方面，她在诗写生活之时，不是采用照相机般的直录形式，不是现实生活的客观呈现，而是采用“以我观物”的方式，让万物“皆著我之色”，因此，她的生活的理解与表达是个人化的，个性化的，独具情采和色泽。在阿毛描述的有关生活的方方面面踪影里，我们时时处处都能感受到一个富有主体性的诗人个体的存在。

二、超越的视野

阿毛的诗歌是与生活息息相关的，但阿毛从不满足于只对生活现实做客观描摹和真切呈现，而是力图写出平淡生活中所藏蕴的思想深度，她告诉我们：“我所追求的是在看似简单的句子中呈现生活的深度，世界的深度，甚至是生命的深度。”[①]其实不光阿毛，世界上每一个志存高远的诗人都希望自己能发现生活内在的奥妙，能窥见世界的深层底蕴，能洞悉人生的真谛。自然，要想用诗歌准确而生动地呈现“生活的深度，世界的深度，甚至是生命的深度”，诗人自身就必须具有深厚的知识涵养和敏锐的洞察力，必须具有一个个性十足的精神主体，才能做到“寂然凝虑，思接千载，悄焉动容，视通万里”，从而“与风云而并驱焉”(刘勰《文心雕龙·神思》)，否则的话，他的希望最终就将落空。阿毛显然是有备而来的，在诗歌创作前，她做了比较充足的知识储备，加上作为女诗人先天就具有的对世界的敏感和多思，她的诗歌创作真正做到了对世界、生命和生活的“深度”呈现。在这样的“深度”呈现中，我们不能不佩服她在诗行文句中所体现出的一种超越性的视野与意识。

阿毛诗歌的超越性视野从她的每一首诗中都可以睹见到，这种超越性视野，是借助多种书写策略而实现的，首先体现在对典型的生活场景和生命物象的采撷与抓取上。阿毛的诗歌是对生活的艺术表述，但阿毛书写生活不是随意而为的，不是漫不经心的，而是用心灵的眼睛去捕捉，用智慧的巧手去采摘，从而能越过现象的表层直抵事物的内核。在具体写作中，她常常能做到以点带面，一以当十，凭借典型性的场面、意象和情绪的写照，将自我对生活的独特理解，对世界的深刻发现巧妙彰显出来。《像

---

① 阿毛：《跋：关于〈变奏〉》，《变奏》，长江文艺出版社2010年版，第292页。

春天一样》如此写道：

> 春天是一个绿色的词，/它落进我的诗里，/让清风、细雨、幼芽/做了她的形容词//
>
> 春天是一种暖色的颜料，/它落进我的画里，/让阳光、花朵和蝴蝶/做了相爱的人儿。//
>
> 我坐在书桌前，/像春天一样，/已无法阻止幸福的秘密/四处荡漾

“春天”是一个诗意葱茏的季节符号，古往今来书写这个季节的诗章可谓数不胜数，阿毛的“春天”又是怎样一幅景象呢？她抓住了“清风、细雨、幼芽”“阳光、花朵和蝴蝶”等典型的物象来呈现春天的姿色，可以说是简明有效的。更为奇妙的是，阿毛还将“清风、细雨、幼芽”比喻为春天的“形容词”，将“阳光、花朵和蝴蝶”描述成“相爱的人儿”，这样的春天就不再是简单的时间概念和季节符号了，这样的春天是经过了诗人主体过滤后而显现的独特的春之景观，因而更显得情味盎然，意趣实足。

阿毛诗歌的超越性视野其次体现在对生活与世界的哲理性观照上。阿毛是哲学专业出身的，这使她对于自我与世界的认识有了比较可靠的思想武器，与此同时，阿毛又是一个善于思考的女性诗人，她的诗歌往往与大多数女诗人不同，不是以多絮状的情感流溢见长，而是以富有硬度和穿透力的思想表达取胜。在阿毛的诗歌之中，闪烁智慧光芒的妙言警句俯拾即是。“两手空空，

好过双眼迷蒙”（《致春天》），“原谅我提前写好悼词，/因爱要先于身体死去”（《声明》），“爱可爱，非常爱”（《人鱼之爱》），“不论多少个轮回，/我们的敌人不是彼此，/是死亡和时间。”（《死亡打击爱》）“它的美是必须空着，/必须干净而脆弱。”（《玻璃器皿》）“波浪般起伏的怀抱，/等同于诗歌的美学。”（《从芦苇丛到咖啡馆》）“一个躯体置身十字路口，/比心灵更易见。”（《钻石的形成》）“一个人被爱毁了，/但可能因美而得救。”（《途中的美学》）“女人成为花木兰，其实是现实的悲哀一种。”（《理想矫正现实》）“在生活面前，天才有一幅疯子或愚人的面孔。”（《从茶馆到书店偶得》）“人有野性，动物有人性。”（《野马》）“走得越远，离家就越近，/这是现代逻辑。”（《中秋节变奏诗》）“时代过分虚弱，才挡不住黄沙漫漫……”（《将进冬》）“任何一个事物的疼/都是我们的某一部分在疼”（《石头在疼》）。显而易见，阿毛诗歌中的妙语警句并非诗人闭门造车冥思苦索而刻意雕琢出的，而是从生活的芳草地上自然采撷而来，源自于诗人对生活的发现和领悟，源自于诗人以超越性的视野对外在世界和内在心灵的提炼与概括。

阿毛诗歌的超越性视野还体现在她对生活的反向进入，对世界的逆向思忖之中。世间万象各具情态，每一物象其实都是一个多面体，都有着万千意味，不同的人从不同的角度切入，看到的总是不同的风景，得到了不同的生命结论。在当下高度同质化的时代，人们认识事物的方向显现出惊人的趋同性，对事物的结论也相差不离。但有个性的诗人，主体性很强的诗人，总能从独特的径路上进入事物，她们从而能看到与众不同的景观，发出令人耳目一新的感触。阿毛的《转过身去》就是一首另辟蹊径而再度发现事物新意的佳作：

> 春天走了。转过身去/爱，爱夏天，爱它的红颜，/和身体里阵雨般的蝉鸣。/转过身去/爱，爱世间的每一颗露珠，/在静止的荷叶上面；//
>
> 白天走了。转过身去/爱，爱黑夜，爱它的衣衫，/和身体里丝绸般的寂静。/转过身去/爱，爱天空的每一颗星星，/在行走的灵魂里面。

在对季节的情感中，人们对春天的赞美远远多于夏天，在对昼夜的态度中，人们习惯歌咏白天而漠视黑夜。然而，昼夜更迭，四季交替，这是自然的约数，世界的法则，谁也无法更改，当春去夏来，当昼去夜来，人们又会显示怎样的情感呢？从习惯的态度出发，一般人会选择怀念和回忆来对待逝去的时日，选择伤怀和感叹面对眼下的实况，但在阿毛看来，这样的情感态度实在是值得商榷的。因此，她选择了以“爱”来迎接到来的时日，通过发现夏日和黑夜的曼妙之处来抒发出自内心的真诚咏赞。阿毛采用的这种逆向思维方式，从别致的角度赋予夏日和夜晚以新意，并表露出与一般人有别的情感态度。应该说，这种情感态度是理性的，也是切实的，自然更是一个主体意识强烈的诗人的心灵表征。

阿毛以超越性的视野来审视世界，思考人生，并用诗的形式将这种审视与思考艺术地呈现出来。在对世界和人生的独特思考与艺术表达中，阿毛得以建构了女性诗人富于现代生命经验与思想情怀的主体性空间。

三、元诗意识

文艺学中将那种直接谈论诗歌的诗称为元诗，阿毛写过不少论诗的诗作，可以说将元诗这种独特的形式发挥到一定的艺术境地。不仅如此，阿毛还有不少的诗歌作品明显体现出元诗意识，也就是说，这些诗歌尽管不是直接论述诗歌的特性与写法，但诗人写着写着就会情不自禁地将她所描述的生活图景与诗歌这种艺术形式勾连在一起，诗行之中因此频繁出现“语言”“词语”“诗”“文学”“象形”“对偶”等与诗歌相关的意义符码。元诗意识在阿毛诗歌中的充分体现，一定程度上是诗人对于艺术的本体性自觉，对于诗歌事业的极度钟爱、苦心经营等生命意识和文学史意识的直观反映。

热爱词语，珍视诗歌，对诗歌不遗余力的投入和护卫，构成了阿毛精神生活的一个重要情节，这也可以看作是一个有着强大主体性的诗人个体对于文学事业有着近乎虔诚的生命热度的生动折射。阿毛说：“有时候，词在躯体里，就像血在血管里。它们是顺着句子流动的。在我们热爱的词语中，我们获得了爱与甜蜜，光明与芬芳。”[①]诗歌创作给阿毛带来了源源不断的爱与甜

① 阿毛：《语言的时间》，《旋转的镜面》，海风出版社2006年版，第164页。

蜜，光明和温暖，这使得她时常将诗歌写作看作是热爱汉语的一种形式："我写诗，不是在纠正错音，/是用诗歌这种形式爱母语。"（《形式》）与此同时，她还将诗歌当成发现世间奥妙、弥补生活不足的有效方式，"信神的信神吧，信科学的信科学，/我信那些被心抚摸过的文字：//每一处的奥妙都是诗。/包括科学馆，在光线下巨大的阴影，/还有神殿，那些鬼魅之蛊。//用诗这种形式解决它们，搭救自己；/改变秩序，但不改变万物的位置。"（《更坚定地写诗》）"白天我写诗，是替不能再爱之人，/还原夜晚的盛宴，/是用骨中之磷，点燃星星和露珠；/晚上我写诗，是用滴血之夜，/替不能倒流的时光，/还原青春的天空和大地。"（《多么爱》）正是因为诗歌有着如此神奇的魔力，有着许多不同凡响的功效，阿毛才对这种文学形式投以非凡的热情，不断探寻着艺术表达的最佳路径，"为流浪的身躯找一个依靠，为心找一个家园，/为手找一架琴，为眼泪找一颗珍珠，/为镜子找一些完美的形象。"诗人在《午夜的诗人》中写下的这些句子，活化了她在艺术创造之中上下求索、乐此不疲的生命情态。

阿毛习诗多年，又对这种文体异常珍视，所以她对于诗歌的艺术真髓，自然有着超过常人的洞察，有着许多非同寻常的见解，这些见解不仅在阿毛的随笔和散文中有所体现，而且她还用诗歌的形式来加以阐述。这就构成了阿毛创作的元诗。在这些元诗中，阿毛告诉人们，诗歌往往不是在舒适的条件和温馨的环境诞生的，而总是出现在那些非常态的生活场景之中："好诗不是坐在天鹅绒的椅子上写下来的。//它们或者诞生于天灾，/或者诞生在医生的手术刀下、疯人的尖叫声中。"（《极端解释：好诗的另一种环境，或反讽》）诗歌写作是一种个人性很强的活动，在公共空间谈诗因此总会显得不合时宜：“不是和你们作对，是保护写作的气场。/我不跟你们谈诗，是有太多的秘密要我沉默。”（《不聊诗的理由》）一首诗的成功不仅需要功夫，更要有绝技：“无所谓大功夫，小功夫。只要有绝技。/活着，要用劲。写诗，要用劲，用狠劲。”（《经验之谈》）在阿毛创制的元诗中，从整体上论诗显得最为独到和别具匠心的要算《有关生活与诗》《位置》等几首。《有关生活与诗》写道：

常常这样：我不为衣食而犯愁，/但会因不写诗而心慌。//

丈夫说：你像孩子，不事家务，只读书写字。/你的诗，藏着秘密。//

任何句子都经不起生活的推敲。/我不想遏制你的自由，/你写吧，我不读。//

儿子说：妈妈的跳跃性太强，/她没有江湖经验。/（他也懂江湖？看来我是彻底落伍了。）//

唔，身边人的不读。/我写什么？为谁写？为那不明确的极少数？//

亲人啊！原谅我，这么单纯、笨拙，/不尚生活的技艺。

在这首诗中，诗人设置了与家人一起交流诗歌的生活情景，在一种常见的家庭关爱和对白之中论述了有关诗歌与生活关联的诸多问题。作为自己的家人，丈夫和儿子也许并不理解诗歌的真正意义，但他们之所以关心“我”的写作，是出自彼此之间的亲缘与情爱，爱是无私和伟大的，但爱并不能完全替代诗歌对诗人所具有的强大魅惑。这就是说，生活与诗歌之间虽然有着很多交接，但生活与诗歌无法等同。一个在诗歌中如鱼得水的诗人，很可能在生活中会显出几分笨拙和稚弱。在家人的关爱面前，诗人不免对自己的创作产生了一丝的怀疑与动摇：“唔，身边人的不读。/我写什么？为谁写？为那不明确的极少数？”这是生活与诗歌发生龃龉时而自然引发的诗人的心灵波动，不过这个“不为衣食而犯愁，/但会因不写诗而心慌”的诗人，并没有由此放下手中的创作向生活缴械，而是用一种执着和坚守来捍卫了对于这项事业的决心。从阿毛的这首诗中我们不难发现，生活与诗歌的关系是复杂的，多重的，互相之间还存在着矛盾和纠葛，但对于一个有定力、有抱负的诗人而言，他（她）自会找到解决生活与诗歌矛盾的合理方案。

《位置》一诗表面上看不是直接谈诗，但细读之后就会发现诗人论述了有关诗歌创作的“位置”意识：

> 我一向不在乎，但生活却逼着/我弯腰找。“……在哪里？”//
>
> 我的脑子命令骨头/远离中心和旋涡，一个人站在一边。/这样的立场，和边缘，//
>
> 多了几分危险和寂寞。/“你置身悬崖，小心落入/无人俯视的深渊。”//

万物在自己的位置上一伸一缩。/不是我后退到策马前行的那一页，/是马及时勒住了前蹄。//

写作，是这一连串动作中的嘶鸣。

这首诗歌写得很巧妙，诗人并不直接点明是要阐释诗歌创作，而是选用了一个颇有弹性的语汇“位置”来侧面写照，不过只要加以细心阅读，我们是不难发现诗人所要言述的基本要领的。在这首诗里，诗人谈到有关诗歌创作的立场、角度、方法和经验，那种独立的立场，远离中心的自我意识，在危险与寂寞处寻觅诗思展开的独特路向的策略，都是诗人对自己在多年诗歌实践中所获得的写作经验的形象展示。

从上述篇章和诗句中我们了解到，阿毛的元诗意识是相当突出的，以诗谈诗，或者频繁启用“语词”“文字”“诗”等来抒发情怀表达意味，成为阿毛诗歌中一个极为显在的文学风景。之所以如此热衷于谈诗论歌，念念不忘“文学”“语言”“意象”等文艺理论语词，是因为诗人在多年的文学生涯中，已经将诗歌与个体生存密切关联在一起，诗歌在诗人的心目中占有至为尊崇的位置，一定程度上业已成为诗人安身立命、实现自我价值的必要手段。而借助对诗歌的谈论，借助以诗谈诗的特定表述方式，诗人完善自我、追求历史化的主体意识也得以彰显和建构起来。

新世纪女性诗歌的独异书写

——从容诗歌论

在新世纪女性诗人群中，从容以其对“现代心灵禅诗”的开创和集中书写，彰显出属于自己的独特艺术个性，并有效拓宽了当代诗歌的审美空间。对于新诗的内在特性，从容不乏独到的领悟与认知，她曾说过：“我认为诗必须同时具备两个向度——向上和向下。向上的仰望能维持我们精神的高度和灵魂的纯度；而向下的叩问和观察则使得我们知道我们仍然卑微地处于滚滚红尘的世界之中。”[①]这段话可以看作她对“现代心灵禅诗”这一特定的诗歌体式的诗学阐释。我理解到，在从容所创制的这种独特的诗歌类型里，集纳着有关新世纪诗歌如何生长、拓展与深化的诸多美学问题。其中的“现代”既强调了诗歌应该直面当下、向当下敞开的诗学态度，也指明了现代性是新诗的本质属性这一内在逻辑，从容对“滚滚红尘的世界”所做的观察和叩问，无疑是立足于“现代”这一基点上的；“心灵”是诗歌有别于小说和散文的一种重要人文指标，一定意义上，诗歌是语言的心灵化或者说心灵的语言化，采用内视点进行精神观照和艺术言说的新诗，所有的字句都经过了诗人心灵的过滤和精神的淘洗，因而是语语含情、字字生光的，从容认为诗歌创作应该“维持我们精神的高度

① 从容：《关于现代心灵禅诗》，《星星》2013年第1期。

和灵魂的纯度”，显然是从“心灵”的层面上来阐发自我的诗歌理念的，事实上，抓住了“心灵”也就抓住了诗歌表达的根本脉络，也就抓到了诗意言说的核心；“禅诗”凸显着诗与禅的有机结合，这既是对中国新诗应该树立宗教维度的一种观念申诉，也暗示着新诗创作的顿悟性与升华性等特征，并强调了诗歌是一种意蕴含蓄、言简义丰的文学样式。“现代”“心灵”“禅诗”三个语词分开来看，都具有普遍的诗学意义，对当代诗人的创作有着明确的指导作用，而将它们凝合在一起，就构成了一个特定的诗学术语，进而将一个具有独特的诗学主张和独一无二的诗歌文本的诗人从容的个性化形象有效地建构起来。可以说，在从容的诗歌作品中，无论是对轮回的生命境界的精彩言说，还是对慈爱的女性心灵底色的直观袒露，以及基于戏剧化策略的诗情展开，都与现代心灵禅诗的美学路向密切相关，都是现代心灵禅诗在不同向度上的艺术展示。

一、轮回：揭示生命的佛理禅趣

轮回是佛家对人类生存和命运的基本假说，这种假说折射着佛教关于生命的循环观和不灭论等教义。把佛经诵读作为自己日常功课的诗人从容，对于佛家的学说是颇有心得的，对佛教也葆有着一份可贵的执着与虔诚。生死轮回的佛家旨意，由此构成了其诗歌入思的起点和诗情绽放的原发地，从容的不少诗歌，都流露出生命辗转、死生轮回的佛趣和禅意来。《北京哭了》如此写道："北京哭了 / 哭得像一个孩子 / 我梦见一块长方形木板上刻着一个朝代：战国 / 就在你骑着骆驼飞向镜面如冰的世界 / 我的头发从红色到金色，又从黑色变成白色 / 你一见我就记起亚特兰蒂斯城沉没海底时 / 曾对我说的诺言 / ...... // 我名叫凯瑟琳、从贞、艾比盖拉、叶卡捷林娜二世、陈邦彦 / 我们生过许多孩子 / 从战国时代开始 / 他们无数次掩埋我与你衰老相爱的身躯 / 你说我们痴迷引颈交鸣的前世 / 一生又一生沉沦人间"，这是该诗的前两节，诗人在时间与空间的超异跨度中自由往来，随意穿越，显示出个体生命的无限可能性。从"战国"到当下，从古希腊到现实中国，诗人将"一生又一生沉沦人间"的生命奇观进行了大胆的想象与书写，某种耐人品嚼的佛意与禅理在字里行间流淌而出。

事实上，在从容的创作中，生死轮回的佛理禅趣不仅是其诗歌入思的起点和诗情绽放的原发地，更构成了诗人理解与阐释世界的一种个人化视角，依照这种独特的视角，诗人展开了对现实人生的奇幻构想和对自我生命的立体塑造，从而将一个亦真亦幻、客观与主观交融互渗的诗意化生存氛围和包孕着宗教与哲学深意的文学空间呈现在我们面前。在《告别》一诗的结尾处，诗人写道："难道一万年后的清晨，必然在寺庙的一角相遇 / 你以弥勒佛的化身出现 / 让酥油灯闪烁着微笑 / 为我们某一世的无明 / 拜忏"，"告别"与"重逢"的相反相成，被生死轮回的佛教思想悄然照亮。《催眠师让我看到了往昔》以这样的两节开头："她被画进宋代的墙壁 / 用一面铜镜挡住一千年后的我 // 一千年前她把白绫系在梨树上 / 今生的我痴心长跪 / 嗡嗡刺痛"，"我"与画中女子的对视形成了互相辨认的生命奇观，两个相距千年的陌路女性竟是一个人的前世今生，奇特的轮回术赋予了这种超凡脱俗的时空穿越以充分的合法性。在《前世的秘密》里，“我”对过去的用心藏匿与“决不供出未来”的坚定誓言之间构成了一种富有张力的生命场景，诗人巧妙地暗示我们，“前世的秘密”背后其实也同样隐藏着有关未来的玄机，这种富有意味的诗情设计显示的也正是人世轮回的深隽禅意。

在从容的诗歌中，集中体现着生命轮回、时光辗转这一人生真意的篇章也许是那首《倒车》。据诗人陈述，这首诗是她于广西北海的涠洲岛上行游时，在那种恍惚的意念冲刷和抓攫中一挥而就的。《倒车》首先是对早逝的妹妹的深切悼念，诗人的亲妹生前是一位播音员，国内流行的“倒车，请注意”这一车行通用语正是由她的嗓音所灌录的，因此，每当听到这一熟悉的车语符号，那种思念和追怀亲人的情绪就将不由自主地涌上诗人心头。在这首诗里，从容以极为精细的笔法，详尽描述了触发自我念妹之情的诸多细节和情景：“倒车，请注意”的熟悉车语，与妹妹生日相同的412房间号，硬朗裸露的火山岩（“多像你爱过的男人”），我们共同的亲人“姥姥”等，这些细节和情景构成了不断点燃诗人心中情绪的触媒。与此同时，诗人还有意设置了一面在过去与现在之间跳来跳去的时光翻转镜，借用此镜映照出我与逝去妹妹的通灵际会，并在由此展开的两个人反复的精神对话与心灵交流中，将亲情的珍贵、时光的神奇、不同地域和场景间的似曾相识等内涵揭示出来。其次，《倒车》不仅是追悼亲人的诗化写照，也是对于轮回的生命旨趣的一次细致言说。在诗人的描述中，“倒车”不只是车辆行驶的一种信号传递，还是生命运行的某种神奇规律的巧妙暗示，“我想到了你，故意让我听到的声音：‘倒车，请注意！’/你是在暗示我‘过去，请注意！’”正是以轮回的生命假设作为思想基础，在此基础上，现实生活中的过去和现在彼此两分、难以交汇的物理学逻辑被破除了，从当下到过往的回溯、从过往到当下的穿越，便成了一种可以频繁发生、毫无外力阻碍的事情。自然，对于个体生命而言，生死轮回的佛家信仰与时光无法折返的现实铁律之间，构成了一对永远无法化解的巨大矛盾，这种矛盾也因此成了正生存于当下场域的人们心间难以摆脱的时间悖论，也许正是这种悖论的突出存在，才铸就了《倒车》一诗中“我”与妹妹超越时空欣然聚会的莫大惊喜以及阴阳两隔永难重逢的无限伤痛这两种互为冲突的复杂情绪相互交织、彼此纠缠与撕扯的斑斓图景，也铸就了这首诗不断生长、无止无息的葱茏诗意。

从上述对《倒车》的细致剖解中，我们似乎还可以得出，生死轮回的佛家旨趣，某种程度上构成了从容组织自己诗意生成和诗情铺展的结构形式。按照佛家的生死轮回假说，人类生命应是一个不停反复、永无断绝的循环体，在这种生命循环、前世与今生对接和互证的假设中，人类作为一种独特的生命形态永远不会被消亡，而是在不断辗转和流变中延续着他的芳彩与风韵。从容的诗歌有不少篇章，正是在这样的思维逻辑中展开的，诗人也以精彩的诗语缀接和情绪流溢，艺术地展示了这种生死轮回的佛趣禅理。更令人称奇的是，生死轮回的佛趣禅理不仅造就了从容独特的人世领悟和生命理解，也渗透在她结构诗章的诗学思想之中。读从容的诗歌，往往会感觉余味无垠，意犹未尽，会感觉诗歌虽写完但情绪似乎还在不断延展、没有停息，也许得益于那种诗意呈现的轮回术。在每首诗的写作中，从容没有在诗句结束处将情绪戛然中止，而是任其弥散，甚而悠久不绝，或许正是这种基于轮回之术的诗章结构发生作用的结果。试举《前世的秘密》为例，诗歌以“我怎样才能把你藏好”起句，以“我们就像大象那样离群而去”收束，很显然，按照轮回的假设，这种“离群而去”并不意味着“我们”的从此消失，而是隐含着“我们”还将回到人间的意味，而重回人间的“我们”，又将面临被人追问“前世的秘密”的处境，于是，“我怎样才能把你藏好”再度成为一个重要的问题被提了出来，经过人世的挣扎和抗争，“我们”可能还会蹈入“像大象那样离群而去”的命运轨辙，这就构成了无法违逆的轮回线路，而诗歌的意义便沿着这一线路无限敞开，难以穷绝。

二、慈爱：呈现女性的心灵底色

阅读从容的诗歌，我们不难发现，爱是其中最为突出的情感符号，对亲人之爱，对朋友之爱，对自我之爱，这诸多爱的内涵，渗透在从容写下的所有字句之中。从容以海纳万物的宽阔胸襟和友善待人的仁厚心怀，将慈爱这种人间最可贵的能量尽情释放出来，并借助分行的诗歌文字将这种源于女性生命直觉和学佛者柔软内心的积极能量加以艺术的阐释。

众所周知，慈悲为怀、爱及众生，是习佛之人一贯秉有的一种道德准则。《大智度论》如此批注佛家的“慈爱”之意：“慈名爱念众生，常求安稳乐事以饶益之。悲名愁念众生，受五道中种种身苦心苦。”[①]又云：“大慈与一切众生乐，大悲拔一切众生苦。大慈以喜乐因缘与众生，大悲以离苦因缘与众生。”[②]换言之，“慈就是关爱护念众生，悲就是免除众生的痛苦。慈，以与乐为主要特性，指关爱护念众生，常求乐事以利益众生，以种种方便令其快乐……悲，以拔苦为主要特性，指见众生于六道中受种种身心之苦，而心生怜悯，视众生之苦如同己受，而积极地给予救助，免除其痛苦。”[③]其实，在佛家那里，慈也好，悲也好，都是大爱的一种表现形态，也就是说，慈爱是佛家伦理中最为核心的思想范畴。对佛经诵读既久、体味很深的诗人从容，其人生态度中也灌注着佛家的慈悲精神，这种慈悲精神在她创作的诗歌中不时流溢出来。例如短章《这是我在最孤独时写下的诗》写曰：“用经书填满夜 / 直到它的长度上升 / 连接黎明 / 把自己蜷缩进经书里 / 渴望被展开 / 被圣洁的目光阅读 / 点燃身体成为一炷香 // 烧成一颗象牙色的 / 舍利”，对于习惯群体生活的人类来说，“孤独”无疑是一杯难以下咽的苦酒，没有谁乐于吞饮它的，然而面对“孤独”的侵袭，诗人从容并没有消沉颓靡，并没有想方设法寻找必要的对象去倾诉和释放，而是在经书的指引之下，“点燃

---

① （后秦）龙树菩萨造、鸠摩罗什译:《大智度论》卷二十,《大正藏》卷二十五，第208页。

② （后秦）龙树菩萨造、鸠摩罗什译:《大智度论》卷二十,《大正藏》卷二十五，第256页。

③倪秀兰：《佛教的慈悲观》，四川大学2005届硕士学位论文。

身体成为一炷香”，甘愿“烧成一颗象牙色的 / 舍利”，这不凡的举动，显示的是一种超越平庸生命的思想，是佛家精髓中那闪光的慈爱赋予了诗人的这一思想情怀。“舍利子，是诸法空相，不生不灭，不垢不净，不增不减。”（《心经》）它是生命的最高境界，是高尚灵魂的自然结晶，崇尚舍利子的信佛之人，才有可能在观自在菩萨中，“照见五蕴皆空，度一切苦厄”（《心经》）。

佛家的慈爱之光照亮了诗人从容的心灵世界，她的身体内，便自然而然地绽放着“隐秘的莲花”：“我要聆听开示/ 在山中闭关在莲花旁静悟/ 羞愧于尘世的爱欲情仇/ 你就为我剃度受持斋戒/ 青丝入土从此清心 // 我以弟子的谦恭陪你云游直到老去 / 你将在此生圆满羽化而升// 在另一个没有汗水没有泪水的世界/ 我会乘愿追随/ 在亿万朵未开的莲花中　你轻轻// 唤醒我”（《隐秘的莲花》），在这首诗里，诗人理性地承认自己“羞愧于尘世的爱欲情仇”，希望佛陀能“为我剃度受持斋戒 / 青丝入土从此清心”。我们不禁要问：她为什么对尘世中的爱欲情仇深感“羞愧”呢？这是因为，在佛家看来，尘世的爱欲情仇只是一种小爱，一种将自我深陷其中的有限之爱，而佛家宣讲的慈爱是一种超越性的大爱，是放弃自我私欲的无边之爱。诗人甘愿弃绝凡尘中的爱欲情仇，追随佛陀而去，正是为了觅见那更为高远的超越之爱，在诗人眼里，那才是爱的最高境界。

话说回来，对于超越性大爱的追寻，并不妨碍诗人对于基于亲情的人间真爱的眷顾和表露，毕竟，两种爱分别属于不同的精神领域，具有各自不同的生命意蕴。在从容的创作中，展现亲情之爱的诗作还是不乏其例的。《姥姥，姥爷抱》是一首具有苏格兰风情的抒情诗，诗人以对一首英文童谣的误听为契机，引出对爷孙之间浓烈之爱的艺术书写。《姥姥的清明》借对姥姥弥留之际难忘场景的追忆表达了诗人对远逝亲人的无限缅怀。《妹妹》《眼界》等诗则将姊妹之间的深情厚谊进行了独具特色的书写与呈现。自然，最集中体现出亲情与爱意的诗歌，便是从容耗费较大心思创作的长诗《妈妈，我第一次原谅你》。在这首长诗里，诗人采用纪录片式的影像摄制术，从孩童时代一直追忆到当下，展演出我与母亲之间无法消除的一段宿怨。对于母亲这一形象的塑写，诗人并没有按照我们习惯的套路，尽显其善良、温柔、贤惠等美好品质，而是袒露了她的自私，她对我的暴戾，这自然引发了我的怨恨。随着时光的不断流逝，那积压在心灵深处的对于母亲的怨恨也与日俱增，诗歌中渲染的那种压抑和抗争之情极为强烈，强烈到令读者感到窒息的程度。然而，当我们读到最后的部分，诗人在卸下了满腔的怨怒后，表达了对母亲的体谅和理解时，那种感动的泪水不觉从我们的眼眸中夺眶而出。诗人如此写道：

妈妈，已经四十年了，我无法均匀地呼吸
我难以启齿地爱你，恨你
我知道可能世界上的一切冥冥中都早已安排
就像我必然出现在你肚子里
就像我必然在睡梦中迎接你有力的手和沉重的身体
就像我今天仍然在噩梦和窒息中恐惧万分地惊醒

妈妈，我知道
我如果每年365天都记着这个伤痛
我就多了365天的伤害
妈妈，我知道
你的人生也有苦难，多少次你疲惫不堪地出现在我的门口
重压之下变了形的你也无数次不能顺畅地呼吸

从不共戴天似的怨怒到终于彻悟般地谅解，这样的情感转折是显在而突然的，其艺术表达效果也是强烈的。当对母亲的怨怒如山一般长期挤压在女儿心头时，我们也和诗人一样，感觉到异常的压抑和难受，犹如本该欢腾的水却被闸门死死闸住那样，然而，当诗人写到对母亲的最终原谅，当女儿与母亲之间终于冰释前嫌，我们内心涌荡的情感便一如那出闸之水，自由奔泻，好不快慰。女儿对母亲的最终谅解，不仅意味着女儿的成长与成熟，更显示着慈爱所具有的宽恕一切、包容一切的伟大力量。

三、戏剧化：彰显诗意的独特美学策略

在大学期间，从容念的是戏剧学院，学习的是戏剧专业，戏剧不仅成了她毕业后长期从事的一项专门工作，而且也对她的思维和思想产生了极为深远的影响。对戏剧这种艺术形式的接触既久，体验至深，自然而然影响到她的诗歌创作与诗情表达，在从容的诗歌作品中，戏剧化可以说是一种极为突出的美学策略，诗

人通过对戏剧性美学元素的大量使用，有效强化了诗歌的现实氛围，凸显了情景化和陌生化的表达效果，给人带来强烈的艺术感染。

对于近百年中国新诗来说，戏剧化并不是一种今天才出现的新鲜的艺术手段，早在20世纪30、40年代就被现代诗人多方面采用，卞之琳、冯至、穆旦、郑敏等诗人的诗作中都有戏剧化的美学成分。在20世纪40年代，九叶派诗人袁可嘉还曾撰写过《新诗戏剧化》的诗学论文，细致阐释了新诗戏剧化与新诗现代化的密切关系。可以说，在新诗发展史上，戏剧化手法对于提升中国新诗的现代气质、扩充其审美内涵而言起到了非常积极的作用。从容自觉继承了戏剧化这一现代诗歌的写作传统，并将其发扬光大。在她的诗歌中，其戏剧化形式是多种多样的，既有戏剧性独白和对白的设计，也有戏剧性场景的描摹，还有戏剧时空的安排、戏剧角色的配置、戏剧情节的构筑等，这些戏剧化艺术形式进入诗行之中，无疑丰富了诗歌的结构方式，使诗歌更显得气韵生动，摇曳多姿。从容诗歌中的戏剧性独白较为常见，这种戏剧性独白白的取用，有时是为了交代某种情绪的起因，如《倒车》中的“倒车，请注意”，《姥姥，姥爷抱》中的“row row row your boat”，《姥姥的清明》中姥姥的话语等，这些诗歌中的情绪正是以独白性话语为基础而不断散发开来的。有时是为了增强人物的在场性，如《妹妹》第一节：“我在一间玉器店遇见一只玉镯/戴在你羊脂般的手腕/ 赛里木湖水环绕你的臂弯 / 这该是怎样一种洒脱 / ‘亲爱的　亲爱的，我爱你胜过爱自己’”，最后这句独白可能是出自姐姐之口，也可能是出自妹妹之口，但无论出自谁之口，那种姐妹之间因意外聚首而产生的惊喜是溢于言表的，独白显然将这种人物的在场情态进行了鲜明揭示。有时则是为了与隐含读者展开及时的交流和对话，例如《减法练习》中，诗人描述删掉了若干电话后，突然插入一句独白："呵呵，你懂的"，这个独白的插入，显示着诗人同隐含读者及时对话的心理吁求，表现力无疑是很强的。

从容诗歌对戏剧性场景的铺设和摹状也较为用心，读她的诗往往会有一种情与景鲜活生动、如在目前的感觉。如《倒车》中"我"与妹妹声音的遭遇、摩乳巷与姥姥的重逢，《告别》中"我"与"你"的神遇，《无中生有》中"我"目送逝去姥姥的肉身被推进熔炉的情形，《隐秘的莲花》中"我"在一万朵含苞待放的莲花中被"你"轻轻唤醒的情状，都是较为典型的戏剧化情景。与此同时，在从容那里，同一首诗的戏剧化场景往往不只是一个，而是多个，多个戏剧化场景的并置，显然更充分揭示了变化无常的戏剧性人生底蕴。如《一样的，不一样的》一诗，就设置了三个不一样的男性出现在"我"的生活中的戏剧场景，第一个："我在华山路遇到过一个病人／跳过矮墙拿着刀／只为让我爱他"，第二个："在安福路剧场排练厅／一个戴眼镜的胡人为我戴上手铐／抱着我　血洗涤夜晚的大街／你和他长得一样"，第三个："草原上我见过一个男人／他把我的钻石放进梳妆匣背走／他不抽烟不喝酒／他的名字和你一样"，对这三种戏剧场景（同时也含有戏剧情节）的铺叙，是为了引出"我"对"你"的至爱的表达，诗歌的最后一节就显得水到渠成："你的声音和他一样，/但你手里永远不会有刀。/你长得和他一样，/你的手里永远不会有手铐。/你的名字和他一样，/你永远不会背走我的一切。”人生如戏，戏如人生，从容诗歌中的戏剧化情景的描摹，使我们对人生不觉生成更为深刻的认知。

在从容诗歌中，诗人对戏剧时空的设计和安排可以说是最有特色、最富个性的，这可能跟她对佛禅的习学和谙熟有关。某种意义上，佛教的轮回生命假说里是含有独特的时空观念的，具体地说，在生命的轮回过程中，人类其实并不只是生存于单一的时间和空间里，而是存在于多重时间与多维空间之中。受佛学深刻影响的诗人从容，也就秉有着一种与众不同的生命时空观，她把不同时空之间的自由穿越、随意往来看作极为稀松和平常之事，在她那里，同一个人或者同一种物可以同时存在于不同时间与空间之中，这是完全可以理解和接受的事情。《老了，去哪儿》一诗这样写道：“在过去现在和未来的灰白色深巷里/一次次遇见你/挽留我，去看乌桕叶穿红衣/炊烟成佛”，“我”和“你”的相遇，显然是在多重时间里展开的。该诗的最后一节：“石板路上，你老了的脚步声和着/我轻声的密语/马头墙　在听”，又写出了多维空间共在的宇宙特征。此外，在《倒车》《告别》《北京哭了》《催眠师让我看到了往昔》等作品中，我们也都能明确地窥见诗人对时间多重性和空间多维性的形象阐释。

另外，从容诗歌中还呈现出戏剧角色的配置、戏剧情节的构筑等戏剧化艺术手段。在从容的绝大多数诗歌中，除了一个个性突出的抒情主人公“我”经常在场外，一般都还会有另一个与之形成生命交会和精神对话的他者——“你”的存在，两个人的登场，将一曲人生之戏精彩上演。同时，从容还精于构筑戏剧性情节，前述《一样的，不一样的》一诗已验证了此点，再如《那些田野》一诗："突然断电了，你站在舞台的光圈里/对我说，年轻的时候，我爱过一个女子/背叛了我，我不知道怎么来爱你/用一辈子，一辈子都是你一个人的"，这里呈现的也是一个戏剧性很强的情节片段。除此以外，从容诗歌中的戏剧性意象、戏剧性主题和戏剧性节奏等戏剧元素也普遍存在，可以说，戏剧化构成了从容在诗歌表达中惯常采用的一种独特的美学策略，这种美学策略的使用，既促进了诗歌意蕴的有效彰显，也使从容诗歌的个性化特质得以强化。

四、结语

毋庸置疑，在新世纪女性诗人中，从容是独特的，是富有个性的，是其他诗人难以替代和复制的。她的诗歌以轮回的佛家教义为思想基础，来揭示生命中蕴藏的佛理禅趣；以慈爱作为情感基调，来敞现一个心宽若海的现代女性所具有的晶莹透亮的心灵底色；她将自己熟悉的戏剧艺术的审美形式，移用到诗歌表达之中，戏剧化由此构成了其诗彰显诗意的独特美学策略。从容经过心灵的冶炼而孵化出的"现代女性禅诗"，构成了新世纪女性诗歌的独异书写形态，因而值得我们长久的关注和不断的阐释。

当代女性诗歌中的“中年写作”

审视王妃诗歌创作的诗学特征与审美意义，可以有很多的角度和层面，从不同的角度和层面出发，能够观照到诗人艺术世界中的不同方面，进而得出不同的结论。如果仅仅从艺术技巧和语言表达的层面来探究王妃的诗歌，那么我们可以挖掘出其文本内部闪烁着美学光泽的元素与成分，进而把握到其形式层面上的艺术征象，不过这样的探究可能只是对我们走进王妃的诗歌世界有一定的助益，但无能让我们在更高的历史境界上来领会王妃的意义。基于此，我倾向从历史的维度上来思考王妃的诗歌表达及其文学史价值，本文尝试从“中年写作”这样的代表20世纪90年代至今的一种较为典型的诗学理念的层面上来搜寻王妃诗歌创作的行进轨迹，以便将王妃诗歌所体现出的新世纪女性诗歌创作的新路向与新景观提炼和概述出来。这样的研究既涉及对王妃诗歌文本的细致读解，更涉及对90年代以来至今的一些相关的诗学命题和创作现象的探讨与追问。

一、“中年写作”与新世纪女性诗歌

“中年写作”这一诗学命题是当代诗人欧阳江河在《当代诗

的升华及其限度》一文中提出的，这个概念的提出，是建立在新时期以来的中国新诗从80年代向90年代转轨与蜕变的审美假设的基础之上的。在这篇文章中，欧阳江河这样解释当代诗人在90年代初期呈现的“中年写作”现象：“中年写作与罗兰·巴尔特所说的写作的秋天状态极其相似：写作者的心情在累累果实与迟暮秋风之间，在已逝之物与将逝之物之间、在深信和质疑之间、在关于责任的关系神话和关于自由的个人神话之间、在词与物的广泛联系和精微考究的幽独行文之间转换不已。”[①]我们必须注意这里所说的“写作的秋天状态”、“转换不已”等关键词，它们试图阐释的是90年代诗歌的成熟性、多义性和非武断性等特质，同时也暗示读者对90年代诗歌进行历史把握时应具有更广阔的思维视野和更开放的意义容涵度，否则是无能把捉到其艺术真髓的。

在欧阳江河看来，整个80年代的诗歌创作，其实都应视为新时期诗歌的“青春期”，英雄主义情结、集体主义意识较为突出和浓厚地笼罩着这一时期的创作场域，而以1989年为分水岭，90年代以来的诗歌创作发展了极大的变化，一些诗人有意识地在时间、数量、质量等生命维度上进行新的思考与表述，其诗歌文本显示出与80年代迥然不同的艺术征候。欧阳江河说：“青年时代我们面对的是‘有或无’这个本体论的问题，我们爱是因为我们从未爱过，我们所思想、所信仰和所追求的无一不是从未有过的。但中年所面对的问题已换成了‘多或少’、‘轻或重’这样

① 欧阳江河：《站在虚构这边》，三联书店2001年版，第56—57页。

的表示量和程度的问题，因为只有被限量的事物和时间才真正属于个人、属于生活和言词，才可能被重复。”[①]我认为，欧阳江河以“青年时代”和“中年时代”来分别对位80年代和90年代的比喻式描述，是基本符合当代新诗发展的历史真实的，因此，欧阳江河所描述的90年代诗歌的“中年写作”现象，对于认识90年代以至新世纪的诗歌美学来说有着突出的指导意义。

欧阳江河的这篇文章提及的诗人包括王家新、萧开愚、西川、陈东东以及欧阳江河自己等，也就是说都是属于“知识分子写作”群体的男性诗人，对于此一时期的女性诗人，他并没有在“中年写作”的诗学阐发中提及。我认为，这或许不是欧阳江河本人的疏忽，而是现存的诗歌历史确实如此，在90年代新诗的“中年写作”中，女性诗人基本上是缺席的，那个时候有代表性的诗人如翟永明、伊蕾、唐亚平等，大都在思考有关女性的社会生存空间和历史地位等属于西方女性主义者思考过的重大问题，而事实上这样的思考以及诗歌反馈，无疑还显露着某种“青春期”的思想迹象，与80年代中国社会的历史底蕴和精神氛围差离不远。

新世纪以来，随着路也、安琪、蓝蓝、林雪、阿毛、宋晓杰、离离等诗人的迅速崛起，一批关注现实境遇，立足于思考生活中“多与少”、“轻或重”等“表示量和程度的问题”的诗歌作品从她们的手中大量问世，女性诗歌才真正进入“中年写作”期，这一定程度上预示着女性诗歌创作在新世纪的成熟和成型。安徽女

① 欧阳江河：《站在虚构这边》，三联书店2001年版，第58页。

诗人王妃近年来凭借《中年赋》《我们不说爱很久了》《那个字》等诗歌篇目在当代诗坛一路蹿升，并迅速加入到新世纪女性诗歌的“中年写作”队伍之中，她的横空出世，可以说是安徽诗坛的一个奇迹，也是新世纪女性诗歌写作显示出勃勃生机和活力的重要例证。

二、走向中年：王妃诗歌的行进路线

从王妃的简历中我们不难得知，她从大学时代就开始发表文学作品，而真正开始诗歌和散文创作的时间应该是2008年。也就是说，她在诗歌土地上耕耘的时间并不太长，而当踏入诗歌疆土之时，她早过了而立之年，对于人生、事业、自我的认识，其实已经处于一个相对稳定和成熟的年龄阶段，这也预示着她的诗歌写作从起步时候就形成了“走向中年”的情感表达态势。在2009年到2012年这短短的四年之间，她的诗歌创作处于一种爆发状态，几乎一年上升一个台阶，与此同时，她在大型诗歌刊物上发表的诗歌作品从数量到质量都是令人称叹的，受到诗界同仁的瞩目。如果将王妃近年来的诗歌创作划分为几个阶段的话，我认为，按照其“走向中年”的心路历程和艺术展开线路，2009年应该算是酝酿期，2010年是发展期，2011年到2012年是成熟期。酝酿期和发展期是她“走向中年”的过程，成熟期意味着她达到了“走进中年”的目标，完成了艺术的真正蜕变。

2009年是王妃踏踏实实开展诗歌创作事业的重要一年，在她的诗集编目里，我们发现，她将这一年写作的诗歌冠之以“新生”的总题，这种比喻式的题目取用，某种程度上暗示着她将诗歌创作看作自我人生升华的一种有效途径。这一年她写作的不少诗歌虽然总体上看还稍显稚嫩，但对于中年的感悟和体验已然露出端倪。《真实》如此写道：“你说爱的时候，我刚走进家门 / 手里拎着的鞋子是真实的 / 鞋子掉到脚背上是真实的 / 脚背上的疼痛是真实的 / 疼痛后的泪流满面是真实的 // 不知道，你说的话是不是真实的”，诗歌首节用顶针修辞格，写出了抒情主体在外奔波之后，回到家中时显示出的狼狈情状，这或许是人到中年时司空见惯的生活场景。第二节写抒情主体面对丈夫的一声“爱”语，显示出的某种犹疑与猜忌，这样的设计是耐人寻味的。如果按照青春期的情感思维，当一个人累了困了回到家中，那声“爱”的呼唤立刻会如甘霖蜜汁，让人精神一爽，倦累全消。但诗歌中的“我”却对那甜蜜的话语显出了迟钝、迷茫甚至猜疑的态度，这是不是现代社会里某种中年心境的真实曝光呢？

如果说《真实》一诗从艺术技法到情感成色都略微简单的话，那么随后创作的《无眠》一诗则丰厚了许多。这首诗也只有两节，全诗为：

昨夜的雨水态势迅猛
慌乱中闭合的窗
将惊悚的眼神丢到了室外
噼啪！一声脆响

水杉倒在子夜

堵住时间的出口

夜，比一条河流漫长

布谷鸟叫醒了另一个黎明

我决定继承母亲早起的习惯

不看镜子里红肿的眼睛

先把炊烟升起来

再把潮湿的衣被搬到阳光下晾晒

对于王妃来说，失眠的时候肯定不止这一夜，但诗歌描述的这一次“无眠”无疑是意义重大的，因为无眠之中，诗人做了一个重大的“决定”：“我决定继承母亲早起的习惯 / 不看镜子里红肿的眼睛 / 先把炊烟升起来 / 再把潮湿的衣被搬到阳光下晾晒”，在这样的“决定”中，“我”完成了生命中极为关键的角色转换，从从前的先关注自己（“看镜子里红肿的眼睛”），转换到而今的先关注家庭和生活（“先把炊烟升起来 / 再把潮湿的衣被搬到阳光下晾晒”），在这样的转换里，一个女性对人到中年的角色认同赫然可见。

2010年是王妃“走向中年”的创作发展期，这一年，王妃诗歌创作的态势不减，而迈向中年的情感线路也更清晰。她学会不让爱情停留在表面的光鲜亮丽上，而是力图“在深处放养爱情”：“不挂在月亮上，不植在温室里 / 要放养就放养在深处：深海，谷底，或者沙漠的中心。”（《在深处放养爱情》）这种深处放养爱情的生命态度，显出的是诗人面对中年时的克制、隐忍与冷静。

为了抑制自己的欲念，真正完成进入中年的人生蜕变，诗人还想象自己能够做到："我努力掏空自己，让自己/越来越轻/我想骑着一粒尘/自由飞奔"（《尘》）。与此同时，在现实生活中主动承担所有的重压："我已经习惯了，用父母赐我的本名/挑起生活里所有的重——/情义、仁爱、苦难和坚忍。至于/滚落的汗水、泪水和血水，这些/有色的和无色的，有味的和无味的/是时光的罅隙中渗出的体液，它能带走我体内的咸和腥，却挪不动我心头的磨盘"（《夜无题》）。在王妃看来，真正的中年心态，或许是努力忘却自我，做一个现实社会的"隐身人"："把姓名隐起来/把性别隐起来/把年龄隐起来/把影子隐起来……"并且"要时刻牢记：作为隐身人/你没有自己"（《隐身人》）。可以说，诗人上述这些在心路上的探索与倾诉，为她在日后迅速走进中年作了坚实的铺垫。到了2011和2012年，一种立足中年的生命境界，对这个特定的人生场景进行诗意呈现的"中年写作"，在王妃的诗歌创作得以完美地凸显出来。这种"中年写作"，也因此成了王妃诗歌的当下表征。

三、中年沉吟：王妃诗歌的当下表征

中年究竟对一个人的一生意味着什么？人到中年又该处于什么样的精神状态和心灵状态之中？一个人究竟怎样对待中年的莅临才算是正确的生命态度？对于这些问题的回答，恐怕是人言人殊的，并没有标准答案。在诗人王妃那里，中年常常是一个负压过重的时期，困乏、劳苦、疲累，写满了生命的空间，这“虚胖的中年”，总是使人心情纷杂，夜不能寐：

我尽量保持端正的坐姿，任夜色
爬上眉梢，挂上厚厚的霜
将墨色窗帘轻轻合上，我好想睡。
文件夹、水池边的碗筷、儿子的作业本
还在耳边，发出窸窣的响声
像家鼠鸣出的警报。
有时，我真的想：不管了，
我这就倒下去了，你们别想用什么词语
来撑开我的眼皮！我真的
真的想睡，却越来越不敢睡。尽量
保持端正的坐姿。即使顺应人间的意志
躺下来，也是睁着眼睛做梦、呓语
偶尔，在凌晨
三两点钟，从记忆里惊出？盗汗、潮红
“虚胖的中年”，在枕边人起伏的鼾声里
既得安慰？又得恐惧

这首《中年赋》创作于2011年1月初，应该算是王妃首次将“中年”这个时间符号放置在标题之中的诗歌作品，这也暗示着从这个时候起，“中年”才真正成了诗人艺术表达的重要题材和话语范式。《中年赋》写出了诗人对于中年的真切体验和敏锐感知，人到中年时的那种困乏、烦琐、想睡而不敢睡的精神情况在文字中捧水可掬，同时，中年人那种既安慰又恐惧的复杂而矛盾的心态也让人感同身受。

当然更多时候，中年应该是淡然的，是自得的，是情绪舒缓的，是内心平静的，没有了青春岁月时的激情似火，有的是曾经沧海后的平淡与归真，这样的中年情景，就像这雪后的世界："阳光是洗过的，草叶是洗过的 / 鸟群从农舍的楼顶掠过，立在光秃秃的树干上 / 像刚长出来的新叶片 / 它们歌唱，嗓音清脆 / 是洗过的　扑棱棱的翅膀也是 / 洗过的"（《雪后》），中年就是洗过的一段人生，它恬淡、清新、自然，这样的生命处境不是令人神往吗？之所以能够感知到中年的这番"洗过"之境，是因为诗人已历经了人生的历练与蜕变："在江南，在年复一年的雪中，/ 我的人生，由棱形渐磨成方形 / 再由方形，磨成圆形 / 现在，我手握一朵雪花 / 稳稳居于圆心"（《一朵雪花的命运》）。

中年的生命情态不只是体现在自我对世界的理解与感知中，更体现在与那个"枕边人"关系的悄然变化里，当曾经相依相伴的两个人携手走进中年，爱情已在岁月的磨蚀中渐渐清淡，而亲情则在彼此的心间潜滋暗长，情感形态的置换使我们的日常生活与从前有了很多不同。这正是王妃的《我们不说爱已经很久了》所体现的生命内涵：

省略姓氏。有时也会省略名字
直接说嗳或者嗯

争吵，或者不理不睬，但不影响在餐桌边
围坐、就餐、叮嘱孩子

在拧灭台灯之前，把明天再次认真算计一遍
最后，用呵欠的尾气拖出一个长音——
“睡吧”
省略“晚安”。省略所有的肌肤相亲。
若是寒夜，就在各自的被窝里想念
空调、电热毯、暖手宝、热水袋……
这些能散发热气的名词，会让冰凉的被窝和身体
慢慢暖起来

在中年的人生阶段，二人世界的话语传递和情感交流肯定不如青春时期那样葱郁、鲜活和热烈，有的可能是删繁就简，一切都似乎变得程式化了，诗中的“省略”一语准确道明了此时的生活情形。但是，两个人交往之中的诸多“省略”，并不意味着情感的消减和关系的怯生，而是意味着彼此的心境和对于感情的理解进入到新的层次，换句话说，“我们不说爱很久了 ”，并不意味着我们之间已没有爱了，而是我们的爱情有了升华和转变，步入了一个新的境地。从这里我们认识到，当代女诗人的“中年写作”，是一种贴近生活真实和生命本质的写作，因此是充满艺术感染力的。

四、王妃的“中年写作”及其诗学意义

凭借出色的“中年写作”，王妃只花了短短的几年，就收获了属于自我的特定诗学标记，并在当代诗坛占有了一席之地。王妃的诗歌创作之路是顺畅的，也是成功的，从这一点来说，其“中年写作”的艺术选择无疑是成功的。自然，在新世纪女性诗人群体中，像王妃这样“中年写作”为基本表达策略的还大有人在。对于新世纪的女性诗歌来说，王妃等诗人所采取的“中年写作”的表达策略，具有不凡的诗学意义。概括起来，大致有下述三点：

第一，“中年写作”在新世纪女性诗歌中的隆重出场与精彩演绎，使新世纪诗歌尤其是女性诗歌呈现出多元化、多质化的审美态势，优化了女性诗歌的艺术品质。我们知道，在近百年新诗发展史上，女性诗歌的审美形态一直是单调的，不太丰富的，尤其是对不同年龄阶段的诗意呈现，在女性诗歌创作中更显得稀缺。新世纪以来，路也、林雪、安琪、阿毛、李轻松、王妃等诗人，都不约而同地对“中年”这个特定年龄阶段加以仔细的思忖、沉吟和精彩的艺术书写，这些女诗人较为集中的“中年写作”，对于开拓女性诗歌的创作领地，使女性诗歌呈现出多元化的艺术景观来说，所具有的积极意义不容低估。

第二，“中年写作”某种程度上显示的是诗人对生命的一种态度，对历史的一种领悟，对自我的某种认同，因此，王妃等人

的“中年写作”，从一定意识上明确昭示了新世纪女性诗歌所具有的深刻的历史意义与生命意识，这对于我们从更高的精神层面来认识其艺术价值来说是有极大帮助的。必须承认，世间女性都希望自己青春不老、红颜永驻，中年的到来无疑意味着女性青春芳华的逐渐远逝，意味着许多美好的岁月踪影均将走入梦幻般的记忆之中，这对女性来说是极为残酷和惨烈的，因此，很多女性一时之间都是难以接受中年来临的严酷现实的。然而，王妃等诗人不仅要理性地接受这种现实，还用诗歌的形式较为准确和细腻地展现女性面对中年时的生命情状和精神境遇，这是值得敬佩的。换个角度看，不管你接受还是不接受，中年的时日该到来总会到来的，因为没有人能超越时间的法则，在这样的处境下，或许只有平静和理性的“中年沉吟”与“中年写作”，才是诗人进入这个年龄阶段的更为明智的艺术抉择，而正是这样的艺术抉择，才赋予了新世纪女性诗歌更为鲜明的生命情怀和更为深刻的历史意识，从而提升了女性诗歌的美学成色。

第三，女性诗人们在新世纪所展现的较为强势和集中的“中年写作”，一定意义上也构成了女性诗歌在新的历史时代进一步成熟和完善的重要界碑，它使人们充分意识到女性诗歌力量的整体崛起和不断壮大，也对新诗在新世纪的持续发展与不断繁荣充满了信心。我们知道，新时期以来至今，中国新诗创作取得了非常突出的成就，优秀诗人和诗作层出不穷，这是有目共睹的。不过，很长时间以来，中国诗歌界一直存在阳盛阴衰的问题，也就是说从80到90年代，优秀的男性诗人相当多，而女性诗人数量相对少，突出和优秀的女诗人更是屈指可数。不过，进入新世纪之后，随着网络技术的不断发展和女性社会地位的普遍提升，女性诗人队伍不断在扩军，大量女诗人的创作才华也逐渐展露出来，她们成为新世纪不可忽视的一股创作势力。女性诗歌力量在新世纪的群体崛起，是一个值得关注的重要诗歌现象，我和诗人李少君在多篇文章中都阐释过，并曾以“新红颜写作”的命名来称述过新世纪的女性诗歌。[①]不过，虽然女性诗歌力量在不断壮大，但很长时间以来女性诗人标志性的美学符号并不突出，女性诗人对于宇宙人生的独特理解与阐释并不显明。随着王妃等人“中年写作”诗歌的不断问世，女性诗人在新世纪终于发出了属于自己的有着不凡的生活理解与生命认知的独特声音，从而在一定程度上获得与男性诗人平等对话的权利。总而言之，借助带有普遍意义的“中年写作”，女性诗歌迅速形成一种集体性的美学力量，在新世纪诗歌舞台上，展现出前所未有的创作潜力，散发出熠熠夺目的艺术光芒。

---

① 相关文章有李少君、张德明：《海边对话：关于“新红颜写作”》，《文艺争鸣》2011年第11期；李少君：《“新红颜写作”：一个新的诗歌现象》，《延河》2010年第11期；张德明：《“新红颜写作”：一种值得关注的诗歌现象》，《扬子江评论》2010年第4期。

“战争”“女性”“长诗”①

——胡茗茗近期诗歌中的几个关键词

“战争”题材往往是现代诗人抒发爱国情感所依赖的主要价值载体。战争场面的宏大叙述、英雄主义的理想建构、敌我双方的血腥交戈等等，常常是这类诗歌中基本的表达范畴。在新世纪的历史语境中，如何对革命“战争”进行重新书写，并超越以往战争诗歌的传统模式，敞现新的审美内涵，将是一个重要的诗学命题。从2008年5月到2009年6月，胡茗茗在短短一年多的时间内，连续创作了《地道》《火焰槐花》《破冰》《埋伏》《水戏》等多部有关战争题材的长篇抒情诗，而且艺术水准也相当不俗，可以说是当代诗坛的一个奇迹。作为一个女性诗人，胡茗茗是采取什么方式来书写战争题材的诗歌，又是如何成功地驾驭了长诗写作呢？细读以上五首长诗，我们不难发现，胡茗茗不是从传统的民族心理习惯来还原战争现场，体现集体无意识，而是通过主体生命的积极介入来体验历史深层内核中的无限与永恒。因此，文本中独具个性特征的生命、情感和精神，通过战争题材的诗篇获得了完满而清晰的呈现。

---

① 本文与钱韧韧合写。

一、“战争”书写

自古以来，“战争”就是中外诗人重要的观照对象，大部分的战争诗往往会展现战斗中的两军对垒和敌我火拼的情景，给予读者直观的现场感受和情感共鸣。而胡茗茗的战争诗却超出了传统战争的表达惯例，不去再现战争中狼烟四起的风云场景，而是寻求超越历史表象的生命向度和精神实质。其诗情的喷涌不是通过血腥的战斗场面来直接激发的，而是在对个体生命生存与消亡的沉吟中渐趋高潮。例如《地道》，全诗共二十一节，相关的战争场景直到十六节的档案五才开始少量涉及：“多么富有想象力的民族/冀中平原出现了奇幻战争”。尽管如此，诗歌也避免对两军正面交锋场面的直接书写，而仅仅通过对敌方单向度的“想象”和“虚构”来展开笔锋。其中有对“地道”的赞叹：“我们把村庄搬到地下/我们把战争搬到地下/我们使无险可守的平原/变为坚不可摧的要塞”“地道战，嘿！地道战/埋伏下神兵千百万！”也有对敌军的愤慨：“土褐色的血管继续延伸/智慧和勇气继续延伸/我要把地道挖到你家去，鬼子！/挖进你的碉堡和岗楼，月黑风高”。这种愤慨和斗志是建立在之前五个档案里一个个生命陆续消逝所引发的情感体验中的。随后的几节也没有大篇幅地描绘战争场景，而是更多地上升到对生命和死亡的思考，这也与诗歌的起始相互呼应。我们很容易看出，文本一开始便将战争设置在生命意识、时间意识和存在意识的高度上。首节“我们所要搭乘的路线：/ 65年前、百年以后、公元前 / 乘客：男人、女人及其死者 / 方向：秘密、空缺、安全 / 司机：时间”，这样的开头，不禁让我们想起伊丽莎白·毕肖普《麋鹿》中落脚于生命和死亡的诗句“一辆巴士向西驶去”。不过与之相比，胡诗显得更有深意，时间、人物以及事件的象征性均暗示了主体意识和客观世界的某种联系。搭乘的路线没有具体指向，乘客涉及生死，未知的抵达方向，时间的纵深向度，都使得《地道》一诗从酝酿之初就显示出形而上的审美制高点，并同诗歌结尾处形成纵横捭阖之势。所以说，胡茗茗战争诗的侧重点并非在于对战争场景的直接呈现，而是透过积淀着战争遗迹的情感经验，来彰显那些超越历史表象的恒久性价值。

英雄人物同样也会在胡茗茗的战争诗中出现，例如《埋伏》中的王二小。不过，诗人摒弃了传统的浪漫主义和理想主义的宏大抒情，并未将其演化成为战争献身的“抽象化”的、象征性的英雄符号，而是将王二小作为和诗人骨肉相连的亲人来抒发对其少年生命消逝的悲痛之感。我们知道，新世纪的诗人是很少有人能亲历战争年代的场景的。那么，胡茗茗如何在历史的“元素”中建立战争叙述呢？她首先是将自身植入战争背景，且将英雄人物看成是自己的亲人和生命的一部分。这种构思不仅弥补了“想象”性体验中所缺乏的现场感，而且可以使读者更为便利地进入诗人视角，并与战争人物同呼吸、共命运。《埋伏》的题记是：“你由一块儿总爱贴着我的小膏药，/ 变成一场战争的止血绷带。”两种物象的比喻不仅突出了“你”（王二小）与“我”（母亲）的关系，而且从“小膏药”向“止血绷带”的转化也令人触目惊心。接着，诗歌首节以母性的语言来反复吟唱：“其实你没有血肉模糊 / 甚至根本不是睡去 / 你只是很乖很乖地做个小孩 / 委屈地扎进娘的怀”，诗人将抒情主体设置为王二小亲人的身份，这种抒情方式使诗中流溢的情绪更为真切动人。如果说单一视角的写法和传统的战争诗并无二致的话，那么胡茗茗战争诗的高妙之处还在于，诗中的抒情视角是多重的、多变的。例如在《埋伏》中，诗人将抒情主体设置为“娘”“王二小”“战士”“诗人”等多重身份，这些角色的不断转换和相互对话，为诗歌文本增添了多义性和象征性，扩大了诗歌的意义容量和情感幅域。再者，诗人对英雄人物王二小的塑造也是建立在对自我、对战争进行反思的基础上的：“我们顺从了内心的凶险 / 在山峦周围设下圈套”“眼看你步步走在刀尖上 / 步步敲击我的措手不及 /——亲手埋下的死路 /——覆水难收”，诗人也隐晦地表现了对王二小为战争计谋而承担诱饵的悲痛之情，对战争中常见的狭隘民族主义观念提出了某种新的思考。总之，胡茗茗的战争诗在战争的物质性元素上融入了诸多个体性的情感话语和生命经验，从而有效避免了传统诗歌中口号式、标本式的理想主义抒情的泛滥。

二、“女性”视角

在传统战争诗篇中，女性一般作为战争背景中被物化的形象而存在。她们或被塑造成战争后方的思念主体，或被物化为战争中谋取利益的工具，即使有书写女性建功报国的诗篇，也往往建立在性别乔装的基础之上，《木兰诗》就是一个典型的例子。在20世纪的抗战诗中，大多数的女性人物也仅仅是战争意识形态中符号化的形象，而在战争演绎中直接表现女性意识的诗作则相对较少。诗人胡茗茗突破了以往战争诗的局限，她充分发挥着自身的性别优势，以独特的情感经验与知觉气质，写出了女性视点上别样的战争意味。

胡茗茗战争诗中的抒情主体大致可分为诗人、个体和集体三重模式。而且，她善于在诗歌中变换多重身份，在各种视角的转化中进行着言语的吐纳。在《破冰》中，抒情主体以“诗人”的身份出现，表达了对一代伟人的敬仰与爱戴之情。诗歌中抒情的力量是通过“诗人”向“伟人”的单向度对话而展开的：“被掩埋的古老的苦痛啊，父亲 / 你抹去了上面的皱纹和绳索 / 重新擦亮了生命的藤条筐”。同样，她在文本中也将抒情主体设置为“伟人”子女的身份，并通过诗意的语言来呈现诗歌的深层意蕴。在《火焰槐花》中，诗歌的抒情主体是作为见证白求恩生命过程的亲历者而存在的。诗人主要是采取“个体”的抒情方式，叙述英雄人物的言辞和行动，并对其进行更深层次的认知和思索。在战争医疗场景的真实“想象”中，诗人寻求与受述者对话的可能性，并最大限度地从身份叙述的感知中高扬普通人物的生命意识：“锃亮的手术刀，简易床板 / 优雅的手指行云流水 / 拔走吸管，你用嘴唇直接吸出脓血 / 我残破而断裂的身体 / 第一次得到了安顿”，诗人以病人的形象真实地书写了手术期间的感受，且流露出对白求恩的感激之情。而诗歌《地道》的档案五则是以

“集体”的声音进行叙述和抒情的：“我们把地道挖遍中国，四亿人的力量 / 跨黄河、跨长江、沿日本海过富士山 / 直挖进低矮的榻榻米，放牧我们的羊群”。值得注意的是，整首《地道》实际上是多重叙述声音的交互转化，从第一节至第六节，“诗人”的身份和地道中“个体”的身份交替登场，从第七节到十七节的各个档案叙述中，多重“个体”身份相互之间又不断转化，正如十九节中所描绘的那样：“在时空转换中我不停转换角色 / 农民、战士、诗人、理想与现实主义”。“个体”身份在前几个档案的叙述中不断变化和推衍，直到最后一个档案，才升华为“集体”的抒情主体和叙述声音，从而将整首诗的情感推向高潮。在档案叙述完成之后，抒情主体又还原到“个体”的，或者说是“诗人”的身份，来表达对生命、苦难和大爱的喟叹：“苦难给我们恐怖，而我们用它来抒情”“有多少条生命就有多少条地道 / 它们是否应该存在？在这个夜晚 / 我突然对此产生疑问”。这样，胡茗茗的战争诗就从物质形态的形而下层面上升到艺术、哲学和美学的形而上高度，引发读者对战争更强烈的共鸣与更深层次的反思。

在多重抒情主体和叙述声音中，胡茗茗自觉融入了自我的女性气质。她不去直接描摹宏大的战争场景，而是常常从某一细节性的具象或事物入手，在对共时性元素进行挖掘之后，渐渐凸显诗中的抒情对象。她不是从空泛的重大题材和表现内容出发，而是从生命、精神和存在等超越时空的本质上，书写主观的情感体验和战争叩问。同时，胡茗茗也善于运用女性的知觉器官，将其对历史的“想象”性体验注入性别的无意识质素。如《水戏》一诗，就不是直接地展现战争中的两军交锋，而是将战争当成斗智斗勇的游乐场而存在。这在某种程度上象征着诗人积极昂扬的乐观主义精神。诗中更多的是描绘“雁翎队”风景如画、如歌谣般的战争环境，并且在生命和死亡的主题中呈现出许多艺术美的元素，如“枪声仍在继续 / 飞翔仍在继续 / 生命仍在继续 / 那弱小生命里的坚强和执意 / ——美轮美奂的飞翔 / 随意定格都足以让人窒息”，诗中用飞鸟弱小生命的飞翔，来隐喻战争年代人们生存的坚强生命力。胡茗茗能将战争中的死亡和生命描写得如此之美，是建立在她作为女性对生命感触细敏、对美的追求执着的基础之上的。

同样，胡茗茗的诗歌中也有着一些身体的书写。在一些女性诗歌写作中，诗人将身体赋予的特权作为顺从或颠覆男性统治话语的工具，或者是对其进行本能欲望的感官书写。而胡茗茗的诗歌却是以独特的女性经验来感受生命对身体的赋予。在《火焰槐花》中，诗歌标题为“纪念一个带伤口的男人”，也就是说，诗人先是将白求恩作为一个普通的男性来看待的。她写道：“‘人体多么优美，器官精巧完善 / 他们的运动精确无误，非常驯服，非常自豪’ / 现在，我就是你的作品，你的战场 / 你纯金而无助的宝贝”，或许，也只有一个女性诗人才可能将身体比喻成医生的完美杰作：“纯金而无助的宝贝”。诗人在开头就写道：“我是你的女儿，你的姐妹 / 你万劫不复的情人”，女性具有的多重角色决定了“爱”的多义性：“你爱着我的贫困，我的创伤 / 我一草一木的陌生和荒凉 / 心想着槐花饼子、槐花饭 / 我们编织白色的花环 / 槐花蜜里的成分昆虫理解得 / 比人更深刻，吞下这些

火 / 我们通体发光，戴上这符号 / 我们是生命祭坛上的祭品 / 时空隧道里的双刃刀”。而“我们”的“爱”又是怎样的呢？是病人对医生的感激之“爱”？是战争中相互扶持之“爱”？是男女双方相互倾慕之“爱”？还是对深刻生命的敬畏之“爱”？在女性多触角的生命体验中，这种“爱”之情感总是纷繁而复杂的，它们纵横交织在抒情主体的心灵深处，并且在连绵复沓的诗行中朦胧而多义地存在着。“热爱你残破的牙齿，干涩的唇 / 热爱你朝圣者般的灵魂 / 热爱所有不能击中我们的 / 轻漫和假象”，女性视野中的“爱”具有丰富的包孕性和流动性，诗歌文本也由此获得了更为深邃和真挚的情感指数。在《地道》的第十节中，胡茗茗将抒情主体设置为“李连瑞”的“妻子”：“你曾在我身上种棉花，我的丈夫 / 种红艳艳的辣椒，鼓溜溜的毛豆 / 粘掉嘴巴的棒子馇”，诗歌并不回避对“身体”和“性”的书写，但却并不是要以此达到身体的展示和欲望的狂欢，而是为了揭示战争缝隙中存留的真实人性与人情。这样的写作方式就超出了以往的战争诗中对“身体”的遮蔽，还原了战争大背景下的真实历史场景。感官的暴露和视觉的刺激不是诗人的叙述方式，她是将“性”隐喻性地与周围的环境相关联，对爱情本身进行诗意的还原性书写：“我们曾如此接近幸福”。此节反复书写着“我以为……”“我以为……”不断将抒情主体的情感推至高潮。然而“你，再也没有回来”，战争背景中的爱情如此短暂而残酷，生与死、爱与离别就在短短的一小节诗中有着惊心动魄的描写和升华。

三、“长诗”体制

长诗一般是较难驾驭的诗体形式之一，它需要诗人有超常的想象力、别具一格的构思、广博的经验与知识。这一切都必须建立在诗人对事物、生命和宇宙的深刻体会和熟悉把握的基础上。从胡茗茗的近期创作来看，她在战争题材的长诗书写上是较为成功的。她比较欣赏法国诗人让·贝罗的一句话：“诗歌中贯穿着一根火线：终止绝望，维系生命。”她认为自己同样找到了与内心与世界息息相通的火线。我想，正是因为诗人在绝望与生命之中不断探寻、触摸和抵达，所以她才如此完美地实现了内心对世界的诗意表达。

胡茗茗善于在战争长诗中巧妙地进行结构的安排。全诗共二十一节的《地道》，诗人在前六节中对地道本身进行了隐喻性的整体书写，并将其上升到生命和哲学的高度；从第七节到十七节，她从五个档案，五个事件，五个叙述视角，来展现在地道中超越生死的各类人物对于生命的直观感受和内心呼唤；从第十八节到第二十一节，诗歌是对时空、生命和战争进行追忆与反思，以此形成对历史本质的突破和超越。二十一节诗，在整体上具有深刻的寓意。诗歌最后一节写道：“而钟声依旧回响，反弹 / 好比一根钢针自头顶穿下 / 至地表，至地心 / 至有形或无形的隐秘所在”，这意味着战争给人所带来的精神和心理上的压抑是长久的，同时也暗示着21世纪的人类对于历史将继续进行反思。在

《火焰槐花》中，整首诗被划分为具有季节性特征的“春”“夏”“秋”“冬”四个部分。而白求恩一生的道路也是按照季节和时间的推延逐渐地走到了生命的尽头。同样，季节在线性时间的流动中又具有着循环往复的特点。所以在诗歌的“尾声”，诗人将叙述现场拉回21世纪，写出“死亡只是开始”的诗句，这意味着白求恩不息的生命和精神依然在现代人的回忆性视野中存在：“如今我已成为你的秘密通道 / 在生死之间来回穿梭 / 这两个被反复虚构、复制的世界”，诗人就是在此不断彰显出生与死、爱与永恒的主题。《水戏》则是将诗歌戏剧性地处理为三个部分：“序曲　晨曦　流水”“正剧　黄昏　苇塘”“尾声　夜晚　飞鸟”这些富有象征性和隐喻性的标题，可以看作是诗人对“雁翎队”不同角度与时间段诗意书写的概括。这种战争诗的结构安排，使得诗歌的形式和内容更加饱满而充实，整体性的象征和隐喻性也为文本增添了多义性和丰富性。

同时，诗人在长诗写作中采用了多种诗体形式。《破冰》运用的是自由体的形式，这样诗人的情感便能够坦率而自然地流露，并且可以随物赋形，尽兴尽意地描摹场景和抒发情致；《水戏》则频繁采用了歌谣体的形式：“在水上，船是我们的脚 / 是顺风耳、千里马 / 是你我兄弟的命 / 它可让我们转瞬之间 / 威风凛凛，突现在 / 敌人惊愕的嘴脸前 / 也可随我们在危险时刻 / 快速潜伏水底”，这种音乐性、通俗性的词语表达十分利于调动诗人、战士和读者的心理情绪，同时也易于传诵和歌唱；《埋伏》运用的是民歌体的形式：“小牛犊还能吃着老牛的奶 / 马驹子跟在老马的尾巴后面 / 四蹄撒欢，就连小草还能分到 / 太阳的温暖，娘！/俺天天穿着/您给的小褂不敢离身/就像穿着/当年您怀着俺的肚皮”，这种诗体有利于还原当时的历史语境，烘托更有亲和力的情感氛围。《地道战》和《火焰槐花》较多采用的是现代派的写作手法和语言技巧，其整体风格赋予了诗歌超越战争本身的形而上意味。

胡茗茗在战争诗中通过“回忆”和“想象”来书写战争和历史。她并非对历史材料进行简单的罗列与堆积，而是通过个体生命的体验、对话和交融来重写战争，重构历史。诗人以生命奔突的写作激情，来呈现新世纪的现代人想象历史、融入历史的心灵图景。多重抒情主体的设置，女性性别意识的参与，为战争诗增添了文本的多义性和丰富性；隐喻性的结构、象征性的手法和多种诗体形式的外现，展示出诗人对长诗形式的有效驾驭。“战争”“女性”“长诗”，抓住这三个关键词，也就基本把握了胡茗茗近期诗歌创作的某种脉络。

城市地理、乡村经验与现代性情绪

——横行胭脂诗歌片论

横行胭脂的诗摆在我面前。作为《红岩》杂志重点策划的“装订一部未来的新诗集”栏目，2010年第1期一下推出了三个诗人的颇具规模的大型组诗，横行胭脂是其中之一。展卷阅览，心澜层起，横行胭脂的诗用灵性十足的话语、思想与情绪融杂的意象不断刷新了我的现实理解和诗歌想象，使我觉得非说点什么才能缓解受诗歌冲击所产生的兴奋、紧张与压力。在当下覆盖性的诗歌批评甚嚣尘上，读后感式的诗论文字占据大小诗歌刊物版面的时候，有必要申说一下我的诗歌批评观。在我看来，诗歌批评并不是诗歌创作的直接衍生物，不是诗歌的附属产品，不是要用另一套文字和话语对原有诗歌作一次简单的复述和再现，而是以诗作为案由，言说文学理论意义上的诗歌所具备的某种特征，规律，乃至本质，对当下的诗歌创作加以规训，加以限定，引导诗人沿着正确的美学路向去完善，去提升。诗歌批评有属于自己的独特生命，它应该努力保持个性的自足，坚定捍卫自身的独立品格，而不能成为诗歌创作的跟屁虫和应声器。鉴于此，真正的诗歌批评必须基缘于某种问题意识，必须既立足文本又超越文本，既由个案性的诗歌出发而洞幽烛微，又能从个别诗歌文本中跳脱开来，建构具有一般性和普遍性意义的诗歌理论。诗歌批评与诗歌文本之间站立的位置是不一致的，它要么站在远高于诗歌作品的地方，以一种俯瞰的姿态来打量诗作的艺术模样和美学成色，对之做出更为准确的评判与裁决；要么立于诗作的内部而察言观色，对作品的语言、意象、节律、内在肌理和情绪脉搏进行细微的透视和剖解，从而科学地报告出诗歌身体各个器官的生理指数和健康状况。如果说前一种批评方式是“望远镜”式的话，那么后一种方式则是“显微镜”式的，诗歌批评家必须同时携带这两种工具，才有可能对诗歌文本做出最为确凿的观照和言说。在诗歌批评中，流质化的形象表述、诗意化的激情铺排必须尽可能地压制甚至扼杀，而让学理化的逻辑表达尽可能多地出场。如果单纯较量语言的优美和情绪的畅快，那么批评远不是诗歌的对手，甚至也不是散文的对手。所以，诗歌批评必须坚守自己的逻辑化原则，缜密的逻辑思维和条分缕析的学理展开自有它强大的能量和不可取代的震慑力，这是抒情性和叙事性文字无法比拟的。

岔开去说了些多余的话，重新回到横行胭脂诗歌的评述中。横行胭脂这次被推出的诗歌一共有19首，这组诗以“秦岭”为诗情散发的地理场域，艺术地展示了一个生存和生活于其间的平常女子的所闻、所见、所思、所感，诗人和秦岭的花草树木、阴晴雨雪、春华秋实之间显然构成了一种相互依存、互相生发的对话性关系，在二者的互相砥砺、各自发现中，秦岭的诗性呈现和诗人内心情感的物化这双重目标得到了共同的成就。细致分析这组诗的结构形态，我认为城市地理、乡村经验和现代性情绪正是这些诗歌搭建起来的三大重要材料，从对这三样建材的剖解入手，我们或许能解开到横行胭脂诗歌中隐在的某种诗学密码，洞见到其诗的微言大旨，并以此为基点，对当代诗歌创作的走向以及可能潜在的一些问题做出某些不乏深意的预判和论评。当然，对于横行胭脂诗歌的分析，不是这三者的阐述就能穷尽的，在这三者之外，我们还将说点别的话题。

城市地理

横行胭脂的诗歌中有一个显眼的名词："秦岭"，它是这组诗中最常见的地理学术语，也是贯通诗人诸般情怀的联系性符号。不过我认为，在胭脂诗中，秦岭只是一种想象性的空间，一个形容词意义上的存在，并不是诗人坚实的生命依靠和情感与欲望激荡而出的原发地。阅读诗作不难发现，因为涵盖空间的巨大，秦岭其实只是一种方位性泛指，一种带有虚拟性质的场景，不过它又是格外有意义的一个所在，因为它以其宽广的幅域和复杂多变的地貌与气候培育了诗人的各种诗情，换句话说，它的存在，为诗人采撷出人意料的意象和语词而大胆地写意抒怀开设了广博的表达空间，授予了诸多的特权。此外，秦岭无法构成诗人情绪衍生和思想萌发的确凿性空间还在于它身份的未明性，秦岭到底是城市，小镇，还是乡村，我们似乎都无法得知明确的答案。这样，要理解诗歌生产的真实厂址，我们必须在秦岭的版图上进一步细化，确切地找寻到诗人情感出口和生活想象的物质化基地。

在进一步的考辨中我们就能看到，构成诗人情感生成和生活想象的策源地的，应该是临潼，这是诗人寄居和营生、爱情和生育、一边表达依恋一边希望逃离的实体性空间。"我寄居过的

临潼小城 / 继续它平静的节气和雨水”（《我多么爱这个世界》），“临潼小城”，这是诗人在想象死亡时还念念不忘的一个地理空间，它其实已经构成了诗人与这个世界心手相连的本源性领地和场域。诗人在这个领地里行走、滞留、呼吸和挣扎，从此领略到生活的某种要义：“如果下了一场雨，这是一个漂亮的城市 / 如果不下一场雨，这还是一个漂亮的 / 城市 / 从阳台上可以望见残月，孤月，圆月，/ 素月，痴情之月 / 寡淡的人生以此相和 / 才添了一点情趣”（《生活的定义》）。“临潼小城”这一本源性的场域因为与诗人现实生活的血肉关联，使得诗人即或在表达某种人生“态度”时，也将其作为必要的倾诉对象和言语目标：

你要爱上这个城市
你就死心塌地地爱上了
爱这个城市一年四季的躯壳
爱庞大的物质结构下
生命的立体感
我身上属土的部分永远与大地链接
身上属水的部分已经献给了一个男人
身上属火的部分
足以保证我能以一个女性的角色
完美地生存下来
在阳光好的那一天　鸟的叫声特别稠密
树在风中奔跑　树叶的语言多么凶猛
楼房北边的树比南边的树跑得更快一些

花盆里　细腻的植物宠辱不惊地完成
生命赋予的天分
那一天　我失业了　并不哭泣
我还是那么　甜美　忧郁　高贵

在《态度》一诗中，城市物质结构的立体感和“土”“水”“火”气质兼具的女性生命之间达成了同构关系，二者的趋同性某种意义上隐喻着城市对个体生命结构的悄然改变，隐喻着个体对城市的理解和进入。一种如“家”的理念，便在主体对城市这种日渐的熟悉与确认中建构起来。

城市的产生得因于社会步伐的不断加快和物质化程度的飞速提升，城市出现后又将社会的图景涂改得更其错综和繁复，正如法国社会学家格拉夫梅耶尔所说：“社会生活的浓缩是城市化的根源，同时使得社会生活变得复杂和多样化。”[①]城市既改变了人们的日常生活方式，也扭转了人们的生活态度和生命期许。在横行胭脂《关于女儿的成长标准》一诗中，诗人写道：“从今天起/你不能浪费我辛苦挣来的粮食/你吃了饭后，就使劲长大/当然，你不能随意地长/要符合标准地长/比如身材/只许向纵向长/不许过分往横向里长/关于走路/得走大路/从幼儿园走到初中走到高中走到大学/不得有一步闪失/不许小小年纪就学妈妈写诗/没有经济头脑容易落魄潦倒/照你爸爸的话说/这叫走歪门邪道/只许你在工作以后谈恋爱/只许你在结婚以后生孩子/你的另

① 伊夫·格拉夫梅耶尔：《城市社会学》，天津人民出版社2005年版，第3页。

一半不能是社会底层的人 / 应该中产阶级偏上 / 成家以后不许吵架不许离婚更不许 / 婚外恋 / 只许安居乐业和气生财 / 不许你只向往活到八十岁 / 我要你永远活着，好歹活着，立志活着”。这样的诗歌题材本身就与“城市”有关，因为对自我前程的有意识设计，正是城市人比农村人更具生命意识的突出表现。在这首诗里，关于女性“身材”“谋生”“婚嫁”等等诸多观念的诗意化表述，其实也都深烙着城市人的思想观念的印痕。

诗人也写到了西安。作为与临潼比邻而居的大都市，西安显然是一座“看得见的城市”，在那里商品符号相当密集，人流和车流的浓度极大，人行街道的功能被改换，它不再是既提供人们通行又提供人们街头聚会、交谈、甚至静坐的地带，而变成市民赶赴各个购物中心的豪华“走廊”，正如罗岗指出的那样，这些街道已“失去了传统的公共性活力，沦为从一个消费空间到另一个消费空间的通道”。[①]《我们的车水马龙与外遇》的取景选择了西安：“可以这么说吗 / 西安火车站像个老情人 // 可以这么说吗 / 我们渴望外遇 // 从火车站出发 / 坐603路到南郊去吧 / 那里摆脱了一座城市的荒芜之气 // ‘向可能的缘分开放。’ // 那就坐915路到临潼来泡温泉 / ‘我把三万个帝王的孤独下移到了 / 民间。’ // 坐611路请你到西门就下车 / 找到骆驼巷去吃个早点 / 豆浆知心，油条一般 // 那年夏天连降暴雨 / 我坐511路去陕教院 / 小寨方向道路积水 / 我下车步行 / 像红军涉过了洪水 // 有时候真不记得坐25路车到了哪里了 / 也不奢望未来的地铁四号线 / 能满足我们交通史

① 罗岗：《想象城市的方式》，江苏人民出版社2006年版，第114页。

上的虚荣心 // 608路不会遇见拿破仑 / 707路不会遇见埃米莉·狄金森”。正是西安这个现代都会的设置，才使得诗人关于“外遇”的想象和虚构显得合情又合理，而个体生命中“外遇”的珍稀与城市世界里车水马龙的繁盛所构成的精神与物质向度上的鲜明反差，进一步强化了西安这座“看得见的城市”的物质化和商业化特征。

西安在横行胭脂的诗中只是偶尔露了一下脸，它更像是胭脂诗歌创作的一次“外遇”。更多时候，横行胭脂的生活世界和观照视野还是临潼，她看到“寒鸦摆成秋天的阵行 / 在临潼城的上空飞”（《寒鸦摆成秋天的阵行》），她感觉秋天到了，而临潼的迎宾路依旧那样美丽，“这条迎宾路是全城身段曲线最优美的 / 一条路”（《迎宾路的秋天》）。与西安相比，临潼只是一座小城，或者说是一座“看不见的城市”，这里的商贸区并不扎堆，商品符号并不丰盛，人流与车流还没能如潮涌动，“精神密度”（涂尔干语）还显得稀薄。而这样的小城或许正是中国新诗应重点关注和着力表达的对象与目标。因为它是连接都市和乡村的必要纽带，贵族气质还不甚显豁，平民本色和乡土气息犹在，也就是说，它的中国特色和中国身份还很鲜明。也许因为长期的农业文明浸染，中国人的都市想象并不发达，新诗在对现代都市的书写上显得相当笨拙。回首近百年来的新诗写作，我们不难得知，中国新诗史上至今都没有诞生真正意义上的波德莱尔式的都市诗歌，换句话说，新诗史上那些描写现代大都市的诗歌作品并不怎么成功。倒是以小城为抒情背景的诗歌，比如戴望舒《雨巷》、卞之琳《古镇的梦》、臧克家《难民》等几首还显示出不凡的艺术价值，取得了一定的成功。

客观地说，横行胭脂的诗歌中更多的是乡村意象和乡土情绪，而不是城市物象和城市气色，但我认为，乡土只是其诗歌的血肉，城市才是骨质性部位。将诗歌言说的地基设建在临潼这个城市地理上，横行胭脂的诗歌便显示出了方向感和地域性。她的写作是有根的写作。

乡村经验

多么简单的一个村庄——
蔬菜的孕育不含害虫
季节的孕育不含闪电
一切的孕育都那么纯洁
丝瓜花在等待丝瓜
豆荚在简单的氧气里爆裂

这是横行胭脂《作为名词的槐湾》的第一节，在书写了临潼的城市风物之外，诗人将思维触角伸向了乡村。严格来看，这一节的乡村述写着实平淡了些，它并没有表征出某种特定的地域特色，被诗人冠名的“槐湾”可以随意改作“张湾”或“李湾”。也许正是这些的描写才真个应验了第一行的概述性表达——“简单”。然而于我看来，在描述“槐湾”这样极为简单的一个村庄时，诗人之所以只写到了南北农村惯见的蔬菜如“丝瓜”“豆荚”等植物品类，而没有有意追求对秦岭地带的某些特定物种的点染，也许是因为她原本出生于农村，对乡土世界的童年记忆与少年体验蓄积为一种镌刻在心底而难以磨灭的乡村经验，正是这源头活水似的乡村经验支撑了诗人对于乡土中国的现实认知和风物想象，而一旦诗人对乡土世界加以艺术描摹时，老家和寄居地并存的农作物便最容易从她的词汇表中翻检出来，并被指认为最具乡土气质的意象进入诗行之中。

每个诗人都有一种属于自己的独特“感觉结构”，这种感觉结构就是“经由特定的历史时空，透过个人内在经验而建立起来的感知与生活方式”。[①]毫无疑问，横行胭脂的“感觉结构”里更深层次的东西应该是乡土性的，乡土是她成长历程的重要阶段最基本的存在场域和生命感知空间，所以这组以“临潼小城”为诗情策源地的系列诗章，更多的物象显露的是乡村本色和乡土气息，乡村经验频频在诗歌中发挥着作用与效力。从社会学的角度讲，乡村经验进入诗行的成功与否，并不完全取决于乡村意象的是否典型与准确，而更取决于书写者对于城市的情感态度。在当下这个全球化不断加速的时代，城市化已成为世界大势，乡土不过是城市用来挤压和消减的附属性空间。也就是说，在当代中国，所有乡村的存在都是以城市为背景的，没有脱离城市化语境而独立存身的乡村世界。在这种情状下，将乡村自觉纳入到与城市比照的视野之中，让它与城市形成一种差异性力量，甚至对抗性存在，便成了还原乡村真实面影的最可靠策略。《作为名词的槐湾》在第二节和第三节引入了城市化背景，“槐湾”的地域性

① 罗岗：《想象城市的方式》，江苏人民出版社2006年版，第94页。

身份和历史性价值因而彰显出来：

多么自由的一个村庄——
它与强大的西安拉开了距离
它深藏在秦岭的腹地
村庄里生的男孩干脆叫天子
生的女孩直接叫鸽子

但它不是一个与世隔绝的地方
它鸡鸣田园，日暮炊烟
它不孤独
马蹄湾、界牌湾是它的两个亲戚
穿过两条山路
就抵达了高速公路
细溪隧道，白云隧道，小霜隧道
青岔口隧道，小瓢沟隧道，终南山隧道
这系列名词
都与它构成积极的关系

槐湾这个深藏在秦岭腹地的村庄，因为与强大的西安拉开了距离，所以获具了某种自由的品质。槐湾的自由是因为远离了城市的喧嚣与羁绊，幸免于被工业文明的魔爪所覆灭，这是从乡村的本然性维度上言说的“自由”，换个角度来看，因为现代化的身影还停留在远离槐湾的远方，此时的槐湾不过处于一种自然状态，还无法分享现代文明的自由果实。所以，只有它的鸡鸣田园、日暮炊烟和那些机械化的器物（高速公路、铁路隧道）构成“积极关系”时，它的自由化前景才有可能出现。从这里我们可以发现，在对槐湾“自由”情状做出评判时，诗人对于作为乡村参照物的城市的情感态度是矛盾的：一方面，她认定槐湾的自由来源于对大都市西安的远离，另一方面，又为槐湾与现代化事物发生积极关系而暗生喜意，并在最后一节中，面对铺架而来的铁轨而发出“将来，槐湾会被带到生活的全部顺境里……”的惊呼。这种对现代化既疏远又迎候的矛盾情态，或许正是所有出生于乡村而寄居于城市的知识分子真实的心理状况。这种状况使得渊积在诗人心头的乡村经验时常显示出两面性：面对高度同质化的城市经验，乡村经验总是新奇的、珍贵的、不可多得的；而面对强势的城市文化，乡村经验又藏掩不住它的滞后、弱小和轻微。

乡村经验的诗歌表达必须在与城市的对话和辩驳中展开才有效，单纯的乡村叙写往往是不真实的，是富于虚幻色彩的。当下中国诗坛出现了许多以乡土为话语背景的诗歌作品，尤其新世纪这几年来，乡土诗简直呈泛滥成灾之势。而不少诗人在写作这类题材时，往往误认为应该将乡村写得越纯粹越好，殊不知这是一种缪见。在城市化、现代化的身影无处不在的当今之世，没有哪个村庄能完好地保持纯粹的原初形态，它总是会这样或那样地受到城市化与现代化的挤压、影响与改制。所以诗歌中纯粹的乡村叙写不过是一种不切实际的乌托邦想象，由此出场的乡村经验其真实性也将大打折扣，由这种并不纯真的所谓乡村经验而组构起来的乡土诗因此是不合格的，毋宁说是“伪乡土”甚至“反乡土”的。乡村经验只有在构建城市与乡土的张力性格局中才能更大限度地发挥艺术表达的作用。

在这组诗里，以“槐湾”为描述对象的诗章还有《暂居槐湾》《槐湾：春事记》等几首。在《暂居槐湾》里，有这样的诗句：“麦子的知己是麦当劳。/汉语的弹性导致幽默的弹性。”麦子和麦当劳的对举，并不只是体现出汉语的弹性，更多言说着农业文明与工业文明之间的一种勾连性和对话性关系。在《槐湾：春事记》中，诗人写道：

> 突然想给槐湾的一百亩茄子作传
> 传记的开头已经写好：
> “茄子，除了叫茄子，也叫蔬菜
> 除了热爱村庄
> 还热爱城市
> 热爱贫穷的饭桌
> 也热爱富有的饭桌……”

“茄子”在这里充当了农户栽种的商贸类植物的一种代表，它是乡村与城市之间达成某种交换契约的实物和凭证，所以以“茄子”为媒介建构起来的城乡关系是一种各取所需的经济与社会关系，在这一关系面前，只有对城乡二者的兼爱才构成可取的情感态度，才体现出对现代社会运行逻辑的最恰当理解和尊重。从上述的诗节里我们能体悟到，只有在城乡对话与交流的语境之中，乡村经验的传达才显得真实可信，离开了城市语境，乡村经验会显得空洞和虚乏。当然，在书写乡村经验、构建乡土诗意世界时，城市符码并非一定要明确在诗行中现身，它也可以不当场出席，但它必须是诗歌隐含的一种信息，也就是说，诗人在书写乡村物象，表达对乡村的某种情感态度与价值取向时，应该是在城乡比照的基础上展开的，诗人对乡村的态度其实是他对城市态度的一种折射，或者说他对城市的情感态度决定了他对乡村的风物选择与价值评判。在当代乡土诗创作中，城市不应该成为退场者甚至缺席者，而理当构成乡村叙事和乡情演绎中潜在的对话者与坐标系。

现代性情绪

德国哲学家西美尔指出："各种生命内容，即感觉、经验、行为、思想，都具有一定的强度和一定的色彩。"[①]这句话虽然是从一般意义上强调生命的构造特性的，但用它作标准来衡量诗人的才情和诗歌的美学成色，也未尝不可。某种意义上，一首诗的成功与否，正取决于这首诗对个体的感觉、经验、思想、行为所具有的强度与色彩的表达是否准确和到位。坦白地说，我对横行胭脂诗中流淌的现代性情绪的看重，出自于对她表达现代人当下生命形态的适当与切合的欣赏和认可。

---

① 格奥尔格·西美尔：《生命直觉》，三联书店2003年版，第1页。

抓一只蝴蝶

批判它身上的象征主义

和一只鸟沟通

请别叫得那么悲伤

我又不是隐居的进士　落魄的秀才

在《山林书》的第一节，横行胭脂以山林中常见的两种动物“蝴蝶”和“鸟”为言说对象，明确表露出进入秦岭地带时内在持有的某种人生姿态。秦岭是有深厚的历史底蕴的空间，当我们试图进入这片空间时，如果没有强大的主体性力量作铺垫，可能很快会被这里浓密的文化气息所浸染和同化。面对秦岭的山光水色、茂林修竹，那积淀在内心深处的文化怀旧情绪极有可能会不由自主地萌兴起来、弥漫开去。在这样的心理基点上，“蝴蝶”和“鸟”就不太可能成为批判和劝说的对象，它们身上具备的象征主义和悲观主义潜质很有可能引发我们古典主义般的感同身受。

如果对“蝴蝶”和小鸟采取了理解之同情的古典主义态度，并一意要从唐诗宋词中寻找它的源头性诗歌品质，那么，我们对“山林”的诗意表述完全可以有另外的格局，完全可以择取“柏桦式”的、“杨键式”的或者“陈先发式”的写作策略。从1990年代末至今，随着中国国力的日益强盛，狭隘的民族主义思想也在悄然抬头，这使得中国新诗中的古典化抒情模式和对儒侠文化的怀恋情绪一段时间以来很受诗界的追捧和推崇。2008年出版的诗人柏桦的《水绘仙侣》正是在这样的历史语境下出场的，它一出现就受到人们普遍的关注，也引来了批评界的一阵喝彩之声。我不是道德观察家，对于《水绘仙侣》极力称颂的“逸乐”之美倒无甚异议，但我不赞同诗歌的古典主义式的表达形式，那种放弃主体的现代性经验而一味追求对历史风尘的现象学还原，在我看来不过是中国新诗表达的一种歧途。我认为，对于当代新诗而言，“柏桦式”的这种诗歌写作至少存在着两个误导：第一，它可能使新诗创作忽视对现代性体验的努力抓取和直观写照，新诗的现实感知力也可能因此会走向萎缩；第二，它也可能使新诗丧失应有的批判精神，以致逐渐失去介入当下的功能和效力。

相比之下，我更认同横行胭脂的书写方式。在《山林书》中，对“蝴蝶”的批判和对“鸟”的劝说，使诗人在此凸显了一个具有现代思想品格的个体形象，这一个体形象在接下来的“山中行走，头顶风露 / 再带上赫伯特的诗句”、“遇见高大的树木就致敬问好 / 遇见怀孕的禽兽 / 就给它让路”、“在秦岭山中想人 / 手机信号不通，只能把信息发给白云”等描述中进一步走向立体和丰满。

现代性情绪和古典情绪是大相径庭的，这是两种不同的时代氛围和历史语境下生成的心理秩序和情绪状态。古典情绪生成的文化背景是传统农业文明，在以农耕为基本的生产方式，以官民为基本的社会结构的旧式时代，由于从业方式的相对简单和历史前行步伐的相对缓慢、从容，人们的心境也显得闲适和散淡，这就是说，在农业文明时代滋生的古典情绪是较为平缓、单纯、谐和的。而现代性情绪是伴随着社会现代化的进程而生长起来的，现代社会生产方式的多重化、社会结构的复杂化和生活节奏的快速化，给现代人带来了极大的情感摇撼和心灵冲击，在这样的基础上，现代性情绪就不可能如古典情绪那样单一、安谧和平和，而是充满了斑斓、繁复、多重、起伏乃至悖论等图景。横行胭脂的诗歌，也注重对现代社会中的个体繁复复杂的心灵情状的描摹。她写“云”和“树”：“看天上/一团团中国式的云朵往更远的西部飘移/看地上/一些花椒树不安地颤动着叶子”（《独坐》），云的西部飘移和树的随风颤动，表面看去时一种外在景观的实写，其实它们的样态不过是诗人主体心灵的外化。她写芦花与季节之间的“背离”：“仿佛不知道这个季节在做剧烈的减法/一百亩芦花的灵魂，在秦岭安静地白……”（《芦花秦岭》）这一百亩苍然的白，或许隐喻着诗人个体不愿向俗世低头的一种心音。也有对异乡人的描述：“晚班火车就要拐进终南山隧道/一个人的伤感突如而至像十万大军——//异乡人，你借着火车的脚步在大地上走/带着饱经世变的时针分针秒针”（《晚班火车》），满腔的伤感如“十万大军”，时间刻度上显示的“饱经世变”的脚步，都表述着一个现代人在当下语境中的真实历史面影和生命感知，都是现代性情绪的直观袒露与艺术再现。对现代性情绪的提炼、体味和书写，这是当代诗人拥抱时代、切入历史的最佳选择。只有对现代性情绪加以全方位的展示，诗人才可能将现代社会中个体的“感觉、经验、行为、思想”等生命内容所具有的强度和色彩有力地彰显出来。

以爱，以温热

多年以来，中国诗界信奉一种被称为“零度写作”的诗学原则，不少诗人甚至将这一原则视为能使诗歌鲜明体现出现代主义艺术品质的创作方案。诗界标榜的这种“零度写作”，据说就是要使诗歌创作达到一种中性的和“客观的”写作状态，诗人的个人主观情感不能够暴露于诗行之中。为了塑造“零度写作”在中国新诗创作中的合法性地位，人们不只是直接从罗兰·巴尔特的《写作的零度》中找到了这个语词的原始出处，还在时间的远端发掘出艾略特有关“非个人化”的创作理念、卞之琳“冷血动物”的写作自况和徐迟关于“抒情的放逐”的诗学主张来做理论支撑。在“零度写作”诗歌理念的指引下，当代新诗中一度出现了放弃形容词而倚重动词、客观化和平面化呈现生活、抒情叙事化等种种带有普遍性的创作现象。

应该承认，对于抑制浪漫主义的泛滥抒情，使诗人的情感与思想显得更为凝重和持久来说，“零度写作”的提倡是合理和必要的。“零度写作”某种程度上可以看作以理性节制情感的诗学原则的偏执化。现代诗歌写作强调以理性节制情感是无可厚非的，但是，节制情感并非是要摒弃情感，在诗歌中一味放逐抒情，不让那些带有情感能量和生命热度的字眼出场，则有可能使诗歌最终成为无意义的絮聒、成为零散化与碎片化的语言材料堆积，这又将诗歌引向了另一条岔路。我认为，在诗歌创作中，理性与情感都应占有一定的份额，因而要进行合理的调和与搭配，一味放纵情感和一味放逐抒情都是有失偏颇的，都有可能导致创作的失败。近百年新诗史上并不乏这种创作失败的教训，如果说20世纪50、60年代出现的“颂歌”和“赞歌”是一味放纵情感的典型的话，那么新世纪以来的某些口语诗（口水诗）则是一味放逐抒情的代表，这两类诗歌都是中国新诗的不合格产品。

横行胭脂诗歌的现代主义特征是显明的，她也异常注重以理性节制情感，虽然胸中涌动了千般情绪，但她有意识地控制了它们的流溢和奔泻。不过，在横行胭脂的诗中，经由理性节制之后的情感尽管并不稠密，但却是足够打动人的，因为它带着浓浓的爱意，带着令人心暖的温热。在《凡心已炽》里，诗人写道：

这么多年，泥土已经热了
山川、河流、草木都有了自己的体温

生活还在鲜花灿烂，还在增加氧气
增加歌曲，音符；欢会，爱恋……

胸中涌动的江山　一次次被暮色覆盖
无数的词语逼迫着我　成为一个诗人

知道吗　做一个诗人多难啊——
“星空存在就是为了俯视我的泪水……”

尘埃里的火车载着一百个我

我是我的总和：故人　异乡人　幸存者

初读起来不难察知，这首诗的调子似乎显得低沉了些，“星空存在就是为了俯视我的泪水……”的轻诉，道尽了一个卑微的生命个体内心的酸楚与苦痛。好在诗人并没有用苦涩的眼光去涂抹周围的事物，而是用已炽的“凡心”，感触到泥土已热、山河草木的体温、生活中的繁花似锦和笑语欢声等温馨的景象。在个人历经苦难和时代充满芬芳的张力性情景中，诗人以爱和温热的心怀将现实中阳光的一面呈示给我们，而把沉重的苦痛留与了自己。

以爱和温热的心怀来观览和烛照大千世界，诗人看到了所有进入视线的物象都显得亲切如许、人性宛然。“这唤醒的一场大雨应该叫秋雨 / 我喜欢看秋雨中 / 野鸽子不屈服地在天上飞 / 乾佑镇的苹果树一副休闲的姿态 / 清流镇的秋水携着一群鱼亲友 / 浪漫地寻找归属地……”（《我的理想》），“它鸡鸣田园，日暮炊烟 / 它不孤独 / 马蹄湾、界牌湾是它的两个亲戚”（《作为名词的槐湾》），“秦岭是一座高贵的岭 / 在秋天把这里的人禽物事分隔开来 / 我们没有羽毛 / 从没想过翻越秦岭向南迁徙 / 多年安居于此，内心温暖 / 灵魂的根越埋越深……”（《寒鸦摆成秋天的阵行》），“当我活着的时候 / 整个世界都跟着我一起活 / 当我离开，我只愿孤独地隐去 / 我愿大地上 / 春风继续吹着草叶 / 黄昏的纸鸢与鸟雀并肩飞在天空”（《我多么爱这个世界》）。这些诗句中呈现的各种景物和生灵，无不闪烁着可亲可爱的善良辉光，充分体现出诗人用温情照亮世界的人文理想。

不能否认的是，横行胭脂的许多诗歌呈现的情绪底色与其说是光亮的、温煦的，不如说是灰暗的、苍凉的，这是诗人经受的坎坷的命运遭际而冶炼成的某种人生理解，她用分行的文字真诚地传递了自己略显低调和颓然的心声。但她懂得适可而止，并没有把诗歌写成向人乞怜的泪雨，写成呼天抢地的吼声，而是努力隐忍内心的悲怆，向读者尽可能敞开富于温暖、富于希望的一面。对于语言游戏之作充斥诗坛，调侃揶揄之风大行其道的当代诗歌而言，“零度写作”的鼓吹难免有助纣为虐、煽风点火之嫌，而横行胭脂这种以爱、以温热来朗照诸物、弘扬善美的艺术追求则是值得充分肯定和大力倡导的。

陌生化，再陌生化

俄国形式主义理论家什克洛夫斯基给诗歌下过一个有趣的定义，他认为所谓诗歌，“就是受阻的、扭曲的言语。”[①]为此，他还着重分析了艺术手法的独特性，他指出：“艺术的手法是事物的‘反常化’手法，是复杂化形式的手法，它增加了感受的难度和时延。”[②]什克洛夫斯基这里所提的“反常化”也就是我们常说的“陌生化”，在俄国形式主义理论家眼里，陌生化手法不仅是一种艺术表达的方式和手段，更可看作文学的本质属性。俄国形式主义

① 什克洛夫斯基：《作为手法的艺术》，《俄国形式主义文论选》，三联书店1989年版，第9页。

② 什克洛夫斯基：《作为手法的艺术》，《俄国形式主义文论选》，三联书店1989年版，第6页。

关于“陌生化”的诗学观念虽然早在二十世纪初就已提出，但对于当代中国的新诗创作而言，仍是不乏启示与借鉴意义的。

之所以在论述横行胭脂诗歌时，我将“陌生化”作为一种重要的话题提取出来加以言说，是因为我意识到，当代诗歌创作出现了某些问题，由于诗人对陌生化艺术手法的重视不够，当代诗歌的写作难度无形之间被降低了，大量自动化、复制性的诗歌产品被快速地生产出来，流通起来，严重影响了新诗的艺术质地和审美品位，自然，也制约了诗人技艺的有效增长。没有难度、缺乏陌生化效果，这不啻为当代新诗尤其是口语诗写作可怕的陷阱和泥淖，如果不及时重视陌生化问题，重建新诗的创作难度，那么新诗艺术性的生长和审美境界的提升，将只是一句空话。在此，我想以横行胭脂的《晚班火车》为例，对“陌生化”的艺术手法进行细致而深入的阐述。原诗如下：

天空把大地安排在一场雨里
暮色押送着一段旅程

收割后的土地，像过了哺乳期的妇人
干瘪和倦怠，写在皮肤的裂纹上

渭河南岸，一个村子
三盏灯在闪烁……

鸟儿不肯投林

雨水翻过秦岭山脊

今夜，世上更多的河流
将用更多的汛期忧伤……

晚班火车就要拐进终南山隧道
一个人的伤感突如而至像十万大军——

异乡人，你借着火车的脚步在大地上走
带着饱经世变的时针分针秒针

为了捍卫所有的日子，你交出了体内的
狮子
与滚滚奔涌的爱

你总是说总是说：
“我们别给生活兑水，给它加浓烈的牛奶
……”

在诗歌创作中，“陌生化”可以细分为意象的陌生化、情景的陌生化、语言的陌生化等项目，这些项目在诗歌表现中并非单打独斗、各自为战的，而是团结协作、互相辅助，从而共同建构诗意空间的。从意象的陌生化层面上看，《晚班火车》中“皮肤的裂纹”“火车的脚步”“体内的狮子”等都显得新奇，别有韵味。从情景的陌生化层面上看，该诗中也有不少地方表现突出，如“天空把大地安排在一场雨里/暮色押送着一段旅程”，这两行如果改为口语化的表述即是“一场大雨从空中落到地面/傍晚也在这时来到了”，两相比较，孰优孰劣可谓泾渭分明。

当然，诗歌的陌生化归根结底是语言的陌生化，就连意象的陌生化和情景的陌生化也来自于此。诗歌是一种语言的艺术不只是说诗歌写作需要精炼、含蓄，更是强调诗人创作时对语言潜力的挖掘和对语言未来的开辟。巴什拉说：“在试图从诗歌的高度去提高对语言的领悟时，我们得到的印象是：我们碰到了崭新言语的人，这种言语不局限于表现思想或感觉，而是试图去开拓未来。我们会说诗的形象，以它的新颖，开辟了语言的未来。”[①]横行胭脂的诗歌在语言的陌生化处理上也是较为成功的，比如第一节，她写雨从空中降落到地面，没有用“降落”，而是用“安排”，赋予天空和地面人性化的力量；写暮色降临时选用了“押送”，既写出了时间的空间化效果，又将暮晚的时光与下雨的气候进行了巧妙的接洽。再比如这一节，“异乡人，你借着火车的脚步在大地上走/带着饱经世变的时针分针秒针”，用“借着”这一词语来刻写一个异乡人目光追随晚班火车的身影而沉吟自我的生命历程，将主体心意缱绻、神情恍惚、情绪缤纷的状貌艺术地呈现出来。

从诗学意义上说，提倡诗歌的陌生化无论对于提升诗歌的艺术品质还是对于培养读者的审美品位而言都是具有积极作用的。从创作层面讲，由于陌生化需要寻找艺术表达的反常化，这就要

---

① 加斯东·巴什拉：《梦想的诗学》，三联书店1996年版，第4页。

求诗人撇开惯常的语言模式与思维模式，而从独特的径路上开辟诗的疆土，重建词与物的新型联系，这可以避免诗歌写作中的懒汉思想和机械化行为，增大诗歌创作的难度，进而使当代诗歌的美学水准得到有效提升。从阅读的层面上说，由于陌生化的艺术表达“增加了感受的难度和时延”，它可以让读者在诗行之间更多地停留与驻足，扩大他们思考的长度和强度，受新诗的缠绕力和回味性诱惑，读者的审美趣味会被充分的激发和调动起来，对新诗的感受力和体验力也将随之得到提高。

横行胭脂认为：“一个好的诗人，不是公众生活的记录者，而是引导者、调动者。忠实地发现解决不了诗歌的问题，照相般地记录天地物事，不是优秀诗歌的品质。”[①]这句话无意中触及到了诗歌创作的陌生化问题，我是较为认同的。诗歌创作的确不能只是“忠实地发现”，不能只是“照相般地记录”，而应该追求某种超验化、超常化和陌生化，让诗歌世界与日常世界拉开距离，让艺术以惊奇的形象唤醒我们对现实生活的新鲜感和新颖认识，这才是新诗创作的正道。

陌生化，再陌生化，不断陌生化下去，这是新诗保持艺术活力的生命源泉。为此，我赞赏一种超现实主义的写作伦理，因为“反抗与离经叛道是超现实主义永恒的内容”。[②]艺术的陌生化手法是没有穷尽的，我想，对于横行胭脂，对于当代所有的诗人来说，脚下的路还很长，前面的世界还很精彩，值得我们用一生去追随，去接近，去抵达。

---

① 横行胭脂：《秦岭闲谈》，《红岩》2010年第1期。

② 乔治·塞巴格：《超现实主义》，天津人民出版社2008年版，第92页。

她因诗歌而走在了同龄人前面

阅读收录在诗集《七年》中的120多首诗作，我们很难相信它们出自一个生于1990年的年轻小女孩之手。那文字的灵秀，思想的锐利，情感的丰沛和驳杂，节奏的变化有度，都给人以极为成熟和老到的审美感觉，似乎与诗人真实的年龄不相吻合。严羽《沧浪诗话》曰："诗有别才，非关书也"，这肯定了诗歌创作中个人天分的重要性，而我认为，天分固然重要，后天的习学和磨砺也许更为关键。余幼幼既不乏作为诗人应具有的睿智和灵性，也有着创作实践上的努力不懈、持之以恒，才酿就了如今的丰硕成果。因为诗歌，她寻找到自我与世界交流、对话的切入点，借助那些充满诗意光泽的句子，她艺术地记录了自我的心灵图式和生活踪影，也巧妙地折射出思想不断深化、情感日渐成熟的生命轨迹。因为诗歌，她比同龄人成长得更快，成熟得更早。

诗歌创作首先需要有某种天分，这是无法否认的。因为诗歌是对世界独特的发现和创造，它要求诗人通过异常精致的语言来构建一个与现实客观世界并不完全一致的审美世界，给人带来某种惊奇和思考。余幼幼14岁时写出的《缝》一诗就显露出了她超常的感觉和过人的才气："门上有一道缝 / 我常透过它 / 窥视外面 / 一个变了形的缩影 / 的世界 / 尖尖的，长长的 / 嵌在我的视线里 / 无数光芒穿过 / 进入到我的房间"，在这一节里，小诗人感觉外面的世界是“尖尖的”“长长的”，这感觉是奇异的，也是真实的，是她从自我的眼睛里“发现”的独特世界，而没有听从教科书的训导，将世界描绘成“庞大的”“五颜六色的”“气象万千的”等形态。自然，要成就一个真正的诗人，有了先天的才气还远远不够，如果后天不努力磨砺、不断进益，再逼人的才气也将会迷失，再聪慧的个体最终也会成为“泯然众人”的方仲永。幸运的是，余幼幼是一个懂得珍惜自己才华的女孩，她从没放弃对诗神缪斯的钟爱，进而创作出了不少令人称奇的诗歌作品。《当荒草落满衣襟》是她16岁时写下的一首短诗，其曰：“当我竭力打消一个接踵而来的念头 / 荒草已落满了我的衣襟，我只想 / 静坐如草，呼吸逐渐慢下来 / 成为最病弱的那棵，落到某位过客的衣襟上”，这是对个体卑微性的理智认知，有了这种认知，诗人就会平静地对待世界，理性地看待人生，行走的步履或许更踏实，更坚定。

可以说，余幼幼诗歌中所有的句子都是从自我心泉上自然流淌出的清澈之水，既是纯粹的，个性的，也是真实的，生动的。作为一个正值青春年少的女孩子，对于自由的追寻，对于自然的迷恋，理所当然地构成了她人生的重大主题，这一主题在余幼幼的诗歌中俯拾即是。你看她的《出走》：“我走出来故意丢了钥匙 / 避开每一个来访的开锁匠 / 掏出一大把坚硬的语言”，“我只想夜里美美地睡在围栏里 / 草籽和羊占去草原在我心中的辽阔 / 白天喝甘甜的水 / 在草地上流放白云”，那逃脱藩篱、回归自然的心怀令人感慨。也许，每个人在年少时期都有一种“出走”的冲动，不愿重复枯燥和乏味的生活，希望寻找新奇和富有变幻的人生构成了青春岁月难以摆脱的美梦，《出走》写的正是这个特定年龄阶段的心理征候。

或许因为感情的成熟要比同龄人来得快，“出走”情结并没有在余幼幼心灵中滞留太久，她在短暂的“出走”冲动之后，迅疾返归内心，在更高的生命视点上思忖、省察着宇宙人生，既发现了周围各种生命存在的独特内涵，也领悟到个体的诸多深意。出于对女性性别意识的敏感，她写下了《女人是自以为是的麻雀》一诗：

她们把身体送上惊恐的枝头
从容地裸露着过冬

如果可以扔掉心，最好
和石头混在一起，让人无法辨别

母亲是女人的一种类型
面对骨肉，她们把骄傲缩回翅膀里

这首诗既可以说是借人观己的产物，也可以说是以己推人的结果。在女人与小鸟之间，诗人找到了可以相互比拟的契合点，而母亲作为一个独特的女性，她的生命形态显然与其他的小鸟样的女人不尽相同。这首诗是对女人的形象描画，更是对母亲的礼赞和讴歌。

表达对于爱的思考和理解，是余幼幼告别少女时代走向青春岁月后非常重要的题材和主题。余幼幼的身体意识是非常灵敏的，她用诗的形式及时记载了自己身体的生长和心理的变化，《早熟》《初潮》《红》等正是这方面的作品。随着女性性征的不断完善，对于异性的关注，对于爱的想象和渴念会随之而来。作为一个敏感而多情的女性，当青春的激情在胸中涌荡的时候，爱情的憧憬和向往便会不由自主地从心灵中漫溢出来。她在18岁时写下的《惘然》《日记》《未接来电》《幸福》《性别》等都是与爱有关的诗作，《虚无的过渡》则最为集中地体现了这一时期的爱情理想和主见：

过去几年，我模仿过他们经历的爱情
放下水果刀和玩具手枪
并且接受我仅仅只是一个失败的小器物
我不能动，只能在原地
从夏天过渡到秋天

很多时候，我相信自己只是一句话
只是被捆绑在骨骼上的肉体
我相信远去的他们，良心依然是空的

我相信自己只是一个过渡句
我躺进虚浮的辞藻，期待一个人
收拾起我的骨骼

那么，我会告诉他：
我爱你，但我需要的是
防腐剂

“从夏天过渡到秋天”，从模仿爱情到真实地触摸爱情，诗人清晰地展示了自我的内心变化和情感成长过程。面对正在到来的爱情，诗人并没有陷入盲目的乐观和非理性的激情之中，而是保持着足够冷静与清醒，她相信自己“只是一个过渡句”，并向她所爱的人发出了郑重的忠告：我爱你，但我需要的是 / 防腐剂。意思是说，我们不能被爱的狂潮轻易淹没，不应该在爱的丛林中悄然迷失，而是要保持高度警觉，以使爱情永葆鲜活和葱绿。

随着阅历的增长和生命经验的丰富，诗人对爱情的理解和把握不断走入深入，对爱的情感态度也更复杂和多重，20岁时写下的《爱情是人类的通病》可以看作这方面的范例：“有时候花整天的时间看电影 / 从法国到英国再到美国 / 每个故事都会碰到一对男女 / 仅仅是碰到 / 过后的情节任由他们自己去发展 / 悲欢离合都是虚构 / 但谁也不能拒绝爱情的真实”。是的，爱情是人类生命中无法避免的真实，虽然爱的过程会各有不同，其间充满着诸多想象与虚构的成分，但爱情本身是真实可信，难以置疑的。爱情的真实无疑，确证了青春岁月的美好与可贵，这是余幼幼诗歌向我们反复传递的生命信息。或许是受到当下某些口语诗的影响，《爱情是人类的通病》的语言建构和意象设计还显得稍微单薄了些，稍微简单了些，这种稍显单薄与简单的诗歌表达，几乎成了余幼幼近期写作中的一种“通病”，这不利于充分展现诗人所具有的才华与灵性，也在一定程度上影响了诗歌的艺术质量，是需要诗人加以重视和反省的。

优秀诗歌的诞生依赖于诗人细致的观察，深入的思考和大胆的想象，换句话说，从事诗歌创作可以培养一个人的观察力、思考力以及想象力。因为与诗结伴，余幼幼无论是在观察事物，思考人生上，还是在想象世界上，都比她的同龄人显得更为深刻，更有力度。诗歌是语言的艺术，通过与语言的纠缠和搏斗，余幼幼的观察力、思考力以及想象力得到进一步发展和延伸，并借助语言的物质化属性而转化为现实存在。可以说，是诗歌给了她向上的力量和前进的阶梯。因为诗歌，她走在了同龄人的前面。

（本文为余幼幼诗集《七年》的序言，四川文艺出版社2012年版。）

后记

在给青年诗人横行胭脂的诗歌作评论时，我曾经如此阐述过我的诗歌批评观：“在我看来，诗歌批评并不是诗歌创作的直接衍生物，不是诗歌的附属产品，不是要用另一套文字和话语对原有诗歌作一次简单的复述和再现，而是以诗作为案由，言说文学理论意义上的诗歌所具备的某种特征，规律，乃至本质，对当下的诗歌创作加以规训，加以限定，引导诗人沿着正确的美学路向去完善，去提升。诗歌批评有属于自己的独特生命，它应该努力保持个性的自足，坚定捍卫自身的独立品格，而不能成为诗歌创作的跟屁虫和应声器。鉴于此，真正的诗歌批评必须基缘于某种问题意识，必须既立足文本又超越文本，既由个案性的诗歌出发而洞幽烛微，又能从个别诗歌文本中跳脱开来，建构具有一般性和普遍性意义的诗歌理论。诗歌批评与诗歌文本之间站立的位置是不一致的，它要么站在远高于诗歌作品的地方，以一种俯瞰的姿态来打量诗作的艺术模样和美学成色，对之做出更为准确的评判与裁决；要么立于诗作的内部而察言观色，对作品的语言、意象、节律、内在肌理和情绪脉搏进行细微的透视和剖解，从而科学地报告出诗歌身体各个器官的生理指数和健康状况。如果说前一种批评方式是‘望远镜’式的话，那么后一种方式则是‘显微镜’式的，诗歌批评家必须同时携带这两种工具，才有可能对诗歌文本作出最为确凿的观照和言说。在诗歌批评中，流质化的形象表述、诗意化的激情铺排必须尽可能地压制甚至扼杀，而让学理化的逻辑表达尽可能多地出场。如果单纯较量语言的优美和情绪的畅快，那么批评远不是诗歌的对手，甚至也不是散文的对手。所以，诗歌批评必须坚守自己的逻辑化原则，缜密的逻辑思维和条分缕析的学理展开自有它强大的能量和不可取代的震慑力，这是抒情性和叙事性文字无法比拟的。”我至今都认为，这样的诗歌批评观仍然是有效的。

我进入学术领地尚晚，而立之后才正式进入大学读研究生。那是1998年8月，我考入了西南师范大学中国新诗研究所，跟随吕进、陈本益等导师学习诗学理论，希望能迅速掌握一些诗歌研究和批评的方法，以便能在专业有所作为。三年的学习时间是宝贵的，也是短暂的。三年之后，我考入四川大学文学与新闻学院，有幸跟随曹顺庆教授从事比较文学理论的学习和研究，可以说，这三年为我日后的学理建构打下了坚实基础，但我也因此从新诗现场走开。2004年博士毕业，我才有机会重新回到当代诗歌现场，可以说，我的当代诗歌批评，事实上是从这个时期才真正开始的。从事诗歌批评的十多年时间内，我阅读了大量当代诗歌作品，也给不少优秀诗人写过专论，并对一些当代诗学问题进行过思考和阐发。收录在这个集子里的文章，便是这十多年诗歌批评实践的一次小结。我希望能通过这次小结，来回眸一下过去的诗歌批评历程，找到自己的收获与缺失，以便今后取长补短，继续进步。

感谢《星星》诗刊，这是当代诗坛有自己独立的精神和品质的优秀诗歌期刊。感谢梁平主编、龚学敏执行主编，感谢四川文艺出版社，感谢所有关心和支持我的朋友们！

2015年5月20日，南方诗歌研究中心

图书在版编目（CIP）数据

诗想的踪迹 / 张德明著. — 2版. — 成都：四川文艺出版社，2019.4

ISBN 978-7-5411-5394-5

Ⅰ. ①诗… Ⅱ. ①张… Ⅲ. ①诗歌评论—中国—当代—文集 Ⅳ. ①I207.22-53

中国版本图书馆CIP数据核字（2019）第062083号

SHIXIANG DE ZONGJI

诗想的踪迹

张德明　著

责任编辑　朱　兰　蔡　曦
封面设计　鸿儒文轩 · 书心瞬意
内文设计　史小燕
责任校对　王　冉

出版发行　四川文艺出版社（成都市槐树街2号）
网　　址　www.scwys.com
电　　话　028-86259285（发行部）　028-86259303（编辑部）
传　　真　028-86259306

邮购地址　成都市槐树街2号四川文艺出版社邮购部　610031
印　　刷　三河市华东印刷有限公司
成品尺寸　142mm × 210mm　　开　　本　32开
印　　张　11.75　　字　　数　250千
版　　次　2019年4月第二版　　印　　次　2021年4月第三次印刷
书　　号　ISBN 978-7-5411-5394-5
定　　价　48.00元